이각 박안경기 7

二刻 拍案驚奇

Amazing Stories (the 2nd version)

옮긴이

문성재 文盛哉, Moon Seong-jae

우리역사연구재단 책임연구원, 국제PEN 한국본부 번역원 중국어권 번역위원장. 고려대학교 중어중문학과를 졸업하고 국비로 중국에 유학하여 남경대학교(중국)와 서울대학교에서 문학과 어학으로 각각 박사 학위를 받았다. 그동안 옮기거나 지은 책으로는『중국고전희곡 10선』・『고우영 일지매』(4권, 중역)・『도화선』(2권)・『간전노』・『회란기』・『진시황은 몽골어를 하는 여진족이었다』・『조선사연구』(2권)・『경본통속소설』・『한국의 전통연희』(중역)・『처음부터 새로 읽는 노자 도덕경』・『루쉰의 사람들』・『한사군은 중국에 있었다』・『한국고대사와 한중일의 역사왜곡』・『정역 중국정사 조선・동이전』1~4・『격강투지』・『남채화』 등이 있다.

2012년에 케이블 T채널이 기획한 고대사 다큐멘터리『북방대기행』(5부작)에 학술자문으로 출연했으며, 현대어로 쉽게 풀이한 정인보『조선사연구』가 대한민국학술원 '2014년 우수학술도서'(한국학 부문 1위), 『루쉰의 사람들』이 한국출판문화산업진흥원 '2017년 세종도서'(교양 부문), 『한국고대사와 한중일의 역사왜곡』이 롯데장학재단의 '2019년도 롯데출판문화대상'(일반출판 부문 본상)을 수상했으며, 작년에는『박안경기』가 대한민국 학술원 '2023년 우수학술도서'(인문학 부문)로 선정되었다. 현재는『금관총의 주인공 이사지왕은 누구인가』의 저술과 함께『정역 중국정사 조선・동이전』5(신당서권)의 역주작업을 진행 중이다.

이각 박안경기 7

초판발행 2025년 4월 10일

지은이 능몽초
옮긴이 문성재

펴낸이 박성모
펴낸곳 소명출판
출판등록 제1998-000017호
　　주소 06641 서울시 서초구 사임당로14길 15 서광빌딩 2층
　　전화 02-585-7840
　　팩스 02-585-7848
　이메일 somyungbooks@daum.net
홈페이지 www.somyong.co.kr

　　ISBN 979-11-5905-963-6 94820
　　　　　979-11-5905-956-8(전 8권)
　　정가 34,000원

이 책은 2019년도 정부재원(교육부)으로 한국연구재단의 지원을 받아 연구되었음(NRF-2019S1A5A7069359)
This work was supported by National Research Foundation of Korea Grant funded by the Korean Government(NRF-2019S1A5A7069359).

한 국 연 구 재 단
학술명저번역총서

이각 박안경기 7

二刻 拍案驚奇

Amazing Stories (the 2nd' version)

능몽초 저

문성재 역

일러두기

1. 이 책은 번역과정에서 일본 도쿄[東京]의 내각문고(內閣文庫)에 소장되어 있는 상우당(尙友堂) 『이각 박안경기(二刻拍案驚奇)』('내각문고본')의 상해고적(上海古籍) 출판사판 영인본(1988)을 저본으로 삼고, 강소고적(江蘇古籍)·천진고적(天津古籍) 두 출판사에서 펴낸 동 미비본(眉批本), 그 밖에도 다수의 주석본들을 참조하였다.

2. 이 책에 사용된 각종 도판들은 『이각 박안경기』 속 상황에 최대한 가까운 이미지를 제시하기 위하여 『삼재도회(三才圖會)』·『장물지(長物志)』·『소주청명상하도(蘇州淸明上河圖)』 등, 능몽초와 비슷한 시기에 간행된 명대의 백과전서·문학작품·회화·지도 등에서 우선적으로 선별하여 활용하였다. 그리고 보다 정확한 설명이 요구될 경우에는 근래에 작성된 도판·지도·사진들도 추가로 사용하였다.

3. 본문에서 내용이나 맥락을 이해하는 데에 지장에 없는 경우에는 번역이 다소 투박하거나 어색하더라도 한 문장 한 단어까지 가능한 한 문법에 충실하게 직역(直譯)을 하였다. 다만, 독자가 혼동할 우려가 있는 경우에는 의역(意譯)을 하고 새로 주석을 붙이거나 접속사 등을 추가하여 독자들이 맥락을 파악하는 데에 지장이 없도록 하였다.

4. 상우당본 원문에는 현대식 문장부호가 전혀 사용되지 않았으며, 20세기 이래로 문장부호를 표시한 현대의 역주본들은 모두가 편집자의 입장에서 임의적으로 문장을 끊어 읽은 경향이 있다. 이 책에서는 그같은 기존의 끊어 읽기가 원작의 호흡이나 리듬을 살리는 데에 미흡하다는 판단에 따라 역자가 독자적인 방식으로 끊어 읽고 새로 문장부호를 표시하였다.

5. 화본소설은 원래 판소리나 '모노가타리(物語)·조루리(淨瑠璃)' 등과 같은 서사예술에서 비롯된 문학 장르이다. 그래서 이야기꾼의 해설 부분은 어투를 통상적인 예사체(하게체)가 아닌 경어체(합쇼체)로 번역하여 독자들이 공연장에서 직접 이야기를 듣는 것 같은 느낌을 가질 수 있도록 하였다.

6. 『이각 박안경기』가 지닌 송·원대 화본 본연의 특색과 풍격을 최대한 재현한다는 취지에 따라 독서나 이해에 지장을 주지 않는 한 동어 반복이나 상투어, 호칭 변동, 과장된 어투 등, 서사예술의 전형적인 연출상의 장치들을 최대한 활용하였다.

7. 소설과 희곡은 장르의 특성상 장면마다 호흡·발화·동작이 이루어질 때마다 휴지(休止, pause)가 발생한다. 이 점에 착안해 독자들이 맥락을 이해하는 데 도움을 주고자 짧은 휴지는 "…"로, 장면이나 동작이 전환될 정도로 긴 휴지는 "(……)"로 표시했다.

8. 본문과 제40권 희곡에 삽입된 가사 제목을 표시할 때에는 독자들이 쉽게 식별할 수 있도록 【서강월】식으로 두꺼운 꺾쇠(【】)를 사용하였다. 제목을 표시할 경우, 역사서·시문집·소설·희곡 등의 도서명이나 회화(그림)명·지도명 등에는 겹낫표(『』), 장절(章節, chapter)·논문 등 그 내용의 일부에는 홑낫표(「」)를 사용하였다.

9. 독자가 400년 전에 출판된 『이각 박안경기』의 원형을 이해하는 데에 편의를 제공하기 위하여 원본의 미비(眉批)·방비(旁批)·삽화를 모두 반영하고 미비에는 【즉공관 미비】, 방비에는 【즉공관 방비】식으로 표시하여 쉽게 식별할 수 있게 하였다. 또, 명대 출판계에서 상용되었던 각종 약자(略字)·별자(別字)·고체자(古體字)·이체자(異體字)들도 그대로 반영하고 '[교정]' 표시를 붙여 설명하였다. 다만, 원본의 권점(圈點)은 현실적으로 표시할 방법이 없어서 생략하였다.

10. 본문에 한자어를 사용해야 할 경우, 번잡함을 피하기 위하여 익숙한 표현이나 관련 주석을 붙일 때에는 한글로만 표기하였다. 그러나 생소한 표현이어서 오독의 우려가 있거나 독자의 이해를 도울 필요가 있을 경우에는 '거인(擧人)'·'덤받이[拖油瓶]' 식으로 추가로 괄호 안에 한자를 병기하였다.

11. 이 책의 마지막 작품인 제40권은 명대 잡극(雜劇) 희곡으로 체제가 다른 가사와 대사와 시가 함께 사용되었다 그래서 이 삼자를 시각적으로 구분하기 위하여 가사는 굵은 글자로 처리하였다. 또, 잡극 가사에서는 간혹 일종의 감탄사가 사용되는데 이 경우는 일률적으로 위첨자로 처리하였다.

12. 맞춤법과 외래어 표기는 1989년 3월 1일부터 시행되는 「한글 맞춤법 규정」과 『문교부 자료』·『표준국어 대사전』(국립국어연구원) 등을 따랐다.

『이각 박안경기』 완역본 출판에 즈음하여

　중국문학사에서 '소설novel'은 입에서 입으로 전승되던 고대의 신화나 전설들에서 유래하였다. 그것들이 지식인들에 의하여 문언文言, 서면체 중국어으로 기록·개작되면서 위·진대의 '지괴志怪'소설과 '지인志人'소설을 거쳐 당대의 전기傳奇소설로 발전되었다. 이 소설의 전통과는 별도로 당대에는 서역西域의 불교가 중국에 수용되는 과정에서 이야기의 구연과 시가의 가창이 조화된 서역의 서사예술敍事藝術, narative arts이 도입되면서 백화白話, 구어체 중국어로 이야기를 들려주는 변문變文이 출현하게 된다.

　송대에는 직업적인 이야기꾼인 '설화인說話人, narrator'이 저잣거리 공연장에서 불특정 다수의 청중 / 관중을 대상으로 이야기를 들려주는 공연 행위를 '들려준다telling'는 뜻의 '설', '이야기story'라는 뜻의 '화'를 써서 '설화說話'라고 불렀다. 당시에 설화는 시각적인 효과도 중시되었지만 주로 청각에 호소하는 서사예술이었다. 그래서 단시간 내에 생생하고 명쾌한 서사를 통하여 흥미를 자극하여 좌중을 휘어잡는 데에는 과장된 추임새, 만화화 된 인물형상, 참신한 줄거리, 치밀한 구성이 대단히 중요한 요소로 간주되었다. 이때 이야기꾼이 청중 / 관중에게 들려주는 이야기의 줄거리를 기록해 놓은 일종의 공연 비망록narrative script이 바로 '화본話本'이다. '이야기 대본story script'이라는 뜻의 화본은 송대에 몇 가지 유형이 유행했는데, 그 중에서 대표적인 것이 길이가 짧은 '소설小說'과 역사 이야기를 다루어 길이가 긴 '강사講史'였다. 당시의 이야기꾼들은 소재나 체제가 서로 다른 이 두 가지 중에서 상대적으로 길이가 짧고 짜임새가 있는 소설을 선호하였다. 이렇게 저잣거리에서 연행되던 화본이 목판 인쇄를 통하여 통속적인 읽을거리로서의 화본소설로 거듭난 것은 그로부터 3~4백 년이 지난 명대부터이다.

명대의 경우 건국 초기에는 대부분 이른바 '정통문학'으로 일컬어지던 시가·산문을 다룬 도서들이 주종을 이루었다. 그러나 중기인 가정嘉靖 연간부터 상업경제가 발전하면서 크고 작은 도시들이 도처에 형성되기 시작하였다. 그 과정에서 글자를 읽을 줄 알고 제법 구매력을 갖춘 도시인들이 유력한 사회계층으로 정착하게 된다. 그러자 당시 도서의 상업적인 출판과 판매를 겸하는 출판업자인 서상書商들은 목판 인쇄술의 발달로 대량인쇄가 가능해지자 당시 상당한 구매력을 가지고 있던 도시민들의 문화 취향에 영합할 수 있는 도서들을 경쟁적으로 선보였다. 『중국판각종록中國版刻綜錄』에 따르면, 가정 연간부터 말기인 숭정 연간까지 120년 사이에 새로 선보인 도서들만 해도 2,019종을 넘을 정도였다.

시민들을 대상으로 한 소설·희곡·민요 등의 통속 예술이 그 유례類例를 찾아보기 어려울 정도의 번성기를 맞이한 것도 이 무렵이었다. 그렇다 보니 내용이 통속적이면서도 가격도 현실적인 화본소설들이 독서시장에서 베스트셀러로 각광 받고 또 그것을 모방한 다양한 아류작들이 줄을 잇는 것은 아주 자연스러운 현상이었다.[1] 지식인은 지식인들대로 독서시장의 그 같은 추세에 발맞추어 당시 민간에 전해지던 화본을 수집해

---

1   명대의 소설·희곡과 독서시장의 관계에 관해서는 문성재, 「명말 희곡의 출판과 유통-강남지역의 독서시장을 중심으로」, 『중국문학』 제41집, 2004, 제147~164쪽을 참조하기 바람.

소설집을 엮고 거기에 자신들의 의견이나 해설을 붙여 부가가치를 높이는 일도 많아졌다. 처음에는 이야기꾼들이 '손님들'에게 이야기를 들려줄 때 참고하던 투박한 비망록이 어느 사이에 서재에서의 품격 있는 독서를 위한 읽을거리로 격상된 것이다. 그 '고상한' 화본소설집들 중에서 가장 유명한 것이 바로 풍몽룡馮夢龍이 엮은 『유세명언喩世明言』·『경세통언警世通言』·『성세항언醒世恒言』이다. 중국문학사에서 '삼언三言'으로 통칭되는 이 소설집들이 독자들에게서 큰 인기를 끌자 학식이 풍부한 지식인이 송·원대 화본의 틀을 모방하여 비슷한 성격의 소설을 짓는 풍조가 유행하게 되는데, 그 서막을 연 것이 바로 '즉공관주인卽空觀主人' 능몽초였다.

능몽초凌濛初, 1580~1644는 생전에 활발한 저술활동을 벌여 역사서나 문학이론서는 물론이고 시문·산곡·희곡·소설 등의 방면에서 주목할 만한 작품들을 남겼는데 그 중에서도 송·원대 화본話本의 문체를 모방해 지은 이야기들'의화본'을 모아 놓은 소설집 『박안경기』와 『이각 박안경기』가 가장 유명하다.

중국문학사에서 '이박'으로 일컬어지는 이 두 소설집은 『태평광기太平廣記』·『이견지夷堅志』·『전등신화剪燈新話』·『정사情史』 등, 서면체 중국어고문로 지어진 송·원·명대에 소설집들에서 참신하고 흥미로운 소재를 취하여 당시 독서시장에서 인기를 끌던 화본의 양식을 모방하여 구어체 중국어백화로 새로 지은 2차 창작의 결과물이다. 특히 『이각 박안경기』는 당·송·원·명 등 언어 층위가 서로 다른 역대 왕조의 서면체와 구어체의 표현들이 복잡하게 뒤섞여 있다. 쉽게 말하면 고려시대를 배경으로 한 이야기인데 등장인물이나 이야기꾼이 '노다지'니 '낭만적' 같은 표현들을 사용한 것과 같은 격이다. (두 표현은 근대에 '노 터치No touch'와 '로맨틱 romantic'이 우리말과 한자어로 수용된 표현이다.) 이런 식으로 시대와 층위에서 상이한 표현들이 뒤섞여 있다 보니 언어적인 견지에서는 『박안경기』에 그다지 좋은 점수를 주기 어려운 것이다. 그럼에도 불구하고 문학적인 견지에서 이야기한다면 그 평가는 사뭇 달라진다. '설화'를 생업으로 하는 이야기꾼이 아닌 정통 지식인이 송·원대 화본을 모방해 창작한 최초의 의화본 소설집일 뿐만 아니라, 저잣거리의 공연예술에서 서재의 읽을거리로 이행하는 중국소설의 발전과정을 고스란히 보여 주는 산 증거이기 때문이다. 중국의 소설사학자 석창유石昌渝가 중국 화본소설의 문인화文人化 작업을 최종적으로 완성시킨 것이 능몽초의 '이박'이라고 높이 평가한 것도 바로 이같은 이유 때문이다. 그렇다 보니 지금까지 관련 학자들은 말할 것도 없고, 문학·연극·오락·출판 관련 종사자들에게도 '이박'이 대단히 중요하고 흥미로운 텍스트로 간주되어 왔다.

『이각 박안경기』에 대한 번역작업은 중국에서 처음으로 시도되었다. 30여 년 전1992에 경관교육警官教育출판사를 통하여 『백화 이각 박안경기 상석白話二刻拍案驚奇賞析』이라는 제목으로 현대중국어로의 완역이 이루어졌다. 그로부터 10년 뒤2003에는 외문外文 출판사를 통하여 마문겸馬文謙이 『놀라운 이야기들Amazing tales』이라는 제목으로 영문판 번역이 이루어졌다. 그러나 전자에서는 장르가 다른 희곡인 제40권이 번역대상에서 제외되었고 후자에서는 수록 작품의 절반 수준인 19편만 번역되었다. 게다가, 정도의 차이는 있지만, 두 번역본 모두 작품 줄거리를 이해하는 데에 단서를 제공하는 시가나 은유적인 성 묘사가 등장하는 대목들이 맥락을 무시한 채 일률적으로 배제되었다. 번역의 수준이나 책의 완성도 등여러 면에서 완역으로 보기 어려운 것이다. 이 같은 기계적인 배제는 줄거리의 맥락과 스토리텔링의 리듬을 파괴하여 독자들이 능몽초가 제시한 메시지에 다가서는 것을 방해한다. 그런 점에서 본다면, 역자가 이번에 선보이는 『이각 박안경기』는 능몽초 원작의 진면목眞面目 그대로 최대한 보전保全했으니 그야말로 명·실名實이 상부相符하는 최초의 완역본이라고 하겠다.

역자는 2019년도 한국연구재단 명저번역사업의 지원 덕분에 일본에서 발견된 중국의 고전소설집을 한국인 역자가 처음으로 완역해 내었다는 점에서 큰 자부심을 느낀다. 개인적으로 그보다 더 감개무량한 것은 석·박사 시절 명대 희곡과 구어에 천착할 때에 수시로 접했던 능몽초·풍몽룡·탕현조湯顯祖·심경沈璟 등의 이름과 작품들을 이번 연구과제 수행과정에서 재회했다는 점이다. 이런저런 사정 때문에 본의 아니게 오랫동안 중단해야 했던 중국의 희곡·소설과 구어체 중국어에 다시 한번 집중할 수 있는 소중한 기회를 주신 한국연구재단과 심사위원 여러분께 진심으로 감사드린다. 학문적으로 부족한 점이 많음에도 불구하고 백락伯樂의 혜안으로 소중한 기회를 주신 한국연구재단과 심사위원 여러분이 아니었다면 이 책은 빛을 보기 어려웠을 것이다. 모쪼록 이 책이 중국의 구어체 문학·예술에 흥미를 가지고 있거나 관련 연구에 종사하는 독자들에게 유용한 지침서가 되기를 바랄 따름이다.

이번에 책이 나오기까지는 많은 분의 도움이 있었다. 역자가 역주작업에 만전을 기할 수 있도록 물·심 양면으로 응원해 주신 소명출판의 박성모 대표님, 그리고 최고의 책을 선보이겠다는 일념으로 디자인은 물론이고 삽화·지도·도판에까지 온 정성을 다해 주신 이선아 편집자 등 여러 선생님들께도 진심으로 감사의 말씀을 드리고 싶다. 이 모든 분의 도움과 격려가 없었더라면 이번의 쾌거는 이루어질 수 없었을 것이다.

2024년 8월 23일
서교동 조허헌에서
문성재

이각 박안경기 7 _ 차례

이각 박안경기 전체 차례

『이각 박안경기』서

『박물지』[1]에 이런 말이 있었던 것으로 기억한다.

"한나라의 유포[2]가 『운한도』를 그리자 그것을 본 이들이 덥다고 느꼈다. 또 『북풍도』를 그리자 그것을 본 이들은 춥다고 느꼈다."

당시에 나는 개인적으로 '그림은 사실 실물이 아닌데 어떤 까닭에 그렇게 된단 말인가' 하고 의아하게 여겼었다. 그러나 그러면서도 '사람들이 그 작품을 보고 그렇게 여겼던 게지' 하고 말하였다. 그런데 거기서 더 나아가 승요[3]의 경우에는 용의 눈을 그리자 우레와 번개가 치더니 벽을 부수고 사라졌다고 하며, 오도현[4]의 경우에는 전각 안에 용 다섯 마리

---

1 『박물지(博物志)』: 명대의 동사장(董斯張, 1587~1628)이 엮은 『광박물지(廣博物志)』를 말한다. 이 책은 서진(西晉)의 학자 장화(張華)가 지은 『박물지(博物志)』를 증보한 것으로, 당대 이전의 역대 전적·문헌들에서 사물의 기원에 관한 자료들을 모아 총 22개 분야로 구분해 소개하였다. 동사장은 절강성 오정(烏程, 지금의 오흥) 사람으로, 자가 연명(然明), 호가 하주(遐周), 별호가 차암(借庵)·수거사(瘦居士)이다. 박학다식하여 강남에서 명성이 높았으며 당시의 명사인 풍몽룡(馮夢龍)·동기창(董其昌) 등과도 교분이 있었으나 몸이 약해 병치레를 하다가 마흔도 되지 않아 죽었다.
2 유포(劉褒): 중국 후한의 환제(桓帝) 때에 촉군태수(蜀郡太守)를 지냈다. 서화에 뛰어나 중국 산수풍경화의 선구자로 훌륭한 작품을 많이 남겼으며, 특히 산천의 풍광을 묘사하는 데에 탁월한 재능을 보였다.
3 승요(僧繇): 중국 남북조시기의 양(梁)나라 화가 장승요(張僧繇, 479~?)를 말한다. 지금의 강소성 소주(蘇州) 사람으로, 벼슬로는 우군장군(右軍將軍)·오흥태수(吳興太守)를 지냈다. 산수와 불화에 뛰어나서 산수화에서는 '몰골법(沒骨法)'이라는 독특한 그림체를 창안했으며, 불화의 경우 일가를 이루어 '장가양(張家樣, 장가 스타일)'이라는 찬사를 받기도 하였다. 풍격이 비슷하여 당대의 오도현과 나란히 일컬어지곤 하였다.
4 오도현(吳道玄): 당대의 유명한 화가 오도자(吳道子, 680?~759)를 말한다. 양적(陽翟,

를 그리자 큰 비가 쏟아져 이내와 안개가 꼈다고 한다. 물론 이런 일화들이 있다고 해서 그림 속의 용을 실제로 존재하는 것으로 여겨서는 안될 것이다. 그러나 그렇다고 해서 그것들을 허구라고 치부한다 한들 그런 일화 자체만으로도 그 작품들이 실제의 용을 능가했다는 뜻이 아니겠는가? 그렇다고 한다면 글을 짓는 사람들의 경우 역시 마찬가지일 수밖에 없을 것이다.

'몰골법'의 비조 장승요의 대표작 『설산홍수도(雪山紅樹圖)』와 그 확대 화면(우)

지금의 하남성 우주) 사람으로, 젊어서부터 그림으로 명성을 얻었으며 나중에는 '화성(畵聖, 그림의 성인)'으로 일컬어졌다. 연주(兗州) 하구(瑕丘, 지금의 산동성 자양)의 현위(縣尉)가 되었으나 얼마 되지 않아 사직하였다. 나중에는 낙양을 떠돌며 벽화를 그리다가 현종(玄宗)의 개원(開元) 연간에 궁중으로 영입되어 공봉(供奉)·내교박사(內敎博士)를 역임하였다. 장욱(張旭)·하지장(賀知章)에게서 글씨를 배웠고 인물·산수·금수·초목·신귀·누각 그림에 뛰어났으며 특히 불교와 도교 등 종교 관련 그림에 정통하였다.

지금 소설들 중에서 세상에 간행된 것들은 대충 따져 보아도 백 가지가 넘는다. 그렇기는 하지만 그 소설들은 사실적이지 못한 경향이 두드러지는데 그같은 병폐는 '신기한 것을 좋아하는' 사람들의 심리에서 비롯된 것이다. 그런 사람들은 신기한 것을 신기하게 여기는 것만 알 뿐 신기한 데가 없는 쪽이 더 신기하다는 이치는 알지 못한다. 그래서 눈 앞에 펼쳐지는 명심해야 할 이야기들은 제쳐 놓은 채 무작정 남들이 입에 올리지도 않고 거론하지도[5] 않는 세계에나 매달린다. 마치 화가가 개나 말은 그릴 생각을 하지 않고 그저 귀신이나 허깨비만 그리려 드는 것처럼 말이다. 그래서 '나는 그런 이야기를 듣는 것이 두려워 멈출 따름이다'라고 말하는 것이다.

유월석[6]은 청아하게 휘파람을 불고 피리를 부르는 것만으로도 오랑캐들이 눈물을 흘리고 심지어 포위를 풀고 물러가게 할 수 있었다. 그런데

---

5 거론하지도[議] : 중화서국(中華書局)판『이각 박안경기』에서는 이 부분의 글자가 '의로울 의(義)'로 되어 있다. 그러나 원본인 상우당(尙友堂)본『이각 박안경기』나 현대의 기타 판본들에는 모두 '논의할 의(議)'로 나와 있다. 실제로 전후 맥락을 따져 보더라도 이 글자는 '거론하다, 문제를 제기하다' 등의 의미를 나타내는 것으로 해석해야 옳다. '의로울 의'는 교열과정의 착오라는 뜻이다.

6 유월석(劉越石) : 서진(西晉)의 정치가이자 시인인 유곤(劉琨, 271~318)을 가리킨다. 중산(中山) 위창(魏昌, 지금의 하북성 무극) 사람으로, '월석'은 자이다. 진나라에 충성한 데다가 명망이 높아서 혜제(惠帝) 때에 광무후(廣武侯)로 봉해지고 원제(元帝) 때에는 시중태위(侍中太尉)로 임명되었다. 영가(永嘉) 연간 초기에 대장군(大將軍)·도독병주제군사(都督幷州諸軍事)를 지낼 때 군정(軍政)을 정비하였다. 나중에 오랑캐들이 진양(晉陽, 지금의 산서성 태원 일대) 성을 포위하자 성루에 올라가 휘파람을 불고 밤에는 호가(胡笳, 북방민족의 피리)를 불어 향수에 젖은 오랑캐들이 스스로 포위를 풀고 물러가서 성을 지켜 내었다. 정치적으로는 유연(劉淵)·석륵(石勒)과 대립했는데 나중에 상황이 역전되어 석륵에게 패하자 선비족 출신의 유주자사(幽州刺史) 단필제(段匹磾)에게 귀순했다가 죽음을 당하였다. 현존하는 작품으로는『부풍가(扶風歌)』등 3편이 있다.

지금 사물의 상태나 인간의 감정을 예로 들자면 겉을 꾸미는 일이나 장기로 여길 뿐이지 사람들로 하여금 그 속에서 노래 부르게 하거나 흐느끼게 하는 데에는 뛰어나지 못 하다. 그런 경우가 어찌 '기이함과 기이하지 않음은 굳이 지혜로운 사람이 나타날 때까지 기다리지 않아도 안다'는 경우가 아니겠는가?[7] 그러니 이렇게 해명할 수밖에 없을 것 같다.

"중국에서 글은 남화[8]와 충허[9] 때부터 이미 우언이 많았다. 나중의 비유선생[10]이나 빙허공자[11]의 경우라고 한들 어찌 내용의 사실성을 얻고자 그것을 추구한 것이었겠는가? 그러나 그런 경우들은 글로는 탁월하다고 할 수 있을지 몰라도 이야깃거리로는 탁월한 경우가 아닌 것이다. 연의[12]

---

7 안다[知] : 중화서국판『이각 박안경기』에는 이 부분의 글자가 '지혜 지(智)'로 되어 있다. 그러나 원본인 상우당본『이각 박안경기』나 현대의 기타 판본들에는 모두 '알 지(知)'로 나와 있다. '지혜 지'는 교열과정의 착오라는 뜻이다.

8 남화(南華) :『남화진경(南華眞經)』을 줄인 이름.『남화진경』은 전국시대 사상가인 장주(莊周)의 저서『장자(莊子)』를 도교에서 높여 부르는 이름이다.

9 충허(沖虛) : 전국시대의 사상가 열어구(列御寇)의 저서『열자(列子)』의 다른 이름. 당나라 현종의 천보(天寶) 원년에 열자를 '충허진인(沖虛眞人)'으로 봉하면서 도교에서 그 제목을『충허진경(沖虛眞經)』으로 높여 부른 것이다.

10 비유선생(非有先生) : 전한의 문장가 동방삭(東方朔)이 지은 「비유선생론(非有先生論)」에 등장하는 허구의 인물. 그 글에 따르면 오(吳)나라에서 벼슬을 지냈는데 3년동안 말을 하지 않았다고 한다. 그래서 오나라 왕이 그 이유를 묻자 간언을 했다가 불행을 당한 역대 충신들의 일화들을 열거하고 왕에게 허심탄회하게 충언을 받아들여 어진 정치를 베푸는 명군이 되기를 설득했다고 한다. '비유(非有)'는 이름부터가 글자 그대로 풀면 '존재하는 사람이 아니다'라는 뜻이다.

11 빙허공자(馮虛公子) : 전한의 문장가 장형(張衡)이 지은 노래인『양경부(兩京賦)』에 등장하는 허구의 인물. 그 노래에서 빙허공자는 또다른 인물 안처선생(安處先生)과 함께 차례로 당시의 도읍으로 '서경(西京)'으로 일컬어진 장안(長安, 지금의 섬서성 서안시)과 '동경(東京)'으로 일컬어진 낙양(洛陽, 지금의 하남성 낙양시)의 성대한 풍광을 칭송하였다. '빙허(馮虛)'는 글자 그대로 풀면 '허구에 근거하였다', 즉 가상의 인물이라는 뜻이다.

라는 분야의 경우에는, 없는 것을 지어내는 일은 쉽지만 실제로 있는 것을 묘사하는 일은 어렵다. 그렇기 때문에 양쪽을 동등한 것으로 보고 논의해서는 안 되는 것이다. 『서유기』[13] 라는 소설이 기괴하고 황당하여 상식적이지 못하다는 사실만 해도 그렇다. 그것을 읽는 사람들은 누구라도 그것이 모순 투성이라는 사실을 다 안다. 그렇기는 하지만 그 소설에서 다루어진 내용에 따르면 그 스승과 제자 네 사람[14]은 저마다 각자 정체성을 가지고 저마다 각자 행동을 한다. 그래서 시험 삼아 그 소설 속의 한 마디 말이나 한 가지 행동을 고르고, 이어서 사람들에게 가만히 맞추어 보게[15] 해 보면 그것이 어느 등장인물의 말과 행동인지 알 수가 있다. 이

---

12 연의(演義) : 문학 장르들 중의 하나인 소설(小說, novel)을 고대부터 중국식으로 달리 일컬은 이름. 남북조시대의 역사가 범엽(范曄)의 『후한서(後漢書)』 「주당전(周黨傳)」에 나오는 "주당 등은 문장으로는 의미를 잘 부연하지 못하거니와 무예에 있어서도 군주를 위하여 죽지 못하였다.(黨等文不能演義, 武不能死君)"에서 볼 수 있듯이, 글자 그대로 풀면 '의미(내용)를 부연하다' 정도의 뜻으로, 역사적 사실들에 관하여 그 사실들을 토대로 하되 민간에서 전해지는 전설이나 소문들을 곁들이면서 상세하게 기술하는 행위나 그 결과물(저술)을 가리킨다.

13 『서유기(西遊記)』 : 명대 소설가 오승은(吳承恩)이 지은 100회본 장편 소설. 천상을 어지럽힌 뒤 500년이 지나 당나라의 승려 삼장법사(三藏法師) 현장(玄奬)의 제자가 된 손오공(孫悟空)이 저팔계(豬八戒)·사오정(沙悟淨)과 함께 불경을 구하기 위하여 천축국(天竺國)으로 가는 길에 요괴들을 제압하고 81가지 시련을 겪은 끝에 깨달음에 이르는 과정을 다루었다. 기본 줄거리는 당시까지 민간에 전승되던 현장의 일화들을 토대로 하되 당시의 소설인 화본(話本)과 연극인 잡극(雜劇)의 허구적인 이야기들을 곁들여 장편 소설로 완성되었다.

14 스승과 제자 네 사람[師弟四人] : 『서유기』의 주인공인 삼장 법사(三藏法師)와 그 제자 손오공(孫悟空)·저팔계(豬八戒)·사오정(沙悟淨)을 말한다.

15 가만히 맞추어 보게[暗中摹索] : 명대의 유행어. 원래는 어두움 속에서 물건을 더듬는 것을 가리키는 말이다. 당대에 유지기(劉知幾, 661~721)가 지은 『수당가화(隋唐嘉話)』에 따르면, 당나라 사람 허경종은 성정이 무척 오만해서 친구들의 이름을 외우는 것을 소홀히 여겨 상대방을 불쾌하게 만들기 일쑤였다. 그래서 한 친구가 허경종이 머리가 나쁘다고 빈정거리자 이렇게 말했다고 한다. "자네 이름을 기억하지 못하는 것은 자네 명성이 너무 하찮기 때문일세. 만약 조식·유정·심약·사조 같은 분들을 마주쳤다면 가만히 맞

는 곧 '허구적인 내용 속에도 사실적인 요소를 담고 있는 경우'이니, 이것이야말로 '진수를 표현한다'[16]는 경우일 것이다. 그런데도 처음부터 『수호전』보다 못하다'고 비웃는다면 그것이야말로 어찌 '사실적이냐 그렇지 않으냐의 관문이 신기하냐 그렇지 않으냐의 대전제를 강화시킨다'는 논리가 아니겠는가?'

명대에 간행된 『이탁오선생비평 서유기(李卓吾先生批評西遊記)』의 삽화(일본 내각문고 소장)

추어 보기만 해도 바로 알아 봤을 거야!" 나중에는 전례가 없거나 스승이 없는 상황에서 오로지 자신의 능력과 지식만으로 깨우치는 것을 가리키는 말로 사용되기도 하였다. 중화서국판 『이각 박안경기』에는 '모색'의 '모'가 '비빌 마(摩)'로 되어 있다. 그러나 원본인 상우당본은 물론이고 현대의 각종 판본 역시 모두 '본 뜰 모(摹)'로 나와 있다.

16 '진수를 표현한다'는 것[傳神阿堵] : '아도(阿堵)'는 남북조시대 강남지역의 구어적 표현으로, '이것(this 또는 the thing which~)'을 뜻한다. 유송(劉宋)의 유의경(劉義慶)이 지은 소설집 『세설신어(世說新語)』에서는 동진(東晉)의 화가 고개지(顧愷之)의 회화이론을 이렇게 소개하였다. "고장강이 인물을 그릴 때에는 더러 몇 년씩이나 눈동자를 그리지 않았다. 사람들이 그 까닭을 물었더니 고씨가 말했다. '신체의 아름다움과 추함은 본래 오묘함과는 관계가 없습니다. 진수를 표현하여 묘사하는 요체는 바로 이것에 있으니까요.(顧長康畵人, 或數年不點目睛, 人問其故, 顧曰, 四體姸蚩, 本無關于妙處, 傳神寫照, 正在阿堵中)" 여기서의 "이것"은 눈(eyes)을 가리킨다.

즉공관주인이라는 분은 그 사람 자체도 기이하거니와 그 글도 기이하며[17] 그 역정 또한 기이하다. 과거에서 뜻을 제대로 펼치지는 못 했으나 원대한 그 재능을 출판계에 발휘하는 기회를 만나자[18] 남은 재능을 끌어내어 전기를 짓고, 거기서 몸을 더 낮추어 연의를 지었기 때문이다. 그것이 이 『박안경기』가 두 차례에 걸쳐 간행되기에 이른 연유이다.

그가 수집한 이야기들은 대부분 매우 사실적이고 근거가 있는 것들이다. 비록 간혹 신이나 귀신의 이야기를 다룬 이야기들도 있지만 그렇다 보니 역사가인 사마천[19]이 역사를 기록할 때만큼이나 묘사가 사실적이다. 그리고 용이 또아리를 틀고 있었다거나 뱀이 길을 막고 있었다거나 귀신을 거론하는 논리 따위가 아무리 현실과 거리가 멀다고는 하지만 없는 일은 아닐 것이다. 그러니 이국적인 볼거리를 곁들임으로써 세속의 유생들이 가진 편견을 깨는 것도 나쁠 것은 없다고 본다. 또 요염한 미인이나 풍류 넘치는 밀회 같은 소재들도 소설집에는 꼭 수록해야 할 것들이었다. 다만 세상 풍속을 더럽히는 이야기들의 경우만큼은 모조리 배제시키려 노력하였다.

---

17 그 글도 기이하며[其文奇] : 중화서국판 『이각 박안경기』의 서문에는 이 구절이 빠져 있다.
18 뜻을 제대로 펴지는 못했으나 원대한 그 재능을 발휘하는 기회를 만나자[因取抑塞磊落之才] : 전후 맥락을 따져 볼 때 작자 능몽초가 과거시험에서는 뜻을 이루지 못했으나 출판업에 종사하면서 상당한 족적을 남긴 일을 두고 한 말로 보인다.
19 역사가인 사마천[史遷] : '사천(史遷)'은 중국 정사 '25사(卄五史)'의 첫 번째 정사인 『사기(史記)』를 편찬한 전한대 사관 사마천(司馬遷)을 말한다.

녹문자[20]가 늘 송광평[21]의 사람 됨됨이를 힐난한 것은 그 취지가 그의 냉철한 이성[22]을 비판하는 데에 있었다. 그런데 그가 지은『매화부』[23]는 참신하고 활달하면서도 선명하게 빛나니 남조시대 서씨[24]와 유씨[25]의 문체를 터득했다고 할 만하다. 그 점을 놓고 본다면, 일반적으로 소박함과

---

20 녹문자(鹿門子) : 당대의 유명한 시인이자 문장가인 피일휴(皮日休, 838?~902)를 말한다. 생전에 양양(襄陽, 지금의 호북성)의 녹문산(鹿門山)에 머문 적이 있어서 그 이름을 호로 삼았다. 피일휴는 자가 습미(襲美) 또는 일소(逸少)이며, '녹문자'와 함께 간기포위(間氣布衣)를 호로 사용하였다. 진사로 급제한 뒤로 태상박사(太常博士)·비릉부사(毗陵副使) 등을 역임했으며, 당시의 문장가 육구몽(陸龜蒙)과 함께 '피·육(皮陸)'으로 나란히 일컬어졌다.

21 송광평(宋廣平) : 당대 중기에 승상(丞相)을 지낸 송경(宋璟, 663~737)을 말한다. 현종 때에 명재상으로 이름이 높았으며 국법을 준수하고 몸가짐을 바르게 하여 요숭(姚崇)과 함께 당나라를 대표하는 어진 재상으로 나란히 일컬어졌다. 매화를 좋아했으며 그가 지은『매화부』는 특히 유명하다.

22 냉철한 이성[鐵石心腸] : '철석심창(鐵石心腸)'은 글자 그대로 풀면 '쇠나 돌 같은 마음'이라는 뜻으로, 의지가 강하여 감정에 쉬이 휘둘리지 않는 사람을 가리키는 말로 주로 사용된다.

23 『매화부(梅花賦)』: 당나라 현종 때의 재상인 송경이 지은 노래. 피일휴가 지은『피자문수(皮子文藪)』에 따르면, 송경은 공직에 오르기 전에『매화부』를 지어 온갖 화초들 사이에서 외롭게 핀 매화를 예찬하면서 자신의 심정을 토로하였다. 당시의 문장가이자 정치자인 소미도(蘇味道)가 이 작품을 극찬하면서 그의 이름이 알려져 이후의 관직 생활에도 적잖은 도움을 받았다고 한다.

24 서씨[徐] : 남북조시대 진(陳)나라의 시인·문장가로 명성이 높았던 서릉(徐陵, 507-583)을 가리킨다. 동해(東海)의 담(郯, 지금의 산동성 담성) 사람으로, 자는 효목(孝穆)이다. 양(梁)나라 때에 동궁학사(東宮學士)를 지냈고 진나라에 이르러 상서 좌복야(尙書左僕射)·중서감(中書監)을 지냈다. '궁체시(宮體詩)'의 대표적인 작가의 한 사람으로, 나중에는 궁체시의 대표작들을 소개한『옥대신영(玉臺新咏)』을 엮기도 하였다.

25 유씨[庾] : 남북조시대 양(梁)나라의 시인·문장가로 명성이 높았던 유신(庾信, 513~581)을 가리킨다. 양나라 신야(新野) 사람으로, 자는 자산(子山)이다. 양나라 원제(元帝)가 즉위하자 우위장군(右衛將軍)에 임명되었다. 사신으로 서위(西魏)에 파견되었을 때 서위가 양나라를 멸망시키자 서위에 남았으며, 북주(北周)가 건국되자 표기대장군(驃騎大將軍)·개부의동삼사(開府儀同三司) 등을 역임하며 '유개부(庾開府)'로 일컬어지기도 하였다. 서릉과 마찬가지로 문체가 화려하고 아름답기로 유명하여 당시에 그같은 문체가 '서·유체(徐庾體)'로 불려졌다.

누추함에 부쳐 세상 사람들의 이목을 어지럽히는 부류는 거의 믿을 바가 못되는 것들인 셈이다.[26] 즉공관주인의 말을 빌린다면 그야말로 '세상에서 내 이야기를 구할 수 있는 이들이 충신이나 효자가 되는 데에 어려움이 없게 해줄 것이고, 그렇게 되지 못하는 자들이라도 음행을 일삼지는 않게 될 것'이라는 격이다. 그 부분은 지은이가 애를 쓴 결과이거니와 '평범함 속의 기이함'의 틀을 초월한 경우라 할 것이다.

『매화부』(탁본 글씨 피일휴)와 그 작자 송경의 초상

이제 책은 마침내 완성되었지만 즉공관주인은 벼슬을 지내느라 아직

---

26 소박함과 누추함에 부쳐~[凡託於椎陋以眩世, 殆有不足信者夫] : 이 부분은 원래 북송의 정치가이자 문장가였던 소식(蘇軾)이 『모란기』서(牡丹記叙)」에서 한 말에서 유래하였다. 소식은 그 서문에서 "이제 내가 그것을 보니 일반적으로 소박함과 누추함에 부쳐 세상사람들의 눈을 어지럽히는 것들을 또 어찌 믿을 만하겠는가?(今以余觀之, 凡託於椎陋以眩世者, 又豈足信哉)"라고 하였다.

돌아오지 않았다. 그러나 서사에서는 서둘러 책을 펴내고자 하여 내게 서문을 써 달라고 청탁하였다. 나는 붓조차 제대로 잡지 못하는 주제이니 그야말로 "무염을 부각시킬 욕심에 서자를 능욕하고 마는 격"[27]이 아니겠는가! 그러니 나로서는 아무래도 "키 질 해서 까부르니 겨만 앞에 남더라"[28]라고 변명하는 수밖에 없을 듯하다.

임신년[29] 겨울날에 수향거사가 서문을 짓고 쓰다

---

27 무염을 부각시킬 욕심에~[刻画無鹽, 唐突西子] : 명대의 유행어. '무염(無鹽)'은 중국 전설에 등장하는 고대의 추녀, '서자(西子)'는 중국 춘추시대 월(越)나라의 미녀 서시(西施)를 가리킨다. 글자 그대로 풀면 추녀를 무리하게 미화하려고 애쓰다가 도리어 미녀가 무색해지게 만든다는 뜻으로, 주객이 전도된 상황을 가리키는 말로 사용되었다. 때로는 앞의 '무염을 부각시킨다(刻画無鹽)'만 사용하기도 하였다.

28 키 질 해서 까부르니~[簸之揚之, 糠秕在前] : 명대의 유행어. '공자 앞에서 문자를 쓴다'의 경우처럼, 재주가 없음에도 불구하고 과분한 자리를 지키고 있는 것을 겸손하게 표현하거나 비꼬는 말이다. 남북조시대 유송의 유의경이 지은 『세설신어』에 따르면, "왕문도와 범영기는 둘 다 간문제 때의 중신이다. 범씨는 나이가 많지만 자위가 낮았고 왕씨는 나이는 적지만 지위가 높았다. 그를 앞에 세우니 도로 서로 앞자리를 양보했는데 그렇게 오래 옮기고 옮긴 끝에 왕씨가 결국 범씨 뒤에 서게 되었다. 그래서 왕씨가 '키 질 해서 까부르니 겨만 앞에 남았군요!' 하고 계면쩍어 하니 범씨도 '체 질 해서 걸렀더니 모래가 뒤에 남았습니다 그려!' 하며 서로 겸양했다고 한다.(王文度范榮期俱爲簡文所要. 范年大而位小, 王年小而位大, 將前, 更相推在前, 旣移久, 王遂在范後. 王因謂曰, 簸之揚之, 糠秕在前. 范曰, 洮之汰之, 沙砾在後)" 여기서 '겨'는 왕문도가 자신을, '모래'는 범영기가 자신을 각각 겸손하게 빗대어 표현한 말이다.

29 임신년[壬申] : 숭정제 재위기간의 임신년을 말한다. 서기로는 1632년에 해당한다.

二刻拍案驚奇序

嘗記博物志云, 漢劉褒畫雲漢圖, 見者覺熱, 又畫北風圖, 見者覺寒. 竊疑畫本非眞, 何緣至是. 然猶曰, 人之見, 爲之也. 甚而僧繇點睛, 雷電破壁, 吳道玄畫殿內五龍, 大雨輒生煙霧, 是將執畫爲眞, 則旣不可, 若云贗也, 不已勝於眞者乎.

然則操觚之家, 亦若是焉則已矣. 今小說之行世者無慮百種, 然而失眞之病, 起於好奇, 知奇之爲奇, 而不知無奇之所以爲奇. 舍目前可紀之事, 而馳騖於不論不議之鄕, 如畫家之不圖犬馬而圖鬼魅者, 曰, 吾以駭聽而止耳. 夫劉越石清嘯吹笳, 尙能使群胡流涕, 解圍而去. 今擧物態人情, 恣其點染, 而不能使人欲歌欲泣於其間, 此其奇與非奇, 固不待智者而後知之也.

則爲之解曰, 文自南華沖虛, 已多寓言, 下至非有先生馮虛公子, 安所得其眞者而尋之. 不知此以文勝, 非以事勝也. 至演義一家, 幻易而眞難, 固不可相衡而論矣. 卽如西遊一記, 怪誕不經, 讀者皆知其謬. 然據其所載, 師弟四人各一性情, 各一動止. 試摘取其一言一事, 遂使暗中摸索, 亦知其出自何人. 則正以幻中有眞, 乃爲傳神阿堵而已, 有不如水滸之譏. 豈非眞不眞之關, 固奇不奇之大較也哉.

卽空觀主人者, 其人奇, 其文奇, 其遇亦奇. 因取其抑塞磊落之才, 出緒餘以爲傳奇, 又降而爲演義, 此拍案驚奇之所以兩刻也. 其所捃摭, 大都眞切可據. 卽間及神天鬼怪, 故如史遷紀事, 摹寫逼眞. 而龍之踞腹, 蛇之當道, 鬼神之理, 遠而非無, 不妨點綴域外之觀, 以破俗儒之隔見耳. 若夫妖艶風流一種, 集中亦所必存, 唯污衊世界之談, 則戛戛乎其務去. 鹿門子常怪宋廣平之爲人, 意其鐵心石腸, 而爲梅花賦, 則淸便艶發, 得南朝徐庾體. 繇此觀之, 凡託於椎陋以眩世, 殆有不足信者夫. 主人之言固曰, 使世有能得吾說者, 以爲忠臣孝子無難, 而不能者, 不至爲宣淫而已矣. 此則作者之苦心, 又出於平平奇奇之外者也.

時剞劂告成, 而主人薄游未返. 肆中急欲行世, 徵言於余. 余未知搦管, 毋乃刻畵無鹽, 唐突西子哉. 亦曰簸之揚之, 糠粃在前云爾.

壬申冬日 睡鄕居士 題幷書

『이각 박안경기』 소인

　정묘년[1] 가을의 일은 뜻을 이루는가 싶었으나 급제하지 못하고 말았다. 그래서 미련을 떨치지 못하고 남경으로 돌아와 전해 들은 고금의 신기한 이야기들 중 특기할 만한 것들을 우연히 재미 삼아 골라 살을 붙이고 이야기로 만들어 잠시나마 마음속의 응어리를 풀고자 했다. 애초에는 널리 전하려고 한 것이 아니라 잠시나마 장난 삼아 응어리 진 마음이라도 후련하게 풀자는 생각이었다. 그런데 지인들 중에서 나와 내왕하던 이들이 한 편을 받아서 읽고 나면 한결같이 책상을 치면서 '참 기이하기도 하구려 이 이야기는!' 하는 것이 아닌가. 그 일이 서상[2]의 귀에까지 들어가고, 그것이 계기가 되어 '정식으로 출판하자'며 알음 알음으로 사람을 통해 요청해 왔다. 그래서 그 이야기들을 베끼고 모아 책으로 엮은

1　정묘년[丁卯] : 서기로는 1627년에 해당한다. 이 해는 명나라 황족으로 제14대 황제 희종(熹宗)의 배다른 동생인 주유검(朱由檢, 1611~1644)이 제15대 황제로 즉위한 숭정(崇禎) 원년에 해당한다. 능몽초가 과거시험에서 낙방한 일을 거론한 것을 보면 "정묘년 가을"에 숭정제의 즉위를 축하하기 위하여 특별히 과거시험이 거행되었음을 알 수가 있다.

2　서상(書商) : 명대에 서점의 일종인 서방(書坊)을 경영하면서 동시에 도서의 판각·인쇄·출판·판매를 도맡았던 도서 관련 전문 상인. 중국에서 영리성 서점의 역사는 오대(五代) 시기의 서사(書肆, 서점)로부터 시작되었으나 서상이 출판과 판매에 본격적으로 나서기 시작한 것은 송대부터이다. 근세인 명·청대에는 서상의 활동이 행정수도로 북방에 위치한 북경과 문화수도로 남방에 위치한 남경을 중심으로 활성화 되었다. 일부 지역의 서상들은 북경에 개설한 상인들의 사교 장소인 회관(會館)을 거점으로 삼았는데 강서지역 서상들의 문창회관(文昌會館), 하북지역 서상들의 북직문창회관(北直文昌會館), 강남지역 서상들의 숭덕회소(崇德會所, 소주)이 그것들이다. 명대 강남지역의 서상과 출판사업에 관한 문화사적 고찰은 문성재의 논문 「明末 희곡의 출판과 유통─江南지역의 독서시장을 중심으로」(『중국문학』, 제41집, 2004)를 참조하기 바란다. 전후 맥락을 따져 볼 때 여기서 능몽초가 언급한 "서상"은 박안경기를 두 차례에 걸쳐 출판해 준 소주 상우당(尙友堂)의 운영자 안소운(安少雲)을 가리킨다.

것이 마흔 편이나 된 것이다. 그것들은 억지로 지어낸 말이거나 투박한 이야기들이어서 장독을 덮기에도 부족한 내용들이었다. 그런데 그럼에도 불구하고 날개가 돋아 날고 다리가 생겨 달리기라도 하는 것처럼 빠르게 유행하였다. 그렇다 보니 수염을 꼬고 피를 토하며 글공부[3]에만 몰두할 때와 비교해 보면 팔리는 쪽과 안 팔리는 쪽이 되려 하늘과 땅만큼 큰 차이를 보일 정도였다.

능몽초의 전작 『박안경기(拍案驚奇)』의 초판본 표지(좌)와 중판본 표지(우).
중판본 맨위에 '초각' 두 글자가 추가되어 있다

아아, 글에 언제 정해진 값이 있었다던가! 서상이 무심코 한번 시도해 보았다가 성공을 거두자 '또 내겠다'고 하길래 나는 웃으면서 "한번으로

---

3 필총(筆塚) : 글자 그대로 풀면 '붓무덤' 정도의 뜻이다. 당나라의 명필인 회소(懷素)는 오래 써서 닳은 붓을 그냥 버리지 않고 산 아래에 묻어 주고 그 자리를 '필총'이라고 불렀다고 한다. 나중에는 부지런히 글씨 또는 글을 공부하는 것을 가리키는 표현으로 사용되곤 하였다.

도 충분하지 않소?"하고 말하였다. 그리고는 세상에 알려지지 않은 일화나 새로 나온 이야기들을 되돌아 보았다. 그랬더니 화제로 삼을 만한 데도 지난번에는 미처 책으로 엮지 못했던[4] 작품들 중에도 백량대[5]를 짓고 남은 목재나 무창의 남은 대나무[6] 같은 소재가 꽤 많았다. 그래서 '도중에 멈출 수는 없다'고 여겨 일단 이번에도 마흔 편을 엮기로 한 것이다. 그 작품들 중에서 귀신을 언급하고 꿈을 거론한 것들은 실제로 있었던 일도 있고 황당무계한 것도 있었지만 이번 책 역시 독자들을 설득하여 경계로 삼게 하는 데에 그 취지를 두었다. 교화의 죄인이 되기를 바라지 않는 심정은 이번이나 지난번이나 매 한 가지인 셈이다.[7]

---

4 미처 책으로 엮지 못했던[未及付之于墨] : '부지우묵(付之于墨)'은 글자 그대로 풀면 '글로 짓다' 정도의 뜻이다. 여기서는 서상이 『이각 박안경기』출판을 제안하기 전까지만 해도 작자 능몽초는 과거에 수집해 놓았던 의화본 소재들을 소장만 하고 있었을 뿐 창작(2차 창작)으로 옮길 생각은 하지 않고 있었다는 뜻으로 해석된다. 그러다가 서상이 정식으로 출판을 제안하자 소장했던 소재들을 추리고 자신만의 언어로 재창작하여 『이각 박안경기』를 선보인 것으로 보인다. 중화서국판 『이각 박안경기』에서는 세 번째 글자가 '아들 자(子)'로 나와 있으나 '어조사 우(于)'를 잘못 읽은 것이다.

5 백량대[柏樑] : '백량(柏樑)'은 한대에 지어진 백량대(柏樑臺)를 가리킨다. 지금의 섬서성 서안시 미앙구(未央區)의 장안 고성(長安故城) 안에 지어졌다고 전해지며 때로는 궁전을 뜻하는 말로 사용되기도 한다. "백량대를 짓고 남은 목재[柏樑餘材]"는 글자 그대로 풀면 '황제의 궁전을 짓는 데에 사용하고 남은 목재' 정도의 뜻이므로 품질이 아주 좋은 고급 목재를 말한다. 여기서는 재능이 출중한 인재를 뜻하는 말로 사용되었다.

6 무창의 남은 대나무[武昌剩竹] : 『진서(晉書)』의 「도간전(陶侃傳)」에 따르면, 동진 시기에 강서지역의 관리이던 도간은 공정하게 국법을 집행하고 성실하게 백성들을 대했는데 무창태수(武昌太守)를 지낼 때에는 매사에서 백성들의 권익을 최우선으로 두었다고 한다. 물자의 절약을 강조했던 그는 배를 건조하고 남은 나뭇조각들을 모아 놓았다가 겨울에 땅바닥에 깔아 물자나 행인들이 쉽게 이동할 수 있게 했으며, 남은 대나무는 전선의 대못으로 만들어 그 배를 고정하는 데에 사용하여 백성들로부터 칭송을 받았다고 한다. 원래는 그럭저럭 쓸 만한 목재를 가리키는데 여기서는 쓸 만한 인재를 뜻하는 말로 사용되었다.

7 이번이나 지난번이나 매 한 가지인 셈이다[後先一揆] : '이번[後]'은 이각 박안경기, '지난번[先]'은 그보다 먼저 간행된 『박안경기』(초각)를 두고 한 말이다. 능몽초가 초심(初

축건씨[8]는 이 정도의 작품들조차 '야릇한 말로 업보를 짓는 짓'으로 여긴다. 그런 시각에서 본다면 아무리 패관[9]의 몸을 빌어 불법을 설파한다고 해도 '유마거사[10]가 과거시험을 감독하는 격'이니 시험장에서 면박을 당하고 쫓겨나는 수모를 피할 수 없으리라.

숭정 임신년[11] 겨울에 즉공관주인이 옥광재에서 글을 짓다

心)를 저버리지 않고 『박안경기』에 이어 『이각 박안경기』의 집필·간행 과정에서도 "교화의 죄인이 되지 않는 것[不爲風雅罪人]"을 가장 중요한 가치로 두었음을 알 수 있다.

8　축건씨(竺乾氏) : 명대의 유행어. 원래는 불교의 비조 석가모니를 가리키지만 때로는 불교 또는 불가를 일컫는 말로 사용되기도 한다. 여기서도 '불가'의 의미로 사용되었다.

9　패관(稗官) : 중국 고대의 하급 관리를 낮추어 일컫던 이름. 한대의 역사가인 반고(班固, 32~92)는 자신이 편찬한 『한서漢書』의 「예문지(藝文志)」에서 소설의 유래와 관련하여 "소설가 부류는 대개가 하급 관리들에서 비롯되었다. 거리의 대화나 골목의 이야기들이나 길가에서 듣거나 길에서 하는 말을 토대로 지은 것이다.(小說家者流, 蓋出於稗官. 街談巷語, 道聽途說者之所造也)"라고 소개하였다. 반고의 설명에 등장하는 하급 관리 즉 '패관'과 관련하여 당대의 훈고학자이던 안사고(顔師古, 581~645)는 삼국시대 위나라의 학자인 여순(如淳, 3세기)의 "자잘한 알곡을 '패'라고 한다. 거리의 대화나 골목의 이야기, 그런 것은 하찮고 맥락 없는 말들이다. 임금은 민간의 풍속을 알고자 하기 마련이다. 그래서 '패관'을 두고 그들로 하여금 그런 이야기들을 소개하고 이야기하게 했던 것이다.(細米爲稗. 街談巷說, 其細碎之言也. 王者欲知里巷風俗, 故立稗官, 使稱說之.)"라는 설명을 근거로 "패관은 하급 관리이다.(稗官, 小官)"라고 설명하였다.

10　유마거사(維摩居士) : 인도 고대 불교의 고승으로 알려진 유마힐(維摩詰)을 말한다. 불교의 비조인 석가모니와 같은 시대 사람으로 '비마라힐(毗摩羅詰)'로 불리기도 하는데, 그 의미대로 풀면 '무구칭(無垢稱, 티 없는 이름)' 또는 '정명(淨名, 깨끗한 이름)' 정도의 뜻이라고 한다. 전설에 따르면 불제자인 사리불(舍利佛)·미륵(彌勒)·문수사리(文殊師利) 등과 함께 대승불교의 교리를 해설했다고 하며, 현재 전해지는 『유마경소설경(維摩經所說經)』에는 그가 여러 불제자들과 나눈 문답이 소개되어 있다. '유마거사가 과거시험을 감독한다'는 말의 경우, 유마거사는 불가의 성인이고 과거시험은 유가의 행사이므로 앞뒤가 맞지 않는 이율배반(二律背反)의 상황을 두고 한 말로 이해할 수 있겠다.

11　숭정 임신년[崇禎壬申] : 서기 1632년에 해당한다.

二刻拍案驚奇小引

丁卯之秋事, 附膚落毛, 失諸正鵠, 遲迴白門, 偶戲取古今所聞一二奇局可紀者, 演而成說, 聊舒胸中磊塊. 非曰行之可遠, 姑以遊戲爲快意耳. 同儕過從者索閱一篇竟, 必拍案曰, 奇哉, 所聞乎. 爲書賈所偵, 因以梓傳請. 遂爲鈔撮成編, 得四十種. 支言俚說, 不足供醬瓿, 而翼飛脛走, 較撚髭嘔血筆塚研穿者, 售不售反霄壤隔也. 嗟乎, 文詎有定價乎.

賈人一試之而效, 謀再試之. 余笑謂一之已甚, 顧逸事新語可佐談資者, 乃先是所羅而未及付之于墨, 其爲柹樑餘材武昌剩竹, 頗亦不少. 意不能恝, 聊復綴爲四十則. 其間說鬼說夢, 亦眞亦誕. 然意存勸戒, 不爲風雅罪人, 後先一指也. 竺乾氏以此等亦爲綺語障, 作如是觀, 雖現稗官身爲說法, 恐維摩居士知貢舉, 又不免駁放耳.

　　　　　　　　　　崇禎壬申冬日 即空觀主人題於玉光齋中

제34권

임군용이 깊은 규방서 마음껏 환락을 즐기고
양 태위는 서재의 식객을 멋대로 거세하다

任君用恣樂深閨 楊太尉戲宮館客

해제

　송대의 태위太尉 양전楊戩은 권세를 믿고 처첩을 많이 거느렸다. 하루는 그가 부인과 하녀들을 데리고 성묘를 하러 정주鄭州로 가게 되었는데, 집에는　요월부인瑤月夫人·축옥부인筑玉夫人·득의소저得宜笑姐·찬화이이餐花姨姨 등 여자 몇십 명만 남는다. 평소에 의심이 많던 양전은 처첩들을 엄격하게 감시하여 성묘를 떠나기 전에 군데군데 봉함지를 붙여 폐쇄하고 윤반輪盤으로 음식을 대면서 처첩들이 외간남자들과 접촉하는 것을 막는다. 정신적으로 외로움을 느낀 처첩들은 양전이 먼 길을 떠나 상관할 사람이 없자 좋은 시간을 보낼 외간남자를 구하려는 마음이 간절하다. 이때 영전의 저택에는 태위의 서재 식객인 임군용任君用이 더부살이를 하고 있었는데 요월부인이 여종을 시켜 은밀히 약속하고 그를 안채로 불러 들인다. 그는 그네 줄로 줄사다리를 만들어 담을 넘어 들어가서 부인과 여종들과 어울려 마음껏 환락을 즐긴다.

　그러던 어느 날, 양전이 성묘를 마치고 갑자기 집으로 돌아왔다는 소리를 들은 임군용은 허겁지겁 담을 넘어 서재로 들어가려 하지만 줄 사다리가 치워져 있어 오도 가도 못한 채 기와등 위에서 양전에게 발견된다. 그가 자신의 집안 여식구들과 간통을 저지른 것을 눈치챈 양전은 그 자리에서는 모른 척 넘어가더니 나중에 술자리를 마련해 후하게 대접한다. 임군용이 취해 정신을 잃은 것을 확인한 양전이 그 자리를 떠나자 건장한 사내 몇 명이 나타나 그를 결박하고 그에게 궁형宮刑을 가한다. 그 뒤로 양전은 그에게 자유롭게 안채를 드나들면서 처첩들과 술을 마시고 어울리게 해 주면서 애완동물 취급을 하고 임군용은 거세로 인하여 체력이 약해지고 우울증이 극심해져서 결국 죽고 만다.

이 이야기는 홍매 『이견지 지을夷堅志支乙』 권5에 소개된 「양전관객楊戩館客」 및 풍몽룡 『정사』의 「양전객楊戩客」 이야기를 소재로 지어졌다.

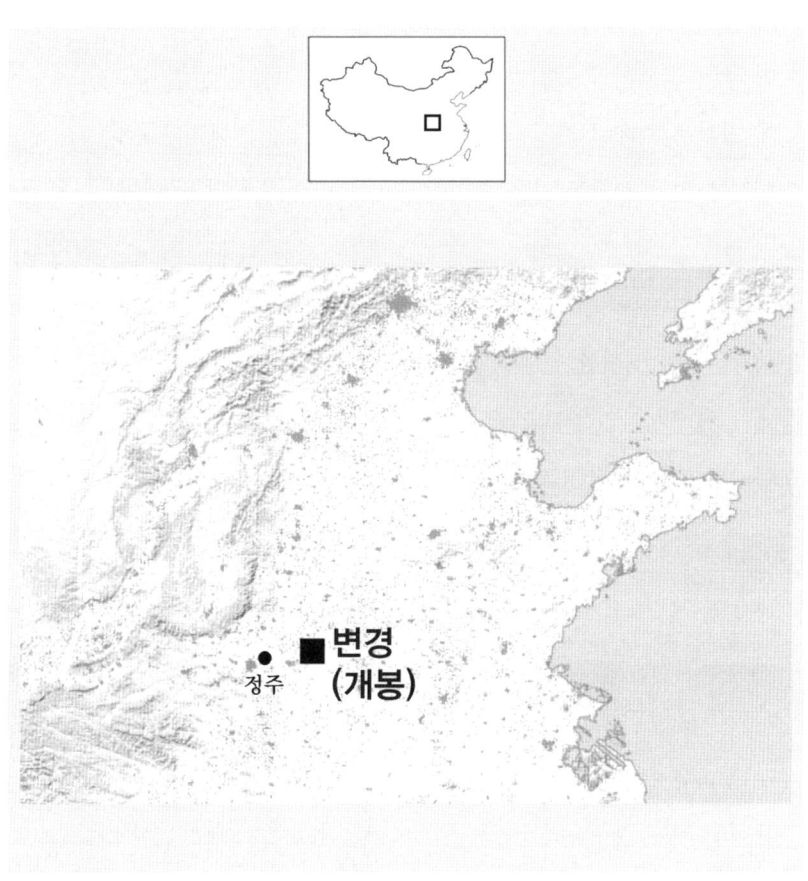

변경
(개봉)

정주

번역

이런 시가 있습니다.

'황금 뿌려 가며 노래며 춤 가르쳤건만	黃金用盡教歌舞,
남 주어 젊은이만 즐긴다'[1] 하더니만	留與他人樂少年.
이 말이 사후에만 해당될 줄 알았는데	此語祇傷身後事,
생시에 바로 천벌을 받을 줄이야!	豈知現報在生前.

계속 이야기를 들려 드리도록 하겠습니다. 세상에서 부귀영화를 누리는 집안 치고 소실을 들이지 않는 집은 한 곳도 없습니다. 그러면서 '왼쪽에는 연[2] 땅 미인을 끼고 오른쪽에는 조[3] 땅 미녀를 낀 채 눈 앞에서 애교와 아리따운 모습이 넘치고 가희와 무희가 무리를 이룬다면 인생에서

---

1 황금 뿌려 가며~[黃金用盡教歌舞] : 당나라 중기의 시인인 사공서(司空曙, 720~790)가 지은 시 「병중에 기녀를 출가시키다[病中嫁女妓]」에 나오는 말. 사공서는 집안 형편이 여유롭고 풍류가 넘쳐서 노래를 잘 하는 기녀들을 집에 두고 사치로운 생활을 하였다. 그러나 말년에는 병치레를 많이 하여 집안 형편이 기울자 결국 그 기녀들을 남의 집에 넘겨야 하였다. 그래서 엄청난 재산을 써 가며 자신이 키운 기녀들의 노래에 즐거움을 만끽하는 것이 남의 집 젊은이들이라는 사실에 개탄하면서 이 시를 지어 착잡한 심정을 드러내었다고 한다. 원문은 다음과 같다. "눈 앞의 만사가 슬프기 그지 없어, 이 몸은 꽃 같은 잔치 자리에서 눈물 흘리네. 황금 뿌려 가며 노래며 춤 가르쳤건만, 남 주어 젊은이들만 즐기게 되었구나![萬事傷心在目前, 一身垂淚對花筵. 黃金用盡教歌舞, 留與他人樂少年]"
2 연(燕) : 중국 고대의 지역명. 북경을 중심으로 한 지금의 하북성 북부지역에 해당한다. 주(周)나라 무왕(武王) 희발(姬發)이 은(殷)나라 주왕(紂王)을 무찌르고 천하를 얻은 후 자신의 일족인 희석(姬奭)을 이곳에 책봉하면서 나라 이름을 '연'으로 일컬었으며, 그 후로 지금까지도 북경지역에 대한 약칭으로 계속 사용되고 있다.
3 조(趙) : 중국 고대의 지역명. 지금의 하북성 남부, 산서성 중부·북부에 해당한다. '전국 7웅(戰國七雄)'의 하나인 조나라가 있었던 자리로 나중에 진나라의 시황제(始皇帝)에게 멸망되었다.

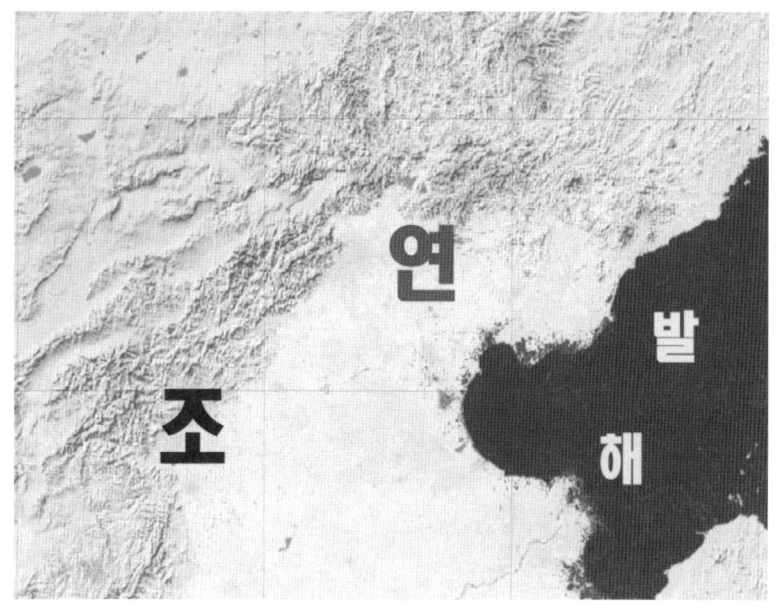

연과 조의 위치

만족스러운 일일 테지요. 그러나 남자든 여자든 욕심이 많기로는 피차가 마찬가지여서, 한 사람의 정력으로 여러 명의 여자를 거느리려 드는 것부터가 형평을 맞출 수 없는 일입니다. 하물며 부귀영화를 누리는 사람들은 어김없이 중년 연배들이고, 맞아들이는 소실들은 꽃과도 같은 젊은 여자들이기 일쑤지요. 베개 밑의 일이란 것이 각자 바라는 바가 제각각인 법입니다. 그러니 어디 그들의 욕심을 채우고 그들의 기분을 만족시킬 수가 있겠습니까![4] 그렇기 때문에 안채에 넘치는 것은 원한이 아니면 추문들 뿐인 거지요.

---

4 【즉공관 미비】所以乞靈于春藥. 그러니 미약에 목을 매는 거지.

『고금현녀수상(古今賢女繡像)』에 소개된 홍불 초상

　설사 가풍이 아주 엄격해서 집안이 철벽처럼 단단하고 밤마다 야경을 돌면서 물 샐 틈도 없이 단단히 대비한다고 칩시다. 그렇더라도 그들의 몸은 막을 수는 있어도 그들의 마음까지 막을 수는 없는 법입니다. 조금이라도 빈틈이 보이면 한 바탕 수작을 벌이려고 드니 본인에게 돌아올 낙이 어디 있겠습니까? 그저 밉상 취급이나 할 뿐이지요. 그런 판국이니 무슨 좋은 점이 있겠습니까? 돈은 돈대로 쓰고 애는 애대로 쓰건만 얻는 것은 사람들의 증오와 혐오 뿐입니다.[5] 홍불[6]이 월공越公 댁을 떠나고 홍초[7]가 대신의 집에서 도망친 일을 한번 보십시오. 그런 일은 한두 가지가 아닌 게지요. 살아 있을 때부터 벌써 이런 꼴이니 하루 아침에 죽고 나서는 또 어떻겠습니까? 나무가 쓰러지면 원숭이들도 흩어지는 법.[8] 남은 꽃떨기며 여린 꽃대가 모조리 남의 손에 져 버리고 말지요! 저 관반반[9]

---

5 **【즉공관 미비】** 絶頂議論, 富貴人宜熟玩之. 기막힌 주장이다. 부유하고 존귀한 양반들은 이 이치를 잘 음미함이 옳다.

6 홍불(紅拂) : 수(隋)나라 말기의 여협객 장출진(張出塵)을 말한다. 당나라 전기(傳奇) 작품인 『규염객전(虯髥客傳)』에 따르면, 그녀는 평소 손에 붉은 먼지떨이를 들고 있어서 '홍불녀(紅拂女)'로 불리게 되었다고 한다. 수(隋)나라 말기의 군사전략가인 이정(李靖, 571~649)은 무명 시절에 월국공(越國公) 양소(楊素)를 예방했다가 자신이 영웅임을 알아본 그 집 시녀 홍불과 백년가약을 맺고 함께 야반도주를 했다고 한다. 훗날 이정은 이세민(李世民)을 도와 당나라를 세우고 그 공으로 '위국공(衛國公)'에 봉해진다. 여기에 언급된 "이위공(李衛公)"은 바로 이정을 말한다.

7 홍초(紅綃) : 당대에 배형(裴鉶)이 지은 전기소설(傳奇小說) 『곤륜노(崑崙奴)』에 등장하는 여주인공. 당대에 최 선비[崔生]가 권문세족인 일품(一品)의 집에 가희로 있던 홍초를 사모하면서도 뜻을 이루지 못하자 그의 종인 마륵(摩勒)이 술법을 써서 두 사람이 사랑을 이루도록 도와 주었다고 한다.

8 나무가 쓰러지면 원숭이들도 흩어지는 법[樹倒猢猻散] : 송·명대의 속담. 권세를 누리던 사람이 실각하면 의지처를 잃어버린 그 아랫사람들이나 무리도 자연히 뿔뿔이 흩어져 버리고 만다는 뜻이다. 송대의 방원영(龐元英)이 지은 『담수(談藪)』「조영처(曹咏妻)」에 따르면 남송의 시랑(侍郞) 조영(曹咏)이 당시의 권신이던 진회(秦檜)의 인척으로 권세를 누릴 때 다른 사람들은 그를 찾아와 아부했으나 유독 그 처형인 여덕신(厲德新)만은 굴복하지 않자 온갖 협박을 다하였다. 그러다가 진회가 죽어 조영이 그 도당으로 지목되어 신주(新州)로 좌천되자 여덕신이 조영에게 서신을 보냈다. 그래서 조영이 서신을 열어 보니 '나무가 쓰러지면 원숭이들도 흩어지는 법'이라는 제목의 사부(辭賦)가 한 편 적혀 있었다고 한다. 이를 통하여 원래는 노래 제목이었음을 알 수가 있다.

9 관반반(關盼盼) : 당대 중기의 정치가인 장상서(張尙書)의 애첩. 용모가 아름답고 가무에 뛰어났으며 특히 『예상우의무(霓裳羽衣舞)』를 잘 추었다고 한다. 당시의 저명한 시인이던 백거이(白居易)는 그녀의 춤을 보고 나서 사부를 지어 그 춤 솜씨를 칭찬했다고 한다. 말년에는 장상서가 죽자 출가하기를 바라지 않고 장상서의 저택에 있는 누각인 연자루(燕子樓)에서 고독하게 지내다가 삶을 마감했다고 한다.

처럼 처신한 사람은 천 명 중에 하나도 없습니다.

역시 당사자가 죽고 난 뒤의 일들이니 일일이 다 신경 쓸 일도 없거니와 개탄할 필요도 없겠지요. 그러나 부귀영화를 누리는 사람들은 그저 눈 앞의 상황만 바라보면서 희희낙락하니 안타까울 따름입니다. 옆에서 보고 있자니 정말 그 양반들 걱정거리를 소생이 대신 지고 있는 꼴[10]이라니까요 글쎄?

송나라 때에 서울에 웬 선비가 살았습니다. 나들이를 나갔다가 돌아오는데 날이 저물지 뭡니까. 그래서 어떤 집 후원後苑을 지나는데 담장 끊어진 데가 정말[11] 그다지 높지 않아서 뛰기만 하면 들어갈 수 있을 것 같았습니다. 이때 선비가 술김에 번쩍 뛰어 넘어가서 가만 보니 안에 큰 화원이 있는데 엄청[12] 넓은 거예요. 사방을 둘러보니 꽃과 나무가 무성하고 길이 겹쳐 나 있는데 무척 볼 만하다 싶지 뭡니까. 선비는 신바람이 나서 돌계단을 따라 돌고 돌아서 차츰 깊숙이 들어갔지요. 그런데 조용한 것이 한 사람도 보이지 않길래 계속해서 천천히 걸어 들어가는데 아무리 보아도 질리지 않는 것이었습니다.

---

10 그 양반들 걱정거리를 대신 지고 있는 꼴[替你擔着愁布袋] : '수포대(愁布袋)'를 글자 그대로 직역하면 '걱정 보따리'가 된다.
11 정말[苦] : '고(苦)'는 송·원·명대 구어의 정도부사. 현대 중국어의 '태(太)'나 '극(極)'과 유사한 의미와 역할을 수행하여 뒤의 상황이 극단적으로 펼쳐지는 것을 나타낸다. 북송의 여가객인 이청조(李淸照, 1084~1155)가 지은 『탄파완계사(攤破浣溪沙)』 "梅蕊重重何俗甚? 丁香千結苦麤生。"의 '괴로울 고(苦)' 역시 같은 품사·용법으로 사용된 경우이다.
12 엄청[好不] : 명대의 구어식 표현. '호불(好不)'은 정도부사로 형용사 앞에 사용되어 극단적인 상황을 나타내는데, 이때 '불(不)'은 따로 번역되지 않지만 굳이 번역하자면 '정말이지 ~하지 뭔가!' 정도로 번역할 수 있을 것이다.

그러다가 날이 좀 어두워지길래 돌아가려는데 순간적으로 길을 잃어버리고 말았습니다. 아까 온 길을 뇌리에서 더듬고 있을 때였습니다. 별안간 붉은 천으로 만든 등롱이 멀리서 다가오는 것이 아닙니까.

'이 댁 사람이 온 게 분명해!'

이런 생각에 속으로 당황하다 보니 더더욱 아까 왔던 길을 찾을 수가 없지 뭡니까. 서로 마주치면 편치 못할까 두려워서 피하려고 하는데 길 왼편에 웬 작은 정자가 보이는 것이었습니다. 그 정자 앞 태호석[13] 옆에는 돌을 쌓아 만든 굴이 하나 있는데 입구가 작은 양탄자로 가려져 있었습니다.

'저기에 숨자! 바깥에서 사람이 안 보이면 그럭저럭 넘어갈 수 있을 테니 안성맞춤이 아니겠나!'

이렇게 생각하고 서둘러 그 작은 양탄자를 걷어 올리고 막 들어가 몸을 숨기려는 찰나였습니다![14] 갑자기 웬 사람이 굴 안에서 튀어나오는

13　태호석(太湖石): 중국 고대의 감상용 석회암. 석회질이 장기간에 걸쳐 물·공기와 접촉해 침식되면서 기이한 형상을 가지는데, 지역적으로 강소·절강 두 지역의 경계에 있는 태호(太湖)에서 주로 났기 때문에 붙여진 이름이다. 중국에서는 고대부터 권문세가나 거상갑부들이 기이한 형상의 석회암을 집 뜰에 놓아 두고 감상하곤 했는데, '산을 닮은 돌'이라는 뜻에서 '가산석(假山石)', 동굴 같이 '구멍이 나 있는 돌'이라고 해서 '굴륭석(窟隆石)' 등으로 부르기도 하였다. 여기서는 태호에서 운반해 온 돌이라는 뜻이 아니라 '태호석'과 같은 재질의 돌이라는 뜻으로 해석된다.

14　【즉공관 미비】又有早行人. 이번에도 선수 친 자가 있었군 그래!

것이 아닙니까!¹⁵ 정말 이만저만 놀란 것이 아니었지요. 선비가 그 사람을 보니 훤하게 생긴 젊은이였습니다. 그는 웬일인지 모르지만 먼저 그 속에 숨어 있었던 거지요. 그랬다가 갑자기 선비가 양탄자를 걷어 올리자 '누가 뒤를 밟았나' 싶어서 지레 단단히¹⁶ 놀라서¹⁷ 허둥지둥 달아나서 행방조차 알 수가 없게 되었습니다. 선비는 생각했지요.¹⁸

'다행이로군!¹⁹ 일단 나도 좀 숨고 보자!'

---

15 【즉공관 방비】幻甚. 덧없기도 하지!

16 아주 단단히[老大] : '노대(老大)'는 현대 중국어는 물론이고 원·명대 구어에서도 '맏이(firstborn)·큰형(the eldest)'이라는 의미로 주로 사용된다. 그러나 명대의 일부 구어체 문학작품들에서는 '노'가 '아주(very)', '대'가 '크다(big)·중요하다(important)'라는 의미로 해석되어 '아주 중요하다(very important)' 또는 '결정적이다(decisive)' 등의 형용사 또는 관형어로 사용된 용례들을 적잖이 확인할 수 있다. 시내암(施耐庵)의 소설 『수호전(水滸傳)』에서 무송(武松)과 반금련(潘金蓮)의 이야기를 다룬 대목을 보면 "和這十兩銀子收着, 便是個老大證見"이라는 대사가 나온다. 여기에 나오는 '노대'는 '맏이'나 '큰형'으로 이해하면 곤란하며 그 뒤에 오는 명사 '증견(證見)'을 수식하는 형용사 관형어로 해석하여 '아주 중요한' 또는 '결정적인'으로 이해해야 옳다. 즉 그 대사를 "이 은자 열 냥과 같이 잘 간직해 두게. 아주 중요한 증거니까!"라고 번역해야 하는 것이다. 이 이야기에 등장하는 '노대' 역시 마찬가지이다. 전후 맥락을 살펴볼 때, 『수호전』의 경우처럼, 여기서의 '노대'는 유천서의 형인 유천상을 가리키는 명사가 아니라 확인서의 성격을 지시하는 형용사 관형어로 해석해야 옳다. 따라서 여기서는 '老大吃驚'을 '맏이가 놀라다'가 아니라 "아주 단단히 놀라다"로 번역하였다.

17 【즉공관 미비】兩驚皆有趣味. 놀란 두 사람 다 재미있군 그래.

18 원수를 좁은 길에서 만날 줄이야[寃家路窄] : 명대의 유행어. 글자 그대로 풀면 '원수지간에게는 길이 좁다' 정도로 해석되는데, 골목 길에서 원수가 마주쳐서 피하려 해도 피할 수 없는 난처한 상황을 두고 한 말이다. 우리 속담의 '원수는 외나무 다리에서 만난다'와 비슷한 상황에서 사용한다.

19 다행이로군[慚愧] : '참괴(慚愧)'는 원래 '부끄럽구나' 식으로 자신의 잘못이나 단점을 뉘우치고 부끄러워 하는 말이다. 그러나 당·송대 이후로는 '잘됐다', '다행이다', '고맙다' 등과 같이 어떤 사람이나 상황을 반기는 말로 더러 전용되기도 하였다. 여기서는 후자의 의미로 해석하였다.

구영이 그린 『한궁춘효도』 속의 태호석(우)

그렇게 해서 소리를 삼키고 숨을 죽이면서 안에 쪼그린 채로 '그 광경을 본 사람이 없겠지' 하고 여기고 있었습니다.

그러나 뜻밖에도 '원수를 좁은 길에서 마주칠 줄이야' 누가 알았겠습니까? 그 붉은 천 등롱이 하필이면 그 정자로 향하는 것이었습니다.

선비가 있는 굴은 어두운 곳이었습니다. 그래서 안에서 쳐다 보니 등롱이 밝게 빛나는 저 쪽이 제법 밝게 보였지요. 그런데 열 명 정도 되는 젊은 여인들이 고운 화장에 화려한 옷차림을 하고 저마다 요염한 자태로 풍류가 넘쳐 사람 마음을 흔드는 것이었습니다. 선비도 그 모습을 보고 있노라니 어느새 욕정이 생기는 것이었지요. 아 그런데 뜻밖에도 그 사람들이 벌떼처럼 죄다 석굴 입구 쪽으로 몰려 들더니 다들 손으로 양탄자를 걷어 올리는 것이 아닙니까. 그 순간 선비의 낯선 모습을 발견하고 다들 놀라면서 말했습니다.

"어째서 … 그 분이 아니시지?"

그 여인들은 서로 얼굴을 바라보며 아는 체도 하지 않았습니다. 그런데 그 중에서 나이가 좀 지긋한 여인이 붉은 천 등롱을 손에 나꿔채서 들더니 선비를 자세하게 비추어 보고 나서 말하는 것이었지요.

"이 자도 괜찮네!"[20]

그리고는 가냘픈 손으로 선비의 손을 잡아 끌더니 냅다 끌고 가는 것이었습니다. 선비가 아무 소리도 질문도 못하고 '별 일 없겠지' 싶어서 고분고분 그들을 따라 갔더니 동방洞房 밀실로 데려다 놓는 것이었습니다. 그런데 가만 보니 술과 안주가 나란히 차려져 있지 뭡니까.

---

20 【즉공관 미비】畢竟老趁個. 어쨌든 머리수는 채웠군.

미인들은 앞다투어 육박[21]으로 승부를 겨루면서 술을 주고 받았습니다. 그러더니 급기야 어깨를 끌어안고 목을 부비는가 하면 얼굴을 어루만지고 입술을 맞추는 등 벼라별 행동을 다 하는 것이었지요. 술 몇 잔을 마신 그녀들은 저마다 불처럼 달아오르는 흥분을 주체하지 못하여 다짜고짜 냅다 선비를 침상 위로 밀었습니다. 그리고는 다함께 휘장 안으로 비집고 들어가더니 바지를 벗기는 이는 바지를 벗기고 허리를 끌어안는 이는 허리를 끌어안으면서 어떤 차례대로인지는 알 수 없지만 줄줄이 그를 농락하는 것이었습니다. 그러다가 선비가 사정이라도 할라치면 거기다 입을 들이대기도 하고 손으로 주무르기도 해서 어느 사이에 도로 단단해지는 것이었지요.

육박에 사용된 한대의 놀이 세트와 육박을 노는 사람

다행스럽게도 선비는 팔팔한 나이였습니다. 그래서 연거푸 두 여인을

---

21 육박(六博) : 중국 고대의 전통 놀이. 윷놀이처럼 막대기를 던지고 말을 이동시키는 방식으로 진행되며, 앞서 가는 말을 잡으면 이기는 방식으로 놀이가 진행된다. 이때 사용하는 막대기가 여섯 개이기 때문에 '육박'이라고 부른다. 때로는 '육박(陸博)'으로 적기도 하는데, '뭍 육(陸)'이 때로는 '여섯'의 의미로 사용되기도 하므로 두 글자 모두 '6'의 뜻으로 이해할 수 있겠다.

상대하면서도 쉬지도 않는 것이었지요. 무쇠로 만든 것도 아닌데 어쩌면 그렇게도 기량이 대단하단 말입니까! 서로가 지겨울 때까지 달달 볶아 대더니 오경²²이 되어서야 한 사람씩 흩어져 그 자리를 떠나는 것이었지요.

선비는 하도 시달리는 바람에 진작에 녹초가 되어 버렸습니다. 온 몸에 기운이 하나도 없어서 걸음조차 옮길 수가 없었지요.²³ 개중에 물정에 좀 밝은 부녀자 하나는 등에 지는 큰 함을 가져와서 선비를 그 안에 넣더니 어린 여종 두셋에게 지고 가게 했습니다. 그러자 여종들은 담장 밖으로 가서 그 함을 기울여 선비를 꺼내 놓고 서둘러 대문을 닫고 들어가 버리는 것이었지요.

이때는 날이 밝아오고 있었습니다. 선비는 누가 보기라도 하면 사달이 날까 봐서 어쩔 수 없이 억지로 있는 힘을 다 짜 내면서 한 걸음 한 걸음 돌아왔습니다. 그렇다고 남에게 그 일을 발설할 엄두를 낼 수도 없었습니다. 그렇게 며칠을 지나 몸이 회복되자 그제서야 당초의 그 장소 옆으로 가서 담장이 허물어진 집이 누구 집인지 물어 보았지요. 그런데 사람들 하는 이야기가 채蔡 태사²⁴ 댁 화원이라지 뭡니까. 선비는 혀를 내두르면서 순간적으로 몸을 움츠리며 그 집에는 들어가 보지도 못하고²⁵ 식은

---

22 오경[五鼓] : '오고(五鼓)'는 '오경(五更)'과 같은 뜻으로, 인시(寅時) 즉 새벽 3시부터 5 시까지에 해당한다.
23 【즉공관 미비】 替死鬼. 희생물이로군.
24 채 태사(蔡太師) : 북송 휘종 때의 간신 채경(蔡京)을 말한다. '태사(太師)'는 중국 고대에 황제를 보필하는 '3공(三公)' 중에서 가장 존귀한 자리였다.
25 【즉공관 미비】 覆帳不起. 두번째 만남은 물 건너갔군 그래.
      명·청대 구어체 중국어에서 '복장(覆帳)'은 기녀가 첫 번째 손님과 관계를 맺고 나서 두 번째 손님과 잠자리를 같이하는 것을 가리키는 말이다. 풍몽룡(馮夢龍)이 엮은 송대 화

땀을 잔뜩 흘리면서 다시는 그 앞을 지나갈 엄두를 내지 못했답니다.

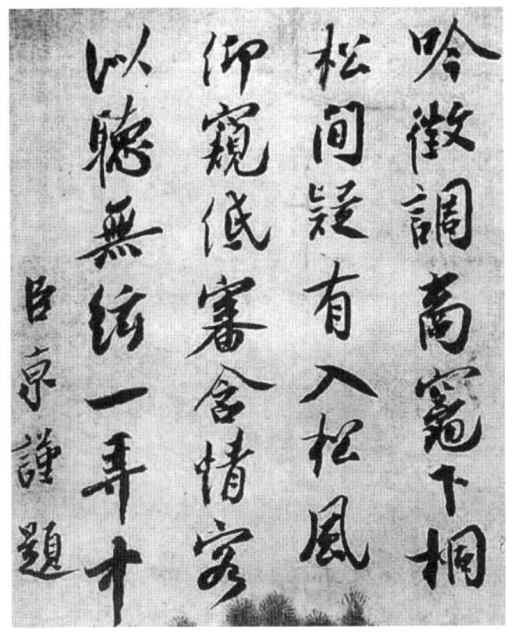

채경 글씨

손님들! 생각을 좀 해 보십시오. 당시 이 채경[26]이라는 태사가 얼마나

본소설집인 『성세항언(醒世恒言)』 「매유랑독점화괴(賣油郎獨占花魁)」의 "你如今快尋個 覆帳的主兒, 他必然肯就."에서도 그 용례를 확인할 수 있다.

26 채경(蔡京, 1047~1126) : 북송의 권신. 자는 원장(元長)이며, 흥화(興化, 목건성) 선유 (仙游) 사람이다. 조정에서 재상을 4번, 총 17년 동안 지냈다. 그러나 재임기간 동안 응봉 국(應奉局)·조작국(造作局) 등을 설치하고 화석강(花石綱)의 토목공사를 크게 일으켜 연복궁(延福宮)·간악(艮岳) 등을 건설하면서 만금이 넘는 국고를 축내는가 하면 서성괄 전소(西城括田所)를 설치하고 백성들의 전답을 대대적으로 침탈하여 재정 손실을 채웠 으며 염법·차법을 졸속으로 뜯어 고치고 화폐 개혁을 어지럽게 진행하는 바람에 '여섯 도적들 중의 괴수[六賊之首]'라는 원성이 자자하였다. 정강(靖康) 원년(1126)에 휘종이 즉위하자 영남(嶺南, 지금의 광동지방)으로 좌천되었다가 가는 길에 담주(潭州, 지금의 호남성 장사시)에서 죽었다.

위세가 등등하고 얼마나 법령이 지엄했습니까? 그런데 그 맹랑한 여인네들이 노인네가 곤히 잠든 틈에 남들 눈을 피해 그들 마음대로 그런 허튼 짓을 벌인 것이었습니다. 밀회를 가진 사람이 놀라서 내빼면 또다른 사람으로 바꾸는 식으로 멋대로 음행을 일삼은 거지요. 그렇게 아무도 지켜보는 사람이 없는 것 같이 행동하니 태사 쪽에서인들 어디 단속할 수가 있었겠습니까? 그게 모두 소실을 많이 두는 바람에 그런 추잡한 일들이 벌어진 거지요!

당시에는 고高·동童·양楊·채蔡[27]의 네 간신은 악명이 높았습니다. 채태사와 권세가 막상막하인 양전[28]이라는 태위[29]에게도 그런 일이 있었는데 나중에 발각되는 바람에 비웃음거리를 허다하게 자아냈다는군요. 손님들께서 마다하지 않으신다면 소생이 그 자세한 이야기를 한번 들려 드릴까 합니다.

---

27 고·동·양·채(高童楊蔡) : 북송 중기의 4대 간신인 고구(高俅)·동관(童貫)·양전(楊戩)·채경(蔡京)을 차례로 일컬은 것이다.
28 양전(楊戩, ?~1121) : 북송 휘종(徽宗) 재위 시기의 환관. 화제로 즉위한 조길(趙佶)이 대단히 신임하여 창화군 절도사(彰化軍節度使)로 임명했으며 마지막에는 그 벼슬이 태부(太傅)에까지 이르렀다. 백성들의 토지를 겸병하는가 하면 천재지변이 발생해도 조세나 소작료를 면제해 주지 않고 가렴주구를 일삼아 원성이 대단하였다. 그가 죽자 휘종은 태사(太師)·오국공(吳國公)으로 추증했으나 정강 연간 초기에 그 아들인 흠종(欽宗)이 어명을 내려 그 관작을 박탈하였다. 이 이야기와 맨 뒤 제40권의 잡극에서는 양전이 태위를 지낸 것으로 소개했지만 실제로는 태위가 아닌 태부를 지냈을 뿐이다.
29 태위(太尉) : 중국 고대의 관직명. 진(秦)나라 때에 처음으로 설치된 관직으로, 행정의 최고위직인 승상(丞相)과 대비적으로 군권을 장악하고 군사 업무를 관장하던 군사의 최고위직이었다. 정1품으로 녹봉은 1만 석이며, 황금 관인과 자주색 인끈을 하사받았다.

눈 앞 미녀들 너무도 음탕하다지만　　　　　　滿前嬌麗恣淫荒,

그 비와 이슬을 누가 맘껏 맛보았더냐?　　　　雨露誰曾得飽嘗.

양대[30]가 즐거움 누리는 곳일진대　　　　　　自有陽臺成樂地,

상대가 굳이 양왕[31]일 필요야 있겠나!　　　　行雲何必定襄王.

이야기를 들려 드리도록 하지요. 송나라 때 양전 태위는 권세와 황제의 총애를 믿고 벌이지 않는 짓이 없을 지경이었습니다. 가무의 향락이며 소실의 숫자에 있어서는 채 태사 이래로 비슷한 사례를 찾아보기 어려울 정도였지요.

그러던 어느 날이었습니다. 태위가 정주^{鄭州}에 성묘를 다녀올 요량으로 가솔들을 거느리고 길을 떠나게 되었답니다. 그래서 앞서 언급한 부인 몇 분과 그 부인들이 부리는 어멈과 시녀들까지 모두 그를 따라 서쪽으로 향했지요. 그 밖에 나이가 좀 지긋하거나 어려서 아직 잠자리 시중을 모르거나 몸이 약해서 고생을 견디지 못하거나 달거리를 하느라 가마

---

30 양대(陽臺) : 전국시대 초(楚)나라 가객 송옥(宋玉)이 지은 「고당부(高堂賦)」에 나오는 장소. 초나라의 양왕[楚襄王]이 고당(高唐)으로 유람을 갔다가 꿈에 어떤 여자를 만났는데, 작별할 때 "소녀는 무산의 남쪽 고구의 험지에 산답니다. 아침에는 떠다니는 구름이고 저녁에는 움직이는 비가 되어 아침저녁으로 양대 밑에 있답니다[妾在巫山之陽, 高丘之阻. 朝爲行雲, 暮爲行雨, 朝朝暮暮, 陽臺之下]"라고 말했다고 한다. 다음날 아침 양왕이 현장으로 가 보니 그 여인의 말과 같아서 그 곳에 사당을 짓고 '조운(朝雲)'이라고 이름 붙였다고 전한다. 나중에는 남녀간의 정사나 밀회 장소를 나타낼 때 양대·고당·무산(巫山)·운우(雲雨) 등의 말을 사용하게 되었다.

31 양왕(襄王) : 전국시대 초(楚)나라의 경양왕(頃襄王, ?~BC263)을 말한다. 회왕(懷王)의 장자로, 이름이 웅횡(熊橫)이며, 기원전 298~기원전 263년 동안 재위하였다. 초나라의 유명한 가객인 송옥(宋玉)은 자신이 지은 「신녀부(神女賦)」에서 양왕이 운몽(雲夢)을 거닐다가 꿈에서 신녀(神女, 무녀)를 만나 정사를 나눈 일을 노래하였다. 여기서는 소소연의 미모를 예찬하는 말로 사용되었다.

명대 화가 정운붕(丁雲鵬)의 『낙신도(洛神圖)』

나 말을 타기 곤란한 이들은 집에 남고 가지 않았습니다. 그렇게 어멈들 시녀들을 다 합치니 모두 오륙십 명 정도가 집에 남게 되었지요.

태위는 심성이 의심이 많은 편이어서 집단속을 엄하게 했습니다. 그래서 중문[中門] 밖으로부터 대문까지 모두 자물통을 채워 잠그는 것은 물론이고, 거기다가 붉은 글씨의 봉인지까지 붙여 아예 드나들지 못하게 만들었답니다. 딱 한 곳 중문 안의 앞쪽 복도 벽 사이에는 구멍을 하나 뚫고 돌아가는 회전판을 달아 놓았지요. 바깥에서 음식물을 들여보낼 수 있도록 말입니다. 그리고는 이(李)씨 성의 늙은 뜰지기 종이 바깥에서 감시하면서 밤이 되면 사람들이 순찰 돌면서 징과 딱따기를 울리는 것을 감독했답니다. 그렇게 밤새도록 그치지 않다 보니 외간사람들은 그들을 똑바로 쳐다볼 엄두조차 내지 못했지요.

그런데 안채에 남겨 놓지 못한 사람들 중에는 몹시 아름다운 여인이 몇 분 있었습니다. 바로 태위가 총애하기로 이름이 나 있던 소실들이었지요. 하나는 요월부인瑤月夫人으로 부르고 하나는 축옥부인築玉夫人으로 불렀으며, 하나는 의소저宜笑姐로 부르고 하나는 찬화이이[32]로 불렀습니다. 이들은 시녀들과 함께 집안에 갇혀 있었습니다. 그런데 날이 가고 밤이 길어져도 딱히 할 수 있는 일이 없지 뭡니까? 기껏해야 골패骨牌를 놀거나 풀 싸움을 벌이거나 그네를 타거나 공이나 차면서 시간을 보내는 것이 고작이었지요. 그러나 그런 재미도 한계가 있지 어디 무슨 신이라도 나야지요! 게다가 낮에야 그럭저럭 어울려 시간을 보낸다지만 밤에는 적막하기 짝이 없는데 어떻게 견딜 수가 있겠습니까요 글쎄!

이 축옥부인이라는 분은 원래 장안[33]의 옥쟁이의 아내였는데, 본성이 총명하고 자태가 아리따웠습니다. 그래서 은밀히 인맥을 통하여 알음알음으로 서울에서 대단한 명성을 떨쳤지요. 그러다가 양 태위가 우연히

---

32 **【즉공관 미비】** 留者如此, 去者可知. 남겨 놓은 이들도 이 정도인데 따라 간 이들의 미모는 알 만하구나.

33 장안(長安) : 전한과 당나라의 도읍지. "길이 다스리고 오래도록 평안한[長治久安]" 도시라는 뜻으로, 지금의 중국 섬서성(陝西省)의 서안(西安)을 말한다. 나중에는 경우에 따라서는 보통명사처럼 사용되어 다른 왕조의 도읍지까지 가리키는 말로 전용되기도 하였다.

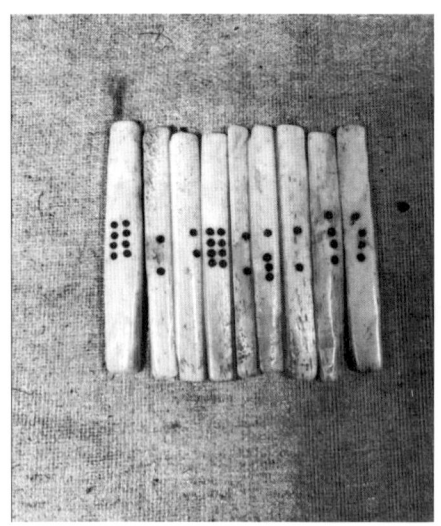

골패놀이에 사용된 골패

그 모습을 한번 보고 권세를 이용해 그녀를 **빼앗**더니 몹시 총애하면서 일곱 번째 부인으로 삼고 '축옥'이라고 불렀답니다. 그녀는 아리땁게 단장을 하곤 해서 마치 옥을 깎아 만든 사람 같았습니다. 은근히 그 이름값을 한 셈이지요.[34] 그녀는 이 댁 여인들 중에서는 남달리 영리한 데다가 요염하고 음탕하기가 타의 추종을 불허할 정도였습니다. 그래서 태위가 집에 있을 때조차 몰래 젊은이를 한둘 끌어들여 놓고 즐길 생각만 하곤 했답니다. 그랬으니 이번에 태위가 집에 없어서 하루 종일 집이 비었고 자물통까지 꽁꽁 채워 놓았으니 요망한 생각을 하지 않을려야 않을 리가 있겠습니까?

이때 태위에게는 식객이 한 사람 있었습니다. 성이 임任이고 자는 군용君用이었지요. 원래는 글공부를 제대로 하지 못한 젊은 자제인데 글씨를 잘 써서 서신이며 공문 같은 글을 대신 써 주곤 했습니다. 그런데 외모도 준수하고 나이도 아직 서른 살이 되지 않은 상태였지요. 그래서 총각[35]일

---

34 【즉공관 방비】可謂不忘舊. 그 근본을 잊지 않았다고 하겠구나.

35 총각(總角) : 중국 고대의 전형적인 아이들의 두발 양식. 머리 위 양쪽으로 상투를 튼 모습이 마치 뿔 같다고 해서 '총각'으로 불렸다. 때로는 '어린 시절'을 뜻하는 말로 전용되기도 하였다. 동진의 유명한 시인인 도연명(陶淵明)이 지은 『영목(榮木)』의 "총각머리

때에는 늘 태위의 집 뒤뜰에서 놀다가 오곤 했는데, 우스운 이야기를 잘 해서 분위기를 잘 맞추는 데다가 심성도 사근사근 했습니다. 그렇다 보니 태위도 그를 좋아해서 서재에서 배석하는 식객으로 데리고 있었지요. 그런데 태위가 정주로 떠날 때 길에 늘어선 소실들이 너무 많다 보니 가마와 말을 오르내릴 때마다 불편할까 봐서 바깥채에 남아 있던 참이었습니다.

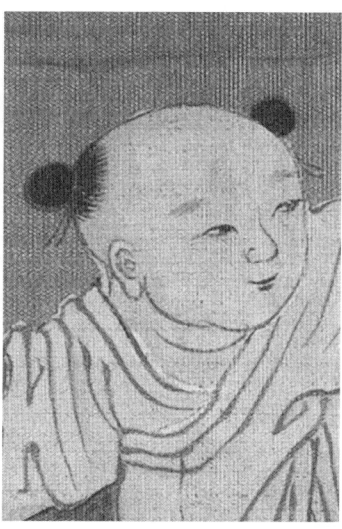

송대 소한신의 『장춘백자도(長春百子圖)』 속의 총각머리를 한 아이

임 선비에게는 사이가 좋은 친구가 하나 있었습니다. 이름을 방무덕方務德이라고 하는데, 어릴 적부터 동창 사이였지요. 그래서 평소에 태위 댁에서 여가가 생기면 그를 찾아가 여유롭게 이야기를 나누면서 술을 마시

___

틀 때 도를 들었건만 백발이 되어서도 이룬 것이 없구나!(總角聞道, 白首無成.)" 부분에서도 해당 용례를 확인할 수가 있다.

곤 했답니다. 이번에는 태위가 집에 없고 임 선비는 임 선비대로 할 일이 없었습니다. 그래서 낮에는 그를 끌고 이곳저곳을 돌아다니고 밤이 되면 기방에서 잠을 자거나 혼자 서재로 돌아오곤 한 것은 말 할 필요도 없었지요.

계속 이야기를 들려 드리도록 하겠습니다. 축옥부인은 밤에 독수공방하자니 견딜 수가 없지 뭡니까. 그래서 가장 마음이 잘 맞는 시녀 여하如霞를 불러 침상에서 같이 자면서 야릇한 이야기들을 나누며 답답한 마음을 달랬지요. 그렇게 이야기를 나누다가 흥분이라도 되면 자위 도구를 꺼내서 여하에게 그것을 허리춤에 묶고 남자처럼 그 짓을 벌이게 했답니다. 여하가 그 분부대로 하면 부인은 부인대로 신음을 내면서 허리를 위로 마구 움직여 대었지요. 여하는 부인을 한껏 달아오르게 만든 다음 물었습니다.

"남자하고 할 때보다 … 어떠세요?"

그러자 부인이 말하는 것이었지요.

"그냥 갈증이나 좀 푸는 정도이지 진지하게 받아들일 정도야 되겠니? 정말 남자하고였다면 … 어디 이 정도로 끝날까!"[36]

---

36 【즉공관 미비】慧女子語. 슬기로운 여자의 말이로군.

"진짜 남자가 그렇게 값지다고 하시면서 … 바깥채에서 빈둥거리게 놓아 두시다니 유감이로군요!"

"임군용 말이냐?"

"그렇지요!"

"그 자는 태위 대감께서 가장 아끼시는 식객이니 … 더욱 괜찮은 사람이긴 하지. 우리가 안채에서 몰래 훔쳐보면 늘 혼자서 흥분을 풀더구나."

"그 사람을 만약에 … 방법을 강구해서 안으로 끌어들이면 … 얼마나 좋아요!"

"아닌게 아니라 그 자가 빈둥거리고 있기는 하구나. 하지만 … 담장이 높은데 어떻게 들어오게 할 수가 있겠느냐?"

"농담을 해 본 것뿐이에요. 당연히 들어올 수 없지요."

그런데 부인이 말하는 것이었습니다.

"내가 꾀를 내서 그 사람을 꼭 안으로 꾀어 들이고 말 테다!"

"뒷뜰 화원 담장 아래가 바로 바깥채 서재지요. (…) 우리 내일 일찍 일어나서 뒤뜰 화원에 가서 땅을 좀 살펴 보시지요. (…) 마님께서 어떻게 그럴듯한 꾀를 내서서 꾀어 들이면 같이 한번 즐겨 보게 말이에요!"

그 말에 부인은 웃으면서 말했습니다.

"손에 넣기도 전에 네년이 벌써부터 나누어 달라고 성화로구나?"

"마님! '혼자 먹고 혼자 싼다'[37]는 소리 나오지 않게 하세요! 같이 즐겨요. 제가 잘 거들어 드릴게요!"

그러자 부인은 웃으면서 말했습니다.

"그러자, 그래!"

이날 밤은 따로 들려 드릴 이야깃거리가 없군요.[38]

---

37 혼자 먹고 혼자 싼다[獨喫自痾] : 명대의 구어 표현. '독끽자아'는 글자 그대로 직역하면 '자기 똥을 혼자 다 먹는다' 정도가 되는데, 자기 이익을 챙길 줄만 알고 남의 고통은 돌아보지 않는 경우를 두고 하는 말이다. 풍몽룡이 엮은 송대 화본소설집인 『성세항언(醒世恒言)』 제21권 「여동빈비검참황룡(呂洞賓飛劍斬黃龍)」의 "幾曾見你道門中闡揚道法, 普度群生? 只是獨吃自痾."나 『이각 박안경기』 제4권에서 "何故苦苦貪私, 思量獨吃自痾, 反把家裡東西送與沒些相干之人."의 경우도 같은 경우이다.

38 이날 밤은 따로 들려 드릴 이야깃거리가 없군요[一夜無話] : 이야기꾼이 청중에게 하는 상투적인 표현. 이를 통하여 능몽초 당시 저잣거리의 이야기꾼은 이 대목에서 당일의 이야기를 마무리 했을 것임을 짐작할 수 있는 셈이다. 때로는 '당일무화(當日無話)', 즉 '이

날이 밝자 머리를 빗고 세수를 마친 부인과 여하는 뒤뜰 화원의 문을 열고 머리에 꽂을 꽃을 따러 가는 김에 땅을 좀 살피러 갔습니다. 그런데 그네 옆까지 갔을 때였지요. 가만 보니 모직 줄이 높이 매달려 있는 것이 아닙니까. 그것을 본 부인은 빙그레 웃으면서 말하는 것이었습니다.

"이것을 쓸 데가 생겼구나!"

그리고는 가지치기를 할 때 쓰는 사다리가 태호석 옆에 세워져 있는 것을 발견한 부인은 여하를 부르더니 말했습니다.

"보거라, 봐! (…) 이것 두 개만 있으면 안채 바깥채가 담장으로 막혀 있는 게 대수겠니?"

"꾀가 … 떠오르신 거에요?"

"일단 저 바깥채 담장 쪽으로 가서 자세히 살피면 방법이 생기겠지."

여하는 부인을 데리고 두 그루 오동나무 옆으로 가더니 손으로 가리키면서 말했습니다.

날은 따로 들려 드릴 이야기가 없군요' 식으로 사용되기도 하였다.

"이 너머가 바로 바깥채 서재지요. (…) 임군용은 지금 안에서 혼자 지내고 있는 것 같아요."

그 쪽을 자세히 살펴 본 부인은 생각을 좀 해 보더니 말하는 것이었습니다.

"오늘밤… 정말 이쪽을 통해서 데리고 들어오는 건 어렵지 않겠구나!"

"어째서요?"

"나 하고 네가 살그머니 사다리를 가져 와서 오동나무 옆에 댄 다음 네가 사다리를 올라가서 … 가지 위에서 두 계단만 밟고 올라가서 부르면 바깥채까지 소리가 들릴 게야."

"이쪽으로 올라가는 거야 어렵지 않고 … 바깥채에 들리게 하는 것도 문제는 없지만 … 그 분을 어떻게 올라오게 할 수 있겠어요?"

그래서 부인이 말했습니다.

"내가 나무널 몇 개를 가져다가 그네 줄로 양쪽을 묶고 … 한 자마다 널을 한 개씩 매어서 거두면 한 묶음이 되지 않니. 그걸 던져서 펼치면 사다리 하고 마찬가지 아니냐? 만약에 … 바깥 쪽 하고 약속만 잘 해 놓으면 사다리로 오동나무 가지 위까지 올라가서 그 네 줄 끝을 나뭇가지에 묶어서 단단히 고정시키 는 거지. 그런 다음에 널 과 줄을 담장 너머로 던 져서 늘어뜨리면 줄사다 리가 되어 줄 게 분명해! (…) 네가 몇 개를 더 차 례로 올려 보내기만 한다 면야 … 어디 건너올 수 있는 사람이 한 사람뿐이 겠느냐?"

"기막히네요, 기막혀! 지체할 것 없이 일단 말 씀대로 좀 해 볼께요!"

명대 삽화에 그려진 오동나무

여하는 싱글벙글하면서 잠시 방 안으로 가더니 작은 나무널을 꺼내 와 서 부인에게 건넸습니다. 그러자 부인은 그네 줄을 풀게 해서 직접 널에 단단히 묶더니 여하를 보고 말했지요.

"너는 일단 사다리를 잘 대어 놓고 올라가서 바깥을 좀 살피고 이쪽 소식을 전할 수 있을 만한지 확인하도록 해라. 만약 사람이 안 보이면 ⋯ 그 방법대로 먼저 너를 내려 보내서 그 자 하고 약속을 정하면 되겠지!"

여하는 그 말을 좇아서 사다리를 잘 갖다 대더니 몸도 재빠르게 쪼르르 가지를 타고 올라갔습니다. 그리고는 바깥의 서재를 살피고 있을 때였지요. 무슨 일이 생기기는 생기려고 그랬나 봅니다.[39] 마침 임군용이 방무덕과 함께 집 밖을 돌아다니고 놀면서 밤을 새우고 나서 이제 막 돌아와 마침 방으로 들어가려고 하는 것이 아닙니까. 그래서 담장 안에서 여하가 웃는 얼굴로 그를 손가락으로 가리키면서 말했지요.

"어라?[40] 임 선생 아니세요?"

담장 위에서 들리는 웃음소리를 들은 임군용이 고개를 들어 보았더니 양쪽으로 총각머리를 한 여자가 자신을 가리키면서 말을 거는 것이 아닙니까.[41] 그래서 가만히 보니 그 댁의 여하였습니다. 그는 나이가 젊은데 어디 감정을 주체할 수가 있겠습니까. 대뜸 이렇게 물었지요.

---

39 무슨 일이 생기려고 그랬나 봅니다[也是合當有事] : '합당유사(合當有事)'는 때로는 '합해유사(合該有事)' 식으로 사용되기도 한다.

40 어라[兀的] : '올적(兀的)'은 원·명대의 구어식 표현이다. 원래는 원대 희곡에서 사용된 감탄사이지만 나중에는 명대의 구어체 소설에서도 사용되기 시작하였다. 별다른 의미는 없으며 우리 말의 '어라?' '이런!' 정도의 어감을 나타낸다.

41 【즉공관 미비】牆外行人, 牆內佳人笑, 逼眞語景. 담장 너머의 행인과 담장 안의 웃는 미녀라! 그 말이며 광경이 아주 생생하구나.

"아가씨, 소생에게 무슨 하실 말씀이라도…"

그러자 여하는 트집을 잡을 요량으로 대답했지요.

"이렇게 일찍 바깥에서 돌아오시니 혹시 … 간밤에 어디라도 다녀오셨어요?"

"소생 … 외롭게 지내자니 참을 수가 없길래 안 그래도 바깥에 좀 다녀오던 참이었소이다마는."

"참나! 우리 댁 담장 안에 안 외로운 사람이 어디 있다고 그러세요? (…) 안채에 좀 들러 보세요. 그럼 모두 안 외롭게 될 텐데 … 말이에요."

"저는 날개가 없으니 날아서 들어갈 수가 없군요!"

"정말로 들어올 생각이시라면야 … 저한테 방법이 다 있지요! 날개로 날 필요도 없이 말이에요."

그러자 임군용은 담장 위를 향하여 거창하게 인사를 하면서 말했습니다.

"아가씨 감사합니다! 어서 그 기막힌 방법을 좀 가르쳐 주사이다!"

"일단 부인께 알려 드리고 나서 밤에 기별을 드릴게요."

말을 마친 여하는 나무를 미끄러지듯 내려 왔습니다.
그 말을 똑똑히 들은 임군용은 '아주 운이 좋다'고 생각했습니다.

'어느 부인이신지는 모르겠지만 … 그런 연분이 있다 한들 어떻게 들어갈 수가 있겠냐? (…) 일단 밤까지 기별이나 기다리도록 하자!'

그러면서 해가 지기만을 기다리는 것이었습니다. 그야말로

괜스레 세 발 달린 까마귀[42]는	無端三足烏,
둥글면서도 밝게 빛내는구나!	團圓光皎灼.
어떻게 해야 후예의 활을 구해	安得后羿弓,
저 달을 맞혀 떨어뜨릴거나!	射此一預落.

임군용이 날이 어두워지기만 목이 빠져라 기다린 이야기는 여기서 접어 두겠습니다.

---

42 세 발 달린 까마귀[三足烏] : 중국 고대 전설에서 해 속에 깃들어 산다고 전해지는 신령스러운 까마귀. 전한대의 학자 왕충(王充)은 『논형(論衡)』「설일(說日)」에서 "유학자들은 '해 속에는 세 발 달린 까마귀가 있고 달 속에는 토끼와 두꺼비가 있다'고 말한다[儒者曰, 日中有三足烏, 月中有兔蟾蜍]"고 소개하였다. 한대에 민간에 그 같은 전설이 유행하고 있었음을 알 수가 있다. 나중에는 해 자체를 가리키는 말로 사용되기도 했는데 여기서도 해를 말한다.

한대 화상석(畵像石)에 새겨진 삼족오의 형상.
고대 도교에서 태양 속에 사는 것으로 믿어졌다

　그럼 계속 이야기를 들려 드리도록 하지요. 축옥부인은 밑에서 여하가
담장 너머의 사람과 이야기를 나누는 모습을 지켜 보면서 한 마디 한 마
디를 다 듣고 있었습니다. 그리고는 여하가 그 일을 고하기도 전에 서로
의 마음을 확인하고 싱글벙글 하면서 일단 방으로 돌아왔지요.

　"오늘밤은 … 확실히 외롭지는 않으시겠네요."

　여하가 이렇게 말하자 부인이 말하는 것이었습니다.

　"만에 하나 … 그 젊은이가 겁을 집어 먹고 들어올 엄두도 못 내면 어

쩌지? (…) 그런 일도 있으니까 하는 말이다!"

"그 분은 방금 당장 날아서라도 들어올 기세이던 걸요? '기막힌 방법이 있다'는 말을 듣더니 연신 거창하게 인사를 해 대더라구요. 그런 판국에 겁을 먹을 리가 있겠어요? (…) 오늘밤에 즐거움을 누릴 준비나 하세요!"

그러자 축옥부인은 은근히 기뻐하는 것이었습니다.

침상에는 기이한 비단 이불 더 깔고	牀上添鋪異錦,
향로에는 한 가득 이름난 향 사르고	爐中滿爇名香.
먹일 개암 잣에 별별 과자 다 쌓아 놓고	榛松細菓貯敎嘗,
맛난 술 향긋한 차까지 미리 대령해 놓네.	美酒佳茗預放.

오랫동안 구덩이 속 원숭이 말 신세이다가	久作阱中猿馬,
이제는 들판의 원앙이 될 생각 뿐이구나.	今思野外鴛鴦.
먹음직스런 먹이 준비해 낭군 낚시 성공하면	安排芳餌釣檀郎,
온갖 방법 동원해 그 이와 즐거움 실컷 누리리.	百計圖他歡暢.
─가락을【서강월】에 부치다	─詞寄【西江月】

이날 날이 저물 때였습니다. 부인은 여하를 부르더니 함께 화원으로 가서 사다리 쪽으로 갔지요. 여하는 아까처럼 사다리를 타고 오동나무 가지 위로 올라가더니 담장 너머를 마주보면서 큰 소리로 헛기침을 했습

개암. 서양에서 '헤이즐넛(hazelnut)'으로 불리는 견과류이다

니다. 담장 너머의 임군용은 날이 어두워지자 마침 맞은편에서 머리를 내밀고 두리번거리면서 기적이 있기를 기다리고 있던 참이었지요. 그러다가 갑자기 누가 헛기침을 하는 소리가 들리길래 고개를 들고 쳐다보니 바로 여하가 나뭇가지 높은 곳에 서 있는 것이 아닙니까. 그래서 서둘러 말했지요.

"예쁜 아가씨! 기다리느라 눈이 다 빠질 뻔 했소이다! 어서 들여다 보내 주시오!"

"여기서 기다리시면 와서 모시러 갈께요!"

이렇게 말한 여하는 서둘러 사다리를 내려와서 부인을 보고 말했습니다.

"그 분이 한참 전부터 기다리고 있답니다."

"어서 들어오게 해 드려라!"

여하는 즉시 아침에 잘 매어 놓았던 줄을 가져다 겨드랑이 아래까지 내리고 사다리쪽으로 다가갔습니다. 그리고는 나뭇가지 위로 가서 양쪽을 단단히 묶더니

"걸려라!"

하면서 나무널 줄을 담장 너머로 던졌지요. 그러자 어느새 그 줄이 펼쳐지면서 걸리는 것이었습니다. 임군용은 임군용대로 바깥에서 예의주시하고 있는데 위로 웬 물건이 넘어 오지 뭡니까. 알고 보니 줄 사다리 줄이었습니다. 몹시 기뻐하면서 다리로 한번 밟아 보니 아주 단단히 묶여 있는 것이었지요. '올라서도 되겠다'고 여긴 그는 나무널을 밟고 두 손은 줄을 붙잡은 채 한 걸음 한 걸음 담장 위로 올라갔습니다. 그 광경을 본 여하는 서둘러 부인에게로 달려와서 말했지요.

"왔어요, 왔어!"

부인은 좀 부끄러웠던지 잠시 뒷걸음질을 쳤습니다. 그러더니 태호석 옆에 앉아 그를 기다리는 것이었지요.

담장을 넘은 임군용은 서둘러 사다리에서 뛰어내린 다음 여하를 발견하고 두 손을 앞으로 벌려 그녀를 끌어안더니 말했지요.

"우리 은인 아가씨! 반가워서 죽겠소이다!"

그러자 여하는 침을 뱉으면서 말했습니다.

"정말 부끄러운 줄도 몰라! 군침 작작 흘리고 가서 부인께 인사부터 드리세요!"

"어느 … 부인이신지?"

"일곱 번째 축옥부인이시죠!"

"서울에서 그렇게 아름답다고 명성이 자자하신 … 바로 그 분 아닙니까?"

"그 분 아니고 또 누가 있어요?"

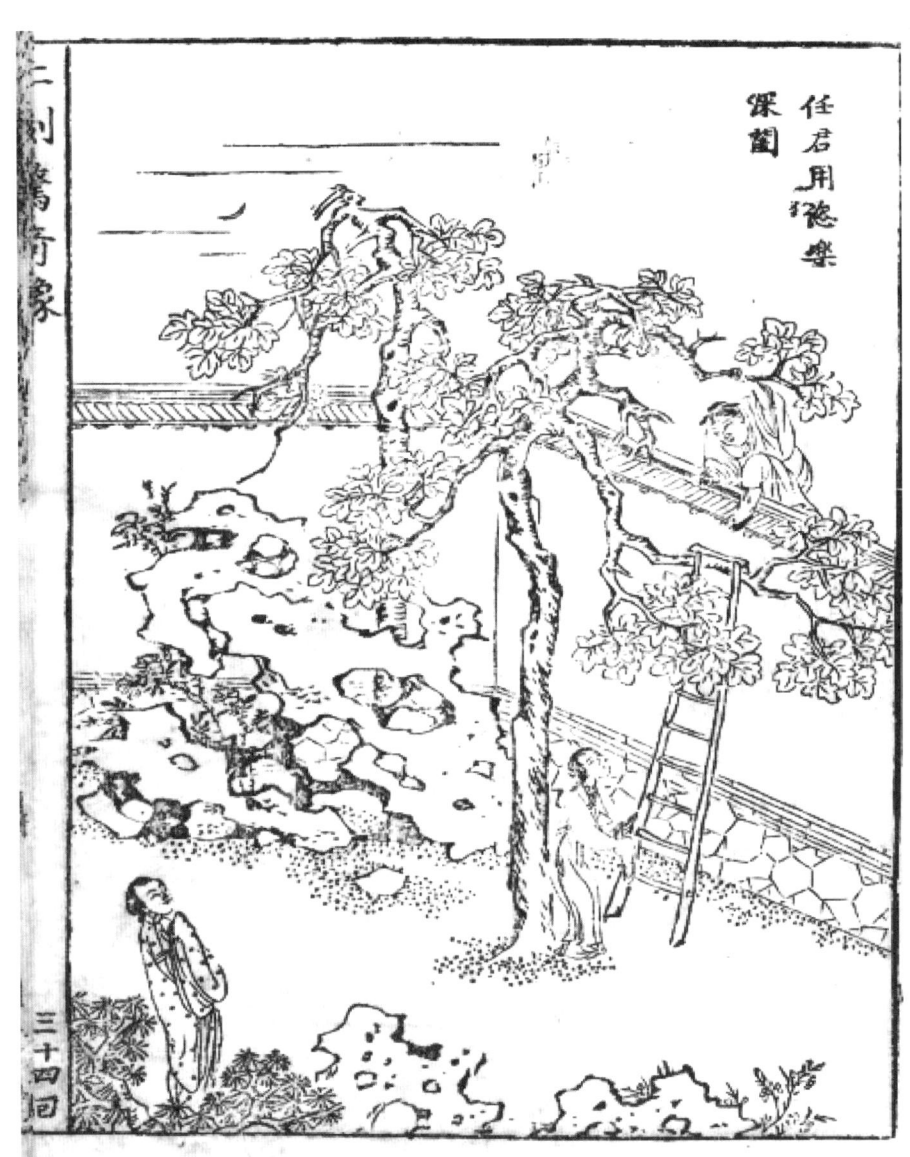

임군용이 깊은 규방서 마음껏 환락을 즐기다

"소생이 어찌 감히 … 그 분을 뵙는단 말이오!"

"그 분께서 선생 생각이 나셔서 꾀를 써서 들어오게 하셨는데 … 뭐가 무서우세요?"

"그게 정말이라면 … 소생 몸 둘 바를 모르겠습니다!"

"괜한 겸손 떨지 마세요! 복 터진 줄이나 아시라고요! (…) 내가 인사 시켜 드린 거 잊지 마시고!"

"이 한 몸 바쳐 갚아야 할 은혜인데 어떻게 잊을 수가 있겠소이까?"

이렇게 이야기를 나누는 사이에 어느덧 부인 앞에 도착했겠다? 여하가 큰 소리로 말했습니다.

"임 선생을 모셔 왔습니다!"

그러자 임군용은 웃음꽃이 활짝 핀 얼굴로 넙죽 절을 하면서 말했지요.

"소생은 세간의 하찮은 사내이온데 어찌 선녀님과 가까워질 엄두인들 낼 수 있었겠습니까! 그런데도 지금 부인께서 관심을 가져 주시니 전생에 쌓은 복을 받은 기분입니다!"

그러자 부인이 말하는 것이었습니다.

"소첩은 깊은 규방에서 지내면서도 늘 태위님의 연회 때마다 선생의 풍채를 훔쳐 보면서 흠모해 온 지가 오래 되었지요.[43] 지금 태위님께서 집에 안 계시어 규방이 비었길래 특별히 선생을 모셔 이야기를 나눌까 합니다. 마다하지 않으신다면 큰 다행이겠습니다!"

"부인께서 칭찬해 주시니 견마지로[44]인들 못 하겠습니까? 다만, … 나중에 태위께서 알기라도 하시면 그 죄가 이만저만 큰 것이 아닙니다!"

그래서 부인이 말했지요.

"태위님께서는 경황이 없으신데 어디 그런 데까지 신경을 쓰시겠어요?[45] 더욱이 … 이렇게 들어와도 눈치를 챈 자가 아무도 없습니다! (…)

---

43 【즉공관 미비】老臉皮. 유들유들하기도 하지.

44 견마지로[執鞭墜鐙] : '집편추등(執鞭墜鐙)'은 글자 그대로 직역하면 '말채찍을 잡고 등자를 내린다' 정도로 번역할 수 있는데, 고대에 대갓집 노비들이 말을 타고 다니는 상전을 수행하면서 시중을 드는 것을 두고 한 말이다. 명대 극작가 육채(陸采, 1495~1540)의 전기 희곡인 『명주기(明珠記)』 제11착의 "소장은 기꺼이 말채찍을 잡고 등자를 따르겠습니다![小將情愿執鞭隨鐙]"나 능몽초 『박안경기』(초각) 제21권의 "소인은 말채찍이나 잡고 등자나 따라다니는 놈인데 어디 감히 그런 일을 해낼 수가 있겠습니까?[小人是執鞭隨鐙之人, 怎敢當此]" 등에서 보는 것처럼, '집편추등'의 세 번째 글자 '떨어뜨릴 추(墜)'는 때로는 '따를 수(隨)'로 써서 '집편수등(執鞭隨鐙)'으로 쓴 사례도 더러 보인다. 그러나 여기서의 '수'는 '추'와 글자 모양이 비슷하여 잘못 쓴 경우로 '추'로 써야 옳다. 여기서는 편의상 "견마지로"로 번역하였다.

45 신경을 쓰시겠습니까[背後眼] : '배후안(背後眼)'은 명대의 구어식 표현으로, 사전에 상황을 통찰하거나 일의 내막을 파악하는 혜안을 가리킨다. 풍몽룡의 화본소설집인 『성세

의심하거나 걱정하실 것 없습니다. 일단 … 방으로 가시지요!"[46]

부인은 여하에게 앞에서 길을 안내하게 했습니다. 그리고는 한 손으로 임군용을 잡아 끌면서 함께 걸음을 옮기는 것이었지요. 임군용은 이때 얼이 저 하늘 너머로 다 달아나 버린 것 같았습니다. 그러니 어디 무슨 뒷탈 따위를 걱정할 겨를이나 있었겠습니까? 부인을 따라서 가만히 그 길로 방 안까지 갔답니다.

이때는 날이 벌써 어두워져서 방들이 고요한 상태였습니다. 여하가 조용히 술과 안주를 차리자 두 사람은 마주앉아 술을 마셨습니다. 네 개의 눈이 서로를 마주보면서 온갖 달콤한 말들이 다 오갔지요. 그렇게 술을 석 잔 마시고 나니 욕정이 불처럼 타오르는 것이 아닙니까. 그래서 서로가 기대고 안으면서 함께 원앙이 수 놓아진 침상 휘장 안으로 들어갔습니다. 두 사람의 즐거움은 이루 형용할 수조차 없을 지경이었답니다.

본래 객지 서재에서 외톨이로 지내던 손님이　本爲旅館孤栖客,

항언』 제17권의 "그야말로 혜안이 없다 보니 그저 귓가를 지나는 바람으로 여기고 마는구나![正是, 因無背後眼, 只當耳邊風]"에도 같은 표현이 보인다. 때로는 '배후안정(背後眼睛)' 식으로 쓰기도 하였다.

46 방으로 가시지요[到房中去來] : 송·원·명대 구어식 표현에서 '거래(去來)'에서 '래'는 일반적으로 동사 뒤에 사용되는 일종의 청유형 조사로서, '(함께) ~하자'라는 의미를 나타낸다. 송대의 가객인 유과(劉過)의 가사인【심원춘(沁園春)】에도 "천축국으로 가자스라!(天竺去來)" 식으로 같은 표현이 사용되었다. 여기서의 '거래' 역시 고문에서는 '가고 오다'로 번역되지만 근세 구어에서는 '가자'로 번역해야 한다.

지금은 봉래산 꼭대기를 노닐고 있구나!　　今向蓬萊頂上遊,

잠깐 만남에 그 맛이 기막힌 걸 보니　　偏是乍逢滋味別,

직녀가 견우를 만난 격이 분명하구나!　　分明織女會牽牛.

숭정 연간에 간행된 『금병매』 삽화 속의 밀회 장면

두 사람은 운우의 정을 나누며 즐거움을 만끽했답니다. 그리고 나서 임군용이 말했지요.

"오랫동안 부인의 명성을 들어 왔습니다. 오늘 이렇게 자리를 같이 하게 되었으니 그 높은 은혜를 보답할 길이 없군요!"

그러자 부인이 말하는 것이었지요.

"소첩은 꽤 풍정風情을 흠모하건만 태위님 댁에 갇혀서 지낸 셈이지요! 말이야 아침저녁으로 즐겁게 지냈다고들 하지만 어디 티끌만치라도 낙이 있어야지요![47] 오늘도 만약에 선생께서 들어오실 방법을 강구하지 않

---

47 【즉공관 미비】豪門中不可不知此等心事. 권문세가에서는 여인들의 이런 속내를 모르면 안된다.

았더라면 … 이 좋은 날과 밤을 허송할 뻔하지 않았겠습니까? 이제부터는 언제까지나 밀회를 가질 것입니다. 설사 즐거움을 누리다 죽는 한이 있더라도 기꺼이 그렇게 할 거에요!"

"부인께서는 옥 같은 살결에 얼음 같은 살을 가지고 계시니 … 서로 살을 맞댈 수만 있다면 그 복을 잊기 어려울 것입니다! 하물며 직접 그 은택을 입는다면 참으로 부부의 인연을 이루는 것과도 같을 테지요! 일이 잘못된다 한들 한번 죽기밖에 더 하겠습니까?"[48]

두 사람이 웃으며 즐겁게 대화를 나누다 보니 어느 사이에 동녘이 밝아왔습니다. 그러자 여하는 침상 앞까지 와서 잠자리에서 일어날 것을 재촉했지요.

"하룻밤 즐겁게 보내셨으면 됐습니다! 날이 밝기 전에 안 나가시고 언제까지 계실 거에요?"

임군용은 허둥지둥 옷을 걸치고 일어났지요. 부인은 그가 떠나는 것이 못내 아쉬웠던지 손을 붙잡고 서운해 하면서 '밤에 만나 새벽에 헤어지자'고 신신당부 하는 것이었습니다. 그녀는 여하에게 후원까지 배웅한 뒤 당초에 왔던 방법대로 줄을 잡고 내려갔다가 밤이 되면 같은 방식으

---

48 【즉공관 미비】俱是拼死吃河豚. 둘 다 '죽을 각오로 복어를 먹는 격'이로군!

로 데려 들어오도록 분부했답니다. 그야말로

아침 되면 나가고	朝隱而出,
날 저물면 들어오며	暮隱而入.
정말로 제대로 된 길 다니지 않으니	果然行不繇徑,
그것만도 공무로 내실까지 드는 건 아닐 터.	早已非公室室.

그렇게 드나들기를 며칠 밤 동안 계속했습니다. 그러다가 여하조차 가세해서 뜨겁게 한 덩어리가 되어 뒹굴다 보니 축옥부인은 속으로 즐거워했답니다. 그러나 동료 부인들과 웃고 대화를 나눌 때 정신줄을 놓는 바람에 이야기를 나누다가 뜬금 없이 마각을 드러내는 실수를 저지르기도 했지요. 동료 부인들도 처음에는 눈치를 채지 못했습니다. 그러나 나중에는 그녀의 표정이며 태도를 보면서 은근히 의심을 품었지요. 그래서 밤이 되면 그런 의심을 품은 이들은 갖은 방법을 다 써서 동정을 살핀 끝에 그 낌새를 눈치챘답니다. 사람들은 모두가 술잔을 비우고 허점을 좀 찾아내려고 기를 쓰면서 다들 뒷조사를 몇 번이나 해 보았지만[49] 내내 증거를 찾지 못하고 있었습니다.

그러던 어느 날이었지요. 사람들은 무심코 신바람이 나서 그네 놀이를

---

49 뒷조사를 몇번이나 해 보았지만[渾水裡攪攪] : '혼수리교교(渾水裡攪攪)'는 명대의 유행어로, 글자대로 직역하면 '흐린 물 속을 더듬는다'는 뜻이므로 감춰진 비밀을 찾는다는 뜻으로 해석된다. 여기서는 '뒷조사를 하다'로 번역하였다.

화제로 삼았습니다. 그래서 다들 우루루 그네 옆까지 왔더니 아 글쎄 그네 줄이 보이지 않지 뭡니까? 사람들은 그 줄을 찾고 있는데도 축옥부인과 여하 두 사람은 아무 소리도 내지 않았지요. 그러고 보니 처음 두 차례는 임균용이 나가자마자 줄을 풀어 감추어서 남들이 발견하지 못하게 했었습니다. 그런데 그 다음부터 여러 차례는 간이 좀 커져서 밤이 되면 쓰는 것임을 아는지라 귀찮아서 그것을 풀지 않았던 것입니다. 그렇다 보니 임균용이 나가고 나서도 줄이 그대로 나뭇가지에 매달려 바깥으로 늘어뜨려진 채로 방치되어 있었던 거지요. 그것을 미처 수습하지 않았다가 들키고 만 것입니다.

"어라? 이건 그네 줄이잖아! 어째서 … 이 나무에 묶어서 바깥으로 던져 놓은 거지?"

의소저는 나이가 가장 적었지만 몸이 가벼웠습니다. 그녀는 그곳에 사다리가 있는 것을 보고 쪼르르 나뭇가지 위로 올라가서 줄 끝을 늘어뜨리더니 그것을 거두어 들이는 것이었지요. 사람들은 마디마디마다 나무 널이 묶여 있는 것을 보더니 다들 놀라면서 말했습니다.

"이상하네, 이상해! 누가 … 이쪽으로 드나든 건 아닐까?"

축옥부인은 얼굴이 빨개져서 한참 동안 입을 열 엄두를 내지 못하고 있었지요. 그러자 요월부인이 말하는 것이었습니다.

"누군가가 … 여기서 안으로 들어간 것 같은데 … 뜰지기 이 원공院公한 테 알려서 그놈을 찾아내서 태위님께서 돌아오시면 알려 드리는 것이 옳 겠어요."

이렇게 말하면서도 한편으로는 눈으로 축옥부인을 곁눈질 하니 축옥 부인이 고개를 푹 숙이고 있지 뭡니까. 찬화이이는 확실히 눈치를 챘는 지 웃으면서 말했습니다.

"축옥부인? 왜 아무 말도 안 하는 거에요? 혹시 … 그 속에 무슨 걱정 거리라도 있어요? (…) 아예 사실대로 우리한테 털어 놓으세요. 다같이 상의하면 좋은 일 아니겠어요?"

여하는 '속여 넘길 수 없겠다' 싶었는지 축옥부인을 보고 말했습니다.

"이 일을 만약에 사람들한테 털어 놓지 않았다가는 언젠가 다들 떠들 어 댈 것이 분명합니다. 그렇게 되면 … 혼자서는 막으려고 해도 막을 수 가 없게 될 테지요. 다 같이 좀 협조해서 확실히 털어 놓으시지요?"

그러자 사람들은 손뼉을 치면서 말하는 것이었습니다.

"여하 아가씨, 일리 있는 말이에요. 우리를 속여서는 안되지!"

축옥부인은 그제서야 임 선비가 그곳 담장 너머 서재에서 지내는데 꾀를 써서 그를 불러 들인 일을 자세하게 털어 놓았지요.

"우리 예쁜 아가씨께서 우리를 속이면서 그런 대단한 일을 벌이셨군 그래?"

요월부인이 이렇게 말하자 의소저가 말하는 것이었습니다.

"더는 이야기할 필요가 없어요. 다들 알게 된 이상 … 우리도 어디 그 즐거움 좀 누려 봅시다?"

그러자 요월부인이 짐짓 이렇게 말했습니다.

"할 사람은 하고 말 사람은 마는 거지 무슨 말을 그렇게 해요?"[50]

그래서 찬화이이가 말했지요.

"안 한다고 하더라도 … 자매의 의리가 있으니 그래도 좀 거드는 게 좋겠지요!"

---

50 【즉공관 미비】行濁者言必淸. 행실이 더러운 자는 하는 말이 투명하여 보이기 마련이다.

그러자 의소저가 말했습니다.

"그 말씀이 옳습니다!"

그리고는 사람들은 그 자리가 떠나가라 웃으면서 흩어졌답니다.

알고 보면 요월부인은 안채에서는 축옥부인과는 서로가 가장 마음이 잘 맞는 사이였습니다. 그래서 축옥부인에게 그런 은밀한 사정이 있는 것을 눈치채고 벌써부터 자신도 그녀의 즐거움을 덩달아 나눌 작정이었지요. 그러나 남들이 지켜 보고 있었기 때문에 혼자만 고고한 척하면서[51] 시치미를 뗄 수밖에 없었던 것입니다.

사람들이 다 흩어지고 나자 그녀는 혼자서 축옥의 방으로 가서 물었습니다.

"언니, … 오늘 밤에도 … 온답니까?"

"솔직히 말씀드리면 … 날마다 만났는데 왜 안 오겠어요?"[52]

---

51 혼자만 깨끗한 척하면서[假撇淸] : '가별청(假撇淸)'은 명대의 구어식 표현으로, 깨끗한 척 하거나 고고한 척 하는 것을 가리킨다. 명대의 이야기꾼인 소소생(笑笑生)의 『금병매사화(金甁梅詞話)』 제12회의 "이 음탕한 것 같으니! 평소에 말로는 혼자서 깨끗한 척 굴더니 어째서 오늘은 이런 짓을 벌였단 말이냐![賊淫婦, 往常言语假撇淸, 如何今日也做出來了]"에도 같은 표현이 보인다.
52 【즉공관 미비】有情語. 인정미가 있는 말이로군?

축옥이 이렇게 말하자 요월은 웃으면서 말했습니다.

"오면 … 계속 혼자서만 즐길려는 건 … 아니겠지요?"

"방금 전에는 '안할 사람은 안할 것'이라고 하시더니…"

"방금 전이야 뭐 보통은 … 그렇다는 이야기였죠. (…) 나라면 좀 … 따라서 해 보고 싶은데…"

그래서 축옥이 말했지요.

"언니, 정말로 그런 생각이 있다면 이 동생이 당연히 양보해 드려야지요! (…)오늘 밤에 불러 들여서 언니 방으로 보내 드리면 되잖아요."

"나는 그 사람 하고는 아는 사이도 아닌데 부끄럽게시리 … 어떻게 내 방까지 오게 해요! (…) 언니 방에서 … 거들어 주는 것 정도야 … 문제가 없지만!"

"그런 일은 남이 … 거들 필요가 없을 텐데?"

"어쩔 수가 없어요. 난 초면에는 부끄러워서 … 언니 덕에 맛을 좀 보는 방법밖에 없다구요! (…) 처음부터 나라고 밝히지 말고 서로 익숙해지면 그때 …"

"그럼 … 언니는 잠시 숨어 있도록 해요. 그 분이 내 침상에 와서 옷을 벗고 등불을 껐을 때 바꿔치기 하면 되지!"

"예쁜 언니! 앞으로 … 서로 조금씩 거들도록 해요."

"그거야 당연하지요!"

두 사람은 그렇게 하기로 상의를 마쳤습니다.

밤이 되자 축옥부인은 평소처럼 여하를 시켜 후원으로 가서 줄을 던져서 임군용을 불러 들이게 했습니다. 이어서 여하를 내보내어 미리 잠을 충분히 자게 했습니다. 그리고는 등불을 끄고 몰래 요월부인을 데려와서 침상 안으로 들여 보냈지요. 요월부인은 앞서 둘이서 이야기를 나눌 때부터 벌써 춘심春心이 요동치고 있었습니다. 그리고 이제는 등불 뒤에 숨어서 임군용이 들어오는 것을 훔쳐보고 있었지요.[53] 어두운 곳에서 밝은 곳을 보니 더 똑똑히 보이지 뭡니까 글쎄. 그녀는 임군용의 준수하고 풍류 넘치는 모습을 보더니 욕정에 눈이 완전히 뒤집혀 버렸습니다.[54] 그래

---

53 【즉공관 미비】洞見肺肝. 속마음까지 다 꿰뚫어 보는군!
54 욕정에 눈이 완전히 뒤집혀서[動了眼裏火] : 명대의 구어식 표현인 '동 / 화(動火)'는 일반적으로 욕심이나 색욕이 일어난 상황을 가리킨다. 우리 말에 '눈이 뒤집혔다'는 말의 의미와 비슷하다. 소소생의 『금병매 사화(金甁梅詞話)』 제9회의 "세상의 여자들 중에 눈

서 축옥부인이 자신을 끌어들이는 틈을 타서 내심 그를 손에 넣으려는 마음이 간절해졌습니다. 게다가 어두움 속에서는 거리낄 것도 없고 수치심 같은 것도 없었는지 쪼르르 침상 안으로 파고 드는 것이었습니다.

명대에 역대 미인도로 그려진 『천추절염도(千秋絶艷圖)』 부분도(중국역사박물관 소장)

침상 위의 임군용은 그것이 축옥부인인 줄로만 알았습니다. 그래서 '가벼운 수레로 잘 아는 길을 간다'[55]는 식으로 상대가 입을 열기도 전에 몸을 돌리자마자 수작을 벌였지요. 요월부인은 요월부인대로 욕정이 타오

___

이 뒤집힌 것들이 무척 많단다[世上婦人, 眼裏火的極多]"의 경우처럼 '안리화(眼裏火)'만 사용한 경우도 많다.

55 가벼운 수레로 잘 아는 길을 간다[輕車熟路] : 명대의 4자 성어. 원래는 당대의 유명한 시인인 한유(韓愈, 768~824)의 「송석처사 서(送石處士序)」의 "네 마리 말로 가벼운 수레를 끌고, 거기다가 아는 길을 가는 것과 같다[若駟馬駕輕車, 就熟路]"에 나오는 말이다. 사전에 경험이 있고 거기다가 조건까지 익숙하면 대처하기가 한결 수월하다는 뜻이다.

른 나머지 그 억센 손길을 받아들이는 것이었습니다. 그런데 은밀한 곳까지 손길이 닿았을 때였습니다. 임군용은 살결이며 반응이 웬지 전과는 좀 다르다는 생각이 들었습니다. 거기다가 아무 소리도 내지 않는 것을 보고 좀 이상한 생각이 들었지요. 그래서 가만히 부르면서 말했습니다.

구영『소주청명상하도』에 등장하는 명대의 수레

"그렇게 살갑던 부인께서 … 어째서 오늘 밤에는 입도 벙긋 하지 않으시나이까?"

요월부인은 대답하기가 난감했습니다. 임군용은 그럴수록 캐묻고 들었지만 요월은 입을 꾹 닫은 채 숨조차 함부로 내쉬지 못하는 것이었지요. 안달이 난 임군용은 연신 '이상하다'고 하더니 이내 몸을 멈추었습니다.

이때 축옥은 침상 옆에 선 채로 그 안의 동정을 엿듣고 있었습니다. 그러다가 그 대화를 듣더니만 무심결에 웃음을 터뜨렸지요. 그러더니 살짝기 휘장을 걷고 임군용을 호되게 때리면서 말하는 것이었지요.

"요 천벌을 받을 인간 같으니라구! 아주 복이 터졌구만? 뭐라고 떠들어 대는 게야! (…) 오늘밤에는 나보다 열 갑절은 나은 요월부인께서 나서셨는데 그래도 몰라 뵙고!"

임군용은 그제서야 정말 축옥이 아니라는 것을 눈치챘습니다.

"또 어떤 부인께서 저를 아끼시는지 몰라 뵙고 … 소생 인사조차 올리지 못하고 이렇게 실례를 범했군요!"

요월부인도 그제서야 입을 여는 것이었습니다.

"무슨 예의를 차리고 그러세요! 알았으면 된 거지요."

애교 넘치고 나긋나긋한 그 소리를 들은 임군용은 자기도 모르게 흥분이 되었던지 더더욱 열을 올렸습니다. 그러자 요월부인은 몹시 즐거워하면서 말했지요.

"내 마음을 잘 아는 언니, … 이번에는 나한테 양보해요. 황홀해 죽겠어요!"

　그러다가 임군용은 어느 사이에 사정을 하면서 온몸이 나른해졌습니다. 곁에서 듣고 있던 축옥부인은 자신도 몸이 달아오르는 것을 참지 못하고 덩달아 옷을 벗고 침상으로 뛰어들었지요. 임군용은 운 좋게도 그때까지 꼿꼿한 상태였습니다.[56] 요월은 요월대로 벌써 풍류를 즐길 만큼 즐긴 터였지요. 그래서 서둘러 그녀를 거들어 줄 요량으로 임군용에게서 벗어나더니 그를 축옥부인 쪽으로 밀어 부쳤습니다. 그러자 임군용은 상대를 바꾸어 다시 힘을 겨루기 시작하는 것이었지요. 그야말로

미인을 기대고 있으니 그 감정 참 묘한데	倚翠偎紅情最奇,
어둑어둑한 무산엔 비구름이 자욱하구나.	巫山黯黯雨雲迷.
그 풍류는 마치 향 훔치는 나비인양	風流一似偸香蝶,
이쪽으로 오자마자 저쪽으로 가 버리누나!	纏過東來又向西.

　세 사람이 한 침상에서 환락을 즐긴 이야기는 이쯤 하도록 하겠습니다.

---

[56] 꼿꼿한 상태였습니다[旗槍未倒]: '기창미도(旗槍未倒)'는 글자대로 직역하면 '깃발과 창을 아직 내리지 않았다' 정도로 번역할 수 있다. 원래 중국 고대에 은밀하게, 특히 야간에 기습 등의 군사작전을 벌일 때에는 깃발이나 창칼 등의 무기를 숙인 채 작전을 수행하는 것을 '도기창(倒旗槍, 깃발과 창을 내린다)'이라고 하였다. 여기서는 '기창미도'를 발기된 남성 성기에 빗대어 풍자적으로 한 말이다. 때로는 오승은의 『서유기』 제41회 "이 바보도 여기서 푸대접을 받고 있기는 하지만 그래도 자존심은 굽히지 않는군[這呆子雖然在這裏面受悶氣, 却還不倒旗槍]"에서 보는 것처럼 '부도기창(不倒旗槍)'으로 사용되어 '깃발과 창을 내리지 않다 → 자존심을 굽히지 않다 → 자존심을 지키다' 식의 의미를 나타내기도 하였다.

무산 12봉 중의 한 봉우리인 신녀봉(神女峰)

　계속 이야기를 들려 드리도록 하지요. 낮에 그 이야기를 들은 의소저와 찬화이이는 '밤중에 임군용이 안채로 들어온 것이 분명하다'는 것을 확실히 눈치챘습니다. 그래서 요월부인과 약속해서 함께 축옥의 비밀을 지켜 주면서 다 같이 즐거움을 만끽하기로 작정하고 일단 각자 돌아가서 저녁을 먹었지요. 그리고 나서 요월부인의 방으로 갔는데 부인이 보이지 않지 뭡니까! 속으로 의아하게 여긴 사람들은 서둘러 동정을 엿들으러 축옥부인의 처소로 갔다가 방 밖에서 여하와 마주쳤습니다.

　"요월부인께서 … 그 방에 계시느냐?"

그러자 여하가 웃으면서 말했지요.

"아까부터 이곳에 계신 걸요! (…) 지금 우리 마님 침상에서 주무시는 중이랍니다."

그래서 두 사람이 말했습니다.

"같이 주무시다가 … 그 사람이 오기라도 하면 … 좀 불편하지 않겠니?"

"불편할 일이 뭐가 있어요? (…) 하도[57] 편하셔서 세 분이 나란히 주무신 걸요![58]"

---

57 하도[忒煞] : '특살(忒煞)'은 송·원·명대에 사용된 구어식 표현이다. 원래 '특(忒)'과 '살[시](煞是)'는 각각 독립된 정도부사로, 그 뒤에 오는 형용사와 함께 사용되어 그 자체만으로도 특정한 상황의 정도가 기대 이상으로 지나친 것을 나타낸다. 그런데 때로는 이처럼 두 글자가 함께 사용되어서 그 기대 이상의 정도가 이루 표현할 수 없을 정도로 극심한 상황을 나타내기도 한다. 송대의 이유겸(李流謙)이 지은 가사인『우비락(于飛樂)』"시냇가 복사꽃과 둑 옆 살구꽃이 너무나도 평범한 것이 우습구나!(笑溪桃, 幷塢杏, 忒煞尋常)"이나 풍몽룡의 송대 화본소설집인『성세항언』제4권 "그 나이 든 양반 정말 너무도 해괴하다!(這老官兒真個忒煞古怪)" 등에도 같은 용례들이 보인다. 때로는 같은 발음을 다른 한자를 사용하여 '특살(忒殺)'로 표기하거나 그 의미를 따서 '특심(忒甚)' 식으로 표기하기도 한다. 여기서는 문맥에 맞추어 "하도"로 번역하였다.

58 나란히 주무신 걸요[做一頭] : 제17권 원문의 '주일두수(做一頭睡)'는 문법적으로 「전치사＋보어＋동사」의 구조로 해석해야 옳다. '주(做)'는 현대 중국어에서는 '하다(do)'의 의미로 사용되는 동사이지만 명대 강남지역의 방언에서는 '재(在)'와 같은 의미의 동사로 사용되는 경우가 많다. 제37권에 나오는 "常是三個做一床(늘 셋이 한 침상에서 지냈다)"은 그 대표적인 용례라고 할 수 있다. 여기서는 동사 앞에서 전치사로 사용된 경우이다. 즉 '주일두수'는 '재일두수(在一頭睡)'와 동일한 구조와 의미로 사용되었다는 뜻이다. 그렇다면 '주일두수'는 글자 그대로 풀면 '한 곳에서 자다' 또는 '같이 자다' 정도로 직역할 수 있는 셈이다.

"그 사람이 벌써 … 들어온 거냐?"

두 사람이 이렇게 말하자 여하가 말했습니다.

"들어왔지요 들어오고 말고요! (…) 요즘 하도 들락날락거려서 이제는 지겨울 정도이지 뭐에요!"

그래서 의소저가 말했지요.

"낮에 요월부인은 내가 '같이 환락을 즐기자'고 하는 것을 보고 혼자서만 아주 도도한 척 굴더니만 … 이제 보니 자기가 먼저 부뚜막에 올라갔구만?"

"하여간 거짓말에는 도가 텄다니까!"

찬화이이가 이렇게 말하자 의소저가 말했습니다.

"우리 둘이 밀고 들어가도 내쫓을 수는 없을 걸?"[59]

"안돼요, 안돼! (…) 지금 그 두 분이 한 사람한테 달려들었으니 … 그

---

59 【즉공관 미비】有見識. 지각이 있군 그래.

남자가 지쳤을 게 분명한데 … 우리 차례까지 쓸 기운이 어디 있겠어요?"

이렇게 말한 찬화이이가 의소저의 귀에 속삭였습니다.

"차라리 오늘밤은 참고 내일 … 선수를 쳐서 우리 방 안으로 끌고 오는 편이 낫겠어요. (…) 우리가 즐기는 걸 두 사람이 방해하지 못하게 말이 에요!"

"그럴듯한 말씀!"

그렇게 해서 두 사람이 각자 자기 방으로 돌아가는 것이었습니다. 그 밤에는 다른 이야깃거리는 없었습니다.[60]

이튿날 축옥부인은 일찍 임군용을 내 보내었습니다. 그러자 여하가 부 인 침상 앞으로 와서 간밤에 의소와 찬화 두 사람이 요월부인을 찾으러 와서 한 이야기를 전해 주었지요. 요월은 그 이야기를 듣더니 서둘러 묻 는 것이었습니다.

"둘이 … 내가 이곳에 있는 것을 눈치챈 걸까?"

---

60 다른 이야깃거리는 없었답니다[無詞] : 송·원대 화본, 명·청대 의화본 및 장회소설에서 이야기꾼이 상투적으로 사용하는 표현. 특기할 만한 이야깃거리가 없어서 그 다음 줄거 리를 생략할 때 이렇게 말하곤 하였다.

"눈치 못 챌 리가 있나요!"

그러자 요월이 놀라면서 말했습니다.

"어쩌면 좋담? 둘이서 비웃게 생겼으니!"

그래서 축옥이 말했지요.

"무슨 상관이에요! 이참에 … 그 두 계집들도 끼워 주자구요. 서로 거리낄 것도 없이 말이에요. 그렇게만 되면 임 선비는 임 선비대로 이른 아침에 갔다가 늦은 밤에 올 필요도 없이 … 그냥 여기에 붙잡아 놓고 다들 번갈아서 상대해 주면 … 오히려 장애물이 없어지게 되는 셈인데 안될 일이 뭐가 있어요?"[61]

"그렇기는 하지만 … 그래도 … 오늘은 그 둘을 보기 난처한 걸요."

"언니, 오늘은 그냥 평소대로 하고 다른 이야기는 꺼낼 것 없어요. 둘이 안 물으면 그만이고 … 묻더라도 내가 그 틈을 타서 그 둘까지 끼워 넣어 일을 진행하면 그만이에요."

---

61 【즉공관 미비】有見識. 지각이 있긴 하군.

요월은 그제서야 마음을 놓는 것이었습니다.

그녀는 간밤에 많이 피곤했던 탓에 대낮까지 잠을 잤습니다. 속으로는 은근히 만족스럽게 여기면서도 의소와 찬화 두 사람이 와서 잔소리를 늘어놓아서 서로 만나면 민망스러운 장면이 벌어질까 봐서 각별히 조심했지요. 그런데 두 사람은 벌써 각자 속셈을 품고 한 마디도 하지 않지 뭡니까. 두 부인은 각자 아무 일도 없었던 것처럼 유쾌하고 느긋하게 행동하면서 전혀 그 일은 언급조차 하지 않았습니다.

밤이 되자 서로 상의를 마친 의소저와 찬화이이는 그 길로 뒷채 화원으로 임 선비를 마중하러 갔습니다. 그곳에 간 두 사람은 으슥한 곳에 숨었습니다. 그리고 나무 쪽을 주시했지요. 그런데 가만 보니 임군용이 벌써 담장 쪽에서 넘어 오는 것이 아닙니까. 그는 사다리에서 땅에 내리더니 두건을 바로잡고 옷을 턴 다음 마악 안으로 걸음을 옮기려던 참이었습니다. 그때 갑자기 의소저가 뛰어나와서 소리를 질렀습니다.

"웬 건달이냐? 담장을 넘어 들어와서 어쩌겠다는 게냐!"

찬화이이는 그녀대로 나와서 '덥썩' 내리 누르더니 말했지요.

"도둑이야, 도둑!"

깜짝 놀란 임군용은 당황해서 벌벌 떨면서 말했습니다.

"저기 ⋯ 저기 ⋯ 방 안의 두 분 부인께서 들어오라고 하셨소이다! 아
가씨! (⋯) 목소리 좀 낮추시오!"

그러자 의소저가 말했습니다.

"당신이 임 선생이에요?"

"소생이 바로 임군용이올시다! 한 치도 거짓이 없는 사실입니다!"

"네놈이 두 부인을 몰래 겁탈했으니 그 죄가 작지 않다! 관가에서 끝
장을 볼 테냐 아니면 ⋯ 은밀하게 해결을 할 테냐!"

찬화이이가 이렇게 말하자 임군용이 말했지요.

"부인들께서 절더러 들어오라고 하신 걸요. 소생이 간 크게 벌인 일이
아니올시다! (⋯) 관가에서 끝장을 볼 수는 없으니 ⋯ 은밀하게 해결하기
를 바랍니다!"

그래서 의소저가 말했습니다.

"관가에서 끝장을 보겠다면 네놈을 이 원공한테 바로 넘겨서 태위님께서 돌아오시면 사실을 고하고 처분을 받을 것이다. 그렇게 되면 네놈이 곤혹을 치루게 될 테지! 허나 … 은밀하게 해결하겠다면 … 오늘밤에는 두 부인 처소로 가서는 안돼! (…) 무조건 우리 둘을 따라 조용히 안으로 들어가서 우리가 하라는 대로 해야 한다!"[62]

그러자 임군용은 웃으면서 말했지요.

"그 처분이라면 … 고생스러울 리는 없겠군요? 무조건 두 분을 따라가도록 하겠습니다!"

그 길로 세 사람이 살금살금 바로 의소저 자신의 방으로 데려가서 찬화이이까지 붙잡아 놓고 한 침상에서 엎치락뒤치락 운우의 정을 나눈 것은 말할 나위도 없었습니다.

이쪽의 이야기를 해 볼까요? 축옥과 요월 두 부인은 땅거미가 질 때까지 기다렸건만 임 선비가 올 기색이 보이지 않지 뭡니까. 그래서 여화를 시켜 등불을 들고 뒤뜰 화원으로 가서 담장을 사이에 두고 기별을 전하게 했지요. 여하는 그곳으로 가서 등불을 들고 나무 쪽을 비추었습니다. 그런데 가만 보니 그네 줄이 담장 안쪽으로 들어와 있지 뭡니까. 알고 보

---

62 【즉공관 방비】 저런. 하나도 안 무섭다.

면 임군용은 안으로 들어왔을 때에는 줄을 담장 안으로 거두어 놓곤 했습니다. 담장 바깥으로 늘여 뜨려 놓았다가 누가 보기라도 해서 자신을 따라오는 바람에 꼬리를 밟힐까 걱정이 되어서 줄을 안쪽으로 거두어 놓았던 거지요. 평소에 늘 그렇게 해 왔던 것입니다.

그것을 발견한 여하는 임 선비가 안채에 들어온 것을 눈치채고 허둥지둥 와서 알렸습니다.

"임 선생께서 들어오긴 왔는데 … 마님 처소로 오지 않고 어디로 갔을까요?"

그러자 가만히 생각하던 축옥부인이 웃으면서 말했습니다.

"그렇다면 누가 … 가로채 간 게로군!"[63]

"있을 데는 그 두 계집 방밖에 없겠군요!"

---

63 가로채 간 게로군[剪着縧去] : 원·명대의 구어체 중국어 표현. '전착류거(剪着縧去)'는 글자 그대로 직역하면 '줄이나 소매의 실밥을 가위로 잘라 물건을 소매치기하다' 정도의 의미를 나타낸다. 원대의 극작가 손중장(孫仲章)의 잡극 희곡인 『감두건(勘頭巾)』 제2절의 영사와 장천의 대화에서 "(영사)저건 웬 도적이냐? (장천)저건 소매치기입니다요! [(令史)這個是甚賊?(張千云)這是剪縧的]" 부분이 그 증거이다. '전류(剪縧)'는 전류(翦縧) 또는 전류(翦柳) 등으로 적기도 하였다. 여기서는 편의상 "가로채 가다" 정도로 의역하였다.
【즉공관 미비】 夫人亦剪却縧乎. 부인도 가로채기를 당한 겐가?

요월부인은 이렇게 말하더니 즉시 여하에게 살펴보러 가도록 일렀습니다. 여하가 먼저 찬화이이의 방으로 갔지만 방문이 닫혀 있고 그 안도 조용했습니다. 그래서 이번에는 의추저의 방 앞으로 갔지요. 그랬더니 방 안에서 호호하하 웃음 소리가 들리는 것이 아닙니까 글쎄. 침상은 침상대로 삐걱삐걱 요란하게 흔들리는 소리가 들리는 것이 임 선비가 침상에서 열심히 그 짓을 벌이고 있는 것이 분명했지요. 여하는 입에서 군침이 다 돌았지만 서둘러 뛰어와서 두 부인을 보고 말했습니다.

"정말로 거기에 있더군요. 한참 신나게 즐기고 있던데요? 우리 어서 방해나 하러 가요!"

그러자 요월부인이 말했습니다.

"안된다, 안돼! 어젯밤에 그 둘도 우리 꼬리를 잡지 않았느냐! (…) 지금 가서 방해를 하면 우리가 욕을 먹게 된다. 서로 감정을 상하게 될 것이 분명해!"

그래서 축옥이 말했지요.

"그렇지 않아도 둘을 끌어 들이려던 참이었어요. 그런데 뜻밖에도 자기들이 먼저 작정을 하고 일을 벌였으니 내가 바라던 바입니다. (…) 오늘 밤은 일단 둘의 일을 훼방 놓지 말자구요. 대신 우리도 그 둘한테 똑같이 갚아 주어야지요. (…) 내일 임 선비가 돌아갈 길을 막아서 … 다들 쩔쩔 매는 꼴이나 좀 놀려 주자고요. 그쪽도 우리 하고 한 통속이 되지 않을 리가 없어요."

"어떻게요?"

요월이 이렇게 말하자 축옥이 말하는 것이었습니다.

"여하더러 가서 그 그네 줄을 푼 다음 감추어 놓게 해야지요. 일단 선비가 내일 나가지 못하게 만들어 놓고 그것들이 우리를 어떻게 속이는지 두고 보자구요."

그러자 여하가 말했습니다.

"그럴듯해요, 그럴듯해! 기껏 그런 장치들을 만들어서 사람을 들어오게 만들었더니 어쩌자고 우리한테는 한 마디 알리지도 않고 들어오자마자 바로 가로채 가 버린답니까? 그건 안되지, 안돼!"

여하는 손에 등불을 들고 단숨에 뒤뜰 화원으로 뛰어갔습니다. 그리고는 나무 위로 쪼르르 올라가서 줄을 풀더니 둘둘 말아서 안고 방으로 돌아왔습니다.

"풀어 왔어요, 풀어 왔어!"

그러자 축옥부인이 말했습니다.

"숨기거라. (…) 내일 처리하기로 하고 우리는 일단 잠이나 자 두자꾸나!"

그렇게 해서 두 부인은 각자 방으로 돌아가서 조용히 잠을 청했답니다. 그야말로

똑같은 물시계로 시간을 알리건만   一樣玉壺傳漏出,
남궁의 밤은 짧고 북궁만 길기도 하다![64]   南宮夜短北宮長.

저쪽의 이야기를 해 볼까요? 의소와 찬화 두 사람은 임군용을 끌어안은 채 밤새도록 얼마나 방탕한 짓을 벌였는지 모릅니다. 그리고는 밤중에 다시 만나기로 약속하고 이른 아침에 그를 깨워서 내보냈지요. 임군용은 앞서 걷고 의소와 찬화 두 사람은 쑥대머리를 한 채 뒤를 따라 조용히 배웅하면서 함께 뒤뜰 화원까지 왔습니다. 그리고 임 선비는 평소처럼 사다리를 타고 나무 위로 올라갔지요. 그런데 줄로 엮어 만든 그 줄사다리가 사라지고 없지 뭡니까!

---

[64] 똑같은 옥호로 시간을 알리건만[一樣玉壺傳漏點] : 명대의 가객 장태(張泰)가 지은 가사 『한궁사(漢宮詞)』의 제3~4구. 『박안경기』에는 제3구 마지막 글자가 '날 출(出)'로 되어 있으나 원래의 가사에는 '점 점(點)'으로 나와 있다. 그 전체 내용은 다음과 같다. "被寒嬈盡鬱金香, 侍女無言立近牀. 一樣玉壺傳漏點, 南宮夜短北宮長."

그는 담장 너머로 나가지도 못하고 도로 내려 오더니 말했습니다.

"누가 줄을 풀어 가 버렸습니다! (…) 두 부인이 제가 오지 않자 눈치를 채고 좀 고깝게 여겨서 일부러 저를 난처하게 만든게 분명합니다. (…) 지금 어떻게

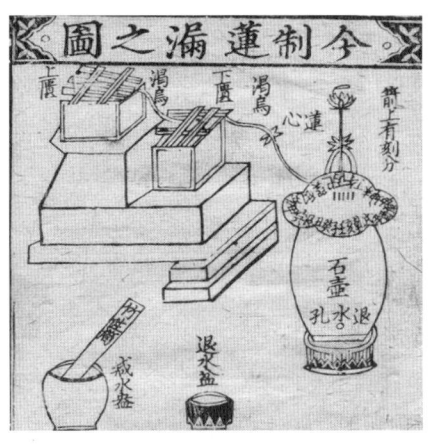

송대 『사림광기(事林廣記)』에 소개된 북송대
발명가 연숙(燕肅)의 물시계 연화루(蓮花漏)

든 다른 줄이라도 찾아내서 내보내 주십시요!"

그러자 의소저가 말하는 것이었습니다.

"사람이 타도 끄떡 없이 내려가도록 버텨내는 그런 굵은 줄이 어디에 있다고요?"

"차라리 아예 내가 두 부인을 찾아 뵙겠습니다. 죄를 고하고 다같이 상의라도 하게요!"

임군용이 이렇게 말하자 찬화이이가 말했습니다.

"우리가 좀 미안하군요!"

세 사람이 이렇게 망설이고 있을 때였습니다. 문득 보니 두 부인이 여하와 함께 화원으로 쫓아오는 것이 아닙니까. 세 사람은 손뼉을 치고 웃으면서 말하는 것이었습니다.

"다들 우리를 속이고 참 잘하는 짓이군요! 날개를 달고 솟아오르게라도 해 보지 그러시나?"

"먼저 누가 그렇게 했길래 우리도 따라 한 걸요."

의소저가 이렇게 말하자 찬화도 말했습니다.

"말싸움은 잠시 멈추세요. 애초에 다같이 거들어 주기로 해 놓고선 두 부인께서 우리를 팽개치고 두 분만 즐기시길래 그런 거지요! 그래서 우리도 독차지 한 거에요!⁶⁵ (…) 이제 더 말할 것도 없어요. 일단 … 줄을 가지고 와서 저 분부터 내보내 드리자구요!"

그러자 축옥부인이 큰 소리로 웃으면서 말하는 것이었습니다.

---

65 독차지한 거에요[打一場偏手] : '타편수(打 / 偏手)'는 명대의 구어식 표현으로, 주로 '독차지하다, 독식하다' 정도의 의미를 나타낸다. 때로는 『박안경기』(초각)제17권의 "같이 사부님을 모셨건만 유독 너만 독차지해 왔지![一同跟師父, 偏你打了偏手]"나, 『이각 박안경기』 제25권의 "미모의 여자를 보자마자 독점할 마음이 드는 것이었다[見是個美貌女子, 就起了打偏手之心]" 식으로 사용되기도 하였다.

"어디 물어나 봅시다? 내보내서 뭐 어쩌시게?[66] (…) 두 사람이 알고 우리가 본 이상 모두 다 각자의 몫이 생겨 버린 판이에요. … 하루 종일 여기에 있다고 해도 누가 손해 볼 일은 없겠지요. 그러니 우리 모두 다같이 즐기면서 지내 봅시다!"

사람들은 다함께 웃으면서 말했습니다.

"좋아요, 좋아! 부인 말씀이 옳습니다!"

그리고는 축옥은 임 선비를 잡아 끌고 다른 미인들과 함께 안뜰로 돌아왔지요.

이렇게 해서 임 선비는 낮이 되든 밤이 되든 바깥에는 나가지도 않은 채 아침저녁으로 환락을 즐겼습니다. 부인들과 어깨를 나란히 하고 허벅지를 포갠 채 지내는가 하면 찬화·의소와 짝을 지어서 음욕을 채우느라 쉴 틈이 없었지요. 그렇다 보니 몸이 지치고 피곤해져 잠깐만 쉬려고 해도 어디 자기 마음대로 할 수가 있겠습니까? 도저히 안되겠다 싶어서 이틀 정도만 내보내 주기를 애걸했지만 그래도 누구 하나 그 말을 들어주는 이가 없었습니다. 대신 그 집 여인들이 각자 돈을 내서 기름지고 단 음식들을 사 들어가서 그에게 몸보신을 시켜 줄 뿐이었지요. 그러면서도

---

66 【즉공관 미비】 畢竟慧人. 역시 머리가 비상한 여인이야!

이 원공이 잔소리라도 할까 걱정이 되었던지 각자 돈을 거두어서 큰 상을 내리고 입단속을 시켰습니다. 그야말로 얽매이는 것도 없고 거리끼는 것도 없이 극단적으로 환락을 즐기고 있었던 거지요. 말 그대로

뜻은 차는 법이 없고	志不可滿,
즐거움은 다하는 법 없구나마는	樂不可極.
행운 지나가면 불행이 생기나니	福過災生,
언젠가는 패가망신 하는 날 있으리!	終有敗日.

임 선비는 그렇게 안채에서 한 달 넘게 즐거움을 만끽했지요.

그러던 어느 날이었습니다. 갑자기 바깥에서

"태위님께서 돌아오셨습니다!"

하고 알리는 소리가 들리는 것이 아닙니까! 이때 안채 사람들은 모두가 인사불성으로 깊은 잠에 빠져 있었습니다. 그래서 그 소리도 긴가민가 하고 있었지요. 그런데 태위가 바로 도착하는 바람에 대문과 정원 문들이 활짝 열리는 것이 아닙니까! 사람들은 당황해서 쩔쩔 매다가 허둥지둥 두 부인이 임 선비를 뒤뜰 화원으로 내보내서 담장을 넘어 나가게 했습니다. 그런데 임 선비가 담장 위로 올라가자 밑에 있던 사람이 서둘러 사다리를 치우고 나서 소리를 질렀습니다.

"어여 내려가요, 어여!"

임 선비는 필사적으로 정신없이 도망쳐 돌아왔답니다. 그러나 그때 안채 사람들은 다들 당황한 마당에 어디 뒷수습에 신경을 쓸 겨를이 있겠습니까? 그러다 보니 뜻밖에도 그네 줄을 묶어 두지 않은 것은 생각지도 못했지 뭡니까 글쎄! 그 바람에 내려가려 해도 내려갈 수가 없었습니다. 이쪽은 이쪽대로 사다리를 치워 버리는 통에 내려올 수가 없게 돼 버린 상태였지요.

'누구를 마주치기라도 하면 정말 난리가 날 텐데!'

이렇게 생각한 그는 혼신의 힘을 다 끌어내어 뛰어넘으려 했습니다. 그러나 그동안 몸이 허약해지는 바람에 손과 다리가 다 풀린 데다가 담력도 용기도 다 거덜나 버린 것을 어쩌겠습니까요? 아무리 용을 써도 오금이 다 후덜거리는 바람에 담장을 탄 채로 기와등 위에 주저앉아 버리고 마는 것이었습니다! 꼴이 그야말로

| 숫양이 울타리를 들이박은 격이니, | 羝羊觸藩, |
| 나아가기도 물러서기도 어렵구나![67] | 進退兩難. |

---

[67] 숫양이 울타리를 들이받은 격[羝羊觸藩] : 중국 고대의 격언. 『주역(周易)』 "대장괘(大壯卦)"조의 "구삼. 소인은 씩씩한 기운을 쓰지만 군자는 그것을 쓰지 않는다. 마음은 바르지만 위태로우리니, 숫양이 울타리를 들이받으면 그 뿔이 걸려서 물러나지도 나가지도 못하는 것과 같은 이치이다(九三. 小人用壯, 君子用罔, 貞, 厲, 羝羊觸藩, 羸其角, 不能退, 不能

예로부터 이런 말이 있지요.

"원수지간에는 길이 좁은 법."　　　　　　　冤家路兒窄.

　뜻밖에도 태위가 집으로 돌아오자마자 여러 말 하지도 않고 일단 후원
부터 가더니 군데군데 담장 위에 무슨 수상한 흔적이라도 있는지 둘러
보았습니다. 그리고는 그 길로 뒤뜰 화원으로 들어 오는 것이었습니다.
아 그런데 태위가 고개를 들었더니 담장 위에 웬 사람이 보이지 뭡니까.
　이때 높은 곳에서 아래를 굽어보고 있던 임 선비는 임 선비대로 직접
들이닥친 태위를 발견했습니다. 당황한 그는 어떻게 해 볼 방법이 없자
하는 수 없이 몸을 기와등에 납작 엎드렸지요.[68] 이런 경우를 두고 '토끼
얼굴 감추기[69]'라고 하지요. 무작정 자신을 알아보지 못하기만을 바라면
서 몸은 숨길 생각조차 못 하는 경우 말입니다.

遂)"에서 유래한 말이다. 숫양은 뿔이 우람하게 자라서 그것을 큰 자랑으로 여기고 뽐내기
도 하지만 울타리를 들이받았을 때에는 빽빽한 나뭇가지에 걸려 꼼짝도 할 수 없게 된다.
세상에 살면서 처세할 때에도 마찬가지이다. 자신이 한창 잘 나갈 때 자기 힘(권력)을 믿
고 함부로 행동하거나 남을 마구 대하다가는 언젠가는 불행을 당할 수 있다고 경고하고
있다. 명대의 학자 홍자성(洪自誠, ?~?)이 지은 『채근담(菜根譚)』에도 이와 비슷한 경구
(警句)가 보인다. "(사회에서) 몸을 일으킬 때 한 걸음 높이 서지 않는다면 마치 먼지 속에
서 옷을 털고 진창에서 발을 씻는 것과 같으니 어찌 (세상 일에) 초연해질 수 있겠는가?
세상에 처할 때 한 걸음 물러서서 처신하지 않는다면 마치 부나비가 촛불로 날아들고 숫양
이 울타리를 들이받는 것과 같으니 어찌 안락할 수가 있겠는가?[立身不高一步立, 如塵裡
振衣, 泥中濯足, 如何超達. 處世不退一步處, 如飛蛾投燭, 羝羊觸藩, 如何安樂]" 여기서도 숫
양의 비유를 들어 세상에서 처세할 때 신중하고 사려깊게 행동하라고 경계하고 있다.

68　【즉공관 미비】鼠見猫了. 쥐가 고양이를 만난 격이로군!
69　토끼 얼굴 감추기(兔子掩面) : 명대의 속담. 타조가 위기가 닥쳤을 때에 땅바닥 구멍에
　　머리를 감추고 안전하다고 생각하는 것과 같은 상황으로 해석할 수 있다. 우리나라의 '눈
　　가리고 아웅 한다'라는 속담과 비슷하다.

그러나 태위는 상당히 간교한 사람이었습니다. 그는 안뜰 담장에 무슨 흔적이 있고 사람이 그 위에까지 올라간 것을 똑똑히 눈치챈 것이 분명했습니다. 그러나 아무래도 자기 집 안채 안에서

토끼얼굴 가리기

벌어진 일이다 보니 소문이 퍼지기라도 하면 불미스러운 꼴을 보게 될까 걱정이었지요. 그래서 일부러 큰소리로 말하는 것이었습니다.

"이렇게 높은 담장을 어느 누가 올라갈 수 있겠는가? (…) 저 위에 있는 자는 무슨 악귀가 붙은 것이 분명하다! 사다리를 찾다가 부축해 내린 다음 어찌 된 영문인지 물어 보면 되겠지!"

그의 곁에 있던 종복들은 대답을 하고 사다리를 대더니 임 선비를 한 계단 한 계단 부축해 땅까지 내려 주는 것이었습니다. 임 선비는 태위가 방금 전에 한 말을 똑똑히 들은지라 꾀를 내어 이판사판으로 그대로 밀어 부치기로 했지요. 그는 얼이 나가 인사불성이 된 것처럼 꾸몄습니다. 그리고 사람들이 잡아 끄는 대로 몸을 맡긴 채 태위 앞까지 끌려 왔지요. 태위는 얼굴을 확인하고 나서 말했지요.

"이건 … 임군용이 아닌가? 어째서 몰골이 이 모양인가? (…) 귀신이

씌인 것이 분명하다!"

임 선비는 두 눈을 지긋이 감고 끝까지 입을 열지 않았습니다. 그러자 태위는 사람을 시켜 신락관神樂觀으로 가서 법사法師를 불러 푸닥거리를 하도록 일렀지요. 태위의 지엄한 명령에 어느 누가 지체할 수 있겠습니까? 이윽고 법사가 도착하자 태위는 임 선비의 상태를 좀 살펴보게 했습니다. 법사는 푸닥거리를 하더니 말했지요.

"귀신이 씌었군요!"

법사는 손에 검을 짚고 입으로 주문을 외우더니 정한수를 한 모금 뿜고 나서 말했습니다.

"됐습니다, 됐어요!"

그러자 임 선비가 정말로 눈을 뜨더니 말하는 것이었지요.

"내가 … 왜 여기에 있지요?"

"자네 방금 전에는 … 어떻게 들어온 겐가?"

태위가 이렇게 말하자 임 선비는 거짓말을 둘러 대었습니다.

"밤에 서재에 혼자 앉아 있는데 정신이 몽롱해지더군요. 그리고는 비단옷에 화려한 모자를 쓴 장군 다섯 분이 와서 이르셨습니다. 자기를 따라 천궁에 가서 무슨 경전을 좀 필사해 주어야겠다고 말입니다. 소생은 그의 기괴한 모습이 수상쩍길래 필사적으로 거부했지요. 그랬더니 그 장군이 사람들을 시켜 붙잡더니 허공으로 솟아 올라가 버리지 뭡니까! 소생 다급한 나머지 나뭇가지에 매달려서 고함을 질렀지요. '나는 양 태위 나리댁의 귀빈이시다! 무례한 짓 하지 마라!' 그러자 그 귀졸들이 '양 태위'라는 이름를 듣자마자 놀라서 손을 푸는 바람에 떨어지고 말았습니다.[70] 그 바람에 순간적으로 의식을 잃어 버렸는데 … 지금 보니 태위님 앞이었군요! (…) 태위님 … 언제 돌아오셨습니까요? (…) 여기는 어디입니까?"

그래서 옆에 있던 사람이 말했지요.

"방금 귀신에게 홀려서 담장 위에 엎드려 있었소. 태위님께서 구해 드린 게요. 여기는 뒤뜰 화원이고요."

"방금 이야기한 것은 … 어떤 귀신이었는가?"

태위가 이렇게 묻자 법사가 말하는 것이었습니다.

---

70 【즉공관 방비】好副急話. 위기에 이야기를 잘도 꾸며 내었구나.

불화로 그려진 '오통신도'

"그 귀신 하는 말이 어 … 오통신도[71]이신데 음 … '이 자가 짝도 없이 홀로 지내는 것을 보고 장난을 쳐서 공양 밥을 얻어 먹으려고 그랬다'고 하시더군요. (…) 지금 부적을 한 장 드리지요. 방에다 붙이신 다음 … 세 가지 제물에 술과 과일 같은 것들을 바치고 그 신을 좀 달래 주시면 저절로 평안하고 무사해지실 겁니다!"

그러자 태위는 하인에게 그 말대로 따르도록 분부했습니다. 그리고 법

---

71 오통신도(五通神道): 중국 강남지방에서 숭배하는 다섯 명의 악신. 전설에 따르면 오통(五通)·오성(五聖)·오현령공(五顯靈公)·오랑신(五郞神)·오창(五猖)의 다섯 형제로 당·송대부터 관련 신앙이 존재했다고 한다.

사를 돌려 보내고 임 선비는 서재로 부축해 가서 쉬게 해 주었지요. 임 선비는 속으로 생각했습니다.

'천만 다행이로군! 하늘이 두 쪽 날 정도로 엄청난 난리가 날 뻔 했는데 간신히 속여 넘겼네 그려!'[72]

임 선비는 몇 번이나 크나큰 봉변을 한 탓에 기력이 진작부터 고갈된 상태였습니다. 그래서 '이번에 귀신에게 홀려서 휴식을 취해야 한다'는 핑계로 태위 댁 서재에서 열흘 정도 몸조리를 했지요. 그러자 아무래도 금방 회복되는 젊은 나이다 보니 차츰 정상을 되찾게 되었지요.[73] 안채로 들어와 태위를 만난 그는 고맙다고 인사를 했습니다.

"태위께서 법사를 불러 구해 주지 않으셨더라면 그때 어쨌든 귀신에게 홀려서 이 목숨이 달아나 버렸을지도 모릅니다!"

그러자 태위는 태위대로 흔쾌히 말했지요.

---

72 【즉공관 방비】 未得旦喜. 벌써부터 기뻐할 일이 아닌네?
73 정상[旺相] : '왕·상(旺相)'은 중국의 명리술(命理術) 용어이다. 중국에서는 전통적으로 오행의 원리를 사계절에 적용하여 계절마다 오행의 성쇠를 왕(旺)·상(相)·휴(休)·수(囚)·사(死)의 5개 단계로 구분하고 적절한 의미를 부여하였다. 예를 들어 봄의 경우에는 목왕(木旺)·화상(火相)·수휴(水休)·금수(金囚)·토사(土死) 하는 식이다. 마찬가지 원리로 사람의 팔자(八字)에서도 일간(日干)이 왕·상(旺相)의 월지(月支)를 만나면 '때를 얻었다[得時]'고 해석하며, 반대로 일간이 수·사(囚死)의 월지를 만나면 '때를 잃었다[失時]'고 해석하였다. 일반적으로 일간이 목(木)이면 봄을 만나면 '왕'이 되고 겨울을 만나면 '상'이 되어 '때를 얻은' 경우에 해당한다고 보았다.

"평안하고 무사하다니 다행일세! 이 몸이 군용과 오랫동안 적조했었네. (…) 이번에 완쾌했으니 음식을 몇 가지 준비해서 한번 통쾌하게 마셔나 보세나!"

그러더니 술을 가져오게 하여 함께 마시고 주령 판을 벌이면서 즐거움을 만끽했답니다. 그러자 임 선비는 임기응변으로 극진하게 그의 기분을 맞추어 주었지요. 술을 마시는 동안 임 선비는 일부러 귀신을 만난 일을 거론하면서 태위의 속내를 떠 보려 했습니다. 그런데 그 말이 나오기가 무섭게 태위가

"군용을 홀몸으로 지내게 하는 바람에 귀신을 만나다니! 따지고 보면 내 잘못일세!"[74]

하면서 극진하게 그를 위로하는 것이 아닙니까. 임 선비는 속으로 은근히 기뻐했습니다.

'내가 벌인 일을 전혀 들키지 않았구나! 그건 그렇고 … 그 미인들은 언제 다시 만날 수 있을까? (…) 이번 생에서는 꿈일 뿐일 테지!'

그런 식으로 서재에서 고요한 밤을 만나기라도 하면 늘 그리워해 마지

---

74 【즉공관 미비】 老奸口吻. 교활한 늙은이의 말투로군.

않는 것이었지요. 그는 태위가 전혀 의심을 하지 않자 큰 걱정거리를 내려 놓았습니다. '그 일에 휘말리지 않게 되었으니 행운'이라고 여겼지요.

그러나 태위가 일부러 그렇게 행동한 것인 줄이야 누가 알았겠습니까! 태위는 담장에서 임 선비를 발견했을 때 벌써 눈치를 챌 만큼 챈 상태였습니다. 그래서 축옥부인의 방에 갔더니 뜻밖에도 그 줄 사다리를 묶었던 줄이 있는 것이 아닙니까? 그날 밤에 농담을 주고 받다가 그것을 가져다 벽 쪽에 쌓아 놓은 채로 하루 종일 노닥거리느라 그 존재 사실을 깜빡하는 바람에 순간적으로 그 줄을 감추는 일을 잊어 버렸던 것이었지요. 그런데 태위가 직접 눈으로 보니 그 물건이 바로 외간사람을 집안으로 끌어 들이는 데에 쓴 도구라는 생각이 들지 뭡니까. 그래서 여하에게 매질을 하면서 캐물었지요. 그러자 여하는 고통을 참지 못하고 낱낱이 자백하고 말았답니다.

태위가 이번에는 군데군데마다 수소문 해 보니 처음부터 끝까지 모든 사건의 경위가 분명해지는 것이었습니다. 그런데도 태위는 그것도 전혀 눈치채지 못한 척 임 선비를 평소처럼 대하면서 오히려 더 잘 대해 주는 것이었지요. 그야말로

배 속에 검을 품고	腹中懷劍,
웃음 속에 칼을 감추네.	笑裡藏刀.
범 아가리를 벌리려 하지만	撩他虎口
어찌 해 낼 수 있으리오!	怎得開交.

그러던 어느 날이었습니다. 태위가 술을 먹자고 임 선비를 초대했지 뭡니까. 태위는 그를 안채 서재까지 불러 들여서 한참 동안 즐겁게 술을 마셨습니다. 거기다가 가희歌姬까지 두 사람을 불러서 번갈아 술을 권하게 하는 것이었지요. 그 가희를 본 임 선비는 자기도 모르게 안채에서 밀회를 나누었던 그 미인들 생각이 났습니다. 그렇게 속이 착잡해져서 무조건 술만 먹다가 곤드레만드레 취하고 말았지요. 그러자 태위는 몸을 일으켜 안으로 들어가고 가희는 가희대로 곧바로 안으로 들어왔답니다.

그렇게 임 선비만 덜렁 남아서 의자 위에서 졸고 있을 때였지요. 별안간 건장한 사내 너댓 명이 그 앞으로 다가오더니 다짜고짜 임 선비를 꽁꽁 묶는 것이었습니다. 임 선비는 이때 술에 취한 탓에 영문도 모르고 입으로는 횡설수설 하면서 전혀 맨 정신이 아니었지요. 그런데 그 사람들이 매고 가서 한 침상 위에 내려 놓더니 그 중 웬 건장한 사내가 바람처럼 잘 드는 칼을 뽑아 드는 것이 아닙니까 글쎄! 임 선비는 이때 그야말로

| 목숨은 오경에 산의 달을 머금은 듯, | 命如五鼓啣山月, |
| 몸은 삼경에 기름 마른 호롱불 같네![75] | 身似三更油盡燈. |

---

75 목숨은 오경에 산의 달을 머금은 듯, ~[命如五鼓啣山月, 身似三更油盡燈]: 몸은 오경에 산의 달을 머금은 듯하고~[身似三更油盡燈, 命如五鼓啣山月]: 명대의 속담. 달은 5경이 지나면 져 버리고 호롱불은 3경이 지나면 꺼지기 마련이다. 여기서 5경의 달과 3경의 호롱불은 목숨이 다하거나 목숨이 위태로운 것을 빗대어 한 말이다. 명대의 『수호전전(水滸全傳)』(제25회)에는 이 속담이 "몸은 오경에 산의 달을 머금은 듯하고, 목숨은 삼경에 기름 마른 호롱불 같구나[身如五鼓啣山月, 似三更油盡燈]"로 나와 있다.

손님들! 만약에 임 선비의 목숨을 빼앗으려 한 것이었다면 그런 일이야 태위의 집에서는 늘상 있는 일이었습니다. 거기다가 임 선비는 지은 죄가 작지 않았지요. 그러니 그를 없애더라도 문제가 될 것이 없었습니다. 그런데 어째서 군이 술로 그를 내실까지 끌어 들여서 손을 쓰게 된 것일까요? 알고 보면 그를 죽이려 한 것은 아니었습니다.

명대 의자

그 처벌이라는 것은 참으로 희한한 것이었습니다. 가만 보니 칼을 든 그 건장한 사내는 임 선비의 바지를 내리더니 왼손으로 그의 양물을 잡아 당기는 것이었습니다. 그리고는 오른손으로 '삭둑' 단칼에 베더니 이어서 불알 두 개까지 뽑아 버리는 것이 아닙니까 글쎄! 임 선비는 정신없이 꿈을 꾸면서도

"어이쿠!"

외마디 비명을 지르며 아파서 쩔쩔 매다가 기절해 버리고 말았습니다. 그러자 그 사내는 즉시 통증을 가라앉히고 새 살이 돋게 만드는 특효약

을 상처 부위에 발라 주었습니다. 그리고는 결박을 풀어 주고 나서 방문을 단단히 닫은 뒤에 그 자리를 나오는 것이었지요. 그 건장한 사내들이 누구냐고요? 바로 평소에 대궐에서 부리는 엄공[76]이었습니다. 내관[77]의 거세[78]를 맡은 이들이었지요.

태위는 임 선비가 자신의 소실들을 농락한 일을 괘씸하게 여겼습니다. 그러면서도 평소 그의 재능을 아끼던 참이어서 그를 당장 없애지 말도록 시켰던 것입니다. 그래서 이 엄공들에게 분부하여 그를 데려와 거세하는 벌을 주게 한 거지요.

환관에서 이랑신(二郎神)으로 신격화 된 양진의 모습

사실 거세라는 것 자체가 당사자에게는 누설해서는 안 되는 일입니다. 그래서 그를 대궐의 밀폐된 방까지 데려왔던 거지요. 옛날 사람들이 '누에 치는 방에 보낸다'[79]라고 한 것도 바로 그런 의미가 있는 것입니다.

---

76 엄공(閹工) : 중국 고대에 대궐에 환관이 필요할 때에 성인 남자를 거세하는 일을 맡았던 기술자.
77 내관[內相] : '내상(內相)'은 원래 궁정의 재상 즉 지위가 높은 태감(太監)을 가리키는 표현이다. 『박안경기』(초각) 제22권의 "當今內相當權, 廣有私路, 可以得官" 부분은 그 증거이다. 그러나 여기서는 지위의 고하를 가리지 않고 보편적으로 환관(宦官)의 의미로 사용되었기 때문에 편의상 '내관'으로 번역하였다.
78 거세[淨身] : '정신(淨身)'은 글자 그대로 풀면 '몸을 깨끗하게 한다'는 뜻으로 원래 몸을 씻는 것을 말하였다. 그러나 나중에는 성인 남성의 성기를 칼로 거세하는 것을 가리키는 은어로 사용되었다. 사마천의 경우처럼 형벌로 거세하는 것을 '궁형(宮刑)'이라고 불렀다.
79 누에 치는 방에 보낸다[下蠶室] : 중국 고대에 죄수에게 궁형을 내리는 것을 은유적으로 표현한 은어. 당대 초기의 학자 안사고(顔師古, 581~645)가 '잠실'에 관하여 붙인 주석

楊太尉戲宮
館客

양 태위가 서재의 식객을 멋대로 거세하다

태위는 이어서 법도에 따라 그에게 몸조리를 시키게 했습니다. 목숨은 상하지 않게 하면서도 음식 같은 것에도 각별히 배려를 해 주도록 일렀지요. 임 선비는 열 번 까무러쳤다가 아홉 번 되살아날 정도로 큰 고통을 겪었지만 몸조리를 잘 받은 덕분에 죽음만은 면할 수가 있었답니다. 그는 태위가 그동안 있었던 일들을 눈치채고 그같은 모진 벌을 내린 것을 너무도 잘 알고 있었습니다. 그러니 울분을 삼킬 뿐 어디 가서 하소연조차 할 수가 없었지요. 그나마 목숨이라도 건진 것을 다행으로 여겨야 할 판국이었습니다.

그렇게 열흘 정도 지났을 때였습니다. 억지로 버둥거리며 일어난 그는 따뜻한 물을 좀 달라고 해서 세수를 했지요. 그런데 아래턱에 가늘게 붙어 있던 몇 가닥 수염이 죄다 빠져서 대야 안으로 떨어지는 것이 아닙니까? 허둥지둥 거울을 가져와서 비추어 보았더니 영락 없는 태감太監 꼴이었습니다! 그래서 이번에는 아랫배 쪽을 보니 큰 흉터가 하나 나 있지 뭡니까. 음행을 일삼던 그 물건이 이미 저 머나먼 동해[東洋] 망망대해 너머로 사라져 버리고 만 것이지요! 임 선비는 그 흉터를 더듬으면서 눈물을 비 오듯이 펑펑 흘렸답니다. 이 이야기를 증명하는 시가 있습니다.

에 따르면, "일반적으로 누에를 칠 때에는 누에를 따뜻하게 해 주어야 일찍 성장하기 때문에 밀폐된 방에 불을 지핀 다음 누에를 둔다. 그런데 궁형을 시행할 때도 마찬가지로 중풍에 걸릴 우려가 있기 때문에 반드시 밀폐된 방에 들어가야 당사자의 목숨을 보전할 수 있다. 그래서 '잠실(누에 치는 방)'이라고 부르는 것이다[凡養蠶者, 欲其溫而早成, 故爲密室蓄火以置之, 而新腐刑亦有中風之患, 須入密室乃得以全, 因呼爲蠶室耳]"

왕년에는 꽃밭에서 그렇게 즐겁더니만   昔日花叢多快樂,
지금은 홀로 앉았자니 답답하고 무료하구나.   今朝獨坐悶無聊.
이제야 여복이며 대단한 호강도   始知裙帶喬衣食,
나면서부터 각자 누릴 복이 있음을 알겠네!   也要生來有福消.

임군용이 거세의 벌을 받은 뒤로 양 태위는 그를 만나면 늘 웃음 띤 얼굴로 그를 더욱 정성껏 대해 주었습니다. 게다가 아예 수시로 그를 내실까지 불러 들여 처첩들과 섞여 앉아서 잔치를 벌여 술을 마시며 웃고 놀게 해 주었지요. '그의 몸에 그 물건이 없어서 꺼릴 필요가 없으니 데려다 웃고 노는 도구로 안성맞춤'이라고 여겼던 게지요. 처음에는 요월이며 축옥 같이 그와 정분을 나누었던 여인들도 이따금 왕년의 정분을 입에 올리면서 그의 신세를 무척 딱하게 여겼습니다. 그러나 이제는 가지고 놀 거리가 없어져 버린 뒤였지요. 눈요기나 할 뿐 더 이상 맛을 볼 수는 없게 되어 버렸으니 그가 와도 아무 짝에도 쓸 데가 없었답니다.

임 선비는 왕년의 그 연인들을 보고 말했습니다.

"태위께서 귀가하시고 나서 … 저는 이번 생에서는 여러분과는 영원히 다시 뵐 날이 없을 줄로만 알았습니다! 이제 틈틈이 만나 뵐 수 있게 되었건만 … 이제는 무용지물이 되어 버리는 바람에 공연히 군침만 삼키고 있게 될 줄이야 누가 알았겠습니까! (…) 딱합니다, 딱해요!"

이때부터 임 선비는 열흘 중에서 아흐레는 태위 집 안뜰에서 지내면서 좀처럼 집 밖으로 나가는 일이 없었습니다. 거기다가 아래턱에는 털 한 오라기 없고 목소리도 여성스러워져서 태감의 몰골이 되어 있었지요. 그렇다 보니 아는 사람을 마주치기라도 할까 두려워서 더더욱 길거리를 속 편하게 다닐 엄두를 내지 못했답니다. 과거에는 그렇게도 가깝게 내왕하던 방무덕조차 반년이 다 되도록 얼굴조차 볼 수가 없었지요.

사실 무덕은 그의 행방을 수소문하기 위하여 태위 댁까지 찾아오기까지 했답니다. 그러나 태위가 미리 분부해 둔 탓에 그 댁 사람들이 모두들 '그가 죽었다'고 둘러 대는 것이었지요. 그러던 어느 날이었습니다. 태위가 소실들을 데리고 상국사[80]로 나들이를 가게 되었습니다. 임 선비도 그 틈에 끼게 되었지요. 그런데 무심코 혼자서 대비각大悲閣 아래까지 갔다가 공교롭게도 방무덕과 마주쳤지 뭡니까. 무덕이 보니 겉모습은 임 선비 같은데도 살결이 변한 것 같았습니다. 게다가 그가 이미 죽었다는 이야기를 들은 터였습니다. 그래서 속으로 망설이기만 할 뿐 다가가 확인해 볼 엄두를 내지 못하고 그 자리를 벗어났지요. 그러자 임 선비는 틀림 없는 무덕임을 확인하고 급하게 그를 부르더니 말했습니다.

---

[80] 상국사(相國寺) : 중국 고대의 유명한 불교 사찰. 남북조시대인 북제(北齊)의 천보(天保) 6년(555)에 지금의 하남성 개봉시 중심가에 '건국사(建國寺)'라는 이름으로 조성되었다. 나중에 당대 연화(延和) 원년(712)에 예종(睿宗)이 자신이 황제로 즉위한 일을 기념하기 위하여 '대상국사(大相國寺)'라는 이름을 하사하면서 황실의 보호 아래 여러 차례 확장이 이루어져 64개나 되는 선원(禪院)·율원(律院)을 거느리고 승려가 1,000명이 넘을 정도로 커졌다. 나중에는 잦은 전란과 홍수로 파괴되었다가 청나라 강희(康熙) 10년(1671)에 중수되었다.

명대 말기의 『출경입필도(出警入蹕圖)』에 묘사된 궁중 환관들(대만 고궁박물원 소장)

"무덕? 무덕! 방형이 어째서 벗인 나를 외면하는 게요?"

무덕은 그제서야 정말로 임 선비임을 알아보고 다가와 인사를 하는 것
이었지요. 임 선비는 옛 친구를 보자 그의 손을 잡고 자기도 모르게 오열
하면서 눈물을 흘렸습니다. 무덕은 무덕대로 '오랫동안 못 보았다'면서
'무슨 슬픈 일이라도 있는지' 물었지요. 그러자 임 선비가 말했습니다.

"소생이 못 나서 변을 당했지요. … 사연이 너무도 많소이다!"

그러더니 그간의 사정을 자세하게 들려주고 나서

"한 순간 미친 욕정 탓에 … 이런 재앙을 당하게 될지 누가 알았겠소이까!"

하면서 통곡해 마지않는 것이었습니다. 그러자 무덕이 말했습니다.

"임형은 너무 호강하며 지내다가 벌을 받아 이렇게 되신 게지요.[81] (…) 이제 지나간 일이 되었으니 뉘우치실 것도 없습니다. 이제라도 나오셔서 동기들이나 만나 시간을 보내도록 하시지요!"

"무슨 낯으로 다시 벗들을 보겠소이까! (…) 그저 남은 삶에 미련을 가지고 세월을 보내는 수밖에요!"

무덕은 한숨을 푹 쉬더니 작별을 고했답니다. 나중에 알아 보니 '임 선비는 내내 우울해 하며 지내다가 얼마 뒤에 결국 태위 댁에서 죽고 말았다'는 것이었지요. 이것이 음행을 벌인 대가인 것입니다! 방무덕은 여색을 탐내는 젊은 사람들을 볼 때마다 임군용의 일을 본보기로 들면서 경계로 삼았다고 합니다.

손님들, 제 말씀 좀 들어 보십시오! 혈기가 왕성한 젊은 분들은 정말 몸가짐에 조심하셔야 합니다! 태위가 아무리 그런 모진 벌을 내렸다고

---

81 【즉공관 방비】正經話. 옳은 말이다.

는 하지만 그것도 따지고 보면 태위가 사랑하던 소실들을 그가 농락한 탓이었습니다. 물론 이 역시 부유하거나 존귀한 댁에서 소실을 많이 두는 바람에 빚어진 불행의 본보기인 셈이지요.

축 늘어진 그 물건이 가소롭구나!	堪笑羸垂一肉具,
좋아하면 뺏고 성나면 잘라가 버리니!	喜者奪來怒削去.
여색 탐하는 젊은이들께 한 말씀 드리니,	寄語少年漁色人,
대신이 소신에게 시달려선 안된다오![82]	大身勿受小身累.

양 태위를 비웃는 시도 한 수가 있습니다.

양물 잘라 음행이 끝났다지만	削去淫根淫已過,
몸뚱이와 호탕함은 남겼구나.	尚留殘質共婆娑.
궁녀가 태감을 찾는 경우라 하더라도	譬如宮女尋奄尹,
똑같이 다정한들 어이할 거나!	一樣多情奈若何.

---

82 대신 & 소신[大身 & 小身]: 불교 용어. 부처가 술법으로 허공을 가득 채울 정도로 크게 현신한 화신(化身)을 '대신', 보살이 인간보다 작은 금빛 육신으로 현신한 화신을 '소신'이라고 한다.

제35권

잘못 희롱한 가 씨댁 모친이 딸을 꾸짖고
잘못 고발한 손 서방이 아내를 얻다

錯調情賈母詈女, 誤告狀孫郎得妻

해제

    오송吳淞의 손소관孫小官은 나이가 17살로 용모가 준수하다. 이웃집의
방方 과부에게는 가윤낭賈閏娘이라는 딸이 있었는데 미모가 출중하였다.
손소관과 가윤낭은 서로를 사모하지만 방 과부의 엄격하게 단속하는 바
람에 만날 기회를 잡지 못한다. 그러던 어느 날, 윤낭이 창가에서 수를
놓는 것을 본 손소관은 다가가 수작을 걸지만 윤낭은 되려 대낮에 얼씬
거리지 말라며 화를 낸다. 그것을 밤에 밀회를 가지자는 뜻으로 오해한
손소관은 일찌감치 가 씨네 집 대문 앞에서 때를 기다리다가 어두움 속
에서 웬 연홍색 조끼를 입은 여자가 지나가자 윤낭인 줄 알고 달려가 허
리를 끌어안고 입을 맞추다가 그것이 방 과부임을 알고 허둥지둥 도망친
다. 방으로 돌아온 방 과부는 윤낭에게 욕을 퍼붓고 억울하게 느낀 윤낭
은 울분을 참지 못하고 대들보에 목을 매어 자결한다. 딸의 주검을 발견
한 방 과부는 꾀를 내어 손소관을 집으로 끌어들이더니 그를 방에 가둔
뒤 현 관아에 고발한다. 방 안에서 윤낭을 발견한 손소관은 너무도 사랑
스러운 그 모습에 매혹되어 몸을 어루만지고 입을 마춘다. 이윽고 구사
일생으로 되살아난 윤낭은 눈 앞에 손소관이 있는 것을 발견하고 사랑을
나눈다. 그렇게 이삼일이 지나서야 관아에서 아전들을 데리고 집으로 온
방 과부는 문을 열자 손소관과 딸이 바짝 붙어 애정 행각을 벌이는 광경
에 놀란다. 아전들이 과부가 거짓말을 한 것으로 여기고 그녀와 손소관
을 관아로 끌고 가자 지현은 그 사정을 심문한 끝에 윤낭과 손소관이 서
로 사랑하는 사이임을 눈치채고 스스로 중신아비를 자처하며 두 사람이

부부의 인연을 맺게 해 준다.

이 이야기는 명대 후기 소설가 풍몽룡馮夢龍이 지은 소설집 『정사情史』에 소개된 「오송 손생吳松孫生」 이야기를 소재로 지어졌다. 부일신의 『소문소』에 소개된 「착조합벽錯調合璧」에도 이 이야기가 다루어져 있다.

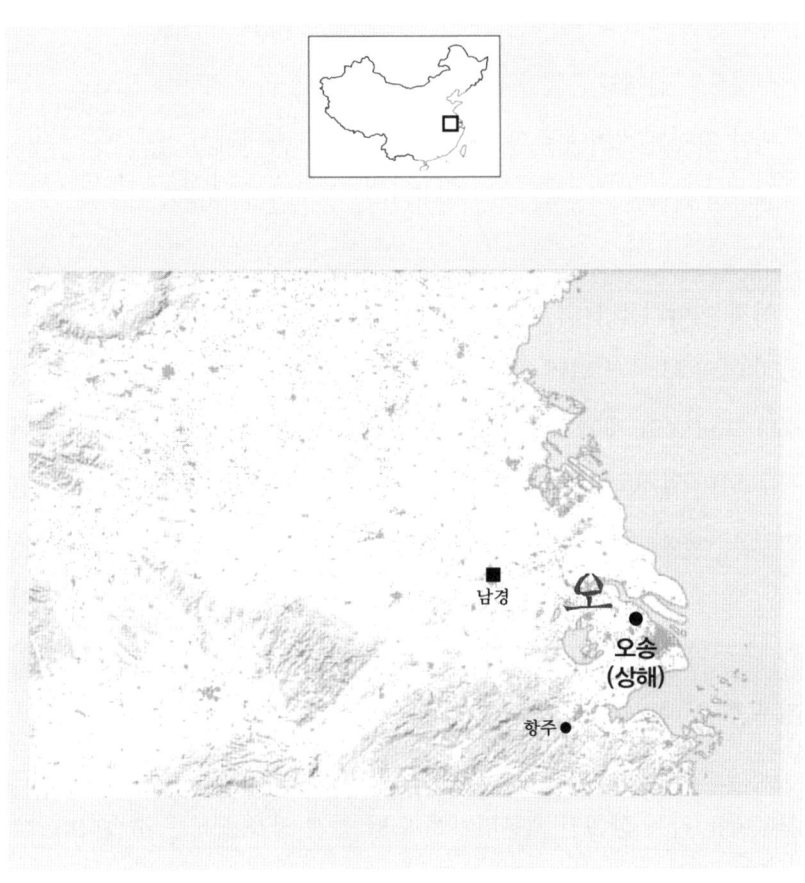

남경

오

오송
(상해)

항주

번역

이런 시가 있습니다.

여자는 섣불리 목을 매고	婦女輕自縊,
그것으로 절개와 음탕함 가르려 하지.	就裏別貞淫.
만약 그것을 가려낼 수가 없다면	若非能審處,
공연히 목숨만 저승 길 가는 셈이란다.	枉自命歸陰.

이제 이야기를 들려 드리도록 하겠습니다. 여자가 자살을 하는 것은 흔히 어찌 해 볼 방법이 없어서 스스로 목숨을 포기하는 경우이지요. 그렇다 보니 목을 메어 죽는 일은 여자에게서 무척 많습니다. 그러나 그런 경우 의미 있게 죽는 경우도 있지만 무의미하게 죽는 경우도 있기 마련이지요. 호광¹ 황주²의 기수현蘄水縣에는 진陳씨 성의 여자가 살았습니다. 나이 열네 살 때 주세문周世文에게 출가해 아내가 되었지요. 세문은 나이가 더 적어서 진씨보다 두 살이 어렸습니다. 그래서 방사는 아직 깨우치지 못한 상태였습니다.

그 모친 마馬씨는 과부였지만, 관능³이 넘치고 음란한 사람이었지요. 처음에는 간통 상대인 채봉명蔡鳳鳴과 남 몰래 정을 통하곤 했습니다. 그

---

1 호광(湖廣) : 원・명대의 지역명. 원대에는 지금의 호남(湖南)・호북(湖北)과 광동(廣東)・광서(廣西) 두 지역을 아울러 불렀으나, 명대에는 이름은 그대로 유지하되 광동・광서를 제외한 호남・호북만 일컬었다.
2 황주(黃州) : 명대의 지명. 지금의 호북성 황강시(黃岡市) 황주구(黃州區)에 해당한다.
3 관능[風月] : '풍월(風月)'은 명대의 유행어로, 남녀 사이의 연애를 완곡하게 표현한 말이다. 여기서는 전후 맥락에 따라 편의상 "관능"으로 번역하였다.

런데 나중에는 아예 집에까지 불러 들여서 두 번째 남편으로 삼았지 뭡니까. 그걸로도 성에 차지 않았던지 나중에는 다른 사람에게까지 한눈을 파는 것이었습니다. 어떤 외지 출신의 중인 성월性月은 양물을 잘 키운 데다가 미약媚藥 처방도 두루 꾀고 있었습니다. 그래서 그와도 관계를 맺고 있었지요.

채봉명은 마침 방중술을 좀 배우고 약 기운의 도움을 좀 받으려던 참이었습니다. 그래서 질투를 하기는커녕 되려 승려와 한 통속으로 음란한 짓을 벌이며 밤낮으로 무절제하게 놀아나곤 했답니다. 그에게는 며느리인 진陳씨가 눈 앞에서 얼쩡거리는 것이 영 눈에 거슬렸습니다. 그것이 좀 민망하기도 했던지 그녀까지 자기들 속으로 끌어 들이려 했지요. 더우기 마씨가 중년이 되고 나니 그 두 간통 상대는 젊은 여자만 보면 유난히 욕정이 생겨서 기어이 손에 넣으려 들곤 했답니다. 그래서 세 사람이 한 패가 되어 온갖 방법을 다 써서 유혹했지만 진씨는 끝까지 그들의 뜻을 따르지 않았지요. 그러자 시어미인 마씨는 진씨가 말을 듣지 않는 것을 고깝게 여기고 이렇게 무안을 주었습니다.

"잘 하면 네년 혼자 정절 기리는 열녀문이라도 하사 받겠구나?"

그렇게 처음에는 모질게 욕을 퍼붓더니 차츰 호되게 매질을 하지 뭡니까. 채봉명은 말리는 척 하면서 여기저기를 주무르고 만지면서 진씨에게 추근거렸습니다. 그러자 진씨는 매를 맞으면서도 한편으로는 봉명에게 마구 욕을 퍼부었지요.

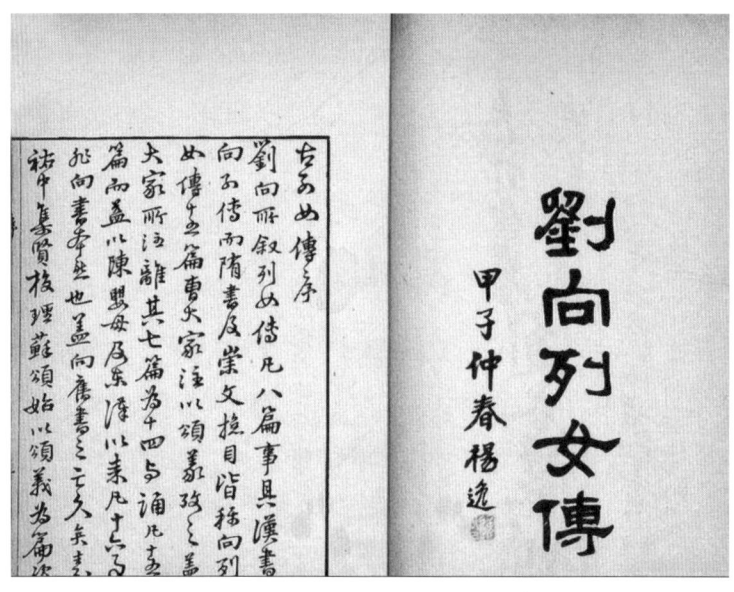

전한대에 유향(劉向)이 지은 『열녀전(列女傳)』

"시어머님이야 매질을 하신다지만 당신 같은 난봉꾼 하고는 상관 없
으니 끼어 들지 말아요!"

그 말에 시어머니가 말했습니다.

"물정도 모르는 천한 것! 네년을 패서라서 순종하게 만들고야 말겠다!"

"때려 죽이셔도 절대로 그 말씀은 따를 수 없습니다!"

그러자 채봉명이 그 틈에 진씨를 끌어안더니 말하는 것이었습니다.

"착하지? 시어머니 말씀 들어야지! 임자가 매맞는 꼴은 못 보겠어!"

마씨는 마씨대로 덩달아 손을 보태서 바지를 내립네 다리를 붙잡네 하면서 억지로 겁탈하도록 거드는 것이 아닙니까 글쎄! 그러나 진씨가 마구 몸을 흔들고 굴러 대니 둘이서 기운을 써 보아도 그녀 몸만 가까스로 제압할 수 있을 뿐이었습니다. 그러니 어디 말을 섞어 가면서 겁탈을 할 겨를이 있겠습니까? 알고 보면 세간의 '강간'이라는 말은 애초부터 말이 되지 않지요.[4] 결국에는 마씨에게 있는 힘을 다 해서 한 바탕 모질게 매질을 당하고 말았답니다.

진씨는 그런 수모를 당하자 분을 참을 길이 없었습니다. 그래서 자기 집으로 달려가서 울면서 부친인 진동양陳東陽에게 하소연을 했지요. 그러나 진동양은 저잣거리의 소인배로, 경우를 모르는 자였습니다. 그래서 딸을 돕기는커녕 되려 이렇게 말하는 것이었지요.

"시어머니 뜻을 거역하지 말았어야지! (…) 매사를 좀 고분고분 따랐더라면[5] 매를 벌지 않았을 게 아니냐!"

---

4 【즉공관 방비】忙中冷語. 바쁜 와중에 썰렁한 말이로군.
5 【즉공관 미비】女子以順爲正, 此事詎可隨巡乎. 여자는 순종하는 것을 옳다고 여긴다. 그러나 이런 일이야 어떻게 따를 수가 있겠는가?

진씨는 부친에게 하소연을 해도 소용이 없다는 것을 알았습니다. 그래서 도로 돌아와서 스스로 목숨을 끊을 생각뿐이었지요.

그때 집에는 할머니가 있었습니다. 나이가 여든다섯으로 그녀를 몹시 아꼈지요. 진씨는 그 할머니를 보고 말했지요.

"저는 그런 개돼지 같은 짓을 할 수는 없습니다. 차라리 죽을 수밖에요! (…) 이제는 할머니를 모실 수 없게 되었습니다. 하지만 … 저도 그냥 죽지는 않을 거에요!⁶ 둘이 같이 죽고 말겠습니다!"

그래서 할머니가 말했지요.

"너는 절개를 지키는 여자라서 그것들 하고 못된 짓을 절대로 벌이지 않을 거란 걸 다 아느니라! 그러나 … 사람 몸으로 태어나는 기회는 얻기 어렵다.⁷ 그러니 혹여라도 그런 생각일랑 하지도 말거라!"

그러나 진씨는 마음을 이미 정한 상태였습니다. 그래서 할머니가 나이

6　【즉공관 방비】烈哉! 可畏, 可敬. 열녀로다! 참으로 두렵고도 존경스럽구나!

7　사람의 몸으로 태어나는 기회는 얻기 어렵다[人身難得] : 불교 경전인 『열반경(涅槃經)』에 나오는 말. 좀처럼 바랄 수 없는 어려운 기회를 얻었다는 뜻으로 한 말이다. 원문은 "사람의 몸으로 태어나는 기회는 얻기 어려우며 불법은 듣기 어렵다. 사람의 몸으로 태어나는 기회가 얻기 어려움에도 이제 벌써 얻었고, 불법을 듣기 어려움에도 이제 벌써 들었으니 이번 생에 피안으로 가지 않고 이 몸을 제도하는 일을 언제까지 기다릴 것인가?[人身難得, 佛法難聞, 人身難得今已得, 佛法難聞今已聞, 此生不到彼岸去, 更待何時度此身]" 식으로 되어 있다.

가 많아서 판단력이 흐려지거나 자신을 가로막기라도 할까 싶어서 일부러 이렇게 말했지요.

"할머니께서 말리시니 일단 참고 지내는 수밖에요!"

그리고는 그날 밤 방에서 기어이 스스로 목을 매고 죽어 버렸지 뭡니까!

조씨가 죽고 이틀이 지났을 때였습니다. 마씨가 밤중에 따뜻한 물을 가져다 뒷물을 하고 마악 침상에 올라가 채봉명과 재미를 보려고 하는 순간이었지요. 별안간 한 줄기 차가운 바람이 불더니 진씨가 혀를 한 치 넘게 늘어뜨린 채 다가오는 것이 아닙니까 글쎄!

"난리 났네! 며느리가 나타났어!"

이렇게 외마디 소리를 지른 마씨는 갑자기 땅바닥에 고꾸라지더니 아무리 불러도 의식이 없는 것이었습니다. 그 광경을 본 채봉명은 놀란 나머지 얼이 다 달아나서 그날 밤 바로 영산[8] 땅까지 도망쳤습니다. 숨어 있을 작정으로 말이지요. 그러나 뜻밖에도 마음이 급해서 길을 제대로 찾지 못하고 기운은 기운대로 다 빠졌지 뭡니까. 결국 이튿날 오한이 들고 열이 나면서 입으로 헛소리를 해 대다가 며칠 되지도 않아서 죽고 말

---

8   영산(英山) : 중국의 지명. 호북성 동북부 대별산(大別山)의 주봉인 천당채(天堂寨)의 남쪽 기슭에 자리잡고 있다.

호북성 대별산의 영산

았답니다. 누가 보더라도 진씨가 산 채로 잡아간 것이 분명했지요.

이때는 유월 쯤이었습니다. 처음에 진씨가 죽었을 때 시어머니는 며느리가 괘씸해서 입관조차 해 주지 않았습니다. 그랬는데 이번에 나타나 그렇게 천벌을 내린 것이었지요. 그러자 이웃에까지 떠들썩하게 소문이 퍼져서 사람들이 앞다투어 주 씨네로 구경을 하러 몰려 들었습니다.

진씨의 시신은 처마가 낮은 초가 안에 잠시 안치되어 있었습니다. 아 그런데 뜨거운 해가 이글거리는데도 낯빛은 살아 있을 때와 조금도 바뀐 데가 없지 뭡니까. 그녀 이야기가 나오면 불쌍하게 죽었다며 눈물을 흘리지 않는 사람이 없었습니다. 거기다가 못된 시어미와 간통 상대까지 다 죽은 것을 알고는 손뼉을 치면서 후련해 하지 않는 사람이 없었지요. 개중에는 호기심이 많은 유생들도 많이 있었습니다. 그래서 글을 쓰는 이는 글을 쓰고 전기를 짓는 이는 전기를 지은 다음 제물과 예물을 마련해 모두 몰려 와서 진씨에게 제사를 지내 주었답니다. 그들은 이어서 상급 관청에 진정서를 내고 그녀를 위하여 사당까지 지어 주었지요. 나중에 찰원[9]에서는 민정을 시찰하고 조정에 보고를 올려 열녀문을 세워 주고 열녀로 표창했답니다. '혼자서 열녀문이라도 하사 받을 작정이냐'고 한 마씨의 말이 정말로 현실이 된 거지요. 그러니 그녀가 목을 매고 죽은 일이 의미 있게 죽은 것이 아니고 무엇이겠습니까?

연꽃은 물 위로 피어나지만	蓮花出水,
진흙에 더럽혀지지 않는 법.	不染泥淤.
똑같이 죽음을 맞이했지만	均之一死,
비난은 오롯이 시어미 몫이로다!	唾罵在姑.

　호광 지방에는 승천부[10]라는 고을도 있지요. 그 고을 경릉현[11]에 어떤 집이 있었는데, 시누이와 올케 이렇게 두 사람이 살고 있었습니다. 시누이는 시집을 가지 않았고 올케는 올케대로 아직 출가하지 않은 상태였지요. 두 사람은 여자이다 보니 작은 다락방에서 함께 지내고 있었지요. 그 다락방 뒤에는 남의 집 가옥이 한 채 있었습니다. 그런데 불이 나는 바람에 넓은 빈 터만 덩그러니 남게 되었지요. 그것이 시간이 오래되면서 남

9　찰원(察院) : 명대의 감찰기관인 도찰원(都察院)을 줄여서 일컫는 이름. 도찰원은 좌·우로 각각 도어사(都御史)·부도어사(副都御史)·첨도어사(僉都御史)를 중심으로 예하 기관을 거느리고 절강(浙江) 등 13개 도(道)에 분소를 두고 내·외직 관리들을 감찰하였다. 때로는 어사가 어명에 따라 외지로 파견되었을 때 현지에 임시로 구성되는 집무 장소도 '찰원'으로 일컬어졌다.
10　승천부(承天府) : 명대의 지명. 지금의 호북성 종상시(鍾祥市)에 해당한다.
11　경릉현(景陵縣) : 명대의 지명. 지금의 호북성 천문시(天門市)에 해당한다. 후진(後晉, 936~947)의 천복(天福) 5년에 직예방어주(直隸防御州)의 치소로 설치되었고 후한(後漢, 947~950)에 이르러 경릉현(竟陵縣)으로 개칭되었으며 북송대에는 태조 조광윤(趙匡胤)의 조부 조경(趙敬)의 이름을 피하여 '경릉(景陵)'으로 개칭되었다.

들이 오물을 버리는 장소가 되어 버렸습니다.

그렇다 보니 다락방이 있는 담벽 뒤로 난 창문으로는 길거리가 한 눈에 보였습니다. 그래서 두 여인은 틈이 나면 창가로 가서 길거리에 행인들이 오가는 광경을 구경하곤 했지요.

그때 이웃집의 어떤 학생學生이 아침 저녁으로 그 거리를 지나 다녔는데 외모가 아주 준수했습니다. 두 여인은 나이가 둘 다 열여섯이었습니다. 벌써 사랑하는 감정이 생긴 데다가 여러 차례 바라보다 보니 자신들도 모르게 엉뚱한 상상을 하곤 했지요. 두 사람은 이렇게 귓속말을 했습니다.

"저 준수한 젊은 도령은 뉘댁 분일까요? (…) 저 분 하고 하룻밤만 같이 지샐 수만 있다면 … 죽어도 미련이 없겠네!"

이렇게 이야기를 나누고 있을 때였습니다. 마침 사탕을 파는 '사아四兒'라는 꼬마가 징을 울리면서 그 뒤편에서 걸어오는 것이 아닙니까. 시누이와 올케는 그 꼬마에게서 사탕을 사곤 해서 서로 잘 아는 사이였습니다. 그래서 다락방 창문 안에서 손짓을 했지요. 사아는 냉큼 멜대로 짐을 메고 방향을 틀어서 대문 앞까지 오더니 외쳤습니다.

"아씨들, … 사탕 사시게요?"

시누이와 올케는 다락방을 내려와 꼬마에게서 사탕을 좀 샀습니다. 그리고 나서 꼬마를 보고 말했지요.

"한 마디만 일러 주렴. 방금 전에 … 네 앞에 가던 젊은 도령님 … 뉘댁 분이니?"[12]

"그 … 깔끔하게 생긴 분 말이시죠?"

"그렇지!"

징

그래서 사아가 말했습니다.

"그 분은 전錢 조봉[13] 댁 도련님이세요."

"어째서 날마다 … 이 거리를 왔다 갔다 하는 거니?"

"학당에 글공부 하러 가시는 거에요. 근데 … 아씨들이 그건 워째서 물으신데요?"

---

12 【즉공관 미비】女子管閑事就詫異了. 여인네가 남의 일에 참견하는 것 자체가 괴이하다.
13 조봉(朝奉) : 중국 송·명대에 부자나 지역 유지들을 높여 부르던 호칭. 명대의 경우 안휘성 휘주(徽州) 일대에서는 부자를 '조봉'이라고 부르고 소주·절강·안휘 등지에서는 전당포의 지배인이나 점원을 높여 부르는 존칭으로 사용되기도 하였다.

그러자 두 여인은 웃으면서 말했지요.

"아무 것도 아니다! (…) 우리 눈에 띄길래 좀 물어 본 거란다."

사아는 나이가 어리기는 해도 알 만한 것은 다 아는 아이였습니다. 두 여인이 그에게 마음이 있다는 것을 눈치채고 대뜸 물었지요.

"아씨들, … 그 도련님이 마음에 드시면 제가 두 분 마음을 전해 드릴 께요. (…) 그 분 불러다가 좀 어울려 보시는 건 … 어떨까요?"

두 여인은 좀 민망했던지 얼굴을 붉혔습니다. 그리고 한참이 지나서야 말을 하는 것이었지요.

"어떻게 … 그 분을 부르지?"

"그 도련님은 댁의 서재에서 지내세요. 제가 늘 짐을 메고 가서 사탕을 팔아서 아주 잘 알지요! (…) 그 분은 아주 풍류가 넘치신답니다! 두 아씨의 고운 마음을 들려 드리면 그 분도 같이 어울리고 싶은 마음이 간절해질 걸요? 그건 그렇지만 … 대문 앞으로는 오기는 좀 그럴 텐데 … 어쩐다지?"

그래서 두 여인이 웃으면서 말했습니다.

"그 분이 오기만 하신다면 우리한테도 다 방법이 있단다"

"가서 약속을 받아낼 테니 저만 믿으세요!"

그러자 두 여인은 즉시 땀수건 속에서 엽전 한 꿰미를 끌러서 사아에게 건네고 나서 말했습니다.

"과일이라도 사 먹고 … 수고스럽겠지만 가서 그 분 하고 약속이나 좀 잡아 다오! 그냥 … '뒤편의 거름밭에서 다락방 창문 아래로 와 달라'고 전해 다오. (…) 그러면 우리가 다락방 위 창문 안에서 천으로 된 주머니를 내려서 끌어올리면 되니까!"

"그럼, 그 분한테 가서 알려 드리고 대답을 받아서 아씨들한테 일러 드릴께요!"

셋은 모두 아이들이다 보니 그 일이 얼마나 무서운 일인지도 모른 채 아주 기쁜 마음으로 각자 헤어져 그 자리를 떠났답니다.

한편 사아는 전 씨댁의 서재로 젊은 도령을 찾아 왔습니다. 그런데 그가 서재에 없지 뭡니까. 그래서 말은 전하지도 못한 채 돌아와서 두 여인에게 알려 주려고 징을 요란하게 두드렸지요. 두 여인이 바로 나와서 묻자 사아는 '그를 만나지 못했다'고 말했습니다. 그러자 두 여인은 사아에

게 '다시 한 번 가서 제발 답장을 줄 때까지 기다리고 있으라'고 신신당부 했습니다.[14]

이윽고 한 동안 그 자리를 떠났던 사아는 다시 오더니 말하는 것이었습니다.

"하필 오늘은 서재에 안 계시네요. (…) 아예 그 댁에 가서 그 분한테 이야기해 드릴께요."

두 여인은 이번에도 몇 번이나 당부했답니다.

"꼭 기억해야 한다?"

사아는 그렇게 해서 두 번 걸음을 했답니다.

그때 그 집 대문 맞은편에는 정程씨 성의 노인이 한 사람 살고 있었습니다. 나이가 일흔 살 가까웠는데, 하루 종일 대문 앞의 걸상에 앉은 채두 눈을 게슴츠레 뜨고[15] 오가는 사람들을 지켜보곤 했지요. 그런데 사탕을 파는 사아가 맞은 편 집을 나갔다가 도로 와서 자꾸 징을 쳐 대고, 그집에서는 그 집대로 두 여인이 사아가 징을 칠 때마다 튀어나와서 그 꼬

---

14 【즉공관 미비】眞是合該有事, 若一番卽遇, 無此變態矣. 정말로 일을 당할 만했군 그래! 만약 단번에 만났더라면 그같은 해괴한 일은 없었을 텐데.
15 【즉공관 방비】是老人圖. 한 폭의 노인도로군.

마와 두런두런 이야기를 나누는 것이 아닙니까.

'사탕만 파는 거라면 한번이면 될 일을 … 어째서 저렇게 뺑뺑이를 도는 걸까?[16] (…) 무슨 까닭이 있는 것이 분명하다!'

걸상

이렇게 생각한 그는 사아의 뒤를 따라서 으슥한 곳까지 갔습니다. 그리고는 냅다 그를 붙잡고 캐물었지요.

"맞은편 집 그 두 여자 … 너한테 무슨 일을 시키더냐? 사실대로 이야기해 주면 맛있는 과자를 주마."

그래서 사아가 말했습니다.

"아무 일도 아니에요."

"이야기 안 하면 절대로 안 놓아 줄 테다!"

---

16 【즉공관 방비】終是閱歷世情熟透了. 결국에는 인생 경험이나 세태에 통달했구만.

"어르신, 귀찮게 하지 마세요. 제가 원해서 전 씨댁 도련님을 찾아 가 던 참이라구요!"

"그 둘이 … 그 집 젊은 도령한테 마음이 있는 것 같던데? 그래서 가 보 라고 한 게냐?"

시달리다 못한 사아는 하는 수 없이 사실을 털어 놓았습니다. 그러자 정노인이 웃음 띤 얼굴로 말했지요.

"그러면 … 오늘 밤에 오기만 하면 성사되겠구나?"

"그래서 어쩌시게요?"

정노인은 빙그레 웃으면서 사아를 붙잡고 말하는 것이었습니다.

"똑똑히 들거라. (…) 나한테 소개시켜 다오!"[17]

그러자 사아는 손뼉을 치면서 큰 소리로 웃었습니다.

"그 아씨들은 여자라구요. 그 댁 젊은 도련님을 좋아하는 건데 어르신

---

17 【즉공관 방비】老而不死. 늙으면 죽어야지!

하고 무슨 상관이에요?"

"내가 늙기는 늙었다마는 여자한테는 관심이 꽤 많거든. (…) 내가 캄
캄한 밤에 천 주머니 안에 앉아서 그 위로 올라가기만 하면 … 그 둘이 밀
어내기야 하겠느냐? 그렇게 되면 '늘그막에 꽃밭에 들어가는 격'[18]이다.
딱 내가 바라는 바지!"

"그건 두 아씨를 속이는 격이에요. 그런 짓은 못 해요!"

"내 말대로 해 주면 내일 너한테 입을 옷을 하나 주마. 허나, … 만약에
내 말대로 하지 않으면 … 가서 그 댁 가장한테 일러 바치고, 거기다 네
요 잔나비 새끼도 잡아서 요절을 내게 할 테다!"

사아는 좀 당황했는지 이렇게 말하는 것이었습니다.

"어르신한테 정말 그런 생각이 있으시다면 두둑하게 상이나 주세요. 그
러면 '전 씨댁 도련님'이라고 속이고 다락방 위로 올려 보내 드릴게요!"

정노인은 냉큼 허리춤으로 손을 뻗어 돈 주머니에서 은덩이 하나를 꺼
냈습니다. 얼추 한 돈 대여섯 푼 정도 되어 보였지요. 그는 그것을 사아

---

18 늘그막에 꽃밭에 들어가는 격[臨老入花叢] : 명대의 속담. 나이 많은 남자가 뒤늦게 여성
편력이 많아지거나 여자에게 집착하는 것을 두고 하는 말이다.

에게 건네면서 말했습니다.

"일단 이 정도만 챙겨서 … 꼭 가 다오. 내일은 너한테 옷을 주마!"

그러자 사아는 몹시 기뻐하면서 정말로 전 씨댁에는 가지도 않고 뜻밖에도 거짓말을 지어내서 두 여인에게 가서 이렇게 알렸지요.

"전도련님한테 말씀드렸더니 날이 어두워지면 오신데요."

두 여인은 몹시 기뻐하면서 천을 잘 준비한 다음 그와 한 바탕 환락을 만끽하기만을 기다렸지요. 그런데 정노인이 곱게 늙을 생각은 하지도 않고 가로채기¹⁹를 할 줄이야 누가 알았겠습니까?

---

19 가로채기[剪綹] : 원·명대의 구어체 중국어 표현. '전류(剪綹)'는 글자 그대로 직역하면 '줄이나 소매의 실밥을 가위로 잘라 물건을 소매치기하다' 정도의 의미를 나타낸다. 명대의 악원성(岳元聲, 1557~1628)은 『방언어(方言據)』에서 "사람들이 많은 곳에서 소매를 잘라 그 속의 물건을 챙기는 것을 '전류'라고 한다[稠人中割取衣袂閒物, 謂之剪綹]"라고 소개하였다. 주광업(周廣業, 1730~1798) 역시 『과하잡록(過夏雜錄)』에서 "소매치기꾼은 항간에서 '소려'라고 부른다. 사람들로 북적거리는 저잣거리에 숨어 있는 경우가 많은데, 물건을 잃어버린 직후에는 눈치채지 못하며 주변에서 그 광경을 목격한 자들은 알려줄 엄두를 내지 못하는데 그가 보복을 할까 두려워하기 때문이다(剪綹賊, 俗呼小侶, 多匿于閙市人衆處, 物失去初不自覺, 旁觀見者皆不敢言, 恐其讎怨也)"라고 하였다. 이를 통하여 지금의 안창따기 등과 같은 방법으로 남의 물건을 훔치는 소매치기꾼을 가리키며 명·청대에 이 같은 도둑들이 많았다는 것을 알 수가 있다. 원대의 극작가 손중장(孫仲章)의 잡극 희곡인 『감두건(勘頭巾)』 제2절의 영사와 장천의 대화에서 "(영사)저건 웬 도적이냐? (장천)저건 소매치기입니다요![(令史)這個是甚賊?(張千云)這是剪綹的]" 부분이 그 증거이다. '전류(剪綹)'는 전류(翦綹) 또는 전류(翦柳, 剪柳) 등으로 적기도 하였다. 여기서는 편의상 "가로채 가다" 정도로 의역하였다. 바로 앞 이야기인 제34권에도 같은 표현이 나온다.

사아가 돌아 와서 알려 주자 정노인은 우두커니 해가 지기만을 기다리고 있었습니다. 집안사람들이 그에게 '저녁 자시러 들어가시자'고 해도 그는

"오늘밤에는 야참을 대접하겠다는 양반이 있어서 안 먹을란다!"

하더니만 비틀비틀 거름밭 쪽으로 걸음을 옮기는 것이 아닙니까.

그 다락방 창문 아래까지 온 그는 헛기침을 한번 했습니다. 때는 벌써 날이 어두워져 색깔조차 분간할 수 없을 정도였지요. 인기척을 들은 두 여인은 창문 밖을 바라보았습니다. 그런데 가만 보니 시커먼 웬 사람 그림자가 보이는 것이 아닙니까.

'그 분이 오셨구나!'

이렇게 생각한 두 사람은 서둘러 천을 잡고 각자 한 쪽 끝을 단단히 잡더니 가운데 마디를 아래로 내려 보냈습니다. 그러자 천이 내려온 것을 발견한 정노인은 잽싸게 그것을 엉덩이에 걸고 잘 앉았습니다. 다락방 위에서는 천이 묵직해지자 사람이 올라탄 것을 눈치채고 부지런히 줄을 끌어 당겼지요.

정노인은 늙은 나이이다 보니 몸이 메말라서 그다지 무겁지가 않았습

니다. 두 여인은 신바람이 나서 힘껏 잡아당겨 창문 가까지 끌어올렸지요. 그리고 나서 손을 뻗어 그를 부축하려 할 때였습니다. 다락방 안 불빛에 비친 창문 밖을 보니 웬걸! 웬 호호 백발 영감이지 뭡니까요 글쎄! 깜짝 놀란 두 사람은 팔에 맥이 탁 풀려서 천을 제대로 붙잡지 못하고 손에서 놓쳐 버리고 말았습니다. 그 바람에 정노인은 어느 사이에 균형을 잃고 곤두박질을 치고 마는 것이었습니다.[20] 두 여인은 당황한 나머지 천을 걷어 들이자마자 벌벌 떨면서 다락방 창문을 걸어 잠갔습니다. 그 바람에 흥이 깨져 버린 것은 말 할 필요도 없었습니다.

이튿날이었습니다. 정노인 집에서는 가장이 한 밤중이 되어도 돌아오지 않고, 거기다가 어느 집에서 묵는지도 알 수가 없었습니다. 그래서 사람들을 나누어 친척집마다 다니면서 수소문을 했지만 그 행방을 찾을 수가 없었지요. 그런데 문득 보니 거름밭 담장 옆에 웬 사람이 죽어 있는 것이 아닙니까. 옷차림을 확인해 보니 바로 정노인이었습니다. 사람들이 그 사실을 집에 알려 아들들이 와서 시신을 살폈지만 사인을 알 수가 없었지요. 그저 '노인네가 발을 헛디디는 바람에 미끄러져 죽었거니' 하고 여길 뿐이었습니다. 가족은 다함께 통곡하면서 시신을 메고 돌아갔습니다. 그리고는 한편으로는 문상객을 받네 입관을 합네 하느라 집안이 온통 떠들썩해졌습니다.

---

20 【즉공관 미비】 死而後已. 죽고 나서야 멈출 테지.

사탕을 파는 사아는 그때까지도 영문을 모르고 있었습니다. 그저 간밤 소식을 확인하고 옷을 받기만 바라고 있을 뿐이었지요. 그래서 신이 나서 걸어오는데 가만 들어보니 집안이 떠들썩한 것이었습니다. 그런데 들어가서 가만 보니 정노인이 빳빳하게 널판 위에 누워 있지 뭡니까 글쎄! 사아는 속으로 '어젯밤에 벌어진 일'임을 누구보다도 잘 아는지라 슬픔을 억누르지 못하고 고개를 끄덕이며 한숨을 쉬었지요. 그 모습을 발견한 정 씨네 사람들이 말했습니다.

"어젯밤 저녁나절에 저녁밥을 자시라고 부를 때 주인나리가 이 꼬마하고 두런두런 이야기를 나누고 있었지. (…) '주인나리를 데리고 어디로 가나 보다' 싶었는데 오늘 이렇게 담장 옆에서 돌아가실 줄이야! 그쪽은 길거리도 아니니 … 돌아가신 곡절이 수상하다! (…) 이 꼬마가 진실을 알고 있는 것이 분명해!"

그래서 사람들은 우루루 몰려들어 사아를 덥썩 붙잡더니 말했습니다.

"사실대로 이야기하지 않으면 이 대로 네놈을 때려죽이고 말 테다!"

그러자 당황한 사아는 하는 수 없이 어제 있었던 일들을 낱낱이 털어놓았습니다.

"저는 그 정도만 알고 있을 뿐이에요! 그 뒤에 어디로 가서 어떻게 돌아가셨는지는 … 저도 정말 모른다고요!"

정 씨네 아들들은 그 말을 듣고 말했습니다.

"우리집 어른이 아무리 체신이 없으셨다지만 네놈이 길잡이 노릇을 했지. 이 분 목숨이 네놈 탓에 끊어졌으니 절대로 그냥 넘길 수 없다!"

그러더니 사아를 꽁꽁 묶어 고발하러 관아로 끌고 가는 것이었습니다.

관아에 도착한 사아는 전후 사정을 소상하게 진술했습니다. 그러나 이 사건에는 두 여인이 연루되어 있었지요. 그러니 명령을 내려 소환하는 수밖에 없었습니다. 그 소식을 들은 두 여인은 망신을 당할 것을 깨닫고 나란히 다락방에서 목을 매고 죽어 버렸지 뭡니까요. 한 순간 잘못된 마음을 품는 바람에 아무 죄도 짓지 않았음에도 불구하고 세 사람의 목숨이 달아나 버리고 만 것입니다! 그러니 목을 매고 죽은 이 두 여인은 무의미하게 죽은 경우가 아니고 무엇이겠습니까?

두 미인은 눈독을 들이며	二美屬目,
간절한 마음으로 도령을 사모했건만	睠睠戀童.
노인네가 전생의 업보가 있었나?	老翁夙孽,
서로가 흉하게 죽음을 맞는구나.	彼此兇終.

소생이 이제까지 목을 맨 여인들 이야기를 들려 드렸습니다. 그런데 바로 이 죽음으로 말미암아 기묘한 사건들이 수두룩하게 벌어지고 말지요. 그야말로

말을 잃는 건 불행이라 할 수 없으니	失馬未爲禍,
거기에는 인연이 있어서라네.	其間自有緣.
서로가 다 오해하지 않았더라면	不因俱錯認,
어떻게 두 쪽 다 상봉할 수 있었겠나?	怎得兩團圓.

이야기를 들려 드리도록 하겠습니다. 오송[21] 땅에 어떤 젊은 도령이 한 사람 살았습니다. 그는 성이 손孫으로, 역시 유학자 집안의 자제였지요. 나이는 열일곱으로, 몸짓이며 외모가 무척 아름다웠습니다. 그 이웃에는 서너 집이 있고, 방方씨 성의 과부가 하나 살고 있었지요. 방씨는 원래 가賈 씨댁에 출가했는데 얼마 전에 남편이 죽는 바람에 슬하에는 '윤낭閏娘'이라는 딸 하나만 있을 뿐이었습니다.

윤낭은 열일곱 살로, 얼굴이 남달리 아름다웠습니다. 집안에 남자는 없이 모녀 두 사람만 지내고 있었지요. 그래서 독소시[22]라는 아이를 고용해서 부리고 있었답니다. 그러나 집안에 사람이 없고 일손이 부족하다

---

21 오송(吳淞) : 중국의 지명. 중국 강소성 상해시 북부에 자리잡고 있으며, 황포강(黃浦江)이 장강 어귀[長江口, 또는 오송구]를 거쳐 바다로 진입하게 된다. 이 일대는 모래톱이 퇴적되어 육지가 된 곳으로 오송구 인근은 해발 고도가 0m 수준이다.
22 독소시(禿小廝) : 글자 그대로 풀면 '까까머리 꼬맹이' 정도의 뜻이다.

보니 살림살이에 직접 나설 수밖에 없었습니다. 그래서 이웃에서 그 모습을 보는 사람들은 저마다 칭찬하고 부러워 했답니다. 손 씨네 도령은 원래부터 글공부를 하던 사람인 데다가 나이도 서로 비슷하다 보니 길에서 마주치기라도 하면 서로가 눈길을 주고 받으면서 각자 호감을 가지게 되었답니다. 다만 방씨 마님은 사람 됨됨이가 간사한 데다가 심성도 포악해서 호락호락한 사람이 아니었지요. 그래서 딸 단속을 아주 엄격하게 해서 낮에는 자기 앞에만 있게 하고 날이 저물기도 전에 딸을 방으로 돌려보내곤 했답니다. 그래서 가윤낭이 손 도령을 마음에 두고 있기는 했지만 그저 괜히 침만 삼킬 뿐이었습니다.

손 도령은 베를 짜기라도 하는 것처럼 수시로 그 집 대문 앞을 오갔습니다. 그렇게 서로 익숙한 사이가 되기는 했지만 더 이상은 진전이 없었지요. 다행스럽게도 손 도령을 본 방씨 마님도 속으로는 그를 제법 아껴서[23] 늘 그를 붙잡아 놓고 차 대접을 하면서 한가하게 이야기를 나누곤 했답니다. 그렇게 한 집안처럼 내왕하는 자제가 되어 수시로 드나들면서 틈이 생기면 윤낭과도 몇 마디 이야기를 나누게 되었지요. 그래도 윤낭은 모친이 이상하게 여길까 걱정이 되어서 적극적으로 그를 끌어들일 엄두를 내지 못했습니다. 이렇게 오래 지내다 보니 손 도령은 속이 근질거려 견딜 수가 없었지만 달리 방법이 없었지요.

---

23 【즉공관 방비】只怕也跟裡火. 덩달아 빠지게 될까 걱정일 뿐이네.

그러던 어느 날이었습니다. 가윤낭이 연홍색 홑저고리[24]를 입고 창문 앞에서 수를 놓고 있었지요. 그런데 손 도령이 다가오더니 곁에 아무도 없는 것을 확인하자마자 그녀에게 말을 걸지 뭡니까. 가윤낭은 그래도 모친이 지켜보고 있을까 봐서 끝까지 대답을 하지 않았습니다. 그러자 손 도령은 그 곁을 떠나지 않고 몇 번이나 왔다갔다 했습니다. 가윤낭은 허점이 드러나기라도 할까 두려워서 넌지시 말했습니다.

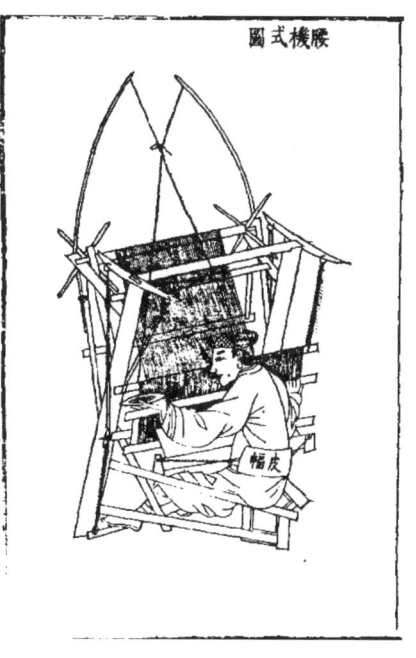

전을 짜는 모습을 그린 『천공개물(天工開物)』의 삽화. 왼손에 북이 쥐어져 있다

"벌건 대낮에 … 사람 앞을 왔다갔다 … 뭐 하시는 거에요?"[25]

그 말을 들은 손 도령은 그 자리를 떠나는 수밖에 없었습니다. 그러면서 이렇게 생각했지요.

---

24 홑저고리[褂子] : '괘자(褂子)'는 중국의 전통적인 복장으로, 우리말의 마고자에 해당하는 옷이다. 여기서는 편의상 '저고리'로 번역하였다.
25 【즉공관 미비】其語故自可念. 그 말을 그래서 알아서 곱씹어 보아야 하는 게지.

'방금 전에 말할 때에는 무척 마음이 있는 것 같더니 … 벌건 대낮에 왔다갔다 하지 말라고? (…) 날더러 밤이 으슥해진 뒤에 오라는 소리인가? (…) 어쩌면 기회가 생길 지도 모르겠군.'

저녁때까지 기다린 그는 다시 가 씨네 대문 앞으로 와서 우두커니 서 있었습니다. 그런데 가 씨네 대문이 벌써 닫힌 것을 본 그가 문득 들어보니 '삐걱' 하는 소리가 나면서 문이 열리는 것이 아닙니까. 손 도령은 상대가 누구인지 모른 채 일단 슬쩍 몸을 뒤로 뺐습니다. 그리고는 웬 사람이 대문을 열고 나오는 광경을 바라보았지요. 그런데 희미하게 보이는 모습을 보니 바로 연홍색 홑저고리를 입고 있는 것이었습니다. 손 도령이 몹시 반가워하면서 서둘러 그 뒤를 미행하는데 가만 보니 뒷간으로 들어가지 뭡니까. 그쪽으로 뛰어내린 손 도령은 들어가서 허리를 붙잡고 와락 끌어안더니 말했습니다.

"사랑스러운 누이! 하마터면 그리워서 죽을 뻔 했소! 낮에는 오지 말라고 했었지? 이제 날이 벌써 저물었으니 … 나를 어떻게 다루어 줄 셈이요?"

아 그런데 그 사람이 침을 뱉으면서[26]

"망할 놈의 자식! 내가 누구인줄 알고?"

---

26 【즉공관 방비】也該將錯取錯. 이판사판으로 들이 밀어야지.

하는 것이었습니다. 알고 보니 가윤냥이 아니라[27] 그 모친인 방씨 마님이 날이 저물어서 뒷간에 변기[28]를 챙기러 온 길이었지 뭡니까요. 딸이 거기에 벗어 놓은 홑저고리를 방씨 마님이 입고 나온 것이었습니다. 손 도령은 가윤냥만 생각하고 있던 참인데 거기다 옷까지 대낮 차림 그대로인 것만 생각하고 있었던 것입니다. 모녀 사이여서

명·청대 변기

서로가 닮았을 것이 분명한데도 눈이 뒤집히는 바람에 사람을 잘못 본 것이었지요. 목소리를 듣고 나서야 사람을 잘못 본 것을 안 그는 깜짝 놀라서 '걸음아 날 살려라' 하고 줄행랑을 쳤습니다.

---

27 【즉공관 방비】活驚殺. 놀라 죽을 뻔 했겠군.

28 변기[馬子] : '마자(馬子)'는 요강과 비슷한 중국의 전통적인 변기로, '호자(虎子)'라고 부르기도 한다. 『서경잡기(西京雜記)』에 따르면 "한나라의 장수인 이광이 그 형제와 함께 명산 북쪽에서 사냥을 하다가 그곳에 누워 있는 범을 발견하고 화살을 쏘아 단말에 죽였다. 그리고는 그 해골을 잘라내서 베개로 씀으로써 맹수를 제압한 것을 과시하였다. 나중에는 구리로 그 형상을 본 따서 요강을 만들고 범을 혐오하고 모욕하려는 의도를 보여 주었다[李廣與兄弟共獵于冥山之北, 見臥虎焉, 射之, 一矢即斃, 斷其髑髏以爲枕, 示服猛也. 鑄銅象其形爲溲器, 示厭辱之也]" 당시에 한나라 조정에서는 '호자'를 옥석으로 만들어서 요강을 '옥호(玉虎)'라고 불렀다. 송대의 조언위(趙彦衛)는 『운록만초(雲麓漫抄)』에서 "'마자'는 용변을 보는 용기인데 당나라 사람들이 호(범)를 꺼려서 마(말)로 부르기 시작하였다[馬子, 溲便之器也. 唐人諱虎, 始改爲馬]"라고 하였다. 때로는 은밀히 매춘을 하거나 행실이 좋지 못한 여자를 '마자'로 부르기도 했다고 한다.

이런 경우 없는 일을 당한 방씨 마님은 화가 잔뜩 나서 부들거리면서 변기를 들고 돌아왔습니다. 그리고는 생각해 보았지요.

"방금 전에 잔나비 새끼 같은 놈이 한 말이 참 해괴하구나! (…) 딸이 그놈 하고 뭔 짓을 벌인 게 분명해! 무슨 밀회를 가지려다가 나를 잘못 알아보고 그런 짓을 벌인 게지? 두 말 할 것도 없지!"

방씨 마님은 화가 나서 방으로 들어가더니 딸을 보고 말했습니다.

"손가네 잔나비 새끼가 바깥에서 너를 부르는구나? 어여 나가 보거라!"

그래서 영문을 알지 못한 가윤낭이 말했지요.

"손가네라니요? 저는 왜 부르러 와요?"

"네 이 요망한 것, 그놈을 불러 들여 놓고서 그래도 발뺌이냐?"

가윤낭은 억울해 하면서 말했습니다.

"그런 말씀이 어디 있어요? (…) 저는 멀쩡히 이렇게 여기에 앉아 있는데 누구 하고 밀회를 가진다고 그런 말씀으로 저를 모욕하시다니요!"

"방금 전에 내가 나갔더니 그 잔나비 새끼가 허겁지겁 쫓아와설랑 말 끝마다 '아씨, 아씨' 하고 부르더구나. 요망한 네년으로 착각한 게 아니고 무엇이란 말이냐? (…) 그런 몹쓸 짓이나 하려거든 차라리 죽어 버려라!"

가윤낭은 해명할 도리가 없자 대성통곡 하면서 말했지요.

"억울해 죽겠어요! 제가 그런 작자를 어떻게 알겠습니까?"

"온몸이 다 입이라고 해도 의심을 씻기는 어려울 게다! 평소에 주둥이를 싸게 놀려서 체면을 잃지 않았다면 그놈이 어떻게 감히 남의 몸을 멋대로 더듬는단 말이냐?"

방씨 마님은 평소 사실은 함께 지내기 어려운 사람으로, 걸핏하면 그침 없이 잔소리를 해대곤 했습니다. 가윤낭은 변명을 하려고 해 보았지만 그동안 속으로 그를 사모한 것도 사실이었습니다. 그러니 양심에 찔려서 억지를 부릴 수가 없었지요. 그렇다고 해서 변명을 하지 말자니 애초에 그와 무슨 짓을 벌인 적도 없는지라 정말 억울하지 뭡니까. 그녀는 생각을 바꾸고 눈물을 샘 솟듯이 흘리면서 생각했습니다.

'이번 일로 방비가 더 엄격해지겠구나! 그가 오더라도 어머니를 뵐 면목이 없을 테니 이 인연도 이루기 글렀구나! 게다가 나로서도 이런 학대는 견딜 수 없거니와 이런 모욕도 참을 수가 없다. 차라리 죽어서 그 분

잘못 희롱한 가 씨댁 모친이 딸을 꾸짖다

과 저승에서라도 인연을 맺는 편이 낫겠다!'[29]

그렇게 한밤에 내내 통곡을 했답니다. 그리고 방씨 마님의 잔소리와 욕이 좀 잦아 들어 기력이 피곤해져서 깊은 잠이 든 틈을 타서 가만히 침상에서 내려 오더니 허리를 묶는 땀수건을 대들보에 걸어 목을 매는 것이었지요. 그야말로

들판에서 목 포갠 원앙 부부 되기도 전에	未得野鴛交頸,
울에 뿔 걸린 영양 짝이 나 버렸구나!	且做羚羊掛角.

계속 이야기를 들려 드리도록 하겠습니다. 방씨 마님이 잠에서 깼더니 날이 벌써 훤하게 밝았지 뭡니까. 그래도 분이 안 풀렸는지 궁시렁궁시렁 간밤의 일들을 입에 올리고 욕을 섞어 가면서 말했지요.

"그저 외간남자나 불러들일 줄이나 알고 … 시간이 이렇게 됐는데 여태 일어나지도 않고 시체처럼 드러누워서 뭘 하는 게냐!"[30]

그렇게 궁시렁거리면서 옷을 입는데 그래도 조용하게 아무 기척도 없지 뭡니까. 그래서 큰소리로 말했지요.

---

29 【즉공관 미비】此慮爲重. 이 부분이 중요한 대목이다.
30 【즉공관 미비】酷肖悍母. 전형적인 사나운 모친이로군.

영양

"끝까지 아무 소리도 안 하다니! (…) 이 어미가 잔소리 한 게 그렇게 야속하더냐?"

그녀는 화를 내면서 침상에서 내려와 고개를 들고 보았지요. 그랬더니 딸이 천정에 매달린 채로 그네처럼 흔들거리고 있는 모습이 눈에 들어오는 것이 아닙니까 글쎄!

"에그머니!"

방씨는 소리를 지르면서 허둥지둥 딸을 끌어내렸습니다. 그러나 이미 온 입에 흰 거품이 가득하고 코에는 숨 한 가닥 없지 뭡니까. 방씨 마님은 놀랍기도 하고 괴롭기도 하고 거기다 후회스럽기도 했습니다. 그래서 한편으로는 그녀를 안아 침상 위에 뉘인 다음 가슴을 치고 발을 구르면서 통곡하는 것이었지요.

그렇게 한 동안 통곡을 하고 난 방씨 마님은 이렇게 모질게 한 마디 했습니다.

"이게 모두 손가네 그 망할 놈 때문이다! 이 아이 목숨을 해쳤으니 그 냥 내버려 둘 줄 아느냐? 놈을 찾아가 목숨 값을 받고 이 분을 풀고야 말 겠다!"

그러면서 또 이렇게 생각했습니다.

'만약 그 망할 놈의 자식이 이 소식을 알면 나를 피할 게 분명하다. (…) 일단 소문이 나지 않은 틈을 타서 놈을 속여 불러 와서 여기에 붙잡 아 놓아야겠다. 그리고 나서 관아 고발하면 놈이 하늘로 솟아 오른다고 해도 걱정할 게 없지.'

방씨 마님은 서둘러 독소시를 불렀습니다. 그리고는 아무 설명도 없이 그냥 가서 이야기 할 것이 있다며 손 도령을 불러 오게 했지요.

손 도령은 그때까지도 '간밤에 있었던 일은 스스로 생각해도 참 당돌 한 짓을 벌였다'고 생각하고 있던 참이었답니다. 그러다가 방씨 마님이 자신을 찾는다는 것을 알고 나니 더더욱 속이 뜨끔해지지 뭡니까.

'어째서 나를 부르시는 걸까? 나한테 화풀이라도 하시려는 걸까?'

그러나 평소에도 그 집을 드나들던 사이인지라 거절할 수는 없었지요.

하는 수 없이 계면쩍은 표정을 띠고 독소시를 따라 그 집까지 온 그는 방씨 마님에게 인사를 했습니다. 그러자 방씨 마님은 웃는 얼굴로 이렇게 말하는 것이었지요

"도련님, 간밤에는 참 우악스럽기도 하더구려! 내 딸인줄 알았나 보지요?"

손 도령은 얼굴이 빨개져서 한참 동안 대답을 할 엄두도 내지 못했습니다. 그러자 방씨 마님이 말하는 것이었지요.

"우리 집은 그 댁과 잘 어울리는 집안이지요. (…) 도련님이 만약에 … 내 딸을 좋아한다면 내 앞에서 분명하게 이야기하도록 해요. 그러면 실한 오라기를 신표 삼아 정혼을 하고 소원을 이룰 수가 있어요. 그러니 굳이 그런 쥐나 개처럼 경우 없는 짓을 할 필요가 어디 있어요?"

그럴듯한 그 말을 들은 손 도령은 그것이 속임수인줄도 모르고[31] 반가워서 어쩔 줄을 모르면서 말했습니다.

"마님의 두터운 호의에 감사드립니다! 소생이 가서 약소하나마 예물

---

31 【즉공관 미비】 □媽媽可□□婆對□. □마님이 참으로 □□처럼 □하군 그래.

을 좀 준비하고 나서 중매인을 시켜 혼담을 넣도록 하겠습니다!"

"그건 일단 천천히 진행합시다. (…) 내가 언약했으니 도련님은 … 일 단 방에 들어와서 딸을 좀 만나 보도록 해요. 그리고 나서 중매인한테 부 탁해도 늦지는 않겠지."

그 말은 손 도령으로서는 '비구니 암자에서 불알을 파는 격³²'이었습 니다. 간절하게 바라던 바였으니까요. 그래서 뛸 듯이 기뻐하면서 방씨 마님을 따라 들어갔지요.

방씨 마님은 방문 앞까지 왔을 때 그를 안으로 밀면서 말했습니다.

"이 안에 있으니 … 혼자 들어가시구려!"

손 도령은 아무 의심도 없이 문을 박차고 방 안으로 들어갔습니다. 그 러자 방씨 마님은 즉시 방문을 힘껏 닫더니 '철컥' 소리와 함께 자물통을 채우는 것이 아닙니까. 그리고는 판자벽을 사이에 두고 큰소리로 욕을 퍼붓는 것이었습니다.

"손가네 잔나비 자식 듣거라! 네놈이 내 딸을 해코지해서 목을 매 죽

---

32 비구니 암자에서 불알을 파는 격[尼姑庵裏賣卵袋] : 명대의 속담. 번지수가 다른 곳 즉 엉 뚱한 데를 찾아간 것을 두고 하는 말이다. 우리 속담의 '우물에 가서 숭늉을 찾는다'와 비슷한 경우이다.

게 만들었겠다? 지금 **빳빳**해진 시신이 침상 위에 있다. 네놈한테 맡길 테니 지키고 있거라! 난 관아에 가서 네놈이 겁탈을 하려다가 딸을 죽였다고 고할 테다! 네놈이 살지 죽을지 어디 두고 보자꾸나!"

손 도령은 처음에 방문을 잠그는 것을 보고 저으기 당황하기는 했지만도 무슨 영문인지는 알지 못했습니다. 그러나 그 이야기를 듣고 나서야 딸이 죽자 방씨 마님이 목숨을 빼앗으려고 속임수를 써서 자신을 불러낸 것임을 깨달았지요. 그리고는 침상 위에 정말로 죽은 사람이 드러누워 있는 광경을 보고 엄청스레 놀라 어쩔 줄을 모르는 것이었지요. 그러나 방문에 자물통을 채워 버렸으니 나가려 해도 도리가 없지 뭡니까. 그래서 안에서 이렇게 애걸했지요.

"어머님, 제가 잘못 했습니다! 일단은 관아에는 가지 마시고 … 저부터 놓아 주시고 상의를 하시지요!"

그러나 문 밖은 조용한 것이 아무 대답도 없지 뭡니까. 알고 보니 방씨 마님은 독소시를 대동해 벌써 구역 담당관에게 가서 그 일을 알리고 현 관아에 고발장을 제출하러 가 버린 뒤였습니다.

손 도령은 어렸을 때부터 어떤 고생도 겪은 적이 없었습니다. 그런 판국에 이런 꼴을 당했으니 어떻게 두려워하지 않을 수가 있겠습니까?

'사람이 죽는 이런 사달이 벌어졌으니 예삿 일이 아니다! (…) 이제 난 죽었구나!'

이렇게 생각한 그는 한 숨을 쉬더니 말했습니다.

"죽으면 죽는 거지. 하지만 … 내 비록 아가씨의 호의를 입기는 했지만 실제로는 반 푼 어치도 재미를 본 적이 없었다. 그런데 오늘 나 때문에 죽고 말았으니 나도 죽음으로 목숨값을 갚을 수밖에 없구나! (…) 이유도 없이 두 목숨이 죽게 생겼으니 … 전생에 진 업보가 아니겠는가!"

그러면서 가윤낭의 시신을 보노라니 자기도 모르게 속이 상하는지라 대성통곡 하면서 말했습니다.

"누이! 어제까지만 해도 멀쩡하게 살아서 같이 이야기를 나누더니만 어째서 오늘 이 모양이 되어서 나를 해치십니까!"[33]

이렇게 슬퍼하면서 가윤낭을 바라보는데

두 눈은 감았건만	雙眸雖閉,
모습은 생시와 같구나.	一貌猶生.

---

33 【즉공관 미비】難爲情. 참 난감하기도 하지!

가녀린 허리는	嫋嫋腰肢,
바람 맞고도 춤 출 줄 모르는 버드나무 같고	如不舞的迎風楊柳,
늘씬한 그 몸매는	亭亭體態,
물 위로 나오고도 움직이지 않는 부용 꽃 같다.	像不動的出水芙蕖.
완연한 미녀만 외롭게 누워 있는데	宛然美女獨眠時,
짝 지어 같이 잘 낭군만 빠졌구나!	只少才郎同伴宿.

손 도령이 가윤낭을 보니 얼굴이 생시와 같은지라 측은하기도 하고 사랑스럽기도 하지 뭡니까. 그래서 자기 얼굴을 그녀의 얼굴 위에 포개더니 이어서 입을 한번 맞추었습니다. 그리고는 손을 가져다 몸을 쓰다듬어 보니 몸이 여전히 부드럽지 뭡니까. 그러자 자기도 모르게 흥분이 되지 뭡니까. 그래서 속으로 생각했지요.

"살았을 적에는 재미 한번 본 적 없었는데 … 이제는 옆에 아무도 없이 내 마음대로 하도록 내맡기는 신세가 되고 말았구려![34] (…) 일단 그녀의 옷을 끌러 보자. 죽기는 했지만 … 잠시라도 어울려 이 소원을 푼다면 이 목숨을 바치더라도 여한이 없겠지!"

그리고는 바로 곁의 저고리와 치마를 젖혔습니다. 그리고 나서 속곳의 허리띠 매듭을 끄르고 벗겼더니 하얀 눈과도 같은 두 다리가 드러나는

---

34 【즉공관 미비】事固奇, 而此時之想亦奇. 상황이 참 기이하다. 그런데 이 상황의 생각 역시 기이하구나!

것이었지요. 그리고 나서 음부 쪽을 보니 솜털도 없이 말끔 했습니다. 그야말로

| 발그레한 그 곳은 | 陰溝渥丹, |
| 불이 일제히 터져 나오는 듯하구나! | 火齊欲吐. |

두 다리 사이의 물건은 그야말로 약이 바짝 올라 있었습니다. 손 도령은 불처럼 타오르는 욕정을 주체할 수가 없었지요. 그래서 냅다 달려들어 두 다리를 벌리고 쇠처럼 단단해진 물건을 그 쪽으로 겨누었습니다. 그리고는 침을 좀 발라 축축하게 만든 다음 그대로 밀어 넣었지요. 이어서 허리를 들썩이면서 입은 그녀의 입에 들이댄 채로 마구 입을 맞추어 대었습니다.

그런데 가만 보니 가윤낭의 입과 코에서 차츰 숨이 좀 도는가 싶더니 목청에서도 '그르륵' 하는 소리가 나는 것이 아닙니까요! 알고 보니 애초에 마님이 대들보에서 내릴 때에 땀수건에 목이 졸려 숨을 막는 바람에 순간적으로 숨이 돌지 못한 것이었습니다. 가슴 쪽은 온기가 남은 채 처음부터 죽지 않았던 거지요. 방씨 마님은 성질이 급한 탓에 그녀의 주검을 보자마자 진득하게 기다리지 못하고 그저 그 기회에 복수해서 남을 해칠 생각이 앞서서 냅다 뛰쳐나가는 바람에 미처 제대로 목숨을 살릴 노력조차 하지 않았던 거지요. 그런데 지금 손 도령이 그녀 위에서 몸을 움직이다 보니 숨이 바로 돌기 시작하고, 입과 코는 또 그 쪽대로 진양[35]

의 기운을 만나면서 새록새록 되살아나기에 이르렀던 것입니다.

기이한 일들이 벌어지는 것을 본 손 도령은 되려 놀라서 함부로 행동할 엄두를 내지 못 했습니다. 그는 가윤낭의 몸에서 내려 오자마자 허둥지둥 그녀를 천천히 부축해 일으켰습니다. 윤낭은 그가 부축해 준 덕분에 명치에 맺혔던 가래가 내려가면서 갑자기

"휴우!"

하는 소리와 함께 어느 사이 살며시 두 눈을 뜨는 것이었습니다. 그리고 손 도령이 자신을 부축하고 있는 것을 보더니 말했지요.

"저 … 꿈을 꾸는 건가요?"

그래서 손 도령이 말해 주었습니다.

"누이! 누이가 하마터면 나를 죽일 뻔 했어요!"

"우리 어머니 … 어디 계세요? (…) 당신은 여기에 왜…"[36]

---

35 진양(眞陽) : 명대의 중의학 용어. 신장(腎臟)에 축적된 양기(陽氣)를 말한다. 인체의 양기의 근본으로, 오장육부를 따뜻하게 하고 그 기능을 활성화시키는 작용을 한다. 때로는 신양(腎陽)·원양(元陽)·명문지화(命門之火) 등으로 불리기도 하였다.
36 【즉공관 방비】這問要緊. 중요한 질문이지.

"누이 어머님께서 '누이가 죽었다'고 하시면서 나를 꾀어 여기다 데려다 놓으시더니 … 아 난데없이 방문을 잠그고 관아에 나를 고발하러 가셨지 뭐요! 그런데 뜻밖에도 누이가 되살아났구려! (…) 지금 어머님은 아직 돌아오지 않으셨고 방문도 단단히 잠겨 있으니 … 하늘께서 우리 두 사람한테 인연을 맺게 해 주시는 셈이 아니겠소?"

"어젯밤에 어머니 잔소리를 견디다 못해 목숨을 내던졌지요. 그런데 오늘 되살아나고 거기다 … 오라버니까지 이렇게 뵙게 되다니 … 제가 다른 세상 사람이 된 것 같아요!"[37]

손 도령은 그녀를 끌어안고 운우의 정을 나누려고 했습니다. 그러자 윤낭은 부끄러워서 가로막으면서 말하는 것이었지요.

"어머니는 어제 아무 짓도 저지르지 않았는데도 온갖 몹쓸 욕을 다 하셨어요. (…) 만약 오늘 … 오라버니 하고 무슨 일이라도 있었다는 걸 알기라도 하시면 더 큰 난리가 날 겁니다!"

"이번에는 누이 어머님께서 자진해서 나를 부르신 거예요. 그러니 남 탓을 하실 수는 없지요. 더욱이 … 누이가 방금 의식을 되찾기 전에 내 진작부터 그 일을 벌이던 참이오. 그러니 이제는 거절할 것도 없어요."

---

37 【즉공관 미비】眞天假之緣也. 참으로 하늘이 내리신 인연이다.

그 말을 들은 윤낭은 직접 자기 몸을 살펴 보았습니다. 그리고 나서야 치마와 속곳이 다 벌어져 있고 음부에 생채기가 난 것을 발견했지요. 그의 손을 탄 것을 눈치챈 거지요. 게다가 원래 사모하던 사람이니 거부할 이유가 어디 있겠습니까? 그저 그가 이끄는 대로 내맡길 수밖에요. 그렇게 손 도령이 전열을 다시 가다듬고 양쪽은 접전을 벌이기 시작하는 것이었습니다!

종이를 오려 만든 중국의 전통 예술 전지(剪紙) 속의 금슬 좋은 원앙 부부

한쪽은 몽롱하게 이제 막 정신 차리고	一個朦朧初醒,
한쪽은 화끈하게 다시 흥분하네.	一个熱鬧重興.
뜨거운 불이 마른 장작에 붙은 꼴이니	烈火幹柴,
그야말로 호적수를 만난 셈이네.	正是相逢對手,

빠른 바람이 거센 비 속에 부는 격이니	疾風暴雨,
그래도 미녀에게는 익숙하지 않구나.	還饒未慣嬌姿.
한가한 뜰서 누가 들을까 두려워 마시라	不怕閒垣聽,
운 좋게도 방문은 고요하게 닫혀 있나니	喜的是房門靜閉,
혼담을 넣을 필요 어디 있겠는가?	何須牽線合,
기막히게도 마주보고 정 나눈 것을.	妙在那覿面成交.
양쪽 사랑 깊다 보니	兩意濃時,
목 마르던 차에 새로 물 구한 것 같으며	好似渴中新得水,
한 바탕 즐거움 나누다 보니	一番樂處,
참으로 죽다가 도로 살아난 것 같구나!	眞爲死去再還魂.

두 사람은 아무 방해나 거리낌도 없이 마음껏 한 바탕 즐거운 시간을 가졌답니다.

"어머니께서 집에 돌아와서 보시면 어쩌실 거에요!"[38]

그래서 손 도령이 말했습니다.

"우리 둘은 벌써 일을 치루었소. 집에 오셔서 아무리 쫓아내셔도 난 안 나갈 거요. 하나도 겁이 안 나! 누가 어머님더러 누이 하고 나를 한 방에

---

38 **【즉공관 방비】** 畢竟怕娘. 끝까지 모친을 겁내는군.

가두어 놓으라고 하기라도 했나 뭐?"

두 사람은 의미가 투합해서 그침 없이 사랑을 나누면서도 어머니가 금방 돌아올까 걱정뿐이었습니다. 그런데 뜻밖에도 날이 저물 때까지도 돌아올 기색이 보이지 않지 뭡니까! 윤낭은 직접 방에서 불씨를 가지고 부엌으로 가서 밥을 지은 다음 손 도령과 함께 먹었습니다. 손 도령은 손 도령대로 그녀를 따라 서로 거들어 주는데 그 모습이 그야말로 부부와도 같았지요.

밤이 되었는데도 방씨 마님은 끝까지 집으로 돌아오지 않았습니다.[39] 그러자 두 사람은 아예 마음 놓고 한 침상에 함께 누워 서로 기대고 끌어안은 채로 잠을 청했지요. 그러고 보니 지금까지 이런 공교로운 일은 없었습니다. 그러니 방씨 마님이 집 밖에서 살다가 설을 쇠고 나서야 돌아온들 무슨 신경을 쓰겠습니까?
이쪽 이야기는 더 들려 드릴 필요도 없겠습니다.

계속 이야기를 들려 드리도록 하겠습니다. 방씨 마님은 이 날 손 도령을 속여 방 안에 가두어 놓은 다음 그 길로 현 관아로 가서 억울함을 호소했지요. 그래서 현령이 불러 들여 심문하니 방씨 마님이 손 도령이 겁탈을 하고 살인을 저질렀다고 하소연하는 것이 아닙니까. 그러자 현령은

---

39 【즉공관 방비】 *妙甚*. 아주 기막히군.

그 말을 믿을 수 없다는 투로 말했습니다.

"너희 오[40] 땅은 풍속이 좋지 않아 여자들이 드세지. (…) 네 딸도 병으로 죽은 것을 이웃에게 뒤집어 씌우려 드는 것이 분명하다!"

그러자 방씨 마님이 말했지요.

"딸은 목을 매고 죽은 것이 아니옵고 … 겁탈을 한 놈도 지금 집에 잡아 놓았습니다요! 사람을 보내셔서 쉰네를 데리고 집에 가 보게만 해 주십시오. 그러시면 당장 끌고 와서 재판정에서 추궁할 수 있으실 겁니다. 소인이 허튼 거짓말을 했다면 기꺼이 벌을 받겠습니다!"

현령은 그녀가 딱 부러지게 이야기를 하자 그제서야 이방을 시켜 종이와 붓을 가져오게 했습니다. 그리고 진술서를 작성하고 각 아전들에게 명령을 내려 붙잡아 오게 하는 것이었지요.

방씨 마님도 별 수 없는 여자였습니다. 그렇다 보니 관아에서 시달리면서 이러쿵저러쿵 지겹도록 속이고 나서야 그에게 사령을 딸려 보냈습니다. 그런데 사령은 사령대로 단번에 출발하려 하지 않고 추근거리면서 돈을 요구하는 것이었지요.[41]

---

40 오(吳) : 중국 고대의 지역명. 태호를 둘러싸고 있는 지금의 강소성(江蘇省) 남부와 절강성(浙江省) 북부 일대에 해당한다.

41 【즉공관 미비】衙門人皆兩人之恩人也. 관아 사람들이 모두 두 사람의 은인이로군.

잘못 고발한 손 서방이 아내를 얻다

그렇게 어느 사이에 벌써 이삼일이 지나고 나서야 사령과 함께 자기 집 대문 앞에 도착했습니다. 방씨 마님은 속으로 생각했지요.

'뜻밖에도 집을 떠난 뒤로 이 만큼 지체되었구나! (…) 그 잔나비 자식도 안달복달 하다가 죽지야 않았겠지만 아마 굶어서 축 늘어져 있을 테지?'

하고 생각하면서 먼저 사령을 집 안으로 안내해 앉게 했습니다. 그리고 는 한편으로는 열쇠를 가지고 방문을 열러 갔지요. 아 그런데 가만 들어 보니 안에서 웃으면서 이야기를 나누는 소리가 들리는 것이 아닙니까? 방씨 마님은 속으로 이상하게 여겼습니다.

'저 잔나비 자식이 안에서 대체 누구 하고 이야기를 나누고 있는 게지?'

방씨는 서둘러 문을 열고 들어가서 눈을 들고 보았습니다. 그런데 가 만 보니 두 사람이 어깨를 나란히 기대고 앉아 의기투합해서 의논을 하 고 있는 것이 아닙니까! 놀란 방씨 마님은 두 눈을 비비고 딸을 보면서 말했지요.

"너 … 언제 살아난 게냐?"

그래서 손 도령이 웃으면서 말했지요.

"숨진 따님을 짝 지어 주신 덕택입니다. 이제 제가 온갖 궁리를 다 해서 따님을 살려 내서 돌려 드렸으니 … 이 사람은 이제 제 것입니다!"[42]

그러자 방씨 마님은 한참 동안 얼이 나간 채로 입도 제대로 벙긋하지 못하는 것이었습니다. 수습할 도리가 없다고 생각한 마님은 하는 수 없이 말을 바꾸어서 이렇게 대꾸했지요.

"누가 네놈더러 몰래 간통을 하라더냐? 내가 벌써 관아에 고발했느니라!"

그래서 손 도령이 말했지요.

"저는 간통을 한 적이 없습니다. 저를 방 안에 가두신 것도 어머님 아니십니까? (…) 관아에 가더라도 저는 하나도 두렵지 않습니다!"

방씨 마님은 방법이 없어서 속으로 쩔쩔 매고 있었습니다. 그 서슬에 사령을 접대하는 일일랑 일찌감치 잊어버리고 말입니다.

그러자 바깥의 사령들은 애를 태우면서 말했지요.

---

42 【즉공관 미비】 說得響. 아주 딱 부러지게 말하는군.

"왜 들어가더니 나올 생각을 하지 않지? 나리께 보고하도록 우리를 돌려 보내야 될 것 아닌가 말이야!"

방씨 마님은 하는 수 없이 방에서 나와서 사실을 사령들에게 알려 주었습니다.

"처음에 저희 딸이 … 정말로 목을 매고 죽어서 고발했는데 … 뜻밖에도 도로 살아났군요! (…) 나리께는 이제 어떻게 보고를 드려야 좋을까요?"

그러자 사령은 표정이 바뀌더니 말하는 것이었습니다.

"그렇게 엄청난 일을 당신 마음대로 하겠다는 게요? 사람 목숨이 걸린 중대사건인데 고발을 할 때는 언제고 이제 와서 안 죽었다니? 당신네 아버지가 벼슬아치라고 해도 안 통할 소리요! 누가 당신더러 그런 거짓말을 하라고 합디까!"

"살인사건은 사실이 아니지만 간통은 정말입니다요! 저도 거짓을 고한 것이 아니고요, 귀찮으시겠지만 저 대신 이 자를 데리고 관아로 가 주십시오. 제가 알아서 말씀을 올리겠습니다!"

그러더니 손 도령을 사령에게 넘기는 것이 아닙니까. 그래서 손 도령이 말했습니다.

"저는 제 발로 온 것이 아닙니다! 더욱이 당사자는 죽지도 않았으니 무슨 죄를 지은 것도 아니구요. 저를 관아로 데려 가서 어쩌시게요?"

그러자 사령이 말했지요.

"그렇게 말하면 곤란하지! 구인장에 자네 이름이 들어 있네. 경우가 있고 없고는 직접 나리를 뵙고 해명하게. 우리는 알 바가 아닐세! (…) 우리가 이렇게 왔으니 수고비도 좀 내놓아야 하네!"

"저는 이댁 마님께서 가두시는 바람에 며칠 내내 굶었습니다. 지금 억지로 원님을 뵙는다 한들 무슨 쓸모가 있겠습니까? 그저 어머님께서 하시는 대로 따르는 수밖에요!"

그 바람에 방씨 마님은 되려 한 방 먹은 셈이었습니다. 결국 술과 밥을 차려 사령들을 잘 대접하는 수밖에 없었지요. 거기다가 사령들은 윤낭까지 데려가야겠다고 우기지 뭡니까. 방씨 마님은 '딸이 관아에 출두하는 것만은 면하게 해 달라'고 사정해야 했지요. 그러자 사령이 말하는 것이었습니다.

"처음에 죽었다고 했을 때만 해도 시신을 꼭 검사하는 것이 필수적이었네. 헌데 지금은 살아났으니 어떻게 출두하지 않을 수가 있는가!"

가윤낭은 그 말을 듣고 말했지요.

"정말로 망신을 당해야 된다면 … 저는 차라리 도로 목을 매고 죽어 버리렵니다!"

방씨 마님은 어쩔 도리가 없자 사령들에게 애걸복걸 했습니다. 그래도 사령들이 이러쿵저러쿵 한 바탕 난리를 피우길래 값진 물건까지 챙겨 주었지요. 사령들도 그제서야 트집 잡기를 멈추고 손 도령만 데리고 원고인 방씨 마님과 함께 관아로 가서 보고를 했답니다.
현령은 먼저 방씨 마님을 불러 캐물었습니다.

"일단 딸이 어떻게 죽었는지부터 이야기해 보라!"

방씨 마님은 딸이 죽지 않았으니 첫 마디부터 대답하기가 난감했습니다. 그래서 하는 수 없이 사실대로 털어 놓았지요.

"나리! 딸은 사실 … 죽지 않았습니다요!"

"죽지 않았다면서 어째서 애먼 사람을 '간통하려다가 사람을 죽였다'고 고발했단 말이냐!"

"당초에 고발할 때만 해도 죽었었는데 … 나리께서 고발장을 올리고 나서 돌아갔더니 뜻밖에도 도로 살아났지 뭡니까요!"

"그런 허튼 소리가 어디 있느냐? '오 땅의 여인들은 드센 데다가 하나같이 말을 지어낸다'고 하더니 사람이 죽지도 않았는데 살인사건이 났다고 고발하다니 … 매를 맞아도 싸다!"

"사람은 안 죽었지만 … 겁탈은 정말로 있었습니다요! 쇤네 지금 범인을 이 자리에 붙잡아 왔습니다요!"

그래서 현령은 당장 손 도령을 재판정으로 불러 올려 물었습니다.

"방씨가 너를 겁탈한 죄로 고발했느니라. 할 말이 있느냐?"

"소인 정말로 겁탈 한 일이 없습니다!"

"너는 방금 전에 어디서 붙잡혀 왔느냐?"

"가 씨댁 방에서입니다."

"허면 겁탈을 하려다가 붙잡힌 것이 맞지 않으냐!"

"소인은 … 방씨가 꾀어 데려가서 방 안에 가둔 것입니다! 제 발로 간 것도 아닌데 어째서 소인이 겁탈을 저지른단 말입니까?"

현령은 이번에는 방씨 마님에게 물었습니다.

"너는 어떻게 저 자를 꾀어서 집으로 데려 왔느냐?"

"저 자는 쇤네 딸과 간통을 저질렀사옵니다. 쇤네가 그 일을 눈치채고 딸을 한 바탕 혼을 냈더니 그 날 밤에 목을 매고 죽었지 뭡니까. 해서 쇤네가 저 자를 속여 집으로 데려 와서 방에 자물통을 채운 다음 그 길로 고발하러 왔던 겁니다요. 헌데, … 집에 돌아가서 보니 뜻밖에도 딸은 되살아나 있었고 … 둘이서 한 방에서 며칠 동안 지낸 상태였습니다요! 그러니 간통의 정황은 더 말할 나위도 없는 셈입니다요!"

그러자 손 도령이 말했습니다.

"소인은 가 씨댁 딸과 이웃에 살아서 어려서부터 서로 알고 지낸 사이입니다. 그러나 애초부터 아무 짓도 저지른 적이 없었습니다. 그런데 방씨가 딸에게 무슨 이야기를 했는지는 알 수 없으나 그 딸이 목을 매게 만들었지 뭡니까. 그리고는 '딸이 죽었다'고 둘러대면서 소인을 꾀어 집으로 데려가더니 자물통을 방을 잠가 버린 것입니다. 그때까지도 소인은 전혀 영문을 모르고 있었습니다! 그런데 당황한 소인이 그 시신을 살펴다 보니 그 딸이 갑자기 두 눈을 뜨지 뭡니까. 침상에서 그대로 되살아난 것입니다! 그러나 그때 소인은 그 방을 나오려 해도 나올 수가 없었습니다. 아무리 유하혜나 노남자처럼 처신하려 해도 꼼짝 없이 그 딸과 한 방에서 같이 지낼 수밖에 없었지요.[43] 뜻밖에도 그렇게 지내기를 이삼일 째되어서야 와서 소인을 잡아 관아로 데려온 것입니다. (…) 이번 경우는 소인이 제 발로 그 댁에 들어가고 그 방에 있었던 것이 아닙니다. 그러니 소인에게 책임을 물을 수가 없는 것입니다. 나리께서 이 사정을 잘 헤아려 주시기만 바랄 뿐입니다!"

현령은 그 말을 듣더니 웃으면서 말했습니다.

"지금 이야기한 것은 참말일 테지. 다만, … 딸이 지금 비록 죽지는 않았으나 애초에 스스로 목을 맨 것을 보면 거기에는 말 못할 사정이 있는 것이 분명하다."

"그건 그 모녀가 다툰 것이니 소인은 알지 못합니다."

손 도령이 이렇게 말하자 현령은 방씨를 불러서 물었지요.

"일단 네 딸이 어째서 스스로 목을 매었는지부터 이야기해 보라!"

---

43 【즉공관 미비】妙語可聽. 그 말 한번 솔깃하구나.

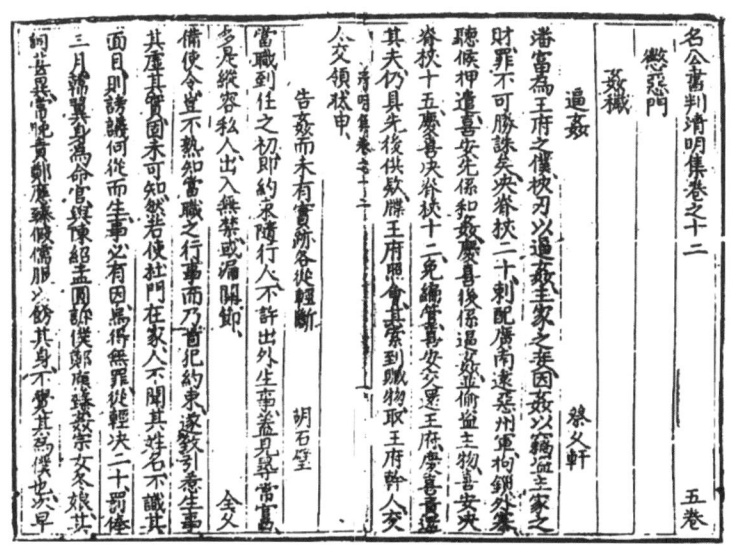

역대 명판결들을 소개해 놓은 『명공서판청명집(名公書判淸明集)』

그러자 방씨 마님이 말했습니다.

"방금 전에 아뢰었듯이 … 손가 하고 간통을 저질렀기 때문입니다요!"

"어째서 둘이 간통을 저질렀다고 생각하는 게냐? 간통의 경우는 당사
자 쌍방을 모두 붙잡게 되어 있다. (…) 이전에 저 자를 현장에서 붙잡은
적이 있느냐?"

"저 자가 이전에 쇤네를 딸로 잘못 알고 쫓아와서 온갖 말로 희롱한 적
이 있습니다요. 그래서 간통을 저질렀다고 의심한 겁니다요!"

그러자 현령은 웃으면서 말했습니다.

"간통을 저질렀다는 심증이 있다 한들 그것을 어떻게 간통이라고 단정할 수가 있겠느냐? (…) 그 전에는 그런 일이 생긴 적이 없다면 네가 잘못된 의심을 한 셈이다! (…) 그 뒤에 도로 되살아나서 이틀 동안 함께 있었다고 하는데 … 그 경우야 구체적인 상황을 알 수 없지. 어쨌거나 네 손으로 방 안에 가두는 바람에 이 자가 소원을 이룰 수 있게 된 셈이다. 이것도 이 자의 인연이 아니겠느냐? 하물며 죽었다가 되살아난 일은 세상에서 드문 일이니 하늘의 뜻일 것이다. 내 보아하니 이 자는 풍채가 볼 만한 데다가 언변도 유창하다. 네가 딸을 이 자에게 출가시킨다면 그동안 있었던 일들은 더 이상 왈가왈부 할 필요가 없을 테지."

"쇤네는 원래 저 자 하고 원수를 진 일이 없습니다. 그저 딸이 죽자 그 분을 풀 데가 없다는 생각에 응징하려 한 것뿐입니다요! 이제 딸이 죽지 않았으니 쇤네도 진작부터 '괜히 고발했다' 싶어서 뉘우치고 있사옵니다. 그저 나리께서 내리시는 처분 대로 따르겠습니다요!"

그러자 현령은 껄껄 웃으면서 말했습니다.

"네가 만약 집을 나와 고발하러 오지 않았다면 딸과 사위가 어떻게 이 이삼일 동안 만남을 가질 수가 있었겠느냐."

그리고는 붓을 들더니 이렇게 판결문을 작성하는 것이었습니다.

"손 씨네 아들과 가 씨네 딸은 외모도 어울리고 나이도 걸맞다. 간통인 줄 알았지만 간통이 아니었고 죽은 줄 알았지만 죽은 것이 아니었다. 집으로 들어온 이를 가두려던 것이 되려 동침하는 즐거움을 이루게 해 주었으니 이는 하늘의 뜻으로 보이며 결코 사람이 할 수 있는 일이 아니다. 그러니 두 사람의 인연을 맺어 줌으로써 처녀 총각의 시름을 풀어 줌이 옳다."

孫郎賈女, 貌若年當. 疑奸非奸, 認死不死. 欲繫其鑽穴之身, 反遂大同衾之樂. 似有天意, 非屬人爲. 宜效綢繆, 以消怨曠.

판결을 내린 현령은 이방을 시켜 방씨 마님과 손 도령에게 읽어 주게 했지요. 그러자 두 사람 다 기뻐하면서 각자 고맙다며 절을 하고 물러갔답니다. 그리고 손 도령은 그 길로 날을 잡아 혼례를 치르고 가윤낭과 부부가 되었지요. 두 사람의 이 인연은 목을 맨 일 덕분에 맺어진 것이 분명합니다. 이 일화를 증명하는 시가 있습니다.

인연은 팔자에 정해져 있나니 서두르지 말라	姻緣分定不須忙,
하늘께서 알아서 해결해 주시기 마련이니.	自有天公作主張.
뼛속 파고 드는 한 바탕 추위가 없다면	不是一番寒徹骨,
어찌 향기 코로 스며드는 매화 필 수 있으리?	怎得梅花撲鼻香.

설중매

제36권

어부 왕 노인이 거울 보시해 삼보에 바치고
백수선원의 중이 보물 훔쳤다 목숨을 잃다

王漁翁舍鏡崇三寶, 白水僧盜物喪雙生

  남송南宋의 융흥隆興 연간에 촉 땅 가주嘉州의 왕갑王甲이라는 어부는 선행을 좋아하고 부처를 섬기며 두루 선행을 베푼다. 그러던 어느 날, 강에서 물고기를 잡다가 보물을 불러들이는 옛날 거울을 얻어 부자가 된다. 얼마 뒤에는 강가에서 빛나는 작은 조약돌 두 개를 주운 왕갑은 집으로 돌아와 그 날 밤 웬 흰 옷을 입은 미녀 두 사람이 자매라면서 나타나 그를 섬기는 꿈을 꾼다. 며칠 뒤에 페르시아 출신의 웬 이방인 상인이 그의 집에 나타나 보물을 구하면서 3만 꿰미의 돈으로 그 조약돌을 사려 한다. 승낙한 왕갑은 옛날 거울을 꺼내 그에게 구경을 시킨다. 그러던 어느 날, 비바람이 휘몰아치고 누가 강을 건너려 한다는 말을 들은 왕갑이 보니 누런색과 흰색 옷을 입은 도사이길래 두 사람을 집안으로 들여서 하룻밤을 묵어가게 해 준다. 그런데 날이 밝자 두 도사는 금인金人과 은인銀人으로 변한다. 왕갑 부부는 분수를 아는 사람들이다 보니 연달아 보물을 세 가지나 얻자 되려 불안해 하다가 옛날 거울을 아미산의 백수선원白水禪院에 기증한다. 그 절의 주지로 교활한 심성을 가진 법륜法輪은 그 거울을 얻자 나중에 왕갑이 도로 찾으러 올까 걱정하여 주물 장인에게 모조품을 따로 하나 만들게 한다. 한편, 거울을 기증한 왕갑은 형편이 도로 가난해지더니 2년 뒤에는 급기야 쪼들리는 신세가 된다. 하는 수 없이 절로 가서 거울을 돌려줄 것을 간청하자 법륜은 모조품을 돌려주어서 왕갑의 형편은 나아지지 않는다.

  당시 한가제점형옥사자漢嘉提點刑獄使者이던 혼요渾燿는 법륜에게 옛날 거울을 구경시켜 줄 것을 부탁하고 절에서는 '이미 누가 가져갔다'는 이유로 완곡하게 거절한다. 법륜은 혼요가 격분하자 돈으로 그를 매수하려 하다가 되려 송사에 휘말려 매질을 당해 죽고 만다. 그의 제자 진공眞空은 그 틈에 그 거울을 훔쳐 도망치다가 길에서 사나운 범에게 물려 죽는다. 왕갑은 나중에 생활 형편이 나아지고 부귀를 누린다.

이 이야기는 송대 홍매의 『이견지 지무夷堅志支戊』 권9에 소개된 「가주 강중경嘉州江中鏡」 이야기를 소재로 지어졌다.

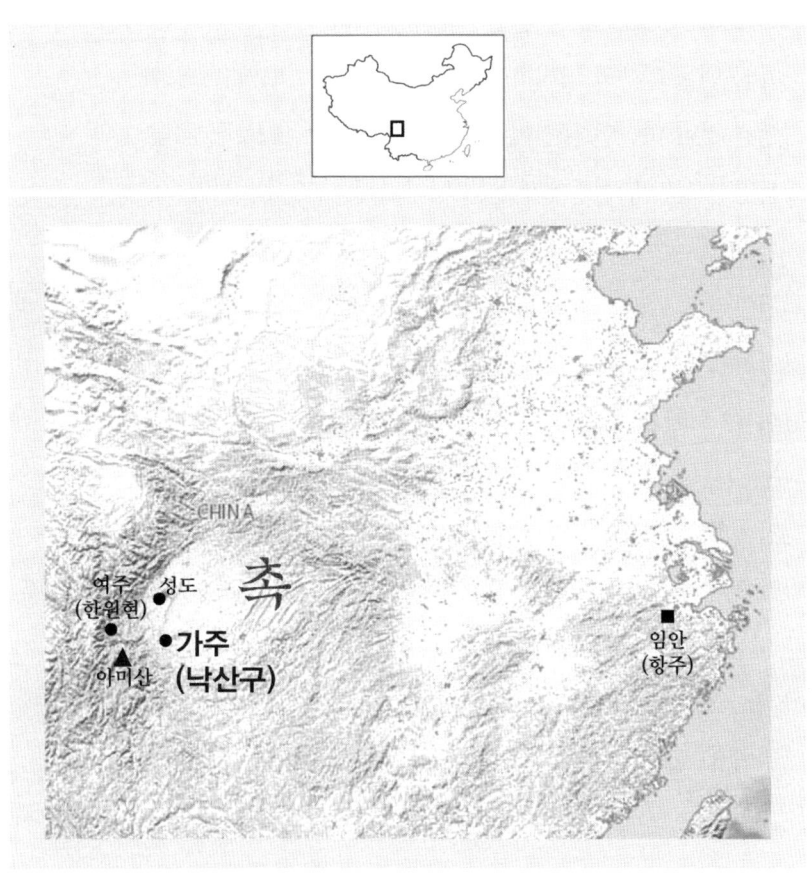

번역

이런 시가 있습니다.

재물에는 애초부터 팔자가 정해져 있나니	資財自有分定,
욕심 낸들 인생만 낭비하는 셈이다.	貪謀枉費躊躇.
생긴 것이 바라던 물건이 아니면	假使取非其物,
분명히 신과 귀신들에게 놀림 당하고 말리라.	定爲神鬼揶揄.

    이야기를 들려 드리도록 하겠습니다. 송나라 순희[1] 연간에 임안부[2] 저 잣거리에 사는 평민인 심일沈一은 술장사를 생계로 삼아 관항구官巷口에 살면서 큰 도가를 운영하고 있었습니다. 거기다가 서호西湖에서 장사가 잘 되는 것을 보고 전당문[3] 바깥의 풍루豐樓에서 곳간을 하나 사서 큰 술집을 운영했지요. 그 술집 다락방에서는 서호를 마주한 채 경치를 즐길 수가 있었습니다. 그래서 놀러 나온 손님들의 행렬이 끊이지 않았지요. 심일은 낮에는 가게에서 점원들이 술 파는 일을 감독하다가 저녁나절이 되어야 집으로 돌아가곤 했습니다. 그렇게 날마다 사업에 몰두하며 이문을 맞추어 보노라면 정말 신바람이 났지요.

    그러던 어느 날이었습니다. 마침 봄이 끝나고 초여름으로 접어들어서

---

1   순희(淳熙) : 남송의 제11대 황제 효종(孝宗) 조신(趙昚, 1127~1194)의 연호. 1174~ 1189년까지 16년 동안 사용하였다.
2   임안부(臨安府) : 임안(臨安) : 송대의 지명. 지금의 절강성 항주시(杭州市) 임안구(臨安區)에 해당한다.
3   전당문(錢塘門) : 중국 남송대 임안성(臨安城)의 서쪽 성문. 원래는 절강성 항주시의 호빈로(湖濱路)와 경춘로(慶春路)의 교차 지점에 있었으나 1913년에 철거되었다.

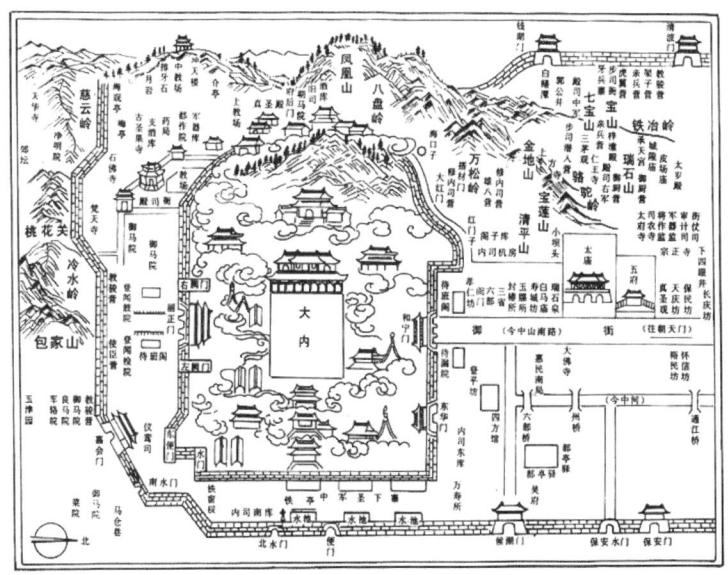

『함순임안지(咸淳臨安志)』의「경성도(京城圖)」에 그려진 남송 수도 임안

가게에는 술을 먹는 손님들이 무척 많았습니다. 그러다 보니 밤이 다 되어서도 제대로 쉬지도 못한 데다가 가게를 정리할 겨를조차 없었지요. 그 바람에 결국 집에는 돌아가지도 못하고 그대로 가게에서 묵게 되었답니다.

그런데 이경이 되었을 즈음이었습니다. 문득 서호에 웬 큰 배가 나타나서 배를 호숫가에 대는 것이 아닙니까. 그 배에서는 북이며 피리 소리 요란하고 현악기며 관악기 소리가 번갈아 울리는 것이었지요. 그러더니 귀공자 다섯 명이 각자 꽃모자를 쓰고 비단 두루마기에 옥띠 차림으로 미녀 열댓 명을 끼고 그 길로 다락방 아래로 왔습니다. 그리고는 점원을 불러서 묻는 것이었지요.

원대에 무명씨가 그린 『서호청취도(西湖淸趣圖)』속의 유람선들

"주인장은 어디에 있느냐?"

"주인 심일 어른은 오늘은 집에 안 돌아가고 마침 여기 계십니다요!"

점원이 이렇게 말하자 손님 다섯은 기뻐하면서 말했습니다.

"주인이 여기 있다니 더 잘 됐구나. 인사나 하게 냉큼 불러라!"

심일이 나와서 인사를 하고 나니 그 손님들이 말하는 것이었습니다.

"좋은 술이 있으면 다 내어 오시게. 우리가 장사를 좀 시켜 드리지!"

그래서 심일이 말했지요.

"저희 가게에 술이 제법 있으니 마음 놓고 드십시요. (…) 위층으로 가서 앉으실까요?"

그러자 손님 다섯은 노래를 부르는 아이며 춤을 추는 여인들을 몰고 다함께 다락방으로 올라가서 일경 정도[4] 될 때까지 실컷 마셨답니다. 그 바람에 그 술집에서는 백 단지 가까운 술이 동 날 정도였지 뭡니까 글쎄! 그런데 그들이 술값으로 낸 것은 전부 허연 설화 은자[5]였습니다.

심일은 머리가 잘 돌아가는 사람이었습니다. 그는 그 광경을 보고 생각했지요.

'세상에 같은 차림을 한 귀인이 다섯 사람이나 있다니! 거기다가 저들의 용모나 행동이 가뿐한 것이 … 다들 신선의 기풍을 지니고 있구나. 여기서 이렇게 많은 술을 드신 것을 보면 보통사람은 절대로 아니다. (…) 분명히 오통신도[6]이심에 의심의 여지가 없다! 우리 가게까지 왕림하셨으니 이 기회를 놓칠 수는 없지!'

---

4 일경 정도[更餘] : 2시간 남짓. 중국 고대의 시간 계산 단위인 경(更)은 시진(時辰)과 같은 시간이므로, '경여(更餘)'는 2시간보다 조금 긴 시간이다.
5 설화 은자[雪花白銀] : 명대에 유통되던 50냥짜리 백은 원보(元寶). 거울 표면처럼 깨끗하고 흠이 없는 고급 은자로, 윗면에 물결 무늬가 있다고 해서 '설화 은자'로 불렸다.
6 오통신도(五通神道) : 중국 강남지방에서 숭배하는 다섯 명의 악신. 전설에 따르면 오통(五通)·오성(五聖)·오현령공(五顯靈公)·오랑신(五郎神)·오창(五猖)의 다섯 형제로 당·송대부터 관련 신앙이 존재했다고 한다.

명대의 설화은자

　욕심이 생긴 그는 참지 못하고 앞으로 가서 무릎을 꿇고 절을 하더니 말했습니다.

　"소인 평생 고생스럽게 장사를 했습니다. 그 덕에 자잘한 이문을 좀 벌기는 했사오나 겨우 지닐 만할 정도입니다요. 헌데 너무도 다행스럽게도 존귀하신 신들을 뵙는군요. 정말로 전생의 인연으로 이런 행운을 만난 셈입니다! 모쪼록 작은 부귀라도 좀 내려 주시기를 바랍니다요!"

　다섯 손님은 다같이 웃으면서 말했습니다.

　"부귀를 내려 주는 일이야 어렵지 않다. 헌데 … 네가 바라는 것이 무엇이냐?"

그러자 심일이 머리를 조아리면서 말했지요.

"소인은 저잣거리의 하찮은 부류로, 따로 바라는 것은 없습니다. 그저 금이나 은 같은 것들이나 좀 많이 내려 주시면 됩니다요!"

다섯 손님은 다함께 웃더니 고개를 끄덕이면서 말했습니다.[7]

"문제 없다, 문제 없어!"

그리고는 즉시 누런 두건을 쓴 역사力士를 하나 불러내는 것이었습니다. 역사가 앞으로 나와 대답하자 다섯 손님 중에서 우두머리로 보이는 사람이 가까이로 부르더니 귓가에 대고 나지막히 귓속말을 했습니다. 어떤 것들을 분부했는지는 알 수 없지만 그 명령을 받들고 자리를 떠나는 것이었지요. 그리고 얼마 지나서 돌아 온 역사는 천으로 된 큰 부대를 하나 등에 지고 와서 땅바닥에 내려 놓는 것이 아닙니까. 다섯 손님은 심일을 가까이 오게 하더니 말했습니다.

"이 부대의 금과 은으로 만든 그릇들을 전부 상으로 주마! 다만 … 반드시 집에 도착한 다음에 열어 보아야 할 것이다! 여기서는 절대로 누설해서는 안되느니라."

---

7 **【즉공관 미비】**笑中便有諧意. 웃음 속에 해학의 의도가 들어 있군.

그래서 심일이 손을 뻗어 그 포대 겉을 더듬어 보았지요. 그랬더니 그 포대 안에 웬 덩어리들이 겹겹이 포개져 있는 것이 아닙니까. 그 소리도 쨍그렁거리길래 몹시 기뻐하면서 머리를 조아리며 연신 고맙다고 인사를 했지요. 그러는 사이에 닭이 울자 다섯 손님은 미녀들을 데리고 말에 오르고 등롱이며 촛불들이 길 양쪽으로 늘어서더니 날으듯이 자취를 감추어 버리는 것이었습니다.

심일은 속으로 신바람이 났습니다. 그래서 계속 자지 않고 그 포대를 열어 볼 요량으로 기어이 집까지 메고 가기로 했지요. 그러나 성 안으로 들어갈 때 부대가 묵직한 것을 보고 성문 위에서 캐물을 것이 걱정이었습니다. 그래서 큰 망치를 들고 부대 겉에 대고 망치질을 하고 그걸로 모자라서 발로 차고 밟아[8] 납작해져서 소리가 나지 않게 만들었지요. 그리고 나서 어깨에 메고 서둘러 집으로 왔습니다.

그의 아내는 그때까지도 침상에서 자느라 일어나지 않은 상태였습니다. 심일은 연신 큰소리로 말했지요.

"어서 일어나요, 어서 일어나! 나한테 이렇게 횡재가 생겼소! 저울을 찾아서 좀 달아 봅시다!"

---

8 【즉공관 미비】*妙處在此*. 기막힌 부분이 이 대목이지.

그러자 아내가 말하는 것이었습니다.

"횡재라니요? 그건 그
렇고 간밤에 장농 안에서
해괴한 소리가 들리지 뭐
에요. '도둑이 들었나' 의
심이 들어서 하는 수 없이
일어나서 불을 비추어 보
았는데 아무 것도 없더군
요. 그 일 때문에 밤새도
록 잠도 제대로 못 자는

명 · 청대의 자물통과 열쇠

통에 여태까지 일어나지 못한 거라구요. (…) 당신 일단 먼저 가서 장농
안이나 좀 살펴 봐요. 그런 다음에 저울을 찾아도 늦지 않잖아요."

심일은 열쇠를 가져다가 장농을 열고 보았지요. 아 그런데 그 안이 텅
텅 비어 있는 것이 아닙니까 글쎄! 알고 보니 심일은 성 안과 성 밖 두 곳
의 도가에서 쓰는 구리와 놋으로 만든 그릇이며 물건들, 그리고 금·은으
로 만든 아내의 장신구 등, 돈이 좀 되는 것들은 전부 그 장농 안에 쟁여
놓고 있었던 것입니다. 그런데 지금은 하나도 보이지 뭡니까. 그는
놀라면서 말했습니다.

"이상도 하구나! (…) 도둑이 훔쳐 간 거라면 어째서 … 자물통을 연

혼적조차 없을까?"

장농 안이 비었다는 소리를 들은 아내는 대성통곡 하면서 말했습니다.

"끝났구나, 끝났어! 평생 그 고생을 했는데 몽땅 다 사라져 버렸으니!"

"괜찮소! 일단 신들께서 간밤에 내려 주신 것들이나 좀 봅시다. 평생 동안 호강하기에 충분할 테니까."

그는 허둥지둥 포대를 열어서 보았습니다. 그 순간 심일은 놀라서 얼이 다 나가 버렸습니다. 들려 드리자니 우스운 것이 하나하나 꺼내서 보니 죄다 자기 집 장농에 있던 물건들이지 뭡니까 글쎄. 그런데 그것들조차 아깝게도 간밤에 한 바탕 망치질을 하고 발로 짓밟는 바람에 죄다 찌그러질 건 다 찌그러지고 납작해질 건 다 납작해져서 하나도 성한 것이 없었지요.[9] 심일은 큰소리로 아우성을 쳤습니다.

"야단 났네, 야단 났어! 그 망할 놈의 신들이 나를 농락하다니!"

그러자 아내가 그 까닭을 묻는 것이었지요.

---

9 【즉공관 미비】惡謔, 妙謔. 고약한 해학이면서도 기막힌 해학이로고!

"간밤에 오통신도를 우연히 마주쳤지 뭐요. 해서 그 자들한테 금·은을 상으로 달라고 부탁했더니 이 포대를 줍디다. 그런데 … 죄다 우리 집 물건을 그놈의 귀졸을 시켜 옮겨 오게 한 거였다니!"

오통신도. 때로는 행운과 재물을 가져다 준다고 하여
'오로재신(五路財神)'으로 받들어지기도 하였다

"근데 … 어째서 몽당 망가졌데요?""물건들이 묵직한 걸 보고 성문 위에서 성문지기가 캐묻기라도 할까 봐서 죄다 망치질을 했지. 아 그런데 이렇게 … 내 손으로 우리집 물건들을 다 망가뜨린 걸 줄 누가 알았겠어?"

심일 부부는 둘 다 화가 나서 견딜 수가 없을 지경이었습니다. 두 사람은 다시 장인을 불러서 하나하나 원래의 모양대로 복구했지요. 그러다 보니 되려 상당한 공임까지 들게 되었지 뭡니까. 횡재는 기대조차 하지 못하고 되려 밑천까지 날린 꼴이었습니다. 결국 그 소문이 퍼져 웃음거리가 되는 바람에 심일은 오랫동안 사람들을 볼 엄두조차 내지 못했답니다.

그저 순간의 욕심 때문에 헛되게 분수에 넘치는 이득을 바라다가 신들에게 그같은 농락을 당한 거지요. 이로써 이 세상에서 자기 물건이 아니면 양심을 속이면서 남의 것에 욕심을 부리면 안된다는 것을 알 수가 있습니다.

소생이 이번에는 양심을 속이고 남의 물건에 욕심을 부렸다가 호강을 누리기는커녕 되려 천벌을 받고 만 이야기를 하나 들려 드리도록 하겠습니다. 이제부터 손님들에게 들려 드릴 테니 남을 속이고 남의 물건들을 챙기려는 그런 욕심 따위는 좀 식히시기 바랍니다. 이 일을 증명하는 시가 있지요.

보물 받는 이는 전생에 인연 있어서라네   異寶歸人定夙緣,
어찌 제삼자가 군침 흘릴 수 있겠는가?   豈容旁眍得垂涎.

남 속이면 불행의 씨가 되는 것을 보시오 　　試看欺隱皆成禍,

이제야 그 결정은 저승에서 내림을 믿겠구나! 　始信冥冥自有權.

이야기를 들려 드리도록 하겠습니다. 송나라 왕조의 융흥[10] 연간에 촉 땅 가주[11]에 어부가 한 사람 살았습니다. 그는 성이 왕王, 이름이 갑甲으로, 민강[12] 옆에 살았는데 대대로 물고기 잡이로 생계를 꾸렸지요. 그는 날마다 아내와 함께 작은 배를 저어 강 위를 오가면서 그물질을 했는데 하루에 잡는 물고기는 집안에서 쓰기에 딱 알맞은 정도였답니다. 그 어부는 아무리 생업으로 그 일에 매달려 있었지만 한 마음으로 선행을 즐기고 부처님을 받들어 모셨지요. 물고기와 새우를 저자에 팔러 갈 때에도 그렇습니다. 하룻 동안 먹고 쓰기에 충분하면 나머지는 거지들에게 가져다 보시布施하곤 했습니다. 그렇지 않을 때에는 절에서 불재를 지내고 공양을 올리거나 선방에 두부나 채소를 대기도 했지요. 그는 한 푼이든 두 푼이든 액수에 구애받지 않고 늘 기꺼이 시주하기를 마다하지 않았답니다. 그의 아내도 그런 모습에 익숙해져 있었습니다. 게다가 여자이다 보니 더더욱 부처님을 독실하게 섬겼지요. 자진해서 남편과 한 마음 한 뜻으로 정성을 다 하다 보니 장사가 변변치 않아 대단한 벌이는 많지 않았지만 한두 푼

---

10 융흥(隆興) : 송대의 연호. 남송의 황제인 효종(孝宗)이 사용한 첫 번째 연호로, 1163~1164년의 2년 동안 사용되었다.

11 가주(嘉州) : 중국 고대의 지명. 지금의 사천성의 사천분지 서남부인 미산시(眉山市)·낙산(樂山) 지구에 해당한다. 역사적으로 한대-남북조 시대에는 남안현(南安縣), 북주시기에는 평강군(平羌郡), 송대에는 가정부(嘉定府), 원대에는 가정로(嘉定路), 명대에는 가정주(嘉定州) 등으로 일컬어졌다. '가주'는 가정주를 줄여서 부른 이름으로 보인다.

12 민강(岷江) : 중국의 사천성 서부를 흐르는 하천.

이라도 베풀지 않는 날이 하루도 없을 정도였답니다.

그러던 어느 날이었습니다. 강에서 한창 배를 젓고 있을 때였지요. 갑자기 물 아래로 웬 물체가 보이는 것이 아닙니까. 물결이 일렁거렸지만 마치 해 그림자 같이 햇빛이 번쩍거려서 눈이 부실 정도였습니다. 그래서 왕갑이 아내를 보고 말했지요.

민강(岷江) 풍광. 정면에 낙산대불(樂山大佛)이 보인다

"임자도 봤소? 이 밑에 기이한 것이 있는 게 분명해! … (…) 우리 궁리를 해서 꺼내 보도록 합시다. 웬 물건인지 보게 …"

그래서 아내에게 그물을 점검하게 한 다음 '획' 하고 그물을 던졌지요.

얼마 지나지 않아 뱃머리를 돌려 끌고 와서 보니 그물 속이 유난히 번쩍거리는 것이었습니다. 그는 웃으면서

"무슨 좋은 물건이길래…"

하면서 손에 들고 보았지요. 그런데 알고 보니 오래 된 거울이지 뭡니까.

거울은 둘레가 여덟 마디 정도 되는데, 용과 봉황 무늬가 아로새겨져 있었습니다. 게다가 전서篆書로 글자가 많이 새겨져 있는데 글자 모양이 부적의 것과 똑같아서 알아볼 수가 없었지요. 아내와 함께 그것을 본 왕갑이 말했습니다.

"옛날 거울은 값이 나간다고 하던데 … 얼마나 나갈지는 모르지만 좋은 물건임에는 틀림이 없소. (…) 일단 집에 가져가서 잘 간수하도록 합시다. 값어치를 아는 사람이라도 나타나면 꺼내서 좀 보여주자구. 아무한테나 보여서 더럽히지 말고 말이오."

손님들, 제 이야기 좀 들어 보십시오. 알고 보면 이 거울은 정말로 내력이 있는 물건이었습니다. 바로 헌원 황제[13]가 만든 것이었지요. 그것은

---

13 헌원 황제(軒轅黃帝) : 중국 고대 신화에 등장하는 제왕. '삼황(三皇)'을 이어 중국을 다스린 '오제(五帝)' 중 첫번째 임금이다. 전설에 따르면 그는 소전(少典)과 부보(附寶)의 아들로 본래 성씨는 공손(公孫)인데, 나중에 희씨(姬姓)로 바꾸어서 '희헌원(姬軒轅)'으로 일컬어지게 되었고, 헌원의 동산에 살아서 '헌원씨(軒轅氏)'로 불렸으며, 유웅(有熊)

전서 예시. 상선약수(上善若水)

해의 정기와 달의 정수를 캐어 기문 둔갑[14]에 따라서 연·월·일·시를 고르고 화로에 넣어 녹여 만든 것이었습니다. 겉에는 금박을 둘린 전서체 한자들이 새겨져 있었는데, 모두가 신비로운 경전의 영험한 부적들이었지요. 이 거울이 있는 곳에는 어김없이 금은·보화가 모여 들었기 때문에 '보물을 부르는 거울'로 불렸답니다. 아무래도 왕갑 부부가 선행을 즐긴 데다가 전생의 인연에 번창할 운명이었던가 봅니다. 그래서 이 물건이 나타나자마자 건져서 집으로 돌아온 거지요.

왕갑 내외가 이 거울을 얻은 뒤로는 재물을 바라지 않아도 저절로 모여 들었습니다. 집에서 마당을 쓸어도 금 부스러기나 나오고, 밭을 갈아도 은을 감추어 둔 움이 발견되었고, 배에서 그물질만 해도 온갖 진귀한

에 도읍을 정해서 '유웅씨(有熊氏)'로 불렀다고도 한다. '황제'라는 존칭은 그가 재위하는 기간 동안 누런 용이 나타났기 때문에 그를 토덕(土德)의 상서로운 징조를 지닌 성인으로 간주하여 붙였다고 한다. 황제는 중국 문명의 시조로 여겨지는 한편 전통적으로 도교의 시조로 추앙되어 왔다.
14 기문둔갑(奇門遁甲) : 중국 고대에 행해진 도술의 일종. 하도(河圖 : 주역 팔괘의 근본이 되는 55개 점의 점)·낙서(洛書 : 중국 우왕 때 洛水에서 나온 거북의 등에 있었던 9개의 무늬)의 수(數) 배열 원리 및 이를 이용한 『주역』건착도(乾鑿度)의 구궁(九宮)의 원리에 의거하여 음·양의 변화에 따라 몸을 숨기고 길·흉을 판단하는 병법으로 주로 사용되었다.

보물들이 다 딸려 나오고 키조
개를 갈라 보아도 반짝이는 진
주가 나오는 것이었습니다 그
려!

그러던 어느 날이었습니다.
강가에서 물고기를 잡고 있을
때였지요. 가만 보니 여울에서
작고 허연 웬 물체 둘이 쫓아왔
다 쫓아갔다 하는 것이 아닙니
까. 그것들은 몇 번이나 빙빙 돌
더니 갑자기 강기슭으로 튀어

황제 초상

올랐습니다. 그래서 옷섶으로 그것들을 담았더니 연밥 만한 두 개의 조
약돌이었습니다. 그것들은 반질반질하고 투명한 데다가 반짝반짝 빛나
는 것이 몹시 탐스러웠지요. 그는 그것을 소매 속에 넣어 집으로 가지고
돌아와서 곽 속에 간수했습니다.

그리고 이날 밤에 바로 꿈 속에 하얀 옷을 입은 아름다운 여인이 두 사
람 나타나더니 자신들은 '자매인데 왕갑 부부를 모시러 왔다'지 뭡니까
요. 잠에서 깬 왕갑은 생각했습니다.

'돌의 정령들임이 분명하다! 정말 보배인가 보군!'

그는 그것을 집어서 잘 싼 다음 허리띠에 잘 매었습니다. 그리고 나서 며칠이 지났을 때였지요. 웬 페르시아 이방인이 수소문을 해서 집까지 찾아 왔지 뭡니까. 그는 왕갑을 만나서 말했습니다.

"귀하께서 보물을 지니고 계시는군요. 한번 보여 주시기 바랍니다!"

"보물이랄 건 … 없는데요."

왕갑이 시치미를 떼자 그 이방인이 말하는 것이었습니다.

"멀리서 보니 보배의 기운이 강가에 서려 있더군요. 그 기운을 따라서 여기까지 찾아 왔는데 그것이 … 댁에 있는 것 같더군요. 귀하께서 나오시는 모습을 보니 보배의 기운이 몸에 깃들어 있었습니다. (…) 제발 좀 보여 주십시오! 저를 속이실 필요는 없습니다."

왕갑은 그가 보물을 감정할 줄 아는 사람임을 눈치챘습니다. 그래서 그것을 꺼내서 보여 주었지요. 그것을 본 이방인은 혀를 차면서 말했습니다.

"인연이 있어서 이런 보물을 다 만났군요! 거기다가 한 쌍을 보았으니 더더욱 만나기 어려운 기회올시다! 혹시 … 파실 의향은 없으신지요?"

"저는 그걸 쓸 데가 없습니다.
값만 맞으면 팔지요!"

이방인은 팔겠다는 말을 듣고
몹시 반가워하면서 말했습니다.

"이 보물은 애초부터 정해진
값이 없습니다. (…) 지금 제 행
낭에는 삼만 꿰미[15]밖에 없군요.
(…) 그것을 전부 귀하에게 드릴
까 싶습니다!"

페르시아 상인(16세기 포르투갈인이 그린
아라비아 상인의 이미지)

"저야 애초부터 얻겠다는 마음이 없었으니 무슨 물건인지 모르지요.
값도 잘 쳐 주셨으니 왈가왈부 할 주제는 못 됩니다마는 … 그 물건을 어
디에 쓰려고 그러시는지 … 그것만은 가르쳐 주시지요?"

"그것은 징수석澄水石이라고 하는 것입니다. 물 속에 놓아두면 아무리
흐린 물이라도 맑게 만들어 주지요. 이것을 지니고 바닷길을 가면 바닷
물이 호숫물 같이 변하여 소금기가 가셔서 먹을 수 있게 된답니다!"

---

15 꿰미[緡] : '민(緡)'은 원래 고대에 엽전을 꿰던 끈을 부르던 이름으로, 나중에는 엽전을
    세는 단위['꿰미']로 전용되었다. 한 꿰미는 1,000전(錢)으로, 때로는 '관(貫)'으로 불리
    기도 하였다. "47만 꿰미"라면 4억 7천만 전에 해당하는 셈이다.

중국 섬서성 화현(華縣)에서 우연히 발견된 3톤이 넘는 송대 엽전. 오른쪽에 삽이 보인다

"겨우 그 정도인데 어째서 이렇게 비싸게 쳐 주셨습니까요?"

그러자 이방인이 말했습니다.

"저희 본국에는 보배로운 연못이 있는데 그 속에는 기이한 보물이 많습니다. 다만 … 흙탕 때문에 물이 흐리다 보니 물에 독이 있지요. 그래서 들어갔다가 나오면 그 자리에서 죽지 않는 사람이 없지 뭡니까. 그렇다 보니 그 보물을 가지기를 바라는 이는 반드시 기꺼이 목숨을 버릴 각오가 된 이들을 엄청난 값에 사서 연못으로 들여보내곤 하지요. 그리고 그 사람이 죽으면 그 집안사람들까지 부양해 주곤 한답니다. (…) 이제 이 돌이 생겼으니 몸에 지니기만 해도 물이 맑아져 여느 물들과 같아져서 얼마든지 보물들을 챙겨도 아무 탈이 없게 될 테지요. 그러니 값지지 않을 수가 있겠습니까?"

"그러시다면 한 개만 사셔도 충분한데 어째서 둘 다 사셨습니까? 한 개는 저한테 남겨 주셔도 될 텐데요."

"이유가 있습니다. (…) 이 보물은 모양은 두 개인 것 같지만 그 기운은 사실 서로 이어져 있지요. 그래서 두 개가 같이 있어야만 성질이 활성화 되어서 오래 갈 수가 있답니다. 만약에 서로 떨어져 있으면 얼마 쓰지 않아 그 기운이 고갈되어 쓸모가 없게 됩니다. 그러니 떼어 놓으면 안되는 거지요."[16]

이방인이 물건을 감정할 줄 안다는 생각이 든 왕갑은 즉시 지난번의 그 오래 된 거울을 꺼내서 감정을 부탁했습니다. 그것을 본 이방인은 합장하고 절을 하더니[17] 말하는 것이었지요.

"이것은 인간세상의 보물이 아닙니다! 그 신통력이 무한하여 저조차 그 쓰임새를 다 알지 못할 정도로군요. 세상에서 엄청난 복을 받은 분만이 이것을 가지실 수 있을 것이 분명합니다! 제게 아무리 돈이 많다고 해도 살 엄두를 내지 못할 정도입니다. 저는 이 두 보물만 사 가는 것만으

---

16 【즉공관 미비】如此異物, 非有善緣何以得遇. 이토록 기이한 물건이라니 좋은 인연이 있는 이가 아니라면 어떻게 마주칠 수가 있겠나?

17 절을 하면서[頂禮] : 중국 고대의 불교도들의 최고의 예법 중 하나. 두 무릎을 끓고 손바닥을 땅바닥에 댄 채로 존경하는 대상자의 발을 향하여 머리를 대는 식으로 절을 하였다.

로도 충분합니다. (…) 이 거울은 잘 간수하시고 남들에게는 함부로 보여 주시면 안됩니다!"

그렇게 해서 왕갑은 그 말을 따라서 거울을 잘 간수했습니다. 그리고 나서 이방인과 거래를 마무리했지요. 이방인은 정말로 삼만 꿰미의 돈으로 하얀 돌 두 개를 사서 그곳을 떠나는 것이었습니다.

왕갑은 하루아침에 부자가 되었습니다. 그러나 그래도 고기잡이 생활을 접지 않았지요.

그러던 어느 날이었습니다. 날이 저물었을 때 비바람을 만나자 뱃머리를 돌려 집으로 돌아가는 길이었습니다. 멀리 바라보니 강 남쪽에서 횃불이 밝게 빛나고 있지 뭡니까. 누가 '강을 건너게 해 달라'면서 자기 배를 부르는데 그 목소리가 몹시 다급했습니다. 왕갑은 '지금은 다른 배가 없으니 강을 건너지 못하면 저 사람들이 고생을 하겠지' 하는 생각이 들었습니다. 그래서 서둘러 비바람을 무릅쓰고 배를 저어 그들을 태우러 갔지요.[18] 알고 보니 두 명 모두 도사인데, 한 사람은 누런 옷을 입었고 한 사람은 흰 옷을 입고 있었습니다. 왕갑은 두 사람이 타자 배를 저어 맞은 편 기슭에 대어 주었습니다. 그러자 도사들은 왕갑을 보고 말했지요.

"지금 밤이 컴컴하고 비가 거센데 묵을 곳이 없습니다. (…) 댁에서 되

---

18 【즉공관 미비】皆以善心得報. 모두가 착한 마음으로 보답을 받은 게지.

는 대로 하룻밤만 쉬어 갈 수 있다면 정말 큰 다행이겠습니다만…"

왕갑은 선행을 즐기는 사람인지라 바로 이렇게 말했지요.

"집이 달팽이집처럼 좁기는 해도 누추하나마 주무실 만한 침상이 있으니 오셔도 괜찮습니다!"

그는 배를 잘 매어 놓고 두 도사와 함께 집으로 왔습니다. 그리고 아내에게 공양을 준비하도록 일렀지요. 그러자 두 도사는 극구 사양하면서 말했습니다.

"밥까지 주실 필요는 없고 하룻밤 재워만 주십시요!"

그러더니 정말 찻물조차 먹지 않은 채 그 길로 대나무 침상으로 가서 눕자마자 잠을 청하는 것이었습니다. 왕갑 부부는 부부대로 밤에 잠자리에 들었지요. 그런데 가만히 들어 보니 대나무 침상에서 '삐걱' 하는 소리에 이어 '툭' 하는 소리가 들리지 뭡니까. 마치 무슨 무거운 물건이 땅바닥에 떨어지기라도 한 것처럼 말이지요. 그러자 왕갑 부부는 생각했습니다.

'손님이 침상에서 떨어지신 거 아닐까? (…) 사람이 떨어지면 저런 소리는 날 리가 없는데?'

이상하게 여긴 왕갑은 몰래 자기 방을 나왔습니다. 이어서 두 도사가 묵는 곳에 귀를 기울여 보았지만 조용한 것이 아무 기척도 없었지요. 더더욱 이상한 생각이 든 그는 방 안으로 되돌아 와 불씨를 찾아낸 다음 등불을 붙였습니다. 그리고 나서 밖으로 나와 비추어 보다가

"어이쿠!"

하고 소리를 지르고 말았지요. 알고 보니 대나무 침상이 꺼지는 바람에 두 도사 모두 침상 바닥에 떨어진 채로[19] 꼿꼿하게 누워 있지 뭡니까 글쎄! 손을 뻗어 더듬어 보던 그는 놀라서 혀를 내두르면서 한참 동안 입을 다물지 못했습니다.

왜 그런지 아십니까? 그 두 도사를 볼작시면

얼음 같이 차갑고	氷一般冷,
돌 만큼 단단하니	石一樣堅.
완연히 두 개의 가죽 주머니 같더니	儼焉兩个皮囊,
알고 보니 한 쌍의 보물이었구나!	塊然一雙寶體.
누렇고 허연 것이	黃黃白白,
세상에서 이것 없으면 사람 대접 못 받고	世間無此不成人,
무겁고도 매혹적이니	重重癡癡,

---

19 【즉공관 미비】非常道. 상식적인 상황이 아니로군.

객지에서 이것 없으면 손님 대접 못 받겠지.　　路上非斯難算客.

왕갑은 아내를 깨우더니 말했습니다.

"참 희한한 일이지만 … 두 손님이 산 사람이 아니고 다 딱딱하게 변해 있구려!"

"무얼로 변했길래요?"

"불빛이 침침해서 확실하게 볼 수는 없었지만 … 구리인지 놋인지 … 금 같기도 하고 은 같기도 하니 원! (…) 날이 밝을 때까지 기다려야 분명하게 알 수가 있겠어!"

"그렇게 괴이한 일을 벌일 만큼 신통력을 가진 걸 보면 … 구리나 놋 같은 건 아닌 것 같은데요?"

"그러게 말이요!"

그 와중에도 날은 차츰 밝아 왔습니다. 그래서 자세히 살펴보았더니 누런 옷을 입은 것은 금으로 된 사람이고 허연 옷을 입은 것은 은으로 된 사람이지 뭡니까. 얼추 무게가 몇백 근은 충분히 되어 보였지요.

왕갑 부부는 몹시 놀라고 기뻐하면서 '그것이 하늘께서 내리신 것'이라고 여겼습니다. 다만 '그렇게 변화가 무쌍한 것이라면 어디로 달아날 것이 분명한데' 하는 걱정뿐이었지요. 그래서 허겁지겁 석탄[山炭]을 일이십 바구니 사서 집으로 돌아와 불을 붙인 다음 그것들을 녹였지요. 그 모습을 볼작시면

누런 것은 순금이요,	黃的是精金,
허연 것은 문은이로구나!	白的是紋銀.

남송 융흥 연간의 엽전 융흥원보(隆興元寶)의 앞면(좌)과 뒷면(우)

왕갑은 그 일이 생기기 전에는 날마다 기대하지도 않았던 소득이 생기는 바람에 차츰 부유해져 있었습니다. 거기다가 돌 두 개를 팔아 한 몫 단단히 벌었지요. 그런데 이번에 또 이런 많은 금과 은이 생겼지 뭡니까. 그렇다 보니 더더욱 재물이 넘쳐나서 몇 칸짜리 낡은 집에 그것들을 둘 만한 곳조차 없을 정도였습니다.

그러나 왕갑 부부는 분수를 아는 사람들이었습니다. 값진 물건들이 많이 생기기는 했지만 집을 새로 지을 생각도 하지 않고 땅 마지기를 사 들일 생각도 하지 않았지요. 그저 고기잡이 일만은 접지 않고 계속하면서 편안히 분수를 지키며 지냈답니다. 게다가 시도 때도 없이 손에 들어오는 횡재가 없었지만 생계를 꾸릴 필요도 없이 두 해 사이에 어마어마한 부자가 되어 있었지요. 그렇기는 하지만 부부 두 식구뿐이어서 그 가산들조차 따지고 보면 쓸모가 없었지요. 그렇다 보니 스스로가 되려 가산이 많은 것이 귀찮게 여겨져서[20] 내심 좀 두렵고 불안하게 느껴질 정도였습니다. 그래서 아내와 이렇게 상의했지요.

"우리 집안은 조상 적부터 지금까지 고기잡이 하나로 생계를 꾸려 왔소. 그날 얻는 것도 많아 봤자 백 전 정도 벌 뿐 그 이상은 쓸 데가 없었지. (…) 지금 우리가 이 보물 거울을 얻고 나서는 걸핏하면 몇천 몇만의 돈이 바라기도 전에 난데없이 쏟아지는구려. 이런 일은 꿈에서도 상상조차 못했던 일이오. (…) 우리 일단 한번 생각해 봅시다. 나나 임자가 원래 어떤 사람이요? 그런데도 하루아침에 이런 엄청난 부귀를 얻지 않았소? 그래서 하늘께서 용납하지 않으실까 겁이 다 나는구려! 하물며 우리는 성긴 옷에 소박한 밥만 있어도 잘 지내 왔는데 이렇게 많이 생긴들 무슨 쓸모가 있겠소?[21] 지금 만약 이 보물 거울을 집에 두었다간 재물이 늘어

---

20 【즉공관 미비】窮神到了. 가난의 신이 행차하셨군.
21 【즉공관 미비】如此知足知止之人, 不宜寶去而貪. 이렇듯 만족을 할고 멈출 줄 아는 사람이라면 보물이 사라져도 탐내서는 안되는 법이다.

나기만 할 테지. 내 생각에는 이 세상 천지의 보물을 우리 곁에 오래 잡아 놓고 있어서는 안 될 것 같소. 그건 스스로 죄를 짓는 일이지! 차라리 아미산[22]의 백수선원白水禪院에 가지고 가서 부처님 전에 보시하도록 합시다. 그래서 원광[23]의 공덕을 이루고 영원히 불가에서 받들어 모시게 합시다. 그렇게 한다면 우리로서도 정성을 다한 셈이고 우리에게도 좋은 인연을 쌓는 셈이니 훌륭한 일이 아니겠소?"

그러자 아내도 말하는 것이었습니다.

"그건 부처님 낯을 보더라도 옳은 일이지요. 게다가 우리는 대세를 아는 사람들이니 그렇게 하는 것이 옳습니다."

이리하여 두 사람은 온 정성을 다하면서 열흘 정도 육식을 삼갔습니다. 그리고 함께 절로 가서 그 보물 거울을 보시했지요. 절의 주지住持인 법륜法輪은 두 사람이 온 까닭을 알고 나서 찬탄을 금치 못했습니다.

"이거야말로 단월[24]께서 큰 행복의 터전을 일구시는 셈[25]입니다!"

---

22 아미산(峨眉山) : 중국의 4대 불교 명산 중 하나. 사천성 성도시(成都市) 북쪽으로 150km 떨어진 곳에 자리잡고 있으며, 높이는 해발 3,098m에 이른다. 불교가 중국에 처음 정착하고 아시아에 불교를 전파하기 시작한 기점이 되는 지역이라는 점에서 불교사에 있어서도 매우 중요한 의의를 지니고 있으며, 지금도 크고 작은 사찰이 30개 넘게 자리 잡고 있다.

23 원광(圓光) : 불교 용어. 불가의 성인인 보살(菩薩)의 머리에 수레바퀴처럼 둥그렇게 나타나는 빛을 가리킨다. 여기서는 오랜 수행을 통하여 깨달음을 얻어 부처가 되는 경지를 가리키는 것으로 이해할 수 있겠다.

중국 우표 속의 아미산 풍광

왕갑은 자신의 취지를 글로 작성하고 온 절의 승려와 신도들을 다 불러 모아 사흘 동안 도량[26] 의식을 치러 줄 것을 부탁했습니다. 그 과정에

---

24 단월(檀越) : 불교 용어. 산스크리트어 '다나 빠띠(daana padi)'를 한자로 번역한 말. 산스크리트어에서 '다나'는 '베풀다, 주다'라는 의미를 나타내는 동사이며 '빠띠'는 '주인, 물주'라는 의미를 가진 명사이다. '다나 빠띠'는 말하자면 '베푸는 주인' 즉 자선가를 뜻하며 이를 의미대로 한자로 옮긴 것이 '시주(施主)'이다. '다나 빠띠'는 원래 그 발음대로 한자로 옮긴 음사(音寫)로 '타나발저(陀那鉢底)'로 번역되었다. 원래의 산스크리트어 그대로 중국에 수용되었음을 알 수가 있다. 그러나 그 후로는 '단월(檀越)'로 정착되었는데 「음사+의역」의 복합어라고 할 수 있다. 다만, '단(檀)'은 '다나'의 음사라고 할 수 있지만 '월(越)'은 그 의미('넘다')나 발음에서 '빠띠'와는 거리가 멀다. 『중화불교백과전서(中華佛敎百科全書)』에 따르면, 사람들에게 자선을 베풀면 자연히 윤회에서 벗어날 수 있다[越渡]는 의미에서 '월'자를 사용한 것으로 해석하고 있다. 즉, '단월'은 '(자선을) 베풀다'와 '해탈하다'의 복합어인 셈이다. 국내에서는 '단월'이 그다지 널리 사용되지 않기 때문에 여기서는 편의상 "시주"로 번역하였다.

25 행복의 밭[福田] : 불교 용어. 밭에 씨를 뿌리면 열매를 얻을 수가 있는 것처럼, 선행을 쌓아 도를 닦으면 행복을 이룰 수가 있는데 그 행복의 단서가 되는 것이 복전(福田)이라고 믿는다. 인과응보(因果應報)사상에서 비롯된 개념이기는 하지만 불교 수행의 방편(方便)일 뿐 근본적인 법은 아니다.

26 도량(道場) : 불교에서 성대하게 거행하는 법회인 수륙도량(水陸道場)을 말한다. 불경을 암송하고 염불하면서 불재를 지내 물과 뭍의 귀신들을 제도하는데 '수륙재(水陸齋)'라고 부르기도 한다.

서 의식에 드는 양식을 장만하고 승려들에게 돈을 시주하는 등 몇십 냥이 넘는 은화를 들였지요.

도량 의식을 마치자마자 왕갑은 보물 거울을 주지인 법륜에게 건네고 작별인사를 한 뒤 집으로 돌아가려던 참이었습니다. 법륜은 오래 전부터 왕갑 집안의 그 거울이 보물을 불러 모으는 신통력을 가지고 있다는 사실을 알고 있었지요. 그래서 겸손한 말로 사양하면서 말했습니다.

"이 물건은 천하에서 크나큰 보물로, 신들께서 아끼시는 것입니다. 그런데도 기꺼이 가져 와 부처님께 바치려 하시는군요! 그런 마음만으로도 단월께서는 불가와 인연을 맺으신 것입니다. 그러니 우리 중들이 어찌 감히 그런 중책을 맡을 수가 있겠습니까?[27] (…) 단월께서 직접 받들어 삼보[28] 앞에 모신 다음 절을 올리고 가시면 되지요. 소승은 간여하지 않겠습니다."

왕갑 부부는 그 말을 좇아서 직접 보물 거울을 불상 머리 뒤에 잘 놓았습니다. 그리고 네 번 절을 한 다음 법륜과 작별하고 그 절을 떠났답니다.

---

27 【즉공관 미비】奸僧似講學聲口. 간사한 중이 마치 강의(훈계?)를 하는 말투로군.
28 삼보(三寶) : 산스크리트어 '트리라트나(triratna)' 또는 '라트나트라야(ratnatraya)'에 대한 번역어. 불교에서는 진리를 깨우친 모든 부처를 '불(佛, buddha)', 모범되고 바른 부처의 가르침을 '법(法, dharma)', 부처의 가르침을 따라 수행하는 사람을 '승(僧, sangha)'이라 하는데 이 세 가지를 보배로 여겨 '불보·법보·승보'로 일컬으며 일반적으로 이들을 '삼보(三寶)'로 통칭한다. 대승불교와 소승불교를 막론하여 불교도들이 정신적인 귀의처로 여긴다. 이 삼보로 돌아가 의지하는 것을 '삼귀의(三歸依)'라고 한다.

王漁翁捨鏡
崇三寶

어부 왕 노인이 거울을 보시해 삼보에 바치다

그러나 법륜은 아주 간교한 중이었습니다. 그는 그 거울이 엄청난 보물이고 왕갑이 큰 부자가 된 것이 전부 그것 때문이라는 사실을 알고 있던 참이었지요. 그런데 왕갑이 기꺼이 절에 바치겠다고 하는 바람에 벌써부터 그의 것에 욕심을 품고 있었지 뭡니까. 거기다가 나중에 왕갑이 후회하고 도로 찾아갈까 두려워서 일부러 '함부로 참견할 수 없다'고 둘러 대었습니다. 나중에 발뺌하기 쉽도록 말이지요. 그는 왕갑이 절을 떠나자마자 거울을 내려 가지고 왔습니다. 그리고는 솜씨가 좋은 거울 장인을 몰래 불러서 그 모양과 똑같이 한 개를 새로 만들게 했습니다. 그렇게 완성된 거울은 원래의 보물 거울과 조금도 다른 구석이 없었습니다. 여러분[29]이 아무리 보물을 감정할 줄 아는 사람이라고 해도 분간할 수 없을 정도였지요. 법륜은 장인에게 후하게 사례하고 입단속을 시켰습니다. 그리고는 새로 만든 거울은 불단에 갖다 놓고 진품은 바꾸어서 잘 감추어 놓았지요.

그 법륜이라는 작자에게는 그 거울을 챙긴 뒤부터 금은·보화가 바라기도 전에 저절로 굴러들어 왔습니다. 왕갑이 두 해 동안 겪었던 상황과 똑같았지 뭡니까. 그 결과 의발을 잘 갖춘 것은 물론이고 사부의 도첩을 사서 부리는 동자 종이 삼백 명이 넘었습니다. 절은 날로 번창해서 그 부유함은 이루 형용할 수조차 없을 정도였지요. 반면에 집으로 돌아간 왕

---

29 여러분[你] : 이야기꾼이 이야기를 들려주는 도중에 자신의 이야기에 집중하고 있는 청중들에게 불쑥 말을 걸어 그 주의를 환기시킬 목적으로 한 말이다. 서양 현대 연극에서는 이 같은 연출 기법을 브레히트(Brecht)의 '소외 효과'로 설명한다.

갑은 날이 갈수록 가세가 기울고 가난해져 갔습니다. 애초부터 본인이 가난해지겠다고 각오했으니 대수롭지 않은 일이었지요. 그러나 도둑질을 당하거나 불에 타서 없어지는 것은 물론이고, 지출만 있고 수입도 없이 엄벙덤벙 지내면서 벌이는 일마다 되는 일이 없고 마음 먹는 일마다 이루어지는 것이 없는 것이었습니다. 그렇다 보니 자기도 모르는 사이에 차츰 거덜나고 말지 뭡니까.

왕갑은 처음에 재물이 너무 쉽게 생기다 보니 손 크게 펑펑 쓰면서도 전혀 아까워하는 법이 없었지요. 마치 바닥 없는 두레박과 마찬가지로 새어나가기만 할 뿐이었습니다. 게다가 뜻밖에도 보물 거울이 그의 수중에 없다 보니 재물이 생길 길도 막막해서 살림이 거덜나는 데에는 두 해면 충분했답니다. 결국 그 엄청나던 부자를 도로 어부의 신분으로 되돌아가고 조금도 남은 것이 없었습니다. 시쳇말에 이런 말도 있지요.

| 없다가 생기는 것이 낫지 | 寧可無了有, |
| 있다가 거덜나면 안 된다. | 不可有了無. |

왕갑은 그 엄청난 가산이 깨끗하게 거덜나자 이런 생각이 들었지요.

'나는 당초 사실상 가난뱅이였지. 그러다가 보물 거울을 얻어 날마다 횡재를 만나는 바람에 그런 부자가 되었던 거야. 만약에 멀쩡하게 집안에 고이 모셔만 두었더라면 저절로 날이면 날마다 밤이면 밤마다 가산이 쑥쑥 불어났으면 났지 어디 가난해질 리가 있었겠어? 그런 호강을 누릴 복도 없이 괜히 백수사에 갖다 바치고 말았으니![30] (…) 지금 그 절은 엄청스레 번창하고 있는데 난 여전히 가난에 찌들어 있으니 이게 웬일이란 말인가?'

부부는 급기야 서로를 원망하기까지 했습니다.

"그때는 무슨 생각이었던 거에요? (…) 왜 한 마디도 안 막았어요!"

그러다가 왕갑이 말하는 것이었습니다.

"그래도 다행이야. 우리가 돈을 받고 판 것도 아니고 부처님께 거저 갖다 바친 거요. (…) 지금 사실대로 주지스님한테 말씀을 드리고 도로 집으로 가지고 옵시다! 그건 우리 집에 있던 물건이니까 그 분도 거절은 못할 게요. 부처님 몰골이 볼썽 사나워지기는 하겠지. 하지만 우리가 전처럼 부자가 되어 보시를 좀 더 많이 내놓고 삼보를 장엄하게 꾸며 드린다면야…[31] 신용을 저버리는 건 아닐 테지."

"맞는 말이에요. 어쩌자고 두 눈 멀쩡하게 뜬 채로 남을 부자로 만들어 주고 자기만 가난뱅이 신세가 되겠어요? (…) 냉큼 가서 받아 옵시다. 더 지체하면 안됩니다!"

---

30 【즉공관 미비】 自此有此悔. 이 지경이 되어서야 이런 후회를 하다니.
31 【즉공관 미비】 終是善心人. 어쨌든 마음씨는 착한 사람이야.

두 사람은 이렇게 상의를 마쳤지요.

이튿날 왕갑은 곧바로 아미산의 백수선원으로 갔습니다.

불교 『영산회상도(靈山會上圖)』(보물 1273호 합천 해인사)

지난날 엄청난 보물 선뜻 베풀던	昔日輕施重寶,
손 크고 도량 있는 양반이더니	是个慷慨有量之人,
지금은 옛 시절 생각 아무리 해도	今朝重想舊踪,
궁색하고 부질없는 생각 아닌 게 없네.	無非窮促無聊之計.

똑같은 단월이라 해도	一般檀越,
빈부의 격차가 다른 법이거늘	貧富不同,
결국 닥치고 나서 보니	總是登臨,
어려움과 즐거움이 순식간에 엇갈리누나!	苦樂頓別.

계속 이야기를 들려 드리도록 하겠습니다. 왕갑은 주지인 법륜을 만나 '거울을 보시하고 가산을 탕진하는 바람에 지금은 어쩔 방법이 없길래 하는 수 없이 당초의 물건을 돌려달라고 부탁하러 왔다'고 찾아 온 이유를 털어 놓았지요. 왕갑은 그 이야기를 하면서도 법륜이 핑계를 대며 거절할까 봐서 걱정이었습니다. 그런데 뜻밖에도 법륜은 그 말을 듣더니 조금도 난처해하는 기색이 없이 흔쾌히 말하는 것이었지요.

"그건 원래부터 댁의 물건입니다. 오늘 가지러 오신 것도 따지고 보면 당연한 결정이시겠지요. (…) 소승이 지난번에 전혀 참견하지 않은 것도 나중에 다시 찾으러 오실 날이 있을 거라고 생각했기 때문이었답니다. 그러니 소승이 왜 굳이 거기에 끼어들겠습니까? (…) 소승은 출가한 몸입니다. 이 색신[32]조차 제 것이 아닌데 하물며 이 몸 밖의 만물이야 오죽하겠습니까? 그저 조만간 뜻밖의 일이 생겨 … 혹시 소인배들한테 도둑

---

32 색신(色身) : 불교 용어. 인간인 부모의 공덕으로 얻은 육신을 가리킨다. 불교 이론에서 '색(色)'은 인간의 육안으로 볼 수 있는 외재적인 형질을 뜻한다. 그래서 부처나 보살은 온갖 조화들을 통하여 변화된 모습, 즉 화신(化身)들을 드러내는데 인간들의 입장에서는 그 변화된 모습들이 일종의 '색신'으로 받아들여지게 된다. 그러나 그같은 색신들이 부처나 보살의 참 모습이 아닌 것은 물론이다.

질이라도 당해 단월의 호의를 무색하게 만들어 단월께 낯도 들 수 없게 될까 걱정일 뿐이었지요. (…) 이제 그 물건이 원래의 주인에게 되돌아 가게 되었으니 소승도 편히 잠을 잘 수 있게 되었습니다. 그러니 어찌 감 히 아깝게 여길 리가 있겠습니까!"[33]

법륜은 주방에 분부해서 공양을 준비하게 했습니다. 식사를 대접한 그 는 왕갑에게 직접 불단으로 올라가서 보물 거울을 가지고 내려 오게 하 는 것이었지요. 왕갑은 그것을 손에 받쳐 들고 몇 번이나 이리저리 자세 히 살펴 보았습니다. 그랬더니 지난번 물건 그대로이길래 조금도 의심을 하지 않았지요.

그는 그것을 집으로 가지고 돌아와서 아내에게 보여 주었습니다. 그리 고 나서 아주 소중하게 여기면서 잘 간수했지요. 예전처럼 재물이 물처 럼 밀려 들기를 바라면서 말입니다. 그러나 전혀 신통력을 보이지 않아 여전히 가난뱅이 신세를 면하지 못할 줄이야 누가 알았겠습니까요? 그 래서 수시로 거울을 꺼내서 살펴 보아도 광채는 예전과 같았지만 도무지 도움이 되지 않는 것이었습니다.

"내 복이 다 바닥나서 보물 거울조차 신통력을 잃어 버린 걸까?"

---

33 【즉공관 미비】 好說. 恐今之僞作高僧者, 皆如是耳. 말 잘한다. 아마 지금 고승 행세를 하는 자들은 한결같이 이런 꼴일 테지.

그는 이렇게 한숨을 쉬면서도 그것이 가짜일 줄은 꿈에도 생각조차 못했습니다. 이 일화에 관해서는 진陳 왕조의 부마[34]의 시를 고쳐 지은 시가 그 증거입니다.

"거울과 재물 모두 사라졌다가 　　　　　鏡與財俱去,

거울은 돌아왔건만 재물은 돌아오지 않네. 　鏡歸財不歸.

더 이상 진기하던 그림자 보이지 않고 　　無復珍奇影,

허무하게도 밝은 달빛만 남았구나!" 　　空留明月輝.

왕갑이 아무리 거울을 보물처럼 간수해도 가난은 변함이 없었습니다.

---

34 진 왕조의 부마[陳朝駙馬] : 중국 남북조시대 진(陳)나라 제2대 군주인 진숙보(陳叔寶, 553~604)의 부마인 서덕언(徐德言)을 말한다. 진나라에서 이름난 명사로 진숙보의 큰누이동생인 악창공주(樂昌公主)와 혼인하여 부마가 된 서덕언은 공주와 금슬이 좋아서 나랏사람들로부터 천생연분이라는 찬사를 받았다. 그러나 진숙보의 폭정으로 국운이 기울자 북방의 수(隋)나라가 그 틈을 노려 진나라를 침공하였다. 난리통에 생이별을 하게 된 두 사람은 청동거울을 둘로 쪼개어 각자 반 쪽씩 지니면서 훗날 정월 열닷새에 서울에서 거울을 파는 것을 신호로 재결합하기로 약속하였다. 결국 진나라가 멸망하고 수나라가 천하를 통일하자 서덕언은 당초의 약속대로 장안(長安)으로 왔으나 공주가 수나라 승상인 양소(楊素)에게 출가한 사실을 알고 좌절한다. 결국 희망을 버린 서덕언은 공주에게 전달해 달라면서 자신이 가지고 있던 거울 반 쪽과 자신이 지은 시 한 편을 그 하인에게 건넨다. 거울과 시를 전달 받은 공주가 하염없이 눈물을 흘리는 것을 이상하게 여긴 양소는 그녀로부터 사연을 듣고 두 사람의 처지를 딱하게 여겨 결국 공주를 서덕언에게 돌려 보냈다고 한다. 참고로 이 이야기에 소개된 서덕언의 시는 일부 문구에서 원작과는 다소 거리가 있다. "거울과 사람 모두 떠나갔다가 거울은 돌아왔건만 사람은 미처 돌아오지 못했구나. 다시는 항아 같은 그녀 모습 볼 수 없게 되고 그저 빛나는 밝은 달만 남았구나![鏡與人俱去, 鏡歸人未歸. 無復姮娥影, 空留明月輝]". 부마(駙馬)는 '부마도위(駙馬都尉)'를 줄여서 일컫는 이름으로, 한나라 무제(武帝) 때 처음으로 설치되었다. 한대에 황제가 출행할 때 황제가 타는 어가 즉 정거(正車)를 봉거도위(奉車都尉)가, 황제의 시중을 맡은 측근들의 수레인 부거(副車)는 부마도위가 각각 관장하였다. 공주와 혼인하는 사람에게 이 벼슬을 내린 것은 위(魏)·진(晉)시대 이후부터이다.

반면에 백수선원은 날이 가면 갈수록 번창했지요. 그래서 외간 사람들 중에 그 소식을 들은 이들은 한결같이 이상하게 여겼습니다.

"당초의 거울은 지금도 그 중한테 있는 게 분명해. 그래서 그런 게지!"

중국 장사(長沙)에서 출토된 한대 청동거울(중국국가박물관 소장)

처음에 그 거울 장인이 새 거울을 만들 때에는 법륜이 '절의 주지가 그 모양대로 거울을 만들어 달라'고만 했기 때문에 그 내막을 몰랐습니다. 그런데 지금 사람들이 쑥덕거리는 소리를 들어 보니 '왕 씨네 집에서 보물을 불러들이는 거울을 가지고 있다가 절에 보시했는데 절의 중이 훔쳐 가는 바람에 왕 씨네는 가난해지고 절만 번창하게 되었다'는 이야기가 다 나오지 뭡니까. 그제서야 지난번에 있었던 일이 떠오른 장인은 그 일을 남들에게 알려주었지요. 그 사실을 안 사람들은 그 중이 양심을 속인 일을 더욱 괘씸하게 여겼습니다. 그러나 왕갑의 입장에서야 어쨌든 거울을 하나 가지고 있으니 그것이 가짜인 것을 안다고 한들 무슨 수로 그 일을 입증할 수가 있겠습니까! 그렇다고 해서 절에 가서 입씨름을 벌이기도 난감하니 그저 울분을 삭히면서 기구한 자기 팔자나 슬퍼하는 수밖에 없었지요. 아내는 아내대로 '천지신명님, 부처님' 하고 불러 댔습니다마는 그 억울한 사정을 하소연 할 데가 없으니 어떻게 해 볼 도리가 없었지요. 목적을 이룬 법륜은 재물이 끝이 없을 정도로 많이 있다고 여기면서 느긋하게 그 복을 누렸답니다.

손님들, 만약 '이런 식으로 처신하여 양심을 속이고도 이득을 본다면 공평하지 않다'고 생각하실 테지요? 그러나 어떻게 알겠습니까

> 도량이 크면 행복 역시 크고 量大福亦大,
> 꾀가 깊으면 불행 또한 깊다는 것을! 機深禍亦深.

법륜은 꾀를 써서 남의 보물 거울을 감추고 부자가 되었다고 생각했습니다. 그러나 하늘도 용서하지 않을 짓을 저질렀으니 자연히 사달이 날 수밖에 없었지요. 이때 한가[35]에 제점형옥[36]의 사자使者 한 사람이 파견되었는데, 성이 혼渾, 이름이 요耀로, 아주 욕심이 많은 자였습니다. 백수사의 중이 아주 부유하고 인심이 좋다는 소문을 들은 그는 벌써부터 군침을 흘리고 있었지 뭡니까. 나중에 수소문을 거쳐 그가 보물을 모으는 거울을 가지고 있다는 사실까지 알게 되었지요.

---

35 한가(漢嘉) : 중국 고대의 군현 이름. 삼국시대의 촉한(蜀漢)에서 소열제(유비)의 장무(章武) 원년(221)에 촉군속국(蜀郡屬國)을 고쳐 설치하였다. 치소는 한가현으로, 지금의 사천성 호산현(芦山縣)에 해당하였다. 삼국시대가 끝나고 사마염(司馬炎)의 서진(西晉)이 건국되고 나서 영가(永嘉) 연간 이후에 철폐되었다.

36 제점형옥(提點刑獄) : 송대의 지방 사법기관인 제점형옥사(提點刑獄司)를 줄여서 일컫는 이름. 지방 행정관청인 로(路)에서 관할 주(州)나 부(府)의 사법·심판 관련 업무를 감독·관리하는 한편 주·부로부터 올라오는 각종 사안들에 대한 심의를 담당하였다. 그 수장은 제점형옥공사(提點刑獄公事)로 불려졌다. '제점형옥 사자'는 제점형옥사에 소속된 관속이 아닌가 싶다.

'중에게서 천 냥이나 만 냥을 뜯어내는 것은 어려운 일이 아니다. 그러나 … 천 냥이고 만 냥이고 언젠가는 바닥날 때가 있는 법. 거기다 남들 눈이 있지. (…) 그러니 차라리 중의 그 거울을 달라고 하는 편이 낫겠어. 그 재부財富가 몽땅 내게로 온다면 그거야말로 무궁무진한 이득이 아니겠는가!³⁷ 게다가 물건도 한 개 뿐이니 챙기기에도 아주 수월하고.'

그는 즉시 송희宋喜라는 심복 이방을 보내어 그 길로 백수선원으로 가서 주지에게 '보물 거울을 좀 보여 줄 수 있는지' 물어 보게 했습니다. 그 단 한 마디 말이 법륜의 약점을 건드려 놓았으니 어떻게 승낙할 수가 있겠습니까? 그래서 이방에게 대답했지요.

"제공께 고해 주십시요. 몇 해 전에 웬 시주施主께서 오래 된 거울 하나를 부처님 머리맡에 보시했습니다마는 … 한참 지나서 벌써 받아 가셨습니다.³⁸ 그러니 저희 절에 어디 … 무슨 보물 거울이 있을 리가 있겠습니까? 제발 … 제공 대감께 꼭 한 마디 고해 주십시요!"

그래서 송희가 말했지요.

"제점 대감께서 이름까지 거론하시면서 그 보물 거울에 관해서 물으셨소이다. 그러면 무슨 내력을 알고 계신 것이 분명한데 … 지금 어떻게

---

37 【즉공관 미비】是要呂祖指頭者. 여조(여동빈)한테 손가락을 내놓으라고 할 자로군!
38 【즉공관 미비】何不反求王家者與之. 되려 왕 씨네에 넘겨 주라고 하지 그랬나.

고하라는 말이오."

"정말로 없습니다! 소승더러 어떻게 지어 내라고 하십니까요?"

"정말 그렇다면 … 나도 보고를 드릴 수가 없소이다. 성을 내며 나무라실 게 분명하니…"

법륜은 그가 억지를 부리는 것을 눈치챘습니다. 마침 절에는 은자가 넘쳐 났으므로 열 냥을 꺼내서 이방에게 건네고 말했지요.

"수고스러우시겠지만 … 제공께서 꼭 좀 고해 주십시오. (…) 성의가 약소합니다마는 적다고 언짢아하지 마시고요."

은자를 본 송희는 몹시 기뻐하면서 말했습니다.

"이렇게 인정을 베풀어 주시니 … 어찌 됐든 간에 대신 한번 고해 보리다!"

법륜은 이방을 산문까지 배웅해 주었습니다. 그리고 돌아와서 신임하는 행자[39] 진공眞空과 상의했지요.

---

39 행자(行者) : 불교 용어. 출가한 몸으로 삭발하고 정식으로 승려가 되기 전에 절에서 기거하면서 주지승의 시중을 들거나 잡일을 하는 불교 신자를 말한다.

"그 거울은 바로 우리 절이 번창하는 근본이니라. 그러니 어떻게 호락호락 꺼내서 남들한테 넘겨 줄 수가 있겠느냐? 왕 씨네의 경우를 보지 않았느냐? 하물며 관아에서 빌려 갔다가 안 돌려주기라도 하면 어디다 하소연할 데도 없느니라. 게다가 남을 속여서 얻은 물건이니 남들한테 대놓고 하소연할 수도 없는 일! 이제는

사찰 산문 예시. 해인사 일주문(一柱門)

그저 꼭꼭 감추어 놓고 없다고 둘러대는 수밖에 없느니라. 그 자가 안달복달 하면 은자를 좀 들여서라도 매수를 하면 그만이다."

"그거야 당연하지요. 어떻게 호락호락 남한테 줄 수 있겠습니까! 물건을 좀 많이 뜯어 가도 이 보배만 지킬 수 있다면야 다른 것들은 아깝지도 않지요."

이렇듯 스승과 제자 둘이 더더욱 신중하게 치밀하게 계획을 세운 것은 말 할 나위도 없었답니다.

계속 이야기를 들려 드리도록 하겠습니다. 이방 송희는 지점 혼 대감

에게 그 말 그대로 보고했습니다. 그러자 제점이 벌컥 성을 내면서 말하는 것이었지요.

"중놈이 이렇게 버르장머리가 없다니! 상급 관청의 대감인 내가 물건을 하나 달라고 한 것뿐인데 감히 반항하면서 거부해?"

"거부하는 것이 아니오라 … 애초부터 안 가지고 있었다고…"

"헛소리! 내가 수소문한 끝에 이렇게 진실을 알아낸 것을! (…) 왕씨성의 부자가 절에 보시한 것을 그 중놈이 바꿔치기 해서 가짜를 돌려주고 진짜는 그대로 그 중놈이 가지고 있다고 하더군! 그런데 어찌 없다고 하는 게냐? (…) 네놈이 중놈의 뇌물을 받고 중놈을 두둔하는 것이 분명하다! 만약 그것을 받아 오지 못하면 네놈까지 호되게 매질을 할 것이야!"

송희는 그제서야 당황하면서 말했지요.

"소인이 다시 가서 이르고 꼭 받아 오면 되지 않습니까요!"

"냉큼 가거라, 냉큼! 거울 없이는 나를 보러 올 생각도 하지 마라!"

연신 굽신거리면서 그 자리를 물러나온 송희는 다시 백수선원으로 와서 주지를 만나 말했지요.

"지점 대감께서 기필코 거울을 내놓으라고 하시오. 나까지 하도 닦달을 당해서 죽을 뻔했소이다! 이번에도 거울을 못 가져 오면 보러 올 생각도 하지 말라고 하십디다!"

그러자 법륜이 말했습니다.

"지난번에 이미 말씀드렸지요. 정말로 시주 댁에 돌려드렸습니다. 헌데 지금 또 있을 리가 어디 있습니까요?"

"대감께서 똑똑하게 말씀하셨소이다. '왕씨 성의 시주가 절에 보시했다가 나중에 받으러 왔더니 당신이 가짜를 돌려주고 진짜는 감추어 놓았다'고 말이오! 어디서 그런 내막을 알아 내셨는지는 모르겠지만 … 어떻게 당신 말대로 고할 수가 있겠소?"

"그건 대감 측근에 있는 자들이 저희 절에 재물이 좀 있는 것을 보고 안달복달해서 그런 터무니 없는 이야기들을 지어낸 게지요."

"지금은 당신 말이 먹혀 들지 않소! 그 분은 칼을 뽑으면 호박이라고 잘라야 직성이 풀리는 분이란 말이요! (…) 정말 거울이 없다면 … 뭐라도 좀 갖다 바치도록 하시오. 그래야 이 불을 끌 수가 있으니!"

"거울만 아니라면 얼마를 달라고 하시든 얼마든지 드릴 수가 있습니다.

소승이 감히 인색하게 굴 수야 없지요. 분부하신 대로 따르겠습니다요!"

"만약에 … 이 일을 성사시키려면 내 생각으로는 … 천 금은 바쳐야 그 분이 까딱이라도 하실 것 같은데 말이외다."

"천 금도 문제가 없습니다마는 … 어떻게 바칠까요?"

"그건 모두 나한테 맡기시지요. 바칠 방법이 다 있으니까!"[40]

"그저 잘만 해결해 주십시오. 또 헛걸음 안 하시기만 바랄 뿐입니다!"

그리고는 즉시 행자 진공에게 일러 함에서 천 금을 꺼내 송희에게 확실하게 전달했습니다. 물론, 서른 냥으로 송희에게 따로 성의를 보이는 일도 잊지 않았지요.

그것을 가지고 간 송희는 거기서 또 이백 금을 가로채고 팔백 금만 제 점의 관아에 바치면서 말했습니다.

"스님네에게는 정말로 그 거울이 없다면서 … 거울 값을 이렇게 좀 준비했더이다!"

---

40 【즉공관 미비】如此貪官自然有門路方法. 이런 탐관오리에게는 당연히 방법이 있고 말고.

그러면서 송희는 속으로 생각했지요.

'제 아무리 보물 거울이라고 해도 값이 그렇게 많이 나가지는 않을 테니 이 정도면 포기하겠지.'

용봉문으로 화려하게 장식된 상자 (명 숭정 연간)

그 은자들을 본 제점은 성을 내면서도 이렇게 생각했습니다.

'보물을 모아들이는 물건만 생기면 이 칠팔백 냥은 터럭 한 오라기일 뿐인데 대수로울 것이 뭐가 있겠나? 괘씸한 중놈 같으니라구! 네놈이 번번이 양심을 속이고 남들에게 둘러댄다마는 … 어떻게 네놈 손에 있는 것을 아깝다고 내놓지 않으려 드는 게냐! 하지만 … 끝까지 없다고 발뺌을 하니 손을 볼 수도 없고…'

그러다가 속에서 갑자기 이런 꾀가 떠오르는 것이었지요.

'나는 형옥중정아문刑獄重情衙門이 아닌가. 이 수백 냥의 은자를 장물로 간주하고 은밀히 뇌물을 바치고 형리를 매수하여 관아를 모독했다는 죄를 중놈에게 씌운 다음 붙잡아 와서 매질을 하려 들면 … 매질을 하기도

전에 알아서 자백할 테지!'

　그는 즉시 그 은자 팔백 냥을 밀봉해 관아 곳간에 보관했습니다. 그리고 그 길로 사령 두 명을 보내 바로 백수선원으로 가서 국법을 어긴 주지 법륜을 체포하게 했지요.

　사령이 온 것을 본 법륜은 '별 일은 없겠다'는 것을 눈치챘습니다. 그러나 보물 거울의 경우만큼은 도무지 마음이 놓이지 않았지요. 그래서 행자 진공에게 일렀습니다.

　"제점의 관아에서 나를 잡으러 왔구나. 나는 따로 소송사건에 연루된 일이 없으니 별 일은 없을 게다. 보나마나 사달을 만들어 보물 거울을 빼앗아 가려고 드는 게지! (…) 가서 좀 만나 그 자가 무슨 이야기를 하는지 보아야겠다. 알아듣도록 잘 이야기하면 포기할지도 모르지! (…) 지난번에 송제공이 그 은자들을 바쳤는데 액수가 적었던가 보다. 거기다 두 갑절을 더 보태 주면 감을 잡을 테지. 너는 그것을 잘 감추어 놓도록 해라. 절대로 꺼내면 안되느니라!"

　그러자 진공이 말했습니다.

　"사부님, 안심하십시오! 관아에 가신 뒤에 그들이 쓰려고 하는 물건은 얼마든지 가지러 와도 되지만 그것만큼은 제가 기필코 남들이 못 찾아낼 곳에다 감추어 놓도록 하겠습니다. 그쪽에서 누가 오더라도 끝까지 인정하지 않으면 그만입니다!"

"내 이름을 들먹이면서 와서 내놓으라고 해도 절대로 '있다'고 하면 안된다?"

이렇게 결정한 두 사람은 사령 두 명을 잘 대접했습니다. 거기다가 사례로 거마비까지 톡톡히 건넸지요. 그러자 두 사령은 저마다 반가워하는 것이었습니다.

법륜은 자신에게 돈이 있는 것만 믿고 관아를 두려워하지 않았습니다. 그래서 보란 듯이 당당하게 사령들과 함께 제점의 관아로 왔지요. 재판정에 모습을 나타낸 혼제점은 법륜을 발견하자마자 표정이 바뀌었습니다. 그는 탁자를 두드리고 벌컥 성을 내면서 말했지요.

"여기는 생사여탈권을 가진 관아이다! 네 이 중놈아, 어째서 엄청난 뇌물로 사달을 내려고 한 게냐? 지금 장물인 은자는 곳간에 확보해 놓았다. 거기에는 남 모를 내막이 있는 것이 분명하다! 냉큼 자백하렷다!"

그래서 법륜이 말했지요.

"대감께서 이방을 보내 거울을 내놓으라고 하셨지요. '저희 절에는 거울이 없다'고 하니 이방이 소승더러 '은자를 바치면 된다'고 하더이다!"

"전부 허튼 소리뿐이로구나! 그럴 리가 어디 있느냐? 관원을 매수하려 든 것이 분명하다! 매질을 하지 않으면 자백하지 않겠구나?"

그는 큰소리로 형리들을 시켜 법륜을 눕혀 놓고 정신이 다 달아날 정도로 매질을 하고 나서 감옥에 가두었습니다. 제점은 이어서 은밀히 송희를 시켜 말로 겁을 주면서 거울의 행방을 실토하게 했지요. 그러나 법륜은 이를 악물고

"거울은 없습니다. 차라리 은자를 내놓으라고 하십시요! 가서 제 제자에게 말씀하셔서서 좀 더 보태서 바치시고 저를 풀어 주십시요!"

하는 말만 되풀이하지 뭡니까? 그래서 송희가 말했지요.

"그 분은 끝까지 거울만 고집하시오. 허나…, 은자를 좀 더 보내 주면 이 사태를 수습할 수 있을 지도 모르지! (…) 내가 저쪽 소식을 먼저 알아 보고 나서 상의하도록 합시다!"

그렇게 해서 송희가 법륜의 말을 제점에게 보고했지요. 그러자 제점이 말하는 것이었습니다.

"그 중과 아무리 잘 상의해 보았자 내놓지 않으려 들면 아무리 매질을 해도 보탬이 되지 않을 것이다! (…) 내 생각에는 그 거울은 절 밖에 있

을 곳이 없다.[41] 내 지금 은밀히 사람들을 보내 절을 포위하고 '국법을 어긴 장물을 압수하겠다'고 하면서 그 중의 재산을 모조리 수색할 작정이야. (…) 뒤지기만 하면 거울이 그 속에 없을 턱이 없지!"

그는 이방 송희에게 분부를 내려 사령 네 명을 데리고 가서 그 계획을 신속하게 진행하게 했습니다. 그러나 송희는 법륜에게서 뒷돈을 챙긴 터인지라 제점의 계획을 몰래 법륜에게 흘렸습니다. 법륜은 속으로 생각했지요.

'내가 오면서 당부할 때 행자가 거울을 은밀한 곳에 숨겨 놓겠다고 했지. (…) 그러니 뒤져도 절대로 못 찾아낼 게야. 재산이라 한들 내 것을 몽땅 몰수하기는 만만치 않을 걸?'

그래서 송희를 보고 말했습니다.

"거울이야 처음부터 없는 것이고 … 함이며 곽은 얼마든지 뒤져도 괜찮습니다마는 제공께서 한두 가지만 보살펴 주시기를 바랄 뿐입니다. 그 절에 제 제자가 있습니다. 가재들이 그 와중에 분실되는 일이 없게 해 주신다면 나리 덕택으로 여기겠습니다! (…) 소승이 여기서 나가면 따로 톡톡히 보답해 드리지요!"

---

41 【즉공관 미비】奸僧貪吏, 正是好對手. 간교한 중과 탐관오리라. 그야말로 임자를 제대로 만났구나.

"그거야 … 도와 드려야지!"

법륜과 헤어진 송희가 사령들과 함께 백수선원으로 향한 것은 말 할
필요도 없었지요.

계속 이야기를 들려 드리도록 하겠습니다. 백수선원의 행자인 진공은
원래 젊은 나이로 풍류를 즐기고 방탕한 중이었습니다. 그런데다가 자신
이 있는 절이 풍요롭고 부유하다 보니 마음대로 실컷 돈을 쓸 수가 있었
지요. 다만 주지로 있는 사부가 줄곧 막고 있어서 매사를 마음대로 할 수
가 없었습니다. 그런데 지금 사부가 관아에 소환되고 나니 소원을 이루
기라도 한 것 같았지요. 자신이 하고 싶은 대로 하고 가고 싶은 데로 갈
수 있게 되었으니까요. 그러나 시쳇말에도 이런 말이 있지요.

"할아비 돈은 훔쳐 봐야 쓸 데가 없다." 　　偸得爺錢沒使處.

그에게는 평소에 알고 지내면서 은밀히 정을 통하던 창부가 있었습니
다. 그러나 재물로 이리 메우고 저리 쓰지 않는 데가 없다 보니 상당한
돈을 써 버린 상태였지요. 거기다가 그것들을 빼돌려 여기저기에 맡겨
놓고 비자금으로 삼은 것들도 셀 수가 없을 정도로 많았습니다. 그렇다
보니 불현듯 이런 생각이 드는 것이었지요.

'사부님께서 감옥에서 나오셔서 확인하시면 들통이 나지 않겠나! 더

욱이 거울의 행방을 추궁하시기라도 하면 나도 이곳에 붙어 있을 도리가 없어. 차라리 지금 사부님이 안 계신 틈에 이 엄청난 재물들을 몽땅 가로 채야겠다! (…) 거울까지 다 내가 가지고 있으니 … 밤중에 다른 고을로 도망친 다음 머리를 기르고 속세 사람 행세를 하면서 인생의 황혼기를 신바람 나게 살면 얼마나 좋겠어?'[42]

이렇게 결정한 그는 밤새 함이며 상자 들 속에 든 몸에 지니기 수월한 값진 물건들을 차곡차곡 쌓아서 두 짐으로 만들었습니다. 그리고는 이튿 날이 되자 자신이 한 짐을 지고 임시로 고용한 일꾼에게 한 짐을 지게 한 다음 사람들 한테는 '고을에 사부님을 구해 드리러 간다'고 둘러대고 나 서 그 길로 산문을 나갔답니다.

진공이 절을 떠나고 하루가 지났을 때였습니다. 송희가 그제서야 사령 네 명을 데리고 절에 도착했지 뭡니까. 그는 소리 높여 '주지의 방을 수 색하겠다'는 뜻을 밝혔지요. 그러자 절의 중들이 말하는 것이었습니다.

"저희 절의 사부님께서는 관아에 계시고 행자도 출타해서 그 방은 텅 비어 있습니다."

그러자 사령들이 말했습니다.

---

42 【즉공관 미비】又有收人在後頭. 이렇게 해서 나중에 사람을 거둘 일이 생기지.

"그런 소리 할 것 없다! 우리는 상급 관청의 명령을 받들어 불법 장물을 수색하는 것이니라! 사람이 있고 없고가 무슨 상관이란 말이냐? 우리는 들어가야겠다!"

사령들은 즉시 산문을 부수고 들어갔습니다. 그러고 나서 방 안을 둘러보니 안에는 크고 무거운 세간들만 있을 뿐, 의자와 탁자가 넘어져 있고 상자며 함들은 텅텅 빈 채로 몸에 지니는 귀중품들은 하나도 보이지 않지 뭡니까.

"주지 스님이 그 분 물건이 분실되는 일이 없도록 해 달라고 당부하셨다. 헌데 … 지금 방 안이 텅텅 비었으니 어찌 된 노릇이냐?"

그러자 절의 중들이 다함께 말하는 것이었지요.

"저희 절 행자가 '관아로 사부님 소식을 확인하러 가겠다'고 했는데 … 어째서 방 안 물건들을 다 챙겨 갔담? (…) 혹시 이 틈을 타서 내뺀 거 아닌가?"

사령 네 명은 상황이 심상치 않은 것을 보고 큰 이득을 볼 만한 것이 없는 것을 눈치챘습니다. 그래서 일단 남겨진 낡은 옷가지부터 먼저 마구 챙기더니 중들에게 주지 도주 증명을 내놓도록 종용했습니다. 그리고 나서 송희와 함께 돌아와 제점에게 보고했지요. 그러나 제점이 벌컥 성을 내면서 말하는 것이었습니다.

"그 중놈들이 이렇게 교활할 줄이야! (…) 내 뜻에 대들어 보겠다고 몰래 제자를 시켜 도망치게 한 것이 분명하다! 뻔하지 않으냐!"

제점은 즉시 법륜을 끌어내더니 또다시 호되게 매질을 했습니다. 법륜은 본래 깊은 산 속에서 주지로 있으면서 풍족하게 누리며 지내던 중이었습니다. 그러니 언제 그런 고통을 당한 적이 있었겠습니까? 지금도 감옥에 갇혀 그 고생을 견딜 수 없을 지경이었지요. 그렇다 보니 은자를 좀 들이더라도 조만간 감옥에서 나갈 수 있게 되기만을 바라고 있던 참이었습니다. 아 그런데 '제자가 도망치고 재산도 남은 것이 없다'지 뭡니까. 그것만으로도 속이 다 쓰라리건만 게다가 매까지 호되게 맞았으니 그야말로 '눈 내린 데에 서리까지 겹친 격'인데 어떻게 견딜 수가 있었겠습니까? 감옥으로 돌아온 그는 낭패를 이기지 못한 나머지 그날 밤에 숨이 지고 말았답니다![43]

제점은 법륜이 죽은 것을 알고 그제서야 거울에 대한 미련을 버렸답니다. 따지고 보면 법륜이 양심을 속이고 남의 보물을 도둑질 하는 바람에 그 같은 천벌을 받은 셈이었지요. 이 일을 증명하는 시가 있습니다.

---

43 【즉공관 미비】豈非自作之孽. 자업자득이 아니고 무엇이겠는가!

가짜 거울을 보배 거울로 몰래 속여	贋鏡偸將寶鏡充,
시주로 하여금 가난뱅이 신세로 전락하게 만들었구나.	翻令施主受貧窮.
이제 재물은 흩어지고 사람들 떠나 버렸으니	今朝財散人離處,
사대도[44] 따져 보면 원래는 텅 비어 있었던 셈.	四大元來本是空.

계속 이야기를 들려 드리도록 하지요. 행자 진공은 주지의 물건들을 훔쳐 절에서 도망쳤습니다. 그리고 사부의 눈 앞의 생사는 안중에도 두지 않은 채 그 길로 짐을 꾸려 다른 지방으로 가서 호강할 생각에만 바빴습니다. 그는 지금까지 남의 집에 맡겨 두었던 물건들을 모두 받아내어 절에서 가져 나간 것들과 하나로 합쳤지요. 그리고 나서 큰 수레를 몰고 와서 짐을 실은 다음 짐꾼을 하나 사서 밀고 가게 했답니다.

손님들, 주지에게는 그 많은 가산이 있었고, 거기다 금과 은은 무게가 무거웠습니다. 그런데 어떻게 수레 하나로 다 실어 갈 수가 있었을까요?

그건 송대에 법정 화폐[45]를 적극적으로 발행한 것을 몰라서 하는 말씀입니다. 그 화폐는 '지폐紙幣'라고 부르기도 하고 '관회자官會子'라고 부르기도 했는데, 한 꿰미라고 해 봤자 겨우 종이 한 장밖에 되지 않았지요. 그러니 액수가 아무리 십만 꿰미나 되어도 고작 종이 십만 장밖에 되지

---

44 사대(四大) : 불교 용어. 불가에서는 땅·물·불·바람이 네 가지 물질[四大]이 세계를 이루는 기본 원소로서, 온갖 사물과 조화를 다 만들어낸다고 여겼다. 그러나 따지고 보면 그 모든 것은 실체가 아니라 허상이라고 보아 '사대는 전부 허상[四大俱空]'이라고 주장했다. 여기서는 '외물(外物)' 또는 만물이라는 뜻으로 사용되었다.

45 법정 화폐[官鈔] : '관초(官鈔)'는 글자 그대로 풀면 '관청에서 발행하는 지폐'라는 뜻으로, 국법으로 정한 규정·규격에 따라 제작된 지폐를 말한다.

않아서 아주 가볍고 간편했답니다.
그 주지가 물론 금은·보화도 소유
하고 있었지만 그 지폐가 그렇게
몇십만 장이나 되어도 휴대하기에
어렵지 않았던 거지요.

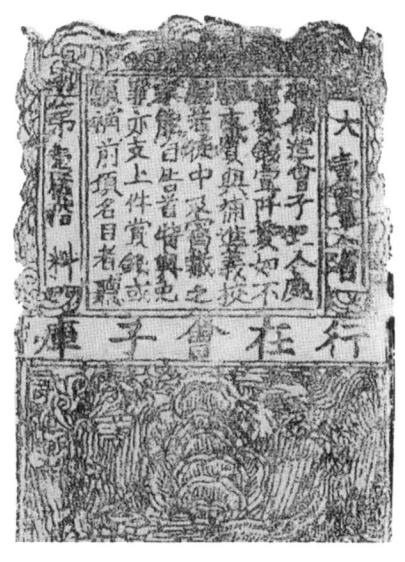

행자는 몸에 보물 거울을 감추
고 수레를 끌고 산을 통과하고 고
개를 넘어서 여주[46]로 향했답니다.
그렇게 죽공계 어귀에 이르렀을

중국 최초의 지폐 남송대 교자(交子)

때였습니다. 갑자기 짙은 안개가
온 하늘에 자욱하게 끼는 바람에 길을 찾을 수가 없지 뭡니까. 그리고는
웬 황금 갑옷 차림의 신인神人이 튀어나오는데

체구는 한 장 정도 되고,   軀長丈許,

얼굴에는 위엄을 띤 표정으로,   面有威容.

몸에는 황금 사슬 갑옷을 걸치고,   身披鎖子黃金,

손에는 방천화극을 잡은 채로,   手執方天畫戟.

---

46 여주(黎州) : 중국 고대의 지명. 지금의 한원현(漢源縣) 일대에 해당한다. 남북조시대 북
주(北周)의 천화(天和) 3년(568)에 처음 설치되고 수나라 때에 잠시 철폐되었다가 당대
인 측천무후의 대족(大足) 원년(701)에 다시 회복되었다. 대도하(大渡河) 양안 3개 현
11개 성을 관할하고 현지 소수민족의 땅인 55개의 기미주(羈縻州)를 영유하였다. 명대
에는 태조의 홍무(洪武) 연간에 여주장관사(黎州長官司)로 개칭되었다.

큰 소리로 호통을 치는 것이었습니다.

"어디를 가느냐? 내 보물 거울을 내 놓아라!"

그 서슬에 놀란 수레꾼은 수레를 팽개치고 오던 길을 되돌아 달아났습니다. '부모님이 왜 다리를 네 개로 안 낳아 주셨나' 하고 야속해 하면서[47] 행자야 죽든 살든 아랑곳하지 않고 한 줄기 연기처럼 달아나 버리는 것이었지요. 행자는 행자대로 수레를 살펴볼 겨를조차 없이 허둥지둥 보물 거울을 지니고 무작정 앞으로 내뺐답니다.

사슬 갑옷(쇄자갑) 예시. 쇠사슬을 엮어 만든 갑옷으로 중세 유럽에서 많이 사용되었다

그런데 숲 깊숙이까지 내뺐을 때였습니다. 갑자기 한 줄기 거센 바람이 몰아치더니 웬 얼룩덜룩한 사나운 범이 튀어나와 정면에서 덮치는가 싶더니만 행자를 끌고 가 버리는 것이 아닙니까.

---

47 '부모님이 왜 다리를 네 개로 안 낳아 주셨나' 하고 야속해 하면서[隻恨爺娘不生得四隻脚] : 명대의 유행어. 자신의 걸음이 느린 것을 야속해 하는 말로, 필사적으로 도망치는 당사자의 다급한 심정을 묘사하고 있다. 명대 이래의 소설·희곡들에서는 때로는 '부모님이 다리를 두 개 적게 낳아 주신 것을 야속해 하다(隻恨爹娘少生兩條脚)', '부모님이 다리 두 개를 덜 달아 주신 것이 야속하구나(可恨那爹娘生少兩隻脚)' 등으로 다르게 사용되기도 하였다.

白水僧盜物
袁雙生

백수선원의 중이 보물을 훔쳤다 목숨을 잃다

따지고 보면 진공이 양심을 속이고 사부의 물건들을 훔쳐서 사부의 목숨을 해치는 바람에 그 같은 천벌을 받은 셈이었지요.[48] 이 일을 증명하는 시가 있습니다.

도적이야 본래 못된 일로 재물을 나눈다지만   盜竊原爲非分財,
하물며 보물 거울은 귀신이 맞추는구나.   況兼寶鏡鬼神猜.
범 아가리 피하기 어려울 줄 진작 알았더라면   早知虎口應難免,
왜 속 편히 예전의 자기 자리 지키지 않았던고!   何不安心守舊來.

다시 이야기를 들려 드리도록 하지요. 고기잡이 노인 왕갑은 절의 보물 거울을 돌려받아 집안에 고이 간수했지만 여전히 가난을 면할 길이 없었습니다. 그런데 절은 나날이 번창하는 데다가 외간사람들이 저마다 쑤군거리자 절의 중이 양심을 속이고 바꿔치기 한 것을 눈치챘지요. 그러나 어디에 하소연할 데가 없지 뭡니까. 그는 착한 사람인지라 자신의 팔자가 사납다며 서러워할 뿐이었지요. 부부 두 사람은 보물 거울이 집에 있을 때 생긴 이런저런 기이한 일들을 이야기하면서 수시로 한숨을 쉬며 속상해 하곤 했답니다.[49]

그러던 어느 날이었습니다. 부부 두 사람이 똑같이 같은 꿈을 꾸었는

---

48 【즉공관 미비】可惜不見貪吏後來如何. 그 탐관오리가 나중에 어떻게 되었는지는 나와 있지 않은 것이 유감이로군.
49 【즉공관 미비】到底善人得便宜. 결국에는 착한 사람이 이득을 얻는군.

데 웬 황금 갑옷 차림의 신이 나타나 이렇게 분부하는 것이었지요.

"너희 집 보물 거울은 지금 죽공계 어귀에 있으니 가서 챙겨 오도록 해라!"

꿈에서 깬 두 사람은 각자 자신의 꿈을 들려주었습니다.

"이건 우리가 속으로 늘 생각하던 일이 꿈으로 나타난 게지."

그러자 아내가 말하는 것이었습니다.

"생각이 꿈으로 나타나는 경우가 더러 있기야 하지만 … 두 사람 꿈이 다 같을 수야 없잖아요. 혹시 … 우리한테 남은 복이 좀 있어서 신령님께서 그렇게 알려 주신 건 아닐까요? (…) 기왕에 장소를 일러 주셨으니 당장 거기에 좀 찾아보러 가는 것도 나쁠 건 없지요."

그래서 왕갑은 이튿날 죽공계로 가는 길을 수소문해서 산을 지나고 고개를 넘어 그 어귀까지 왔지요. 그런데 가만 보니 웬 수레가 땅에 쓰러져 있는 것이었습니다. 그 안에는 온갖 물건들이 다 들어 있는데, 금은보화에 지폐까지 일추 몇십만 냥은 되어 보였습니다. 왕갑이 주변을 둘러 보니 사람 그림자 하나 없지 뭡니까?

'주인 없는 이 물건들 … 혹시 하늘께서 나한테 내리신 것이 아닐까?

(…) 꿈 속에서는 보물 거울이 여기에 있다고 하셨는데 … 이 안에 있는 건가?'

이렇게 생각한 그는 수레 안의 물건들을 하나씩 골라서 살펴보았습니다. 그러나 그 거울은 보이지 않았지요. 이번에는 그 앞뒤 땅바닥의 풀 속까지 더듬어 가면서 사방을 다 찾아 보았습니다. 그러나 그래도 보이지 않지 뭡니까. 그는 웃으면서 말했지요.

"거울은 보이지 않지만 … 이 엄청난 재물이라면 내가 반 평생 호강하기에는 충분하겠구나! 차라리 서둘러서 가지고 가는 편이 낫겠다. 누가 오기 전에!"

그는 수레를 수습해서 길 어귀까지 밀고 갔습니다. 이어서 짐꾼을 하나 사서 수레를 밀게 해서 집까지 왔지요. 그리고는 아내를 보고 말했답니다.

"신령님께서 일러 주신 덕택으로 죽공계 어귀로 가서 보물 거울을 찾아 보았소. 보물 거울은 찾을 수가 없었지만 한 수레의 재물이 보입디다. 그런데 한 동안 기다려도 찾아오는 사람이 하나도 없더구려. 아마도 하늘께서 나한테 내려 주신 것 같길래 집에 가지고 왔소!"

아내가 그 자리에서 살펴보니 모두가 금은보화와 지폐들이었습니다.

그래서 하나하나 다 챙겨서 잘 간수했지요. 부부 두 사람은 몹시 기뻐하면서도 이상하게 여겼습니다.

'꿈 속에서는 보물 거울 이야기를 하셨는데 … 이번에 이런 횡재가 생기기는 했지만 보물 거울은 그림자조차 없었으니 이게 웬일이람? (…) 아무래도 거기에 가서 다시 차근차근 한번 찾아보아야겠구나!'

그러다가 왕갑이 말했습니다.

"아니면 … 내 내일 당장 또 한번 가 보리다!"

그리고는 밤이 되어 또 꿈을 하나 꾸었답니다. 그런데 이번에도 황금 갑옷 차림의 신이 나타나서 말하는 것이었지요.

"왕갑아, 미련 가질 것 없느니라! 그 거울은 바로 천상의 보물이다. 너희 부부가 좋고 착하기에 잠깐 인간세상에 내려 보내어 한 동안 부귀를 누리게 해 준 것이다. 그것은 네 전생의 인연 때문이었다마는 뜻밖에도 두 번이나 간교한 중들 손에 들어가 버렸구나! (…) 지금은 그 중들이 모두 천벌을 받았고 그 거울은 원래대로 천상으로 돌아갔느니라. 그러니 더 이상 공연한 미련일랑 품지 않도록 해라! (…) 어제 수레에 실려 있던 물건들은 원래 보물 거울이 모은 재물들이니 처음처럼 너의 몫이니라. 네가 굳은 마음으로 선행을 베푼다면 그 정도만으로도 호강하면서 쓰고

도 남을 것이니다!"

그리고는 한 줄기 바람이 부는 바람에 놀라 깨고 보니 남가일몽南柯一夢
이었지 뭡니까요!

왕갑은 꿈에서 들은 이야기를 구구절절 똑똑히 외웠다가 아내를 보고
낱낱이 들려주었습니다. 그리고 하늘의 뜻을 분명히 깨달았기에 더 이상
거울을 찾아 헤매지 않았지요. 부부는 절의 재물을 쓰는 것만으로도 풍
족하게 지낼 수 있어서 이전처럼 가릉[50] 고을의 부자가 되었답니다. 이같
은 결과는 선행을 즐긴 사람에 대한 보답이기도 하거니와 또한 그의 팔
자에서 누리게 되어 있던 재물들이었지요. 사람의 힘으로 억지로 바꿀
수 있는 복이 아니었던 것입니다.

남이 누리는 부귀를 부러워 마오,	休慕他人富貴,
팔자에 누리게 되어 있는 것만이 참된 것이니.	命中所有方眞.
만약 분수에 넘치는 욕심을 부린다면,	若要貪圖非分,
두 중의 말로를 보시라!	試看兩个僧人.

---

50 가릉(嘉陵) : 중국의 지명. 지금의 사천성 사천 분지에 자리잡은 남충시(南充市)의 가릉
구(嘉陵區)에 해당한다.

제37권

별난 물건 쌓아 놓은 객상 정씨가 도움을 받고
세 번이나 재앙서 구해 준 바다신이 모습을
드러내다

疊居奇程客得助 三救厄海神顯靈

해제

　휘주徽州의 상인 정재程宰와 그 형 정채程案는 요양遼陽에 가서 장사를 하다가 밑천을 날리지만 고향으로 돌아가지 않고 큰 전당포에서 회계를 담당한다. 두 사람은 각자 다른 방에서 지내지만 어느 날 밤에 비바람이 크게 휘몰아쳐 잠을 이루지 못한다. 그러다가 갑자기 정재의 방안이 신선경으로 변하더니 미녀 세 명이 시녀를 데리고 나타나 정재와 함께 술을 마시고 즐거운 시간을 보낸다. 그 중 한 미녀는 자신을 '요양 해신遼陽海神'으로 자처하면서 정재와 동침한다. 그렇게 두 사람이 몇 달이나 왕래를 했지만 정채는 그 사실을 전혀 알지 못한다. 초여름이 되어 약재상이 요동에 와서 약을 파는데 황백黃柏과 대황大黃은 아무도 사지 않는다. 해신이 정재에게 그것을 사들이게 하고 나중에 요동에 역병이 돌자 그 과정에서 정재는 오백금의 이익을 얻는다. 그러던 어느 날, 해신은 정재에게 장사는 그의 본업이므로 그 상업 비결을 가르쳐 줌으로써 음지에서 그를 돕겠다고 말한다. 해신의 말을 따른 정재는 이번에는 얼룩이 진 화려한 비단 오백 필을 사들인다. 그리고 얼마 뒤에 요동에서 전쟁이 벌어져 깃발에 쓸 비단이 급하게 필요해지는 바람에 정재는 이번에도 천금이나 되는 이익을 얻는다. 또 한번은 해신이 정재에게 거친 베 6천 필을 사들이게 한다. 이듬해에 국상이 생겨 거친 베가 필요해지자 그는 다시 5~6천 금을 번다. 해신의 도움으로 정재는 세 번이나 큰 돈을 벌어 몇 년 사이에 6~7만냥의 은자를 축적한다.

　그로부터 7년이 지난 어느 날, 정재는 갑자기 고향 생각이 간절해져서 해신과 작별하고 고향으로 돌아간다. 해신은 두 사람의 인연이 다한 것을 알고 작별할 때 정재에게 '돌아가는 길에 세 가지 곤란에 처할 테니 알아서 조심하도록 하라'고 당부한다. 정말로 정재는 돌아가는 길에 역경에 처하지만 큰 어려움이 닥칠 때마다 해신이 도와준 덕분에 전화위복이 되어 평안하게 고향집으로 돌아간다. 그 뒤로 정재는 죽을 때까지 순탄하게 장사를 하면서 행복하게 살다가 세상을 떠난다.

이 이야기는 명대 중기 소설가 채우蔡羽, ?~1541가 지은 『요양해신전遼陽海神傳』 및 풍몽룡 『정사』의 「요양해신遼陽海神」 이야기를 소재로 지어졌다.

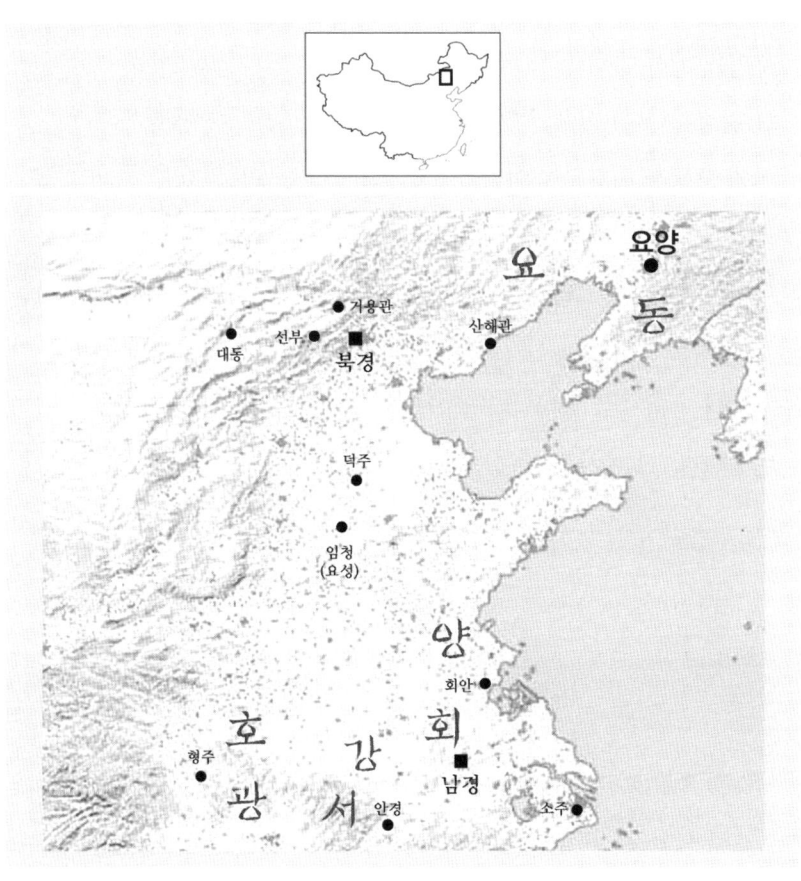

요양

요

동

거용관

선부 · 산해관

대동 · 북경 ■

덕주 ·

임청 · (요성)

양

회안 ·

호 · 강 회 ·

형주 · 남경 ■

광 · 서 · 안경 · 소주

번역

이런 시가 있습니다.

오묘하고 신기한 이야기들을	窈渺神奇事,
문인들이 한 마디씩 한 일이 많았지.	文人多寓言.
그 중에는 분명 실제의 일도 있었을 터	其間應有實,
어찌 모두가 허황된 이야기라 하겠는가?	豈必盡虛玄.

이야기를 들려 드리도록 하겠습니다. 세상에서 패관¹들이 엮었다는 야사野史들은 어김없이 신령이나 신선을 마주치거나 귀신이나 요괴를 마주치거나 욕정으로 말미암아 인연을 맺는 따위의 일화들이 들어가 있기 마련입니다. 그 야사들 중에는 우연히 느낀 바가 있어서 지은 것들이 많지요. 우승유²의 『주진행기』³를 예로 들어 보겠습니다. 승유가 과거에서

---

1 패관(稗官) : 중국 고대의 하급 관리를 낮추어 일컫던 이름. 한대의 역사가인 반고(班固, 32~92)는 자신이 편찬한 『한서漢書』의 「예문지(藝文志)」에서 소설의 유래와 관련하여 "소설가 부류는 대개가 하급 관리들에서 비롯되었다. 거리의 대화나 골목의 이야기들이나 길가에서 듣거나 길에서 하는 말을 토대로 지은 것이다[小說家者流, 蓋出於稗官. 街談巷語, 道聽途說者之所造也]"라고 소개하였다. 반고의 설명에 등장하는 하급 관리 즉 '패관'과 관련하여 당대의 훈고학자이던 안사고(顔師古, 581~645)는 삼국시대 위나라의 학자인 여순(如淳, 3세기)의 "자잘한 알곡을 '패'라고 한다. 거리의 대화나 골목의 이야기, 그런 것은 하찮고 맥락 없는 말들이다. 임금은 민간의 풍속을 알고자 하기 마련이다. 그래서 '패관'을 두고 그들로 하여금 그런 이야기들을 소개하고 이야기하게 했던 것이다[細米爲稗. 街談巷說, 其細碎之言也. 王者欲知里巷風俗, 故立稗官, 使稱說之]"라는 설명을 근거로 "여기서의 패관은 하급 관리이다[稗官, 小官]"라고 설명하였다.
2 우승유(牛僧孺, 779~847) : 당대의 정치가. 자는 사암(思黯)으로, 안정(安定) 순고(鶉觚) 사람이다. 덕종(德宗) 정원(貞元) 연간에 진사가 되었고, 목종(穆宗)이 재위할 때 벼슬이 호부 시랑(戶部侍郎)·동평장사(同平章事)에 이르고, 경종(敬宗) 때에는 무창군 절도사(武昌軍節度使)로 임명되기도 하였다. 대화(大和) 4년(830), 병부 상서(兵部尚書)·

낙방했을 때 박 태후[4]를 마주치는가 하면 척 부인[5]·제 반비[6]·양 귀비[7]·

동평장사(同平章事)에 임명되고 정적인 이덕유(李德裕)와의 당쟁을 이끌었다. 무종(武宗) 때 이덕유가 재상이 되면서 순주 장사(循州長史)로 좌천되었다가 선종(宣宗) 때 조정으로 복귀했으나 곧 병사하였다. 저서로는 『현괴록(玄怪錄)』이 있다.

3 『주진행기(周秦行紀)』: 당대의 전기소설. 이야기에서 주인공 우승유가 1인칭 시점('나')으로 덕종 정원 연간에 과거에 낙방하고 낙향할 때의 일을 소개하고 있어서 작자가 우승유로 알려져 있다. 그러나 송대의 학자 장계(張洎)의 『가씨담록(賈氏談綠)』이나 조공무(晁公武)의 『군재독서지(郡齋讀書誌)』에서는 동시대의 명신인 가황중(賈黃中, 940~996)의 주장을 근거로 당대의 또다른 인물인 위관(韋瓘, 787~852)이 지은 것이라고 소개하였다. 현대의 중국고대사 학자인 잠중면(岑仲勉, 1886~1961)은 『수당사(隋唐史)』에서 위관은 이덕유의 문하생이 아니고 가까운 사이도 아니었다면서 그같은 가능성에 의문을 제기하기도 하였다.

4 박 태후(薄太后): 중국 전한의 고조 유방의 후궁인 박희(薄姬, ?~BC155)를 말한다. 회계군(會稽郡) 오현(吳縣, 지금의 소주시) 사람으로, 제3대 황제 문제(文帝) 유항(劉恒, BC203~BC157)의 생모이다. 처음에는 위왕(魏王) 위표(魏豹)의 아내였으나 위표가 한신(韓信)에게 패하자 유방의 후궁이 되었다. 유방 사후에는 대왕(代王)으로 책봉된 아들 유항을 따라 대국(代國)으로 가서 지냈다. 나중에 유방의 정실인 여태후(呂太后)가 죽고 아들이 황제로 옹립되자 황태후가 되었다.

5 척 부인(戚夫人): 한나라를 세운 개국황제 유방의 애첩. 유방이 항우에게 고전할 때 본처인 여치(呂雉)는 정성을 다해 남편을 내조하였다. 그러나 유방은 후계자로 자신이 총애하던 척부인 소생의 조왕(趙王)을 세우는 등 여치의 애를 많이 태웠다. 유방이 죽은 후 권력을 장악한 여치는 연적이었던 척부인에 대한 복수로 조왕을 독살하는 동시에, 척부인의 손발을 자르고 눈알을 뽑고 독약을 먹여 벙어리로 만들고 나서 측간에 던져 놓고 '인간 돼지[人彘]'라고 불렀다고 한다.

6 제 반비(齊潘妃): 남북조시대 남제(南齊)의 군주 동혼후(東昏侯) 소보권(蕭寶卷, 483~501)의 왕비. 이름은 옥아(玉兒)이며, 자색이 뛰어나고 본성이 음란하고 사치스러웠다. 동혼후는 가냘프고 가벼운 반비의 자태를 자랑하기 위하여 땅을 파서 금련화(金蓮花)를 심고 그녀로 하여금 그 위를 걷게 하기도 했다고 한다. 그러나 신하들의 반란으로 제나라가 멸망하자 스스로 목을 매고 죽었다.

7 양 귀비(楊貴妃, 719·756): 중국 고대의 4대 미녀의 한 사람. 아명이 옥환(玉環)으로, 포주(蒲州) 영락(永樂) 사람이다. 원래는 당나라 현종(玄宗)의 아들인 수왕(壽王)의 왕비로 간택되었지만 재색을 겸비한 그녀에게 반한 현종이 천보(天寶) 4년(745)에 자신의 귀비로 책봉하였다. 가무와 음률에 능한 그녀는 현종의 마음을 사로잡았을 뿐만 아니라, 그로 인하여 양국충 등 그의 일족이 부귀영화를 누리며 국정에 간여하기까지 하였다. 천보 14년에 안록산의 난이 일어나자 현종과 함께 장안을 떠나 피신하다가 섬서성(陝西省) 서쪽의 마외파(馬嵬坡)에 이르러 병변을 일으킨 병사들에 의해 피살당하여 마외파에 묻혔다. 그 후로 역대의 수많은 문학가들이 그녀와 현종의 사랑을 소재로 한 작품들을 지었는데, 그 중에서도 백거이의 『장한가(長恨歌)』가 특히 유명하다.

소군[8]·녹주[9] 등과 같이 전대와 당대의 수많은 비빈과 미녀들을 만나 시와 가사를 읊고 화답합니다. 거기다가 소군과 동침하는 기회를 얻는 등 온갖 괴이한 이야기들을 다 다루고 있지요. 그러나 역사적으로는 이덕유[10]는 우승유와 불구대천의 원수지간이었습니다. 그래서 문객[門客]이던

---

8 소군(昭君) : 중국 고대의 4대 미녀의 한 사람. 전한대 남군(南郡)의 양가집 딸로, 성이 왕(王), 이름이 장(嬙)이다. 한나라 원제(元帝)의 후궁으로 들어갔으나 황제의 총애를 받지 못하고 황제의 명령으로 흉노(匈奴)의 호한야 선우(呼韓邪單于, ?~BC31)에게 출가하여 왕비인 연지(閼氏)가 되었다. 호한야 사후에는 그 아들인 복주루 선우(復株累單于)에게 재가하였다. 왕소군은 세월이 흐름에 따라 흉노와의 화친정책에 희생된 비극적 여주인공으로 미화되었으나 역사적 사실과는 다소 거리가 있다. 예를 들어, 동진(東晉)의 갈홍(葛洪)이 저술한 단편소설집인 『서경잡기(西京雜記)』에 따르면, 원제의 후궁들은 화공(畵工) 모연수(毛延壽)에게 뇌물을 주고 자신들의 초상화를 아름답게 그리게 하여 황제의 총애를 얻으려 애썼지만 왕소군은 자신의 미모를 믿고 뇌물을 바치지 않아 추녀로 그려지는 바람에 호한야에게 간택되고 말았다. 한나라를 떠나는 날, 그녀가 초상화와는 달리 절세의 미인인데다가 자태까지 단아한 것을 본 황제는 크게 노하여 소군을 추녀로 그린 화공의 목을 베었다고 한다. 왕소군의 슬픈 이야기는 이 설화가 민간에 전해진 후로 중국문학에 다양한 소재를 제공하여, 한대의 악부(樂府)로부터 역대 문학가들에 의해 그녀를 소재로 한 시가·소설·희곡들이 지어졌다.

9 녹주(綠珠) : 중국 서진(西晉)의 권신이던 석숭(石崇, 249~300)의 애첩. 석숭은 교지 채방사(交趾采訪使)로 파견되었을 때에 녹주의 화사한 용모와 자태가 대단히 뛰어나다는 소문을 듣고 진주 열 말을 들여서 녹주를 첩으로 맞아 들이고 낙양 북서쪽에 호화로운 금곡원(金谷園)을 지어서 살게 해 주었다고 한다. 그러나 당시 국정을 농단하던 조왕(趙王) 사마륜(司馬倫)의 측근이던 손수(孫秀)가 녹주를 빼앗기 위해 금곡원을 포위하자 누각에서 투신하여 자살하였다.

10 이덕유(李德裕, 787~849) : 당대의 정치가. 자는 문요(文饒)로, 조군(趙郡) 찬황(贊皇, 지금의 하북성 찬황현) 사람이다. 그 아비 이길보(李吉甫)와 함께 당대 말기의 명재상으로 꼽힌다. 문종(文宗) 재위 시기에 한림학사로 있다가 반대파이던 이종민(李宗閔)·우승유 등 이른바 '우당(牛黨)'의 압박으로 절서관찰사(浙西觀察使)가 되어 외직으로 나갔다. 나중에 다시 재상이 되었지만 정주(鄭注) 등의 간신들의 배척으로 도로 좌천되었다. 무종(武宗)이 즉위하고 나서 다시 재상으로 복귀하여 황제를 보필하면서 큰 업적을 쌓아 태위(太尉)·조국공(趙國公)이 되었다. 벼슬살이를 하는 동안 자신을 지지하는 배도(裴度)·이신(李紳) 등의 '이당(李黨)'을 거느리고 우승유·이종민·이봉길(李逢吉) 등의 '우당'과 당쟁을 벌였는데, 양파의 당쟁은 헌종(憲宗) 때로부터 선종(宣宗) 때까지 무려 40년 동안 지속되었다.

위관[11]을 시켜 이 소설을 지어 우승유를 모함했지요. 말로는 '위관이 직접 지었다'고 둘러대었습니다마는 불충한 마음을 품고 허황된 말로 왕비와 태후를 모독했으니 멸족의 죄를 물어야 할 큰 사건이었지 뭡니까. 그러니 이 소설 속의 일들은 조금도 근거가 없는 것들 아니겠습니까?

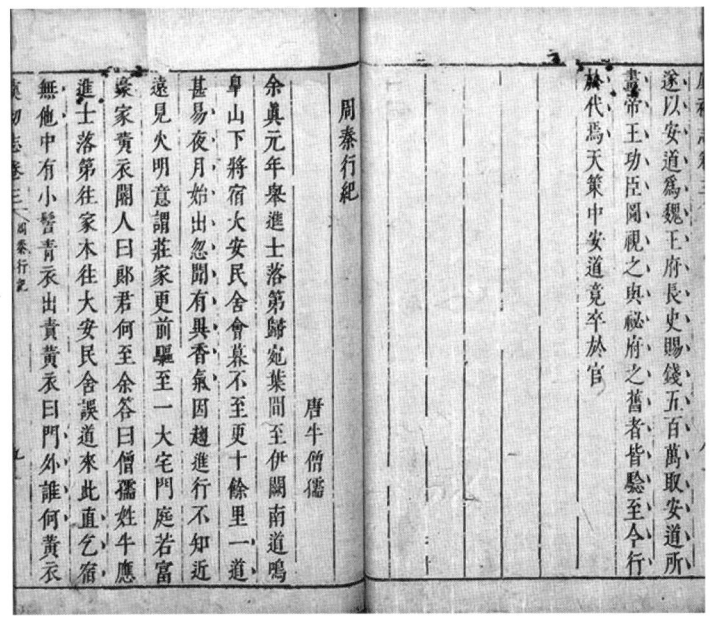

『주진행기(周秦行紀)』

이 밖에도 『후토부인전』[12]이라는 소설도 있습니다. 위안도_{韋安道}가 후

---

11 위관(韋瓘, 787~852) : 당대의 정치가. 자는 무홍(茂弘)으로, 경조(京兆) 만년(萬年, 지금의 섬서성 서안시) 사람이다. 헌종의 원화(元和) 4년(809)에 진사로 급제하고 교서랑(校書郎) · 협률랑(協律郎)을 지내고 대리평사(大理評事) · 집현교리(集賢校理) 등을 거쳐 좌습유(左拾遺) · 사관수찬(史館修撰) · 전중시어사(殿中侍御史) 등 각종 벼슬들을 두루 역임하였다.

12 『후토부인전(后土夫人傳)』: 당대의 전기(傳奇) 소설. 무측천(武則天) 재위시기에 과거

후토부인

토신을 마주친 일을 다루었지요. 그
는 후토부인을 집으로 데려가 신부
로 삼지요. 그런데 부모가 그녀를
요괴로 의심하여 명숭엄[13]을 초빙해
'오뢰천심 정법五雷天心正法'이라는 법
술을 쓰게 해서 쫓아내려 하지만 가
지 않습니다. 나중에는 부모가 안도
를 시켜 그 집을 떠나도록 직접 부
탁하게 하지요. 그래서 하는 수 없
이 그 집을 떠나지만 안도에게 따라
올 것을 요구합니다. 그녀의 거처에
도착한 안도가 보니 오악[14]과 사독[15]
의 신들이 모두 그녀를 알현하러 왔지 뭡니까. 이어서 그녀는 천후의 정
령[天后之靈]을 소환해서 안도에게 관직과 돈을 주라는 분부를 내립니다.

에서 낙방한 선비 위안도(韋安道)가 낙양(洛陽)으로 가던 길에 대지를 주재하는 신선인
후토부인이 찾아와 위안도와 가약을 맺는다. 시가에 온 후토부인은 기이한 행적을 보여
서 시부모와 당시의 황제 무측천(武則天)이 그녀를 요괴로 의심하고 고승과 도사를 차례
로 초빙해 상대하게 하지만 오히려 번번이 패배하고 만다. 나중에 신선계로 돌아간 후토
부인은 무측천을 불러 자신이 남편 위안도와 이별하게 되었으니 대신 잘 돌보아 줄 것을
당부하고 사라진다. 위안도의 이름을 따서 『위안도전』으로 불리기도 한다.
13 명숭엄(明崇儼, 646~679) : 당대의 정치가. 낙주(洛州) 언사(偃師) 사람이다. 남북조시
대에 남조에서 대대로 벼슬을 산 명문가 출신이었지만 도술·관상술·의술에 밝았다고
한다.
14 오악(五嶽) : 중국 고대의 5대 명산. 일반적으로 중원을 축으로 하여 동방의 태산(泰山), 서
방의 화산(華山), 남방의 형산(衡山), 북방의 항산(恒山), 중앙의 숭산(嵩山)을 일컫는다.
15 사독(四瀆) : 중국 고대의 4대 하천. 일반적으로 장강(長江)·황하(黃河)·회하(淮河)·
제수(濟水)를 꼽는다.

나중에 안도가 집에 돌아와서 보니 정말로 천후가 낙양성[16]에 명령을 내려 위안도를 찾아가서 위왕부(魏王府)의 장사[17]를 맡게 하고 돈을 오백만 금이나 내린다는 것입니다. 이 소설은 이야기가 근거들을 밝히고 있어서 제법 사실적입니다. 그러나 알고 보면 그 이야기를 빌어 천후를 조롱하고 있지요.

훗날 송나라 태종[18]은 학문을 즐겼습니다. 그래서 태평흥국[19] 연간에 사관들에게 명령하여 기존의 소설들을 엮고 모으되 종류에 따라 구분하여 수록하게 했지요. 『태평광기』[20]가 바로 그것입니다. 그 소설집은 이야기가 진실이든 허구이든 가리지 않고 모두 한 데에 모아 놓았지요. 그래

---

16 낙양성(洛陽城) : 중국 당나라의 동쪽 도읍[東都]으로, 지금의 하남성 낙양시(洛陽市) 일대에 해당한다. 당대에는 공식적인 도읍은 장안(長安, 지금의 섬서성 서안시)이었으며, 낙양은 그 동쪽에 자리잡고 있었기 때문에 장안을 기준으로 하여 '동도'로 부르기도 하였다.

17 장사(長史) : 중국 고대의 관직명. 진(秦)나라 때에 처음 설치되었는데, 역대 왕조에서 관장하는 직무는 다양하지만 대부분 비서 또는 막료의 역할을 담당한 경우가 많았다. 남북조시대에는 각 주·군의 행정관 휘하에, 당대에는 자사(刺史) 휘하에 두었다.

18 태종(太宗) : 북송의 제2대 황제 조광의(趙匡義, 939~997)를 말한다. 송나라를 세운 초대 황제 태조(太祖) 조광윤(趙匡胤)의 아우로, 즉위 후에 이름을 경(炅)으로 바꾸었다. 진교(陳橋)의 병변을 주도하여 조광윤을 황제로 옹립하였다. 개보(開寶) 9년(976) 황위를 계승하고 연호를 태평흥국(太平興國)으로 정하였다. 남으로는 오월(吳越)을 평정하고 북으로는 북한(北漢)을 멸망시켰으나 요(遼)나라 정벌에 나섰다가 패하면서 수세로 돌아섰다. 재위기간 동인 중앙집권을 강화하고 절도사들의 권력을 중앙정부로 귀속시켰으며 과거를 통한 인재 등용을 확대하여 문치(文治)의 기초를 다졌다.

19 태평흥국(太平興國) : 태종 조광의가 976~984년의 8년 동안 사용한 연호.

20 『태평광기(太平廣記)』: 북송대의 역대 설화집. 당시 명성이 높던 학자 이방(李昉, 925~996)을 필두로 하여 12명의 학자와 문인이 태종의 칙명으로 977년에 475종의 고서에서 종교 설화나 정사에 실리지 않은 역대 소설들을 신선(神仙)·여선(女仙), 도술(道術)·방사(方士) 등 92개의 유형으로 구분해 총 500권으로 엮었다. 현재 중국에서 송대 이전의 소설들 중 원형을 보존하고 있는 것은 하나도 없는데, 그 원형의 일부를 보존하고 있다는 점에서 문학사적으로 대단히 귀중한 가치를 가진 소설집이다.

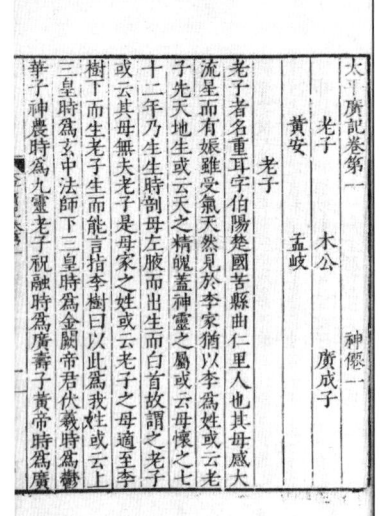

『태평광기』의 제1권 신선(神仙) 부분

서 그 책을 문제 삼는 이들은 이렇게 말하기도 합니다.

"위로는 신령·신선으로부터 아래로는 곤충·초목에 이르기까지 외설적이고 더러운 영향을 받지 않은 것이 없을 정도이다."

上自神祇仙子, 下及昆蟲草木, 無不受了淫褻汙點.

그 책 속의 일들은 대체로 믿을 것이 못된다는 뜻이지요. 그러나 세상 일이라는 것은 허구가 있어야만 진실이 있을 수 있는 것이 아닐까요? 그 속의 신령이며 신선이며 귀신이며 요괴들이야 물론 거짓으로 갖다붙인 것들일 것입니다. 그러나 개중에는 원래 실제로 존재했던 것들도 있었으니까요. 한 가지 고정관념에만 집착하면서 그것들이 '허황된 이야기'라고 치부해서는 곤란합니다. 『태평광기』 이후에 나온 수많은 책들만 보더라도 그렇지요. 그 속에는 온통 신을 마주쳤느니 귀신은 마주쳤느니 하는 이야기들 뿐입니다. 그렇게 구체적으로 근거를 가지고 이야기 하고 있는데 설마 그것들이 전부 거짓으로 갖다붙인 것이기야 하겠습니까?

우리 왕조의 가정[21] 연간만 해도 그렇습니다. 채임옥[22]이 기록한 『요양해신』[23]의 경우는 너무도 분명한 실재의 사실이지요. 그때가 아마 임옥이 도성에 머무를 때였을 것입니다. 도성은 요양[24]과 거리가 가깝지요. 그때 어떤 상인이 바다의 신을 마주친 이야기를 누가 들려주는 것을 들은 일이 있었습니다. 물론 처음에는 반신반의 했지요. 그런데 나중에 요동[25]의 첨헌[26]과 총병[27]이 도성에 왔는데 두 사람이 똑같은 이야기를 하

---

21 가정(嘉靖) : 명나라 제11대 황제 세종(世宗) 주후총(朱厚熜, 1507~1567)이 사용한 연호. 1522년부터 1566년까지 총 45년간 사용되었다.

22 채임옥(蔡林屋) : 명대의 문학가·서예가인 채우(蔡羽, ?~1541)를 말한다. 자는 구규(九逵)이며, 남직예(南直隸) 소주부 오현 사람이다. 오현의 동정호 서산(洞庭西山)에 살았기 때문에 '임옥산인(林屋山人)'으로 자처하였다. '임옥'은 임옥산인을 줄여 부른 것이며 이 밖에도 좌허자(左虛子)·소하거사(消夏居士) 등의 별명[號]으로 불리기도 하였다. 문필로 명성을 날려 문단에서는 '오문의 10대 재자[吳門十才子]'들 중의 한 사람으로 일컬어졌다.

23 『요양해신(遼陽海神)』 : 채우가 지은 단편소설인 『요양해신전(遼陽海神傳)』을 말한다. 가정 19년(1540) 이전에 지어진 것으로 보이며, 그 줄거리는 이 이야기의 내용과 대체로 동일하다.

24 요양(遼陽) : 중국 고대의 지명. 명대의 요양은 지금의 요녕성 요양시 일대에 해당한다. 다만, '요양'을 글자 그대로 직역하면 '요수 북쪽의 도시'라는 뜻인 점을 참작할 때 지금의 요양시는 요하의 남쪽이어서 원래의 자리는 아님을 짐작할 수 있다.

25 요동(遼東) : 중국 전국시대 이래의 지역명. 중국의 검색 사이트 빠이뚜의 백과사전에서는 "전국시대에 연나라가 군을 설치하였다. 치소는 양평(지금의 요양시)였으며, 관할지역은 지금의 요령성 대릉하 이동지역 및 장성 이남지역에 해당한다. 요수는 우리나라의 고대 6대 하천의 하나였다. 서진대에는 요동국으로 격상되기도 하였다[戰國燕置郡. 治所在襄平(今遼陽市], 轄境相當今遼寧大凌河以東地區·長城以南地區. 遼水爲我國古代六川之一. 西晉改爲國]"라고 소개하고 있다. 또, "요수(遼水)"에 관해서는 "바로 지금의 요하의 옛 이류이다. 요수는 우리나라 고대의 6대 하천의 하나로서, 그 이름은 『산해경』「해내농경」에서 가장 먼저 보인다[即今遼河的古稱, 遼水爲我國古代六川之一, 其名最早見於山海經海內東經]"라고 소개하였다. 이 같은 요동인식은 국내외 학계에서도 보편적이지만 역사적으로 진실이 아니다. ① 요동군은 요수의 동쪽에 있다고 해서 붙여진 이름이다. ② '요하'라는 이름은 북방민족으로서 북방과 중원을 아울러 지배한 요나라의 역사를 다룬 『요사(遼史)』에 처음으로 등장한다. ③ "해내(海內)"란 중원 왕조가 동쪽 바다인 발해(渤海)를 기준으로 그 서쪽인 중원지역을 일컫는 상투어이므로, 『산해경』「해내동경」의 요수는 자연히 중원지역에서 찾아야 옳다. ④ 요동군 치소 '양평현'의 경우, 중국 정사인 『후한서』「원소전(袁紹傳)」주석에서 "지금의 평주 노룡현 서남쪽에 있었다[在今平州盧

는 것이 아닙니까. 아주 상세하게 이야기 해 주길래 그제서야 그것이 진실이라는 것을 깨달았지요.

그것조차 요동에 있을 때의 일만 알 뿐이지 그 뒤에 일어난 일들에 대해서는 알지 못했답니다. 그러다가 임옥이 남경南京 한림원[28]의 공목[29]이 되었을 때였습니다. 우연히 우화대[30]에 놀러 온 그 사람과 마주쳤지 뭡니까.

龍縣西南]"라고 분명히 밝혀 놓았다. 노룡현은 중국에서 양평이라고 주장하는 요령성 의 현에서 직선거리로 따져도 서쪽으로 250km 이상 떨어져 있는 곳이다. 무엇보다도 ⑤ 17~19세기까지 서양에서 제작된 중국지도에는 어김없이 모두 요동의 기점을 요동반도 가 아닌 산해관 이동으로 표시하고 있다. 고대의 요수는 지금의 요하일 수 없으며, 요동 역시 지금의 요동반도 일대에만 한정되지 않는다는 뜻이다. 요동 및 요수에 관한 상세한 논증은 문성재, 『한국고대사와 한중일의 역사왜곡』, 178~202쪽 · 240~250쪽 등을 참 조하기 바란다.

26 첨헌(僉憲) : 명대의 관직인 첨도어사(僉都御史)를 높여 부른 이름. 감찰기관인 도찰원 (都察院)에는 좌 · 우 첨도어사를 두고 각 지역 포정사(布政司) 및 해당 지역 재경 파견 아문(衙門)들에 대한 행정감찰을 수행하였다. 그 지위는 좌 · 우 부어사(左右副御史)보다 약간 낮았다.

27 총병(總兵) : 명대의 관직명. 처음에는 군사를 먼곳이나 전장에 파견할 때 임시 지휘관으 로 총병관과 함께 부총병관(副總兵官)을 임명하였다. 나중에는 군무가 많아지자 한 지역 을 관장하는 무관의 요직으로 굳어졌다. 일반적으로 줄여서 각각 총병 · 부총병으로 부르 곤 한다.

28 한림원(翰林院) : 명대에 어명의 출납이나 역사 편찬, 도서 관리 등의 사무를 관장하던 관청. 그 수장을 장원학사(掌院學士)라고 하고, 그 아래에 시독학사(侍讀學士) · 시강학 사(侍講學士) · 시독 · 시강 · 수찬(修撰) · 편수(編修) · 검토(檢討) 등의 관리를 두어 이들 을 '한림(翰林)'으로 통칭하였다. 명대에는 인사에 있어 한림원 출신자를 특히 중용하여, 내각(內閣)을 필두로 이부(吏部) · 예부(禮部)의 상서(尚書)와 시랑(侍郎)들이 한림원 출신인 경우가 많았다. 북경의 한림원과 비교할 때, 남경 한림원에는 학사만 두고 상설화 하지 않아 상황에 따라 시독학사나 춘방서자(春坊庶子) 등의 관리가 그 직무를 수행하기 도 하였다.

29 공목(孔目) : 중국 고대의 관직명. 각급 관청에서 문서 업무를 관장하였다.

30 우화대(雨花臺) : 중국 강소성 남경(南京)의 관광 명소. 남경시 남쪽 중화문(中華門) 밖 에 자리잡고 있으며, 예로부터 불교 사찰이나 도교 사원이 많았다고 한다. 전설에 따르면 남북조시대 남조의 양나라 무제(武帝) 당시에 운광법사(雲光法師)가 이곳에서 불경 강 의를 하자 꽃이 비처럼 쏟아져 내려서 그곳을 '우화대'로 불렀다고 한다. 이 일대에서는 다양한 무늬를 가진 반들반들한 돌이 많이 나는데 지명을 따서 '우화석(雨花石)'이라고

그 일을 안 임옥은 사람을 시켜 그를 집으로 초대해 만났을 때 작정하고 그 이야기를 물어 보았지요. 그 제서야 그 내막을 아주 소상하게 들려주는 것이었습니다. 임옥은 그가 자신과 마주앉아 들려 준 이야기를 기술하여 이 소설을 지

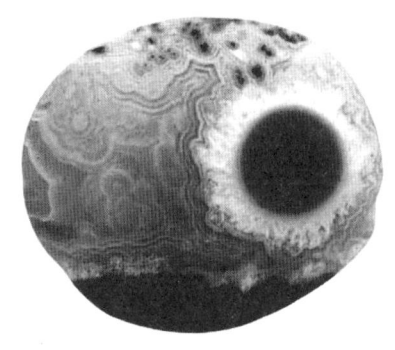

남경 우화대의 특산물 우화석. 화려한 색상과 다양한 무늬로 인기가 높다 (남경우화석박물관 소장)

은 거지요. 그러니 어느 구절 하나 진실하지 않은 것이 없었답니다.

이것만 보더라도 옛날부터 그런 일들이 존재했으며 그 전부가 허황된 이야기만은 아님을 알 수 있는 셈이지요.

이야기꾼 양반, 그래서 그 사람이 뭐 하는 양반이란 말이요? 그 일은 또 어떻게 생긴 것이오?

손님들, 그 소설의 내용을 근거로 해서 풀어 드릴 테니 소생이 들려 드리는 이야기를 한번 잘 들어 보십시요! 바로 이런 말씀입지요.

괴이한 일은 이치로 설명하기 어렵고   怪事難拘理,

부른다.

신령 역시 인간 본성에 따른 것.　　　　　　明神亦賦情.

정신의 본질도 알지 못하면서　　　　　　　不知精爽質,

어째서 속세에 미련을 가지는고?　　　　　　何以戀凡生.

그럼 이야기를 들려 드리도록 하지요. 휘주[31] 상인은 성이 정程, 이름이 재宰, 자가 사현士賢으로, 그곳 어촌의 대갓집 출신이었습니다. 대대로 유학을 하는 집안이어서, 젊은 시절에 『시경』『서경』같은 경전들을 익혔지요. 그런데 휘주의 풍속에서는 상업을 으뜸가는 생업으로 여겼답니다. 과거에 급제하는 것은 되려 그 다음으로 쳤지요. 그래서 정덕[32] 연간 초기에, 그는 형인 정채程宷와 함께 몇천 금을 지니고 요양 땅으로 가서 장사를 하면서 인삼·잣·담비가죽·동주[33] 같은 것들을 팔았습니다. 그러

---

31 휘주(徽州) : 중국 고대의 지명. 송나라 선화(宣和) 3년(1121)에 흡주(歙州)를 고쳐 설치하고 지금의 안휘성 황산(黃山)·흡현(歙縣)·휴녕(休寧)·기문(祁門)·적계(績溪)·이현(黟縣) 및 강서성의 무원(婺源) 등지를 관할하였다. 나중에 원대에는 휘주로(徽州路)로 승격되었고 명대에 휘주부가 되었다. 중국의 대표적인 명산인 황산(黃山)이 있는 곳이기도 하다. 명·청대에는 휘주 출신의 상인들이 활약을 벌여 강남의 경제 권력을 장악하고 정치·사회·문화·예술 등에서 큰 영향을 미쳤다.

32 정덕(正德) : 명나라 제10대 황제인 무종(武宗) 주후조(朱厚照, 1491~1521)가 1506~1521년에 16년 동안 사용한 연호.

33 동주(東珠) : 중국 동북지방에서 나는 특산물. 송화강(松花江) 하류 및 그 지류에서 산출되는 진주. 그 산지가 중원에서 동쪽에 있다고 하여 '동쪽에서 나는 진주'라는 뜻에서 그렇게 부르게 되었다. 청대 학자 왕선겸(王先謙, 1842~1917)의 『후한서집해(後漢書集解)』에 따르면, 청대의 학자인 심흠한(沈欽韓, 1775~1831)은 『『동이고략(東夷考略)』에서는 '장백산(백두산)은 개원성 동남방 400리 지점에 있다. 그 정상에는 못이 있는데 물이 아래로 흘러서 호수 비탈을 이룬다. 호수에서는 동주가 나는데 귀한 것은 천금을 호가한다'라고 하였다[東夷考略, 長白山在開原城東南四百里, 其巔有潭, 流水下, 成湖陂, 湖中出東珠, 貴者且千金]"라고 말한 바 있다. 동주는 만주어로는 '타나(Tana)'로 불렸다. 그런데 『이각 박안경기』의 이 이야기에 '동주'가 소개된 것을 보면 이미 명대부터 동주가 만주지역의 특산물로 명성을 떨치고 있었던 셈이다.

나 그렇게 몇 해 동안 두 곳을 오갔지만 가는 곳마다 어김없이 손해를 보고 밑천을 깎아 먹었지 뭡니까. 급기야 더 이상은 할 수 있는 장사가 없을 지경에 이르고 말았답니다.

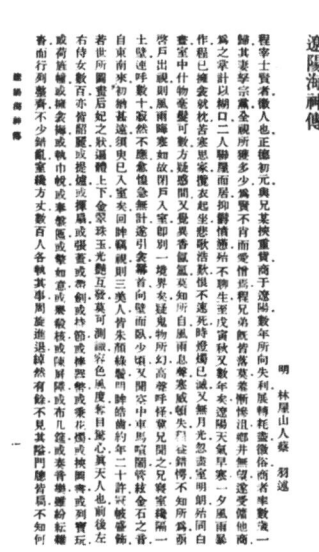

민국 초기에 활자판으로 간행된 채우의 『요양해신전』

휘주 사람들은 상업에 종사하는 사람을 존중했습니다. 그래서 보통은 상인이 고향집으로 돌아오면 밖으로는 친척과 벗들로부터 안으로는 아내·소실과 가솔들에 이르기까지 모든 사람이 오로지 당신이 벌어 온 이문이 얼마나 되는가 하는 것만으로 그 사람의 지위의 경중[重輕]을 따졌답니다.[34] 이문을 많이 벌어 온 이들은 다들 아끼고 존경하면서 비위를 맞

---

34 【즉공관 미비】足見惡俗. 나쁜 풍속임을 알 수가 있구만.

추어 주었습니다. 그러나 이문을 적게 벌어 온 이들은 다들 얕보고 홀대하면서 비웃곤 했지요. 글공부를 해서 명성을 얻으려 하는 선비들의 경우도 급제한 이와 낙제하고 돌아온 이의 상황이 마찬가지이듯이 말씀입니다.

정재程宰 형제 두 사람은 밑천을 깎아 먹은 지라 고향으로 돌아가면 웃음거리가 될까 봐서 걱정이었습니다. 두 사람은 부끄럽기도 하고 주눅도 들었지요. 그야말로 '강동의 부로들을 볼 면목이 없다'[35]는 격이었지 뭡니까 글쎄! 그래서 고향집으로 돌아갈 생각조차 하지 못하고 있었습니다. 그런데 그 휘주에 똑같이 대규모 상업에 종사하는 사람들이 있었는데, 그들 역시 요양에서 큰 가게를 운영하고 있었답니다. 정재 형제는 평소에 장사해 버릇 해서 회계 출납이나 원금과 이자의 계산에 능숙했습니다. 그런 일은 장사를 하는 이들에게 가장 유용한 기술이니까요. 그런데 그 형제에게는 밑천이 없었으므로 누가 사례비[36]를 좀 내고 그를 초빙해 회계를 전담하게 해 주었답니다. 휘주 사람들은 이 경우를 '둘째 조봉[二朝奉]'이라고 불렀지요. 아무튼 형제 두 사람은 낮에는 가게에서 회계를

---

35 강동의 부로들을 볼 면목이 없다[無面目見江東父老]: 진시황의 나라가 멸망한 뒤로 초(楚)나라의 항우(項羽)는 해하(垓下)에서 한(漢)나라 군사들과의 마지막 싸움에서 참패하고 만다. 그래서 측근들이 강동으로 돌아가 재기를 도모할 것을 권하자 항우는 "무슨 낯으로 강동의 부로들을 뵙는단 말인가[有何面目再見江東父老]"라고 대답하고 스스로 목을 베어 자결했다고 한다. 여기서는 장사 밑천을 날린 정재 형제가 고향 휘주로 돌아가기를 포기한 일을 두고 한 말이다.
36 사례비[束脩]: '속수(束脩)'는 육포 열 개를 한 데 묶은 것으로, 고대에 학생이 스승에게 학비 삼아 내었다고 한다. 나중에는 교사에 대한 보수를 뜻하는 말로 전용되었는데, 여기서는 편의상 '사례비'로 번역하였다.

담당하고 밤에는 세를 든 거처에서 묵었습니다. 그 거처에는 방이 두 칸 있어서 형제가 각자 한 칸에서 지냈는데, 겨우 널판으로 된 벽만 사이에 두고 있을 뿐이었지요. 그 안에서 지내자니 객주만큼이나 낮고 좁았습니다. 그러니 즐거울 일이 뭐가 있겠어요? 어쩔 도리가 없다 보니 억지로 참고 지내고 있었던 거지요.

그렇게 몇 해가 지났을 때였습니다. 때는 무인년[37] 가을이었지요. 변방 땅이다 보니 날씨가 벌써 추워져 있었습니다. 그러던 어느 날이었습니다. 밤에 비바람이 갑자기 몰아치는 것이 아닙니까. 정재와 그 형은 각자 방 안 침상에서 이불을 반만 덮은 채로 잠자리에 들 준비를 하고 있었습니다. 그러나 찬 공기가 엄습하자 정재는 잠을 이룰 수가 없었지요. 그래서 몸을 이리저리 뒤척이다 보니 자기도 모르게 고향 생각이 간절해지지 뭡니까. 하는 수 없이 옷을 겹겹이 껴입고 침상 안에 앉아 있노라니 몇 번이나 긴 한 숨이 절로 났지요. 그는 생각했지요.

'이렇게 신세가 처량하다니! 차라리 깨끗이 하루 빨리 죽는 게 낫겠다!'

이때는 등불과 촛불도 벌써 꺼지고 달빛도 없는 상태였습니다. 그렇다 보니 어두움 속에서 꼼짝없이 추위에 떨어야 했지요. 그런데 별안간 온 방 안이 환하게 밝아지는 것이 아닙니까. 붉은 해라도 뜬 것처럼 밝게 빛

---

37 무인년(戊寅年) : 무종 주후조의 재위 13년 즉 정덕 13년을 말한다. 서기로는 1518년에 해당한다.

나서 방 안의 집기들의 가는 터럭조차 다 보일 정도였습니다. 정재가 속으로 의아하게 여기고 있을 때였지요. 이어서 기이한 향기가 코로 밀려 드는가 싶더니 어느새 방 안에 자욱해지는 것이었습니다. 그러더니 비바람 소리는 간 곳도 없고 갑자기 강남[38]의 이삼월처럼 포근해지는 것이 아닙니까 글쎄! 정재는 더더욱 놀라면서 생각했지요.

'설마 … 꿈을 꾸는 건 아니겠지?'

그래서 바깥에 나가서 어찌 된 영문인지 살펴보기로 했습니다. 그는 처음에 옷을 몸에 걸치고 있다가 침상에서 서둘러 내려 왔습니다. 그리고 방문 옆으로 다가가서 문을 열고 나가서 보았지요. 그런데 가만 보니 바깥은 어두컴컴하고 비바람이 휘몰아치는 추위서 견딜 수가 없을 정도 이지 뭡니까? 그래서 허둥지둥 뛰어 들어왔지요. 그런데 방문을 닫아 걸기가 무섭게 또다시 아까의 그 광경이 펼쳐지는 것이었습니다. 온 방 안이 환한 것이 그야말로 별천지였답니다.

'이건 괴이한 일이 분명한데…'

속으로 겁을 집어먹은 정재는 발걸음을 옮길 엄두조차 내지 못한 채

---

38 강남(江南) : 중국의 지역명. 넓은 의미에서는 장강(長江. 양자강) 이남지역을 두루 일컬
    으며, 좁은 의미에서는 장강 이남지역 중에서도 중하류 이남 즉 지금의 강소성 남부 및
    절강성 북부 일대를 가리킨다. 여기서의 "이삼월"은 음력이므로 양력으로는 대체로 3~4
    월에 해당한다.

침상에서 목청 높여 고함만 지를 뿐이었습니다. 그런데 그 형 정채는 한 겹의 벽만 사이에 두고 있을 뿐임에도 불구하고 '너야 목이 터져라 고함을 질러 봐라'는 식으로 옆방에서는 아예 한 마디도 대답할 생각조차 하지 않는 것이었지요.

다급해진 정채는 어쩔 도리가 없자 이불 속으로 파고 들 수밖에 없었습니다. 그는 이불을 머리까지 덮어쓰더니 이불을 꼭 감싼 채로 벽 쪽을 향한 채 잠을 청했지요. '눈으로 보지만 않으면 저것들이 어쩌겠나' 하는 생각으로 말이지요.[39] 그렇지만 의식은 또렷했습니다. 그래서 귀에는 저 멀리서 수레와 말들이 와글와글하는 소리가 나는 것 같고 허공에서는 온갖 악기들로 음악을 번갈아 연주하는 소리가 똑똑히 들리는 것이었습니다. 그 소리는 동남쪽에서 들리더니 금세 가까워져서 이윽고 어느새 방 안까지 들어와 있었습니다.

정채는 이불 모서리를 가만히 열더니 눈을 드러내고 방 안을 훔쳐 보았지요. 그런데 가만 보니 아름다운 여인 세 명이 발그레한 얼굴에 파르란 살쩍, 맑은 눈동자에 하얀 치아, 거기다 화려한 모자와 저고리로 화사하게 꾸민 채로 서 있는 것이 아닙니까! 마치 세간의 그림 속에 등장하는 황후나 왕비와 비슷한 차림으로, 온몸 위아래에 온통 황금·비취에 진주·옥으로 꾸며서 그 번쩍이는 광채로 눈이 다 부실 정도였습니다. 용모며

---

39 【즉공관 미비】無聊之計. 此劉尙書鎖却大門也. 쓸데없는 꾀다. 이건 유 상서가 대문을 걸어 잠근 꼴이로군.

풍격도 다들 천상의 신선들 같은 것이, 속세 사람들의 모습과는 전혀 달랐지요. 나이는 모두 기껏해야 스무 살 남짓 되어 보였습니다. 그리고 그 앞뒤로는 시중드는 여인들이 수 없이 많은데 모두가 남달리 아름다운 데다가 저마다 역할을 분담하면서 각자 행렬을 이루고 있었지요. 그 광경을 볼작시면

누구는 향로 들고, 누구를 부채 부치고	或提爐, 或揮扇,
누구는 일산 펴고, 누구는 검을 지니고	或張蓋, 或帶劍,
누구는 부절[40] 잡고 누구는 거문고 받쳐 들고	或持節, 或捧琴,
누구는 화려한 촛대 들고, 누구는 책을 끼고	或秉燭花,或挾圖書,
누구는 골동품 늘어 놓고, 누구는 깃발 지고	或列寶玩, 或荷旌幢,

---

40 부절[節] : 중국 고대에 황제가 파견한 사신이 지니던 황제의 상징물. 『주례(周禮)』 「지관·장절(地官·掌節)」에서는 "하사품으로는 인장 부절을 쓰고 사절을 파견할 때는 깃대 부절을 쓴다(貨賄用璽節, 道路用旌節)"라고 한 것을 보면, '정절'이란 깃대 형태로 제작된 부절로 해석된다. 후한대 유학자 정현(鄭玄, 127~200)은 『주례』 「지관·장절」에 단 주석에서 "'정절'이란 오늘날 사자들이 지니는 신표가 그것이다(旌節, 今使者所擁節是也)"라고 설명하였다. 또, 청대 말기의 학자 손예양(孫詒讓, 1848~1908)은 "『후한서』 「광무기」에서 이현은 주석을 붙여 '절은 신표로 쓰는 것이다. 대나무를 그것으로 쓰는데 자루는 길이가 8자이고, 소 꼬리를 그 장식으로 다는데 세 겹이다'라고 하였다[『後漢書』 「光武紀」 李注云, 節, 所以爲信也, 以竹爲之, 柄長八尺, 以旄牛尾爲其眊, 三重]"고 소개하였다. 반면에 같은 당대의 학자인 안사고(顔師古)는 『한서(漢書)』에 붙인 주석에서 "부절의 경우, 털로 그것을 만드는데 위아래가 서로 포개져 있는 것이 대나무 마디에서 형상을 땄기 때문에 그것(대나무)으로 이름을 붙인 것이다[節, 以毛爲之, 上下相重, 取象竹節, 因以爲名]"라고 소개하여 대나무로 만든 것이 아니라 대나무 형상을 본 뜬 것이라고 보았다. (…)정절을 지니는 것(지절)은 황제가 파견하는 칙사의 특권으로 그 권력이 상당히 컸다. 후한대 중기 이후로는 지방 행정이 불안정해지고 전쟁이 빈번해지자 조정의 통제권을 강화하기 위하여 전장에서 군사를 지휘하는 장군(도독)에게 병부(兵符)와 정절을 지니게 하였다. 삼국시대에는 도독에게 병부와 정절을 내리는 방식과 지위가 사지절(使持節)·지절(持節)·가절(假節)의 세 가지로 세분되었다.

누구는 이불 안고 누구는 수건 쥐고	或擁衾褥, 或執巾帨,
누구는 대야 받쳐 들고 누구는 여의[41] 들고	或奉盤匜, 或擎如意,
누구는 고기에 열매 받들고 누구는 병풍 펴고	或舉殽核, 或陳屛障,
누구는 술자리 차리고 누구는 음악을 연주하네.	或布几筵, 或陳音樂.

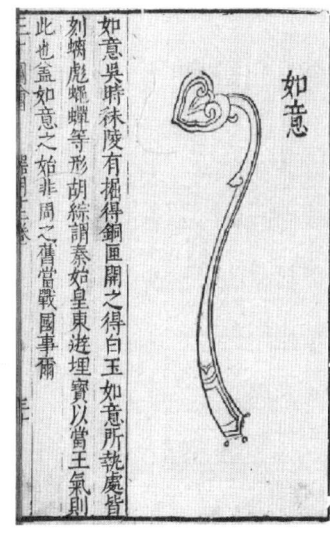 

『삼재도회』에 소개된 여의와 여의를 든 복신

그 광경이 어지럽고 분답스럽기는 했지만 그러면서도 엄숙하고도 정연한 모습을 보여주는 것이었습니다. 고작 그 쪽방 하나에 북적이는 시종이 어디 몇백 명 뿐일까요?

---

41 여의(如意) : 중국 고대의 효자손. 산스크리트 어인 석가모니의 10대 제자 중의 하나인 아니루다(Aniruddha, 阿那律)의 이름을 의역한 이름이다. 뼈·뿔·대나무·나무·옥·돌·구리·쇠 등으로 만들어졌으며, 길이는 석 자 가량이고, 앞부분은 손가락 모양이다. 등이 가려울 때 손이 닿지 않는 곳을 긁는데 사용하여 '바라는 대로 이루어 준다'라는 뜻에서 '여의'라고 부르게 되었다고 한다.

이야기꾼 양반, 틀렸소이다! 그 빈 방이 커 보아야 얼마나 크다고 몇 백 명이나 되는 사람들이 다 들어간단 말이요? 한 사람씩 그 방문 안으로 들어간다고 칩시다. 그렇게 들어가도 한두 경은 걸리겠구려. 사람으로 꽉 차서 방이 터져 버릴 걸?

손님들, 그런 뜻으로 한 말이 아닙니다. 여러분께서는 과거에 『유마경』[42] 이야기를 보신 적이 있습니까? 유마거사[43]는 사방 한 장(丈)밖에 되지 않는 방에서 지냈답니다. 그러나 불교의 천신들[44]이 모두 그 방 안에 들어가 있고, 거기다가 십만 팔천 마리나 되는 사자가 들어가 앉아 있었다고 하지요. 그런데도 비집고 들어갈 자리가 있겠습니까? 그것은 법상[45]이 신통력을 발휘했기 때문인 것입니다![46] 지금의 정재의 방은 공간이 한정되어 있지만 저 빛나는 광명의 경지는 끝이 없지요. 거울을 예로

---

42 『유마경(維摩經)』: 대승불교 경전. 정식 명칭은 『유마힐소설경(維摩詰所說經)』이며 『불가사의해탈경(不可思議解脫經)』·『유마힐경(維摩詰經)』·『정명경(淨名經)』 등으로 일컬어지기도 한다. 서역에서 귀화한 후진(後秦)의 승려 구마라집(鳩摩羅什, 343~413)이 번역한 판돈으로 총 3권 14품(品)이 있다.

43 유마거사(維摩居士): 대승불교에 등장하는 유명한 재가 보살(在家菩薩). '유마힐'은 산스크리트어로 '깨끗한 이름'으로, 티끌 없이 깨끗한 사람이라는 의미로 해석된다.

44 천신들[諸天]: '제천(諸天)'은 불교에서 숭배하는 신들을 가리키며, 빨리어로는 데바타(devatà)라고 한다.

45 법상(法相): 불교 용어. 산스크리트어의 다르마 락샤나(dharma lakṣaṇa)'를 한자로 의역한 말로, 현재의 있는 그대로의 모습 또는 체상(體相)을 가리킨다.

46 【즉공관 미비】 眞透芥子納須彌之微義. 그야말로 겨자씨에 수미산이 들어간다는 기묘한 이치인 셈인가!
'수미산(須彌山)'은 고대 인도 신화에서 세계의 중심에 자리잡고 있다고 전해지는 산이다. '수미'는 산스크리트어의 '수메루(Sumeru)'를 한자로 표기한 것으로, 그 의미는 '오묘하고 높다', '오묘하게 빛난다' 등으로 해석된다. 불경에서는 일반적으로 그 발음을 따서 소미로(蘇迷嚕, 蘇迷盧), 미루(彌樓) 등으로 소개되거나 그 의미를 따서 보산(寶山)·묘고산(妙高山)·묘광산(妙光山) 등으로 소개되기도 한다.

들더라도 크기가 커 봤자 얼마나 크겠습니까? 그러나 그 속에는 끝도 없는 물상物像들을 담고 있지요. 그건 그저 현상일 뿐인 것입니다. 그렇다 보니 몇백 명이나 되는 사람들이 다 들어갈 수 있는 거지요. 한 순간에 우루루 앞으로 몰려 든 것일 뿐이지 애초부터 문 안으로 한명 두명 들어간 것이 아니라는 말씀입니다.

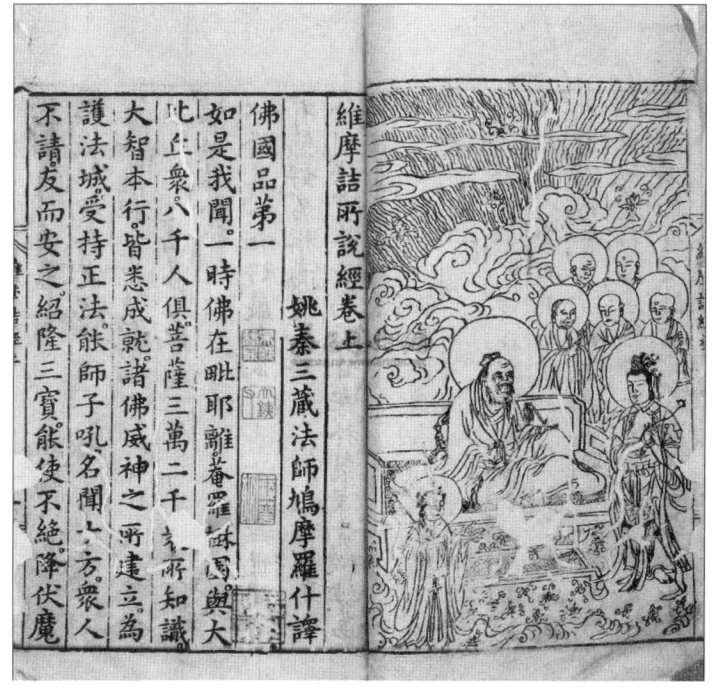

『유마힐경』의 해당 대목

객쩍은 이야기는 그만 하고 계속 이야기를 들려 드리지요. 그 세 미인들 중에서 좀 더 가지런해 보이는 한 사람이 침상 옆으로 다가왔습니다. 그리고 정재의 몸을 한번 쓰다듬더니 바로 꾀꼬리 같이 맑은 목소리 제비 같이 다정한 말투로 빙그레 웃으면서 말하는 것이었지요.

"정말 깊은 잠이 든 거에요? (…) 나는 남을 해치는 사람이 아니에요. 당신과 전생에 인연이 있어서 마음을 먹고 이렇게 인연을 맺으러 온 겁니다. 그러니 이상하게 여길 것 없어요. (…) 일단 여기에 온 이상 돌아갈 리는 절대로 없습니다. 당신이 큰소리로 고함을 질러도 아무한테도 들리지 않아요. 괜한 고생을 하는 셈일 거에요. 그러니 차라리 어서 일어나서 나와 인사를 나누시지요."

그 말을 들은 정재는 속으로 생각했습니다.

'이처럼 변화무쌍한 광경이라면 … 신령이나 신선이 아니라면 귀신이나 요괴일 테지. 저 여인이 나를 지배하기로 작정했다면 내가 일어나지 않는다 한들 고작 이 이불 속에 어떻게 숨을 수가 있겠어? (…) 전생의 인연이라고 했으니 어쩌면 해치지 않을 지도 모르지. (…) 일단 일어나서 인사를 나누고 어떻게 하는지 두고 보자!'

그는 껑충 뛰어서 침상을 내려왔습니다. 그리고는 옷매무새를 좀 바로 잡더니 땅바닥에 무릎을 꿇고 말했지요.

"인간 세상의 어리석은 사내인 이 정재가 신선께서 강림하신 줄도 모르고 미처 영접하지 못했사옵니다. 그 죄 만 번 죽어 마땅하오니 모쪼록 불쌍히 여겨 주십시요!"

그러자 미인은 서둘러 가냘프고 옥처럼 뽀얀 손으로 덥썩 잡아 일으키더니 말하는 것이었습니다.

"두려워하지 말고 일단 같이 앉읍시다!"

미인은 정재의 손을 잡아 끌더니 함께 남쪽을 보고 앉았습니다. 나머지 두 미인도 한 사람은 서쪽을 한 사람은 동쪽을 향한 채로 서로 마주보고 그 곁에 앉는 것이었지요. 그렇게 앉고 나서 두 미인이 말했습니다.

"오늘밤의 만남은 운명을 따져보건대 우연한 것이 아닙니다. 그러니 의심하거나 염려할 것 없습니다!"

그리고는 즉시 시녀들에게 명령하여 술을 차리고 요리를 들여 오게 하는 것이었습니다. 그것들은 그야말로 산해진미로, 평생 본 적도 없는 음식들이었지요. 한 젓가락 먹었을 뿐인데도 가슴이 갑자기 확 트이지 뭡니까.

미인은 이번에는 붉은 옥으로 만든 연꽃 술잔을 가져다 술을 올리게 했습니다. 그 술잔은 크기가 몹시 커서 술이 한 되는 들어갈 정도였지요. 정재는 평소 그다지 술을 마시지 않았던지라 기를 쓰고 사양하면서 마시

별난 물건 쌓아 놓은 객상 정씨가 도움을 받다

지 않았습니다. 그러자 미인이
웃으면서 말하는 것이었지요.

"취할까 봐서 그러세요? (…)
이 술은 인간세상의 누룩으로
빚은 것이 아닙니다. 먹으면 이
성을 잃는 술이 아니니 많이 마
셔도 괜찮아요."

경남 함안에서 출토된 중국 남조시대 연꽃 무늬
청자그릇(문화재청 사진)

하면서 손에 한 잔을 들고 직접 정재에게 건네는 것이었습니다. 미안
한 생각이 든 정재는 하는 수 없이 그 술잔을 받아 입으로 가져갔지요.
그 술은 맛이 달고 향긋했습니다. 그러면서도 술술 넘어가고 시원하면서
도 전혀 끈적거리지 않았지요. 제 아무리 단 샘물이나 단 이슬의 맛이라
도 상대가 되지 않을 정도였습니다. 정재는 맛있다는 생각에 자기도 모
르는 사이에 술잔을 다 비웠습니다. 그러자 미인은 다시 웃으면서 말하
는 것이었지요.

"이제야 내 말을 믿겠지요?"

이어서 시녀들이 차례로 다시 몇 잔을 더 들여오자 세 미인도 다함께
따라 마시는 것이었지요. 정재는 먹을수록 맑고 상쾌하면서 정신이 금세
가뿐해져 취기가 조금도 느껴지지 않았습니다. 그리고 술이 들어올 때마

다 시녀들은 온갖 악기들을 일제히 연주하는데[47] 가락이 맑고 부드러운 것이 다른 세상의 음악이라는 생각이 다 들 정도였습니다.

그리고 술자리가 끝나갈 무렵이었습니다. 양쪽의 두 미인이 일어나서 말하는 것이었지요.

"밤이 이미 깊어졌으니 부인과 침소에 드셔도 되겠습니다!"

그러자 그녀도 따라 일어나서 장막을 걷고 베개를 털었습니다. 그리고 나서 쌓아 둔 이불을 침상에 간 다음 남쪽을 향해 앉은 미인들에게 그 일을 고하고 나머지 시녀들은 다함께 뒤따라 흩어졌습니다. 그러자 눈 앞에 펼쳐져 있던 백 개나 되는 기물들이 삽시간에 자취를 감추어 버리는 것이 아닙니까! 문이 모두 닫혀 있었는데 어디로 어떻게 사라졌는지 알 수가 없었습니다. 그 자리에는 같이 앉은 미인 혼자만 남아 있었지요. 그녀는 정재를 이끌면서 말했습니다.

"사람들이 다 물러갔으니 우리도 옷을 벗고 자요!"

그러자 정재는 몰래

---

47 【즉공관 미비】美人滿坐, 酒品又佳, 多此奏樂. 미인들이 집안에 가득하고 술과 안주도 맛있는데 거기다가 음악까지!

'내 침상에는 보잘것 없는 베 이불과 풀 요 뿐인데 … 어떻게 이런 미인 하고 같이 자겠어?'

하고 생각하면서 눈을 들어 보았습니다. 그런데 가만 보니 베개·이불·휘장·요가 모두 진기한 비단 금침으로 바뀌어 있는 것이 아닙니까. 전혀 예전 것들이 아니었습니다.

정재는 저으기 놀라고 당황하기는 했지만 얼은 진작에 다 달아난 터였습니다. 그러나 속으로 어떻게 해야 좋을지 몰라 쩔쩔 매면서도 함께 옷을 벗고 침상에 오를 수밖에 없었지요. 미인은 비녀와 귀거리를 빼더니 천천히 올림머리와 땋은머리를 풀어 모두 한 다발로 말아 올렸습니다. 그 머리는 길고 검으면서도 얼굴이 비칠 정도로 밝게 빛났지요. 이어서 속옷을 벗자 속살이 뽀얗고 깨끗한 데다가 굳은 지방처럼 매끈했습니다.[48] 몸을 옆으로 틀어 다가가 눕노라니 정재는 몸이 달아오르며 온몸이 다 나른해지는 것이었지요. 그야말로

풍만하기로는 남음이 있는 것 같고	豐若有餘,
부드럽기로는 뼈가 없는 것 같구나.	柔若無骨.
운우의 정 이제 막 나누고	雲雨初交,
피가 침상을 적시네.	流丹浹藉.

---

48 【즉공관 미비】何修得此. 어떻게 이렇게 가꿀 수 있지?

멀어졌다 가까워졌다 하면서	若遠若近,
망설이고 부끄러워하는 것이	宛轉嬌怯.
누가 봐도 처녀인데	儼如處子,
닫혀 있던 꽃봉오리 비로소 터뜨리누나![49]	含苞初拆.

정재는 객지에서 처량하게 지내던 참에 뜻밖에도 이런 즐거움을 누리니 그야말로 얼이 하늘 너머로 날아가고 넋이 하늘 끝까지 사라지는 격이었습니다. 그 즐거움이 기대하던 것 이상이다 보니 기쁨을 주체하지 못하는 것이었지요. 미인은 미인대로 정재를 진심으로 사랑하면서 베개 맡에서 그를 보고 이렇게 말했습니다.

"세상에서 꽃과 달의 요정이나 날고 기는 요괴들은 사람을 해코지 하는 경우가 많습니다. 그래서 세상 사람들은 그 이야기를 하면서 무서워하고 그것들이 남들의 증오를 불러 일으키곤 하지요. 그러나 나는 그런 부류가 아닙니다. 그러니 몸을 사리며 의심하지 마세요. 서방님과 만날 수 있었던 것은 비록 큰 보탬을 드릴 수야 없겠지만 서방님 몸이 건강해지고 쓸 것이 풍족해지게 만들어 드릴 수는 있어요. 혹시 곤란한 일을 당하더라도 힘을 보태어 도와 드릴 수가 있을 겁니다.[50] 다만, … 소문을 내서는 안됩니다! 형처럼 아주 가까운 혈육이라 하더라도 조심하면서 남

---

49 풍만하기로는 남음이 있는 것 같고~[豐若有餘] : 이 시에서는 정재가 미인과 운우의 정을 나누는 장면이 완곡하게 묘사되어 있다.
50 【즉공관 미비】人生如此, 足矣. 인생에서 이 정도면 충분한 것이다.

들이 알게 해서는 안됩니다! 내가 경고한 일을 지키기만 한다면 오늘부터 당장 언제나 침소에서 시중을 들면서 중단하지 않겠습니다. 그러나 … 만약에 한 마디라도 누설한다면 내가 올 수 없게 될 뿐 아니라 서방님에게도 큰 불행이 닥치게 될 것입니다! 그때는 나도 당신을 구해 줄 수 없으니 조심하고 또 조심하도록 하세요!"

그 말을 들은 정재는 몹시 기뻐하면서 두 손바닥을 모은 채로 이렇게 맹세했습니다.

"저는 본래 평범하고 미천한 놈이온데 외람되게도 신선님의 너그러운 덕택을 입었습니다. 제 몸이 가루가 되고 뼈가 으스러진다 해도 그 은혜를 다 갚을 수 있을지 모르겠군요! (…) 명령을 받든 이상 명심하지 않을 수 있겠나이까? 혹시라도 말씀을 어긴다면 아홉 번 죽어도 후회하지 않겠습니다!"

이렇게 맹세를 하자 미인은 몹시 기뻐하면서 정재의 목에 팔을 걸더니 말하는 것이었습니다.

"나는 신선이 아니고 사실은 바다의 신이랍니다. 당신과 전생의 인연이 있은 지가 오래 되었지요. 그래서 뵈러 온 것입니다."

두 사람은 다정다감하게 이야기를 나누며 갖은 방법으로 사랑을 확인했지요. 그러다 보니 어느새 이웃집 닭이 두 번이나 새벽을 알리지 뭡니까. 그러자 미인은 옷을 들고 일어서더니 말했지요.

"이제 갔다가 밤에 다시 오도록 하겠습니다. (…) 부디 자중자애 하시기 바랍니다!"

그 말이 끝나자 이번에는 간밤에 동쪽과 서쪽에 앉았던 두 미인이 시녀들과 함께 침상 앞으로 오더니 말하는 것이었지요.

"부인과 서방님께 축하드립니다!"

미인이 침상에서 내려오자 화장용품을 받쳐 든 시녀들이 저마다 머리 손질과 세수에 쓰는 물건들을 드는 것이었지요. 그리고 머리 손질과 세수 시중이 끝나자 어제처럼 비녀와 귀고리, 모자와 저고리를 걸치는데 간밤의 모습과 같지 뭡니까. 미인은 정재의 손을 잡고 '누설해서는 안된다'고 몇 번이나 당부했습니다. 그리고도 그 곁을 서성거리고 아쉬워 하면서 차마 그 자리를 떠나지 못했지요. 시녀들에게 둘러싸여 발걸음을 옮길 때에도 몇 번이나 뒤를 돌아 보는 것이었습니다. 인간세상의 부부라도 이처럼 사랑이 극진할 수는 없을 정도였지요!

정재도 침상을 내려 와서 옷을 입었습니다. 그리고 그 자리에 서서 자세히 지켜보면서도 얼이 다 나가 있었지요. 즐거워하고 그리워하는 그의 모습은 주체할 수도 없을 정도였습니다.

그리고 나서 순식간에 방 안이 조용해지면서 보이는 것이 하나도 없지 뭡니까. 방문과 창문을 보아도 어제처럼 굳게 닫혀 있었지요. 그래서 고개를 돌려 다시 방 안을 살펴보았습니다. 그런데 그 모습을 볼작시면

흙 구들 위엔 한 줄 싸리 자리 깔렸고	土坑上鋪一帶荊筐,
갈대 자리에는 배 이불이 놓여 있는데	蘆蓆中拖一條布被.
허물어진 담장 모서리에는	欹頹牆角,
듬성듬성 몇 가닥 석탄 연기	堆零星幾塊煤煙,
무너진 흙 화로에는	坍塌地鑪,
입 터진 항아리가 한 줄 늘어서 있네.	擺缺綻一行䀍罐.
그야말로 향불 끊어진 옛 사당 같고	渾如古廟無香火,
마치 지저분한 감방 같구나!	一似牢房不潔清.

정재는 그제서야 넋이 나간 채 말했지요.

"꿈이라도 꾸었던 걸까?"

그는 시선을 집중시키고 생각해 보았습니다. 마시고 먹고 웃고 이야기한 것들, 그리고 사랑을 나눌 때의 상황들과 맹세하던 말들을 떠올렸지요. 그런데 그 모두가 생생하게 기억에 남아 있는 것이 절대로 꿈속에서 있었던 일은 아니었습니다. 그래서 속으로 기뻐하면서도 의아하게 여겼

중국의 전통적인 구들. 우리와는 달리 방의 일부(창가)만 구들을 지어 놓았다. 중국식 구들은 그 기원이 고구려까지 거슬러 올라가며, 처음에는 만주 · 요녕 일대에서 사용되다가 만주족(청)의 중원 진출과 함께 하북 · 산서 · 섬서 등 중국 북방까지 전파된 것으로 보인다

지요.

어느 사이에 날이 훤하게 밝자 정재는 생각했습니다.

"일단 형님 방에 가서 좀 보자. 간밤의 일을 형님도 좀 엿들은 것이 있지 않겠어?"

그리고는 옆 칸으로 가서 정채를 불렀습니다.

"형님!"

마침 침상에서 일어나던 정채는 정재를 발견하고 깜짝 놀라서 말했습니다.

"너 … 오늘 신수가 훤하구나! 평소 하고는 다른 것 같은데 … 웬일이냐 대체?"

그러자 정재는 속으로

'정말 무슨 특이한 데가 좀 있나? 남들이 이상하게 여길 정도로?'

하고 골똘히 생각하면서도[51] 하는 수 없이 일부러 이렇게 말했지요.

"저와 형님이 시운이 좋지 않아 엄벙덤벙 여기서 궁색하게 지내느라 고향집으로 돌아갈 기약조차 없군요! 간밤에는 갑자기 추위가 닥치는 통에 걱정이 태산 같았습니다. 그래서 몸을 뒤척이며 슬퍼하느라 밤새도록 눈도 못 붙인 걸요. (…) 그걸 형님이 들으신 게 분명합니다. 그건 그렇고 … 어디가 좋아졌길래 신수가 훤해졌다고 그러세요?"

"나도 하도 춥기도 하고 고향 생각도 나서 밤새도록 잠을 이루지 못했단다. 헌데, … 네 방은 조용한 것이 아무 소리도 안 들리더구나. 그래서 난 또 네가 꿈이 깊게 들었다 싶었다. 그런데 언제 슬퍼서 한숨을 쉬었다고 그런 소리를 하느냐?"

정재는 그 말을 듣고 형이 간밤의 일을 듣지 못한 것을 눈치채고 마음을 놓았습니다. 그리고 정채가 머리를 빗고 세수를 마치자 함께 가게로

---

51 골똘히 생각하면서도[躊躇] : '주저(躊躇)'의 경우, 우리나라에서는 '망설이다(hesitate)'라는 의미로 해석하는 경향이 있다. 그러나 원·명대 구어에서는 '생각하다'라는 의미로 해석되기도 한다. 『잠괴통(賺蒯通)』 제1절의 "자세히 생각해 보건대 도대체 어떻게 해야 할까?[細躊躇, 究竟何如]", 『악양루(岳陽樓)』 제4절의 "그대여 속으로 스스로 생각해 보시오![你心兒下自躊躇]", 『천리독행(千里獨行)』 제2절의 "내 이쪽에서 스스로 생각해 보노라[我這裏自躊躇]" 등, 원대의 잡극 희곡들에 이렇게 사용된 사례들이 많이 보인다.

거울을 보며 화장하는 여인

나왔지요. 그런데 정채를 본 그 가게 사람들은 놀라지 않는 사람이 없었습니다.

"웬일로 오늘 정재형 얼굴이 … 이렇게 훤합니까?"

정채는 아우를 보고 웃으면서 말했지요.

"내 말 맞지?"

정재는 못 알아들은 척 하면서 대꾸를 해 주지 않았습니다. 그러나 속으로는 자신 역시 정신도 가뿐하고 피부가 촉촉한 것이 평소와는 다르다는 느낌이 들었지요. 그래서 은근히 즐거워하면서도 그녀가 다시는 오지 않을까 걱정했답니다. 이날은 수시로 해를 바라보면서 시간이 빨리 가지 않는 것을 야속하게 생각했습니다. 그러다가 초저녁이 되기가 무섭게 거처로 돌아온 그는 배가 아프다는 핑계를 대고 방문을 닫은 다음 조용히 앉아 명상을 하면서 미인에게서 기별이 오기만을 기다렸지요.

그러다가 거리의 북소리가 마악 울리고 났을 때였습니다. 방 안이 갑자기 밝아지는 것이 아닙니까. 마치 간밤과 같았지요. 그래서 주위를 돌아보는데 가만 보니 한 쌍의 향로가 앞장을 서고 미인이 벌써 눈 앞에 와 있는 것이 아닙니까! 그런데 시녀는 몇 사람뿐이고 의장을 든 종복들도 많이 줄어 있었지요. 심지어 곁에 앉았던 두 미인도 보이지 않았습니다. 미인은 정재가 말 없이 앉아서 기다리는 것을 보더니 웃으면서 말하는 것이었습니다.

"정말 내게 이런 간절한 마음이 있군요! (…) 그 마음이 한결 같아야 할 텐데 말입니다."

그녀는 곧바로 시녀들에게 명령하여 요리를 차리고 술을 들여오게 했지요. 그리고는 즐겁게 웃고 이야기를 나누다 보니 어제보다 훨씬 더 익숙하고 가까워진 느낌이었습니다.

이윽고 술자리를 마치고 잠자리에 들 시간이 되자 시녀들도 모두 그 자리를 떠났습니다. 그래서 고개를 돌려 침상과 요를 보니 누가 잠자리를 봐 주지도 않고 개어져 있는 것도 비단 금침이 아니었습니다. 정재는 속으로 생각했지요.

'침상 위는 그렇다 쳐도 땅바닥에는 먼지며 더러운 것들 투성이인데 … 일단 어떻게 되는지 두고 보자!'

그런 생각을 하기가 무섭게 가만 보니 땅바닥에 온통 비단 금침이 깔렸는데 조금도 빈 틈이 없었습니다. 그날 밤도 두 사람은 서로 떨어지지 않고 사랑을 나누며 더더욱 가까워졌지요. 그리고 지난번처럼 닭이 두 번 울자 그녀는 자리에서 일어나 머리를 손질하고 세수를 한 뒤에 그 자리를 떠나는 것이었습니다.

그 뒤로도 미인은 인정人定[52]이 되자마자 왔다가 닭이 울면 사라지곤 했습니다. 언제나 늘 그렇게 하면서 하룻밤도 그를 찾지 않는 날이 없었지요. 그리고 오기만 하면 어김없이 떠들썩하게 말을 하고 음악을 요란하게 연주하곤 했습니다. 그 형의 방은 겨우 얇은 벽 하나를 사이에 두고 있을 뿐인데도 전혀 아무 기척도 듣지 못하는 것을 보면 그녀가 어떤 술법을 그렇게 부린 것인지 알 수가 없지 뭡니까.

이로부터 두 사람의 사랑은 더욱 두터워져 갔습니다. 그리고 정재가 속으로 '무슨 물건이 있으면 좋겠다'고 생각하기만 하면 바로 그 물건이 생겼지요. 그것도 무척 신속하게 말입니다. 그러던 어느 날이었습니다. 무심코 복건 땅의 신선한 여지[53]를 뇌리에 떠올렸더니 금세 잎까지 그대로 달린 여지가 백 알 넘게 생기는 것이 아닙니까! 향기며 맛도 진기하고 훌륭한 데다가 빛깔도 신선했습니다. 마치 나무에서 금방 따 오기라도

---

52 인정(人定) : 밤이 깊어 사람이 잠자리에 드는 시각. 일반적으로 밤 9시에서 11시 사이의 해시(亥時)를 가리킨다.

53 여지(荔枝) : 중국 남방에서 나는 과일. 전설에 따르면 당나라 미인 양 귀비가 여지를 즐겨 먹어서 현종이 영남(嶺南, 지금의 광동지방)으로 파발을 보내어 신선한 여지를 구해 먹였다고 하며, 그래서 '비자소(妃子笑, 왕비가 웃는다)'라는 또다른 이름으로 불리기도 한다.

한 것 같이 말입니다. 어디 그 뿐입니까?

"이건 강남 땅의 양매[54]에 견줄 수 있는 맛이군요!"

여지(좌)와 양매(우)

아 그런데 그 말이 끝나기가 무섭게 양매 한 가지가 눈앞에 툭 떨어지는 것이 아닙니까 글쎄! 그 가지에는 이만 알이 넘는 열매가 달렸는데 유난히 달고 맛있었습니다. 그때는 계절이 벌써 한겨울인 데다가. 게다가 그 두 과일은 똑같이 북방에서 나는 과일이 아닌데 도대체 어디서 구해 왔는지 알 수가 없었지요.

또 어느 날 밤에는 앵무새에 관해서 이야기를 나누다가 정재가

"듣자니 흰 것도 있다던데 아쉽게도 본 적이 없군요!"

---

54 양매(楊梅) : 남방계 과일인 소귀나무의 열매. 지름 1~2cm의 열매로 익으면 사마귀 같은 돌기로 덮여 있는데 6~7월에 익으면 검붉은 빛을 띤다.

하고 말하자마자 이번에도 앵무새 몇 마리가 춤을 추듯이 허공을 날아 오는 것이 아닙니까. 거기에는 흰 놈도 있고 색깔이 화려한 놈도 있었지 요. 앵무새들은 불경을 외기도 하고 노래를 부르기도 하는데 그 말이 한 결같이 중국의 표준말[55]이었습니다.

그러던 어느 날이었지요. 정재가 저잣거리에 있다가 대상大商이 보석 두 개를 팔고 있는 광경을 발견했습니다. 그 보석은 '경홍'[56]이라고 하는 것으로, 색깔이 복사꽃 같고 크기는 엄지만한 것이었습니다. 그런데 그 값으로 백 금을 달라고 하는 것이었지요. 정재는 밤에 미인에게 그 이야 기를 들려주고 혀를 차면서 좀처럼 '보기 드문 것'이라고 아쉬워했지요. 그러자 미인은 손뼉을 치고 큰소리로 웃으면서 말하는 것이었습니다.

"서방님도 참 이렇게 안목이 좁으시다니! '여름 벌레 앞에서는 얼음 이야기를 하는 것이 아니다[57]'더니 딱 그 짝이로군요. (…) 이쪽을 좀 보

---

55 표준말[官話] '관청에서 사용하는 말'이라는 뜻의 '관화(官話)'는 명대의 표준말을 뜻한 다. 명대의 관화는 처음에는 명나라를 세운 태조 주원장(朱元璋)이 도읍으로 정한 강소 성 남경(南京) 지역의 말을 가리켰으며 관화의 정확한 발음을 소개한 『홍무정운(洪武正 韻)』도 바로 이때 편찬되었다. 그러나 그의 아들로 제2대 황제 건문제(建文帝)를 폐위시 키고 황제로 즉위한 성조(成祖) 영락제(永樂帝)가 도읍을 자신의 책봉지인 하북성의 북 경(北京)으로 옮기면서 그 이후로는 북경지역의 방언이 표준말(관화)로 격상되었다.
56 경홍(硬紅) : 다이아몬드 계열의 보석. 이름에 '붉을 홍'이 들어가 있는 것에서 볼 수 있듯 이 붉은 빛을 띤다.
57 여름 벌레 앞에서는~[夏蟲不可語冰] : 중국 전국시대 문헌인 『장자(莊子)』「외편·추수 (外篇秋水)」에 나오는 말이다. 생명주기가 여름철 몇 달밖에 되지 않는 벌레는 겨울을 나지 않는다. 따라서 겨울에 맺히는 얼음의 존재나 형상을 알 수가 없다. 여기서는 인간 의 식견이 하찮아서 아무리 대단한 이치로 설파해도 깨닫지 못한다는 뜻으로 한 말이다.

시지요!"

그런데 그 말이 끝나기가 무섭게 방
안이 온갖 기이한 보물들로 가득 차는
것이 아닙니까! 한 장丈이 넘는 산호珊瑚
가 있는가 하면 달걀만한 명주明珠도 있
고 크기가 버들 바구니만한 오색영롱
한 보석도 있는데 하도 눈이 부실 정도
로 번쩍거려서 똑바로 쳐다볼 수조차
없을 정도였지요. 그러자 정재는 여기
보고 저기 보고 하면서 손을 대고 만지

산호

느라 겨를이 없었습니다. 그러다가 얼마 되지 않아서 모두 다 사라져 버
리는 것이었습니다. 그래서 정재가 생각했지요.

'난 밤에는 못 이루는 것이 없을 정도로 호강을 하지만 낮에는 변함없
이 남의 집 일꾼 신세지. 미인이 어디 내 고충을 알기나 하겠어!'[58]

그는 왕년에 무역을 하다가 몇천 금을 날리고 몰락해 이곳에서 더부살
이 하게 된 이야기를 자세하게 들려주었지요. 그리고 나서 한숨을 푹 내
쉬는데 미인이 이번에도 손뼉을 치고 큰소리로 웃으면서 말하는 것이었

---

58 【즉공관 미비】只夜間如此已不可得, 復何多想爲. 밤에만 그렇게 호강을 하는 것만 해도 이
룰 수 없는 일이다. 거기에 더 이상 무엇을 바란단 말인가!

습니다.

"한참 즐거운 시간을 가지고 있는데 별안간 그런 상스러운 일을 떠올리시다니요? 어쩌면 이다지도 소탈하지 못하실꼬! (…) 그건 그렇고 … 그건 서방님의 본업이니 서방님 탓도 아니지요. (…) 내가 또 한 가지 보여 드리겠습니다."

그 말을 마치자마자 온갖 금은·보화들이 눈앞에 가득하지 뭡니까. 땅바닥에서 대들보 언저리까지 가득 쌓였는데 그 수를 셀 수조차 없을 정도였습니다. 미인은 그것들을 가리키면서 정재에게 물었지요.

"가지실래요?"

정재는 장사를 하는 사람이었습니다. 그렇게 많은 금은·보화를 보았는데 어떻게 마음이 흔들리지 않을 수가 있겠습니까? 그 말에 흥분한 그는 군침을 흘리면서 덩실덩실 춤을 추면서 그것들을 가지겠다고 하는 것이었지요. 미인은 젓가락을 요리를 담는 공기로 가져가 고기를 한 점 집더니 정재의 얼굴에 던지면서 말하는 것이었지요.

"이 고기가 서방님 얼굴에 붙을까요?"[59]

---

[59] 【즉공관 미비】指迷之悟. 깨달음을 주는 말이로고!

"이거야 … 남의 살인데 어떻게 붙겠어요!"

그러자 미인이 금은·보화를 가리키면서 말했습니다.

"이것들도 남의 물건들인 걸요. 그런데 어떻게 자기 것으로 만들 수가 있겠어요? (…) 지금 조금만 가지겠다면 안될 것도 없어요. 하지만, … 서방님 팔자에 얻게 되어 있는 재물이 아닙니다. 그러니 가진다고 해도 되려 불행이 생길 거예요. 세상 사람들은 얻어서는 안될 것을 가지는 바람에 나중에 그 갑절을 잃곤 하지요. 심한 경우에는 자기 몸을 잃기까지 합니다. 그런 사람이나 경우가 어디 한둘이겠어요? 그러니 어떻게 차마 이 물건들로 서방님 팔자를 망칠 수 있겠어요? (…) 서방님이 금은·보화를 바라신다면 스스로 돈벌이에 나서세요. 내가 기꺼이 그 길을 가르쳐 드리고 남몰래 당신을 도와 드릴 테니까요! (…) 그렇게 해 드리면 되겠지요?"

"그 정도만 도와줘도 좋고 말고요!"[60]

때는 기묘년[61]의 초여름이었습니다. 약재를 팔러 요동에 온 어떤 상인이 있었지요. 그런데 다른 약은 다 팔았는데 황백[62]과 대황[63] 두 가지만

---

60 【즉공관 미비】足矣. 충분하고 말고!
61 기묘년(己卯年) : 제10대 황제 정덕제(正德帝)의 재위 14년 즉 정덕 14년을 말한다. 서기로는 1519년에 해당한다.
62 황백(黃柏) : 한약재인 황벽(黃檗)의 속칭. 그 뿌리와 껍질이 해독제로 사용되는데, 맛이 무척 쓰다.
63 대황(大黃) : 한약재의 일종. 마디풀과에 속하는 다년생 풀인 장군풀의 뿌리줄기로, 열독

팔리지 않아서 각각 천 근ᴵ 가까이 남았지 뭡니까. 약재는 값이 싼 물건이다 보니 큰 돈이 되지 않았습니다. 그래서 약을 팔던 그 상인은 아무도 사지 않자 그것들을 다 버리고 갈 생각이었지요.

황백 잎과 나무

그때 미인이 정재를 보고 말하는 것이었습니다.

"가서 그 사람 것을 사도록 하세요. 큰 이문을 남길 수 있습니다."

그래서 정재가 가서 값을 좀 물어 보았지요. 상인은 그것들을 다 처분할 생각이 간절하다 보니 이문을 조금만 남기고 말 작정이었습니다. 미인의 말을 굳게 믿고 있던 정재는 '조금도 문제가 없겠지' 싶어서 가게 일을 해 주고 모아 놓았던 열 냥 가까운 은자로 두 약재를 모두 사서 돌아와 거처에 부려 놓았지요. 형 정채가 잔뜩 쌓여 있는 그 많은 물건을 보니 그 두 가지 약재이지 뭡니까. 그것을 열 냥 가까운 은자를 주고 산 것을 안 정채는 버럭 꾸지람을 하는 것이었습니다.

"네가 실성이라도 한 게냐? 유용한 은자를 가져다가 이 따위 쓸모 하

(熱毒)을 없애고 쌓이거나 막힌 것을 풀거나 뭉친 피[瘀血]를 풀어 대변으로 배출시키는 효능이 있다.

나 없는 물건을 들여 놓다니! (…) 아무리 헐값에 살 수 있어도 그렇지 이렇게 많은 것을 언제 다 팔아서 밑천과 이문을 손에 넣을 수 있겠느냐? 이렇게 밑지는 장사를 하다니…"

그런데 뜻밖에도 얼마 되지 않아서 요동에 돌림병이 창궐하게 되었지 뭡니까! 두 약재는 약방마다 다 바닥나는 바람에 갑자기 값이 뛰기 시작했답니다. 그 덕분에 정재가 가지고 있던 두 약재에 모두 좋은 값을 받고 남김 없이 다 팔아치우고 오백 냥이 넘는 돈을 벌었지 뭡니까. 영문을 모르는 정채는 '아우가 우연히 행운을 만나서 이런 장사를 해냈다'고 몹시 부러워하면서 말했습니다.

"행운은 여러 번 오는 것이 아니다. 이번에 밑천에 생겼으니 실속 있는 장사를 좀 해야 한다. 무작정 달려들지 말고 말이다!"

물론 정재는 나름대로 생각이 있었지만 끝까지 발설하지 않았답니다.

그리고 며칠이 지난 뒤였습니다. 형주[64]에서 온 웬 상인이 화려한 비단을 팔러 요동까지 왔는데 도중에 비를 만나 습기에 검푸른 곰팡이가 피어 버렸지 뭡니까. 그 바람에 전부 얼룩이 생겨서 한 필도 색깔이 온전

---

64 형주(荊州) : 중국 고대의 지명. 한대에 설치한 '13자사부(十三刺史部)'의 하나로서, 대체로 장강 중류 즉 호남·호북 두 지역 및 하남성 서남부 일대에 해당한다. 한대 이래로 정치·군사적으로 대단히 중요한 요충지로 간주되었다.

한 것이 없었습니다. 형주 상인은 밤낮으로 울고 불면서 팔리지 않을까 걱정이 태산이었지요. 그래서 살 사람만 나오면 당장 거래를 끝낼 생각으로 값을 아주 낮추어 불렀답니다.

그러자 미인은 이번에도 정재를 보고 말하는 것이었지요.

"이번 것도 잡아야 됩니다!"[65]

정재는 지난번에 번 은자 오백 냥을 다 털어서 그 상인의 비단 오백 필을 사 들였습니다. 그 덕분에 형주 상인은 아주 기뻐하면서 그곳을 떠났지요. 그런데 정채가 이번에도 그 꼴을 보고 말했습니다.

"아우야, 너는 복도 지지리도 없구나! 지난번에는 뜻하지 않게 분수에 넘치는 재물을 좀 얻었느니라. 그러나 이번에는 아예 망했다! (…) 이 화려한 비단은 색깔만 보고 사는 것들이다. 색깔만 좋으면 한 필에 두 냥이라고 해도 싸다고 여기지. 그러나 지금은 여기저기 얼룩덜룩 얼룩이 다 져 버렸는데 누가 저것들을 사겠느냐? 그 오백 냥을 물 속에 주루룩 쏟아 버린 꼴이 아니냐! 이런 식으로 장사를 해서야 언제 돈을 벌어서 금의환향 할 수가 있겠느냐!"

말을 마친 그는 대성통곡 하는 것이었습니다. 그 일을 안 상인들 중에

---

65 【즉공관 미비】仿佛人棄我取之意. 남이 버리는 것을 내가 챙기겠다는 뜻인가 보군.

는 그런 정재를 딱하게 여기는 이도 있고 비웃는 이도 있었지요. 그러나 시운時運이 오니 저절로 해결책이 생길 줄이야 누가 알았겠습니까? 정재가 비단을 쌓아 놓은 지 한 달도 되지 않았을 때였습니다. 강서江西 땅의 영왕寧王 신호[66]가 반란을 일으켰지 뭡니까. 그는 순무[67]이던 손孫공, 부사副使이던 허許공을 죽이고 장강을 타고 남하해 안경[68]을 격파하고 남경을 점령한 다음 황제 자리를 찬탈하려고 들었습니다. 그러자 전쟁이 벌어질 동남방은 순식간에 난리가 나 버렸습니다. 조정에서는 서둘러 요동의 병력을 차출하여 남쪽으로 토벌에 나서게 했지요. 그 바람에 격문이 답지하는 등, 유성이 떨어지듯 상황이 급박하게 돌아갔습니다. 그런데 군대에서 사용하는 군장과 깃발 따위를 모두 갖추자니 시간이 촉박하지 뭡니까. 그런 상황에서 어디 당장 그 많은 비단을 구할 수가 있겠습니까? 그렇다 보니 순식간에 비단 값이 폭등하기 시작했지요. 그래서 비단을 확보할 수 있으면 그만이지 품질이 좋고 나쁘고는 따지지 않았지요. 덕분

---

66 신호(宸濠) : 명대 중기의 황족 주신호(朱宸濠, 1476~1521)를 말한다. 영왕(寧王)에 책봉되어 그 영지인 형주지역을 통치하였다. 그러나 정덕 연간에 벼슬을 마치고 은퇴한 도어사(都御史) 이사실(李士實), 거인(擧人) 유양정(劉養正) 등과 공모하여 반란을 일으켜 제위를 찬탈하려 하였다. 정덕 14년(1519)에 군사를 일으켜 남창(南昌)으로부터 파양호(鄱陽湖)를 나와 남경으로 진군하였다. 그러나 반란을 일으킨 지 단 43일만에 양명학(陽明學)의 비조인 왕수인(王守仁, 1472~1529)에게 패하고 포로가 되었으며 다음 해에 살해되었다.

67 순무(巡撫) : 명대의 관직명. 명나라 태조 때인 홍무 24년(1391)에 태자에게 명령을 내려 섬서성 일대를 순시[巡]하고 안무[撫]하게 한 데서 유래하였다. 선종의 선덕(宣德) 5년(1430)에 우겸(于謙)·주침(周忱) 등에게 북경과 남경을 위시하여 산동·산서·하남·강서·호광(湖廣) 등지를 순시·안무했고 그 후로 각 성에서 상설화 되었다. 처음에는 세량(歲糧) 감독, 운하 관리, 유민 안무, 변방 정돈 등으로 업무가 다양했지만 나중에는 군사 업무에 편중되었다.

68 안경(安慶) : 중국의 지명. 안휘성 서남부에 자리잡고 있으며 줄여서 '선(宣)'으로 불리기도 한다.

에 정재가 산 그 얼룩덜룩한 비단들이 몽땅 세 갑절이나 비싼 값을 받았지 뭡니까. 그 한 번의 장사로 밑천 오백 냥을 빼고도 기대도 하지 않았던 돈을 족히 천 냥 넘게 번 셈이었지요.

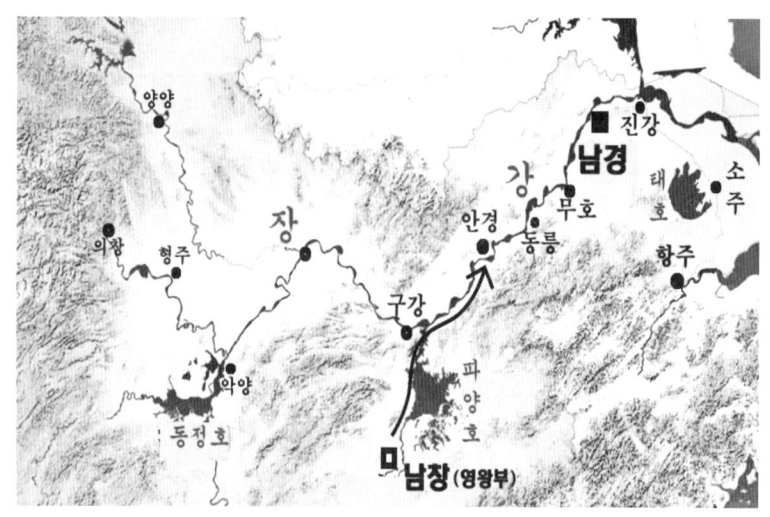

영왕 주신호의 진군 경로도. 안경까지 진출한 주신호군은 왕양명군이 영왕부(남창)을 공략하자 급히 회군했다가 참패하였다

경진년[69] 가을이었습니다. 이번에는 소주에서 온 상인이 베 삼만 필을 팔러 요양까지 왔습니다. 순조롭게 팔려 나간 것이 이만 삼사천 필이었지요. 팔다 남은 것은 올이 좀 거친 것들로, 육천 필 넘게 남아 있었습니다. 그런데 갑자기 고향 집에서 서신이 왔는데 모친이 세상을 떠났다지 뭡니까. 형제는 서둘러 모친상을 치르기 위하여 돌아가야 했지요.

---

69 경진년(庚辰年) : 무종 주후조의 재위 15년 즉 정덕 15년을 말한다. 서기로는 1520년에 해당한다.

미인은 이번에도 정재를 보고 말했습니다.

"이번 것도 하셔야 합니다!"

정재는 두 번이나 이문을 남기자 그 말이 영험하다는 것을 깨달았습니다. 그래서 서둘러 그 상인을 찾아가서 값을 흥정했지요. 사실 그 소주 상인은 직전까지 판 것만으로도 벌어들인 이득이 충분했습니다. 지금 남은 것은 자투리 이득뿐이었지요. 게다가 고향집으로 돌아가려는 마음이 간절한 상황이었습니다. 그래서 한꺼번에 팔 수만 있다면 원가대로 처분하겠다는 것이었지요. 정재는 천 금을 들여 그 상인의 육천 필 넘는 베를 모조리 사 들여서 돌아 왔답니다.

그런데 이듬해인 신사년[70] 삼월에 무종[71] 황제께서 붕어하시는 바람에 나라사람들이 모두 국상國喪을 치르게 되었지 뭡니까. 요동은 멀리 산해

---

70 신사년(辛巳年) : 무종 주후조의 재위 16년 즉 정덕 16년을 말한다. 서기로는 1521년에 해당한다.

71 무종(武宗) : 명나라 제10대 황제인 정덕제(正德帝) 주후조(朱厚照, 1491~1521) 사후에 붙여진 묘호(廟號). 1505년에 제위에 오른 후로 오로지 쾌락을 추구하는 데에만 몰두했으며 조정의 실권은 유근(劉瑾) 등의 측근 환관들에 의해 쥐어져 있었다. 그의 재위 기간 동안에는 부패가 만연하여 벼슬이 돈으로 거래되었으며 백성들에 대한 가렴주구가 횡행하면서 백성들 가운데 상당수가 도적이 되어 도처에서 민란이 빈발하였다. 1510년 이 같은 위기상황을 인식한 무종은 결국 패정과 부패의 원흉 유근(劉瑾)을 처형하라는 명령을 내렸다. 그러나 무종은 그 후로도 국정에 무관심하여 조정에서는 여전히 환관들이 막강한 권력을 장악하고 있었다. 평소에는 신분을 감추고 전국으로 여행하기를 즐겼는데, 몽골족의 습격으로 사로잡힐 뻔하기도 하였다. 재위 기간 동안 수백 명의 관리들이 황제의 기이한 행동을 비방한 죄로 고문을 받거나 유배, 처형되기도 하였다. 나중에는 젊은 나이에 유람선을 타고 향락을 즐기다가 배가 뒤집히는 바람에 물에 빠져 죽었으며, 제위는 그의 사촌인 주후총(가정제)에 의해 계승되었다.

관 너머에 있는 데다가[72] 현지에서는 삼베[73]가 나지 않았습니다. 그런 판국에 다들 상복을 입어야 하는데 당장 어디서 그 많은 삼베를 장만하겠습니까! 그 덕분에 정재는 거친 삼베 한 필을 은자 칠팔 전에 팔 수가 있었습니다. 그 육천 필로 이번에도 삼사천 냥을 벌어 들인 거지요. 이런 장사를 적절한 시기만 만나면 바로 달려들곤 했습니다. 그렇게 달려들면 희한하고 신기하게도 남기는 이문이 엄청나서 액수가 얼마나 되는지조차 알 수 없을 정도였답니다. 그렇게 사오 년 사이에 우여곡절을 거친 끝에 육칠만 냥을 벌었지 뭡니까. 과거에 날린 돈보다 몇십 갑절이나 많은 액수였지요. 그야말로

| 남이 버리면 내가 그것을 챙기니 | 人棄我堪取, |
| 귀한 물건은 스스로 쌓아 둘 만하네.[74] | 奇贏自可居. |

---

72 요동은 멀리 산해관 너머에 있는 데다가[遼東遠在塞外] : 원문에서 '새외(塞外)'는 일반적으로 '국경 너머' 정도로 번역되지만 여기서의 '새(塞)'는 하북성의 동쪽 끝에 있는 관문인 산해관(山海關)을 말한다. 국내외 학계에서는 '요동'이라는 지리개념을 대부분 '요동반도 이동지역'으로 해석하는 경향이 있다. 그러나 역사적으로 요동반도부터 요동으로 인식한 것은 100여년 전의 근대부터이다. 그 이전에는 각종 사서·연혁서·지도 등에는 100% 모두 요동의 시작을 산해관 이동부터로 소개하고 있으므로 위치 이해에 각별한 주의가 요구된다. '요동'이라는 지리개념에 관한 자세한 소개는 문성재 역주,『정역 중국 정사 조선·동이전』(1~5권, 우리역사연구재단)을 참조하기 바란다.

73 삼베[麻布] : 중국에서 모시 또는 삼의 원산지는 운남·귀주·광서·광동·복건·강서·대만·절강·호북·사천·섬서·하남·감숙 등 대체로 북위 19~39도 사이의 서남방 지역이다. 산해관 너머의 요동지역은 북위 41도에 자리잡고 있어서 모시가 나지 않는다.

74 귀한 물건은 스스로 쌓아 둘 만하구나[奇贏自可居] : 사마천의『사기(史記)』「여불위열전(呂不韋列傳)」에 나오는 말이다. 열전에서는 "자초가 곤경에 처하여 뜻을 얻지 못하고 있었다. 여불위(BC292~BC235)는 한단에 장사를 하러 갔다가 그를 보고 딱하게 여기면서 '이 희귀한 물건은 쌓아 둘 만 하구나![[子楚]居處困, 不得意. 呂不韋賈邯鄲, 見而憐之, 曰, '此奇貨可居]'라고 하였다. 이처럼 원래는 '기화가거(奇貨可居)' 식으로 사용되며, 희귀한 물건들을 비축해 놓았다가 가격이 인상되면 내다 파는 것을 가리키거나 자신

아무리 신이 은밀히 돕는다지만	雖然神暗助,
마냥 욕심만 부려서는 안된다네!	不得浪貪圖.

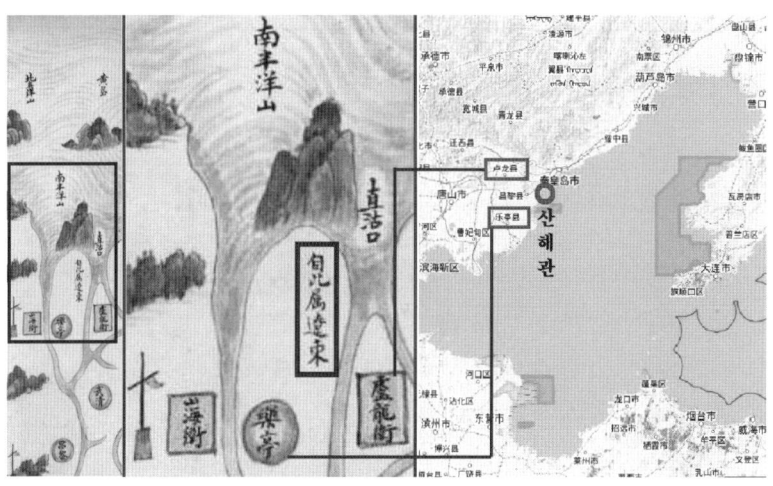

16세기 지도 『만리해방도설(萬里海防圖說)』의 하북–요동 구간. 산해관과 악정현(樂亭縣) 사이에 '여기서부터 요동〔自此屬遼東〕'이라는 문구가 보인다. '요동'은 고대부터 산해관의 동쪽 땅을 가리키는 지리개념이었다(문성재 역주, 『정역 중국정사 조선·동이전 4』 사진)

계속 이야기를 들려 드리도록 하겠습니다. 요동에서는 처음에 강서의 영왕이 반란을 일으켰다는 소식을 듣자 민심이 흉흉해지고 유언비어가 퍼지는 바람에 무엇이 진실인지 종잡을 수가 없을 지경이었습니다. 어떤 이는 '그가 남경에서 황제로 즉위했다'고 했습니다. 어떤 이는 '그의 군사가 양회[75]를 지났다'고 하는 것이었지요. 또 어떤 이는 '임청[76]을 지나

재능을 개발하여 때가 무르익으면 그 재능을 밑천 삼아 명성을 얻는 것을 두고 하는 말로 사용되기도 한다.

75 양회(兩淮) : 중국의 지역명. 회수(淮水)를 기준으로 나뉘어지는 회동(淮東)·회서(淮西) 두 지역을 통칭한 말이다. 지리적으로는 대체로 하남성 남부, 안휘성 중부, 강소성 북부에 해당한다고 할 수 있다.

덕주[77]까지 왔다'고 하지 뭡니까. 하루에도 몇 차례나 그런 소식들이 쏟아지다 보니 누구 말이 참말이고 누구 말이 거짓말인지조차 알 수가 없었습니다.

정재는 정재대로 고향집이 그 근처라는 생각에 몹시 불안해 했습니다. 그래서 몰래 미인에게 물었지요.

"반란을 일으킨 자들이 … 대체 어떻게 된 겁니까?"

그러자 미인은 빙그레 웃으면서 말하는 것이었습니다.

"진정한 천자는 호湖·상湘[78] 일대에 있습니다. 그 자가 무슨 상관이 있겠어요? 스스로 죽겠다고 드는 꼴이지요. 그렇게 설쳐 봤자 머지않아 붙잡힐 테니 걱정할 것 없습니다."

이것이 칠월 하순에 한 말이었습니다. 그런데 달포 정도 더 지났을 때였지요. 소식이 전해졌는데 정말로 그가 남공[79] 순무인 왕양명[80]에게 붙

---

76 임청(臨淸) : 명대의 지명. 지금의 산동성 제남(濟南) 서쪽의 요성(聊城) 일대에 해당한다. 명대에는 북경에서 항주까지 이어지는 경-항 대운하(京杭大運河)의 길목에 자리잡고 있어서 상업도시로 번영했다고 한다.

77 덕주(德州) : 명대의 지명. 지금의 산동성 덕주시 일대에 해당한다.

78 호(湖)·상(湘) : 중국의 지역명. 동정호(洞庭湖)와 상강(湘江)을 줄여서 일컫은 이름으로, 일반적으로 호남성(湖南省) 지역을 가리킨다.

79 남공(南贛) : 명대의 지역명. 대체로 지금의 강서성(江西省) 남부에 해당한다.

80 왕양명(王陽明) : '양명학'의 비조로 중국의 철학자·정치가·군사가인 왕수인(王守仁, 1472~1529)을 말한다. 자는 백안(伯安)이며, 절강성 소흥부(紹興府) 여요현(餘姚縣) 사람이다. 20살 때에 벼슬 길에 나서 형부주사(刑部主事)·귀주 용장역승(貴州龍場驛丞)

잡혀 서울로 압송되었다지 뭡니까. 미인이 '천자는 호·상 일대에 있다'고 말하는 것을 본 정재는 강남에서 또다시 전쟁이 벌어질까 봐서 속으로 여전히 두려워했습니다. 그래서 이번에도 미인에게 물었더니 미인이 말하는 것이었지요.

왕양명 초상

"상관 없습니다. 나라에는 경사가 생기고 나랏사람들은 이제야 태평성대의 복을 누리게 될 겁니다. 한두 해만 기다리세요!"

아니나 다를까 나중에 가정 황제[81]께서 호광[82] 땅에서 번왕[83]이 되더니

· 여릉지현(廬陵知縣)·우첨도어사(右僉都御史)·남공순무(南贛巡撫)·양광총독(兩廣總督) 등을 두루 역임했으며 만년에는 벼슬이 남경 병부상서(南京兵部尙書)·도찰원 좌도어사(都察院左都御史)에 이르렀다. 54살 때에 은퇴하고 고향으로 돌아가 서원(書院)을 열고 유학을 강의하면서 양명학을 전수하였다. 가정 7년(1529)에 강서성 남안부(南安府)에서 죽자 조정에서 문성(文成)이라는 시호를 내리고 신건후(新建侯)로 추봉(追封)하였다. 천지양심(天地良心)에 따라 수양하면 누구나 성인이 될 수 있다는 심학(心學)을 집대성하여 명대에 가장 영향력이 큰 양명학 유파를 창시하므로써 유학을 창시한 공자(孔子), 그 집대성자인 맹자(孟子), 성리학을 집대성한 주자(朱子)와 함께 줄여서 '공맹주왕'으로 일컬어지곤 한다. 저서로는 『왕양명전집(王陽明全集)』·『전습록(傳習錄)』·『대학문(大學問)』 등이 전해진다.

81 가정 황제(嘉靖皇帝) : 명나라 제11대 황제인 주후총(朱厚熜, 1522~1567)을 말한다. 부왕 주우원(朱祐杬) 사후에 왕위를 세습하여 '흥왕(興王)'이 되었으며, 정덕 16년(1521), 무종이 죽자 종제(從弟)의 신분으로 황위를 계승하였다. 1522~1566년의 45년 동안 재

대궐로 들어가 대통人統을 이으시매 온 나라가 태평해졌지 뭡니까. 모든 것이 미인이 한 말처럼 되었던 거지요!

그렇게 가정 연간의 갑신년[84]에 이르렀을 때였습니다. 미인은 정재와 내왕한 지가 벌써 칠 년 째 되었지요. 두 사람은 서로 정분이 깊어져서 한 해가 하루 같이 빨리 지나갔답니다. 정재는 주머니 사정이 다행스럽게도 풍족해지자 고향 생각이 간절해졌습니다. 그래서 어느 날 밤에 미인을 보고 말했지요.

"제가 고향을 등진 지가 벌써 스무 해나 되었습니다.[85] 그동안 밑천을 다 날리는 바람에 돌아가지도 못하고 있었지요. 지금은 당신의 큰 은혜를 입어 주머니에 돈이 넘칠 정도입니다. 기대했던 수준을 넘어선 셈이지요. (…) 마음 같아서는 잠시 형님 하고 고향으로 돌아가서 처자식만 보고 바로 돌아올까 싶습니다! 기껏해야 한 해도 안 되어서 다시 돌아와 영원토록 즐겁게 모시고 싶은데 … 그렇게 해도 되겠는지요?"

위했으며, 연호는 가정(嘉靖)이다.
82 호광(湖廣) : 원·명대의 지역명. 원대에는 지금의 호남(湖南)·호북(湖北)과 광동(廣東)·광서(廣西) 두 지역을 아울러 불렀으나, 명대에는 이름은 그대로 유지하되 광동·광서를 제외한 호남·호북만 일컬었다.
83 번왕(藩王) : 명대에 황제의 책봉을 거쳐 독자적인 영지를 보유·통치하던 제후왕. 일반적으로 황제의 아들·종친이 책봉되었으며 그 왕호(王號)는 책봉된 영지의 지역명이나 황제가 정한 명칭을 사용하곤 하였다.
84 갑신년(甲申年) : 세종 주후총의 재위 3년 즉 가정 3년을 말한다. 서기로는 1524년에 해당한다.
85 【즉공관 미비】妻子也該吃醋. 아내도 질투를 할 테지.

그 말을 들은 미인은 자기도 모르게 놀라 한숨을 쉬더니 말하는 것이었습니다.

"몇 해 동안의 좋은 만남이 이제 끝나는 건가요? (…) 서방님은 자중자애하면서 장래의 복을 부지런히 쌓도록 하십시오. (…) 저는 이제 서방님 곁을 지킬 수가 없을 것 같습니다!"

하고 흐느껴 울면서 슬픔을 억누르지 못하는 것이었습니다. 정재는 깜짝 놀라서 말했지요.

"잠깐 고향에 돌아가기는 해도 서둘러 돌아와서 계속 뵐 생각입니다. 제가 어떻게 배은망덕한 짓을 할 엄두를 내겠습니까? (…) 그런데 부인께서 인연을 끊자는 말씀을 하시다니요!"

그러자 미인이 통곡을 하면서 말했지요.

"운명은 그렇게 되게 되어 있습니다. 우리 둘이 마음대로 할 수 없는 일인 것을요! (…) 서방님이 방금 그 말을 하는 순간 영원히 헤어질 수밖에 없는 운명입니다!"

그 말이 끝나기도 전이었습니다. 지난번 처음에 왔던 동쪽과 서쪽의 그 두 미인은 물론이고 시녀며 의장을 든 종복들이 동시에 모여드는 것이 아닙니까. 그리고는 음악을 번갈아 연주하면서 성대하게 술잔치를 배풀어 주는 것이었지요. 미인은 일어나 술을 따르고 서로 권했지요. 그리고 왕년에 처음 만났을 때와 몇 해 동안의 사랑을 회상하면서 한 마디 할 때마다 참지 못하고 흐느껴 울었습니다. 정재는 정재대로 대성통곡 하면서 자신이 말실수를 한 것을 뒤늦게 뉘우쳤지요. 몸을 땅에 던지고 머리를 벽에 찧기라도 할 것처럼 말이지요. 이렇듯 두 사람은 이별을 아쉬워하면서 서로 헤어지지 않으려 하는 것이었습니다.[86] 그러자 시녀들이 다가와서 아뢰었지요.

"운명이 이미 결정되었나이다. 가마가 모두 준비되었으니 부인께서는 어서 길에 오르시지요. 너무 상심해 하지 마십시오!"

그러자 미인은 정재의 손을 잡고 눈물을 흘리면서 당부했습니다.

"서방님에게는 세 가지 큰 곤란이 있습니다. 이제 머잖아 닥칠 테니 그 때마다 조심하도록 하세요. 때가 되면 제가 와서 구해 드리지요. 그 고비만 넘기면 평생토록 좋고 이로울 것입니다. (…) 아흔아홉까지 사셨을

---

86 【즉공관 미비】雖曰欲界諸天不妨有偶, 如此牽情, 何以爲神. 아무리 '욕계의 제천에게 짝이 있어도 상관없다'고는 한다지만 이처럼 정에 이끌려서야 어떻게 신이라고 하겠는가? '욕계 제천(欲界諸天)'은 불교 용어로, ① '육욕천(六欲天)'이라고 하기도 하는데, 삼계(三界) 중에서 욕계의 육중천(六重天)이나, ② 수미산(須彌山) 자락의 사천왕이 산다는 사천왕천(四天王天)이나 ③ 수미산 정상에 있고 제석천(帝釋天)이 산다고 전해지는 삼십삼천, 즉 도리천(忉利天)을 가리키기도 한다. 여기서는 신이 사는 천상세계 또는 천상세계의 신들이라는 의미로 해석해도 좋을 듯하다.

때 저는 봉래[87]의 세 섬에서 서방님이 와서 전생의 인연을 이어가기를 기다릴 것입니다![88] 서방님은 청정한 마음을 가지고 힘써 선행을 베풀면서 저의 기대에 부응하셔야 합니다! 서로가 몸은 멀리 떨어져 있어도 서방님의 일거일동은 제가 반드시 알게 될 것입니다.[89] 만에 하나라도 나쁜 일을 해서 타락하고 하늘의 법도를 어긴다면 저로서도 도울 수가 없습니다. 훗날의 만남은 아직도 아득하니 노력하고 또 노력하도록 하세요!"

이렇게 당부하고 또 당부하니 그것이 어디 열 번으로 그쳤겠습니까? 정재는 이때 낙심한지라 한 마디 말도 하지 못하고 그저 '예, 예' 하고 대답하면서 눈물만 뚝뚝 흘릴 뿐이었답니다. 그야말로

세상에 온갖 슬프고 고통스런 일 다 있지만	世上萬般哀苦事,
사별과 생이별만 한 일이 없나니	無非死別與生離.
하늘과 땅 아무리 장구해도 끝나는 때 있건만	天長地久有時盡,
이 한은 끊일듯이 끝없이 이어지누나!	此恨綿綿無限期.

이윽고 이웃집 닭들이 떼 지어 울더니 시녀들이 길에 오르기를 재촉하자 미인도 결국 작별인사를 하고 길을 나서는 것이었지요.

---

87 봉래(蓬萊) : 중국의 고대 전설에 등장하는 봉래산(蓬萊山)을 말하며, '봉래선도(蓬萊仙島)'로 불리기도 한다. 중국 전설에 따르면 바다에 있는 세 개의 신령스러운 산들 중의 하나로, 그 모습이 주전자와 닮았다 하여 '봉호(蓬壺)'로 불리기도 하였다. 때로는 바다 한 가운데에 있다고 해서 '해상선도(海上仙島)'로 부르기도 하였다.
88 【즉공관 미비】如此何必悲傷為? 그렇게 될 거라면 어째서 이토록 슬퍼하는 것인가?
89 【즉공관 미비】也要防跳槽. 다른 짝으로 갈아타지 않도록 조심해야지.

봉래산의 모습을 본 따 만든 백제의 박산 향로(博山香爐). 백제 유물들 중 최고의 걸작으로 꼽힌다(충남 부여 국립박물관 소장)

　미인은 그리고 나서도 고개를 돌리고 서너 차례나 돌아보더니 그제서야 고요해지면서 하나도 보이지 않는 것이었습니다. 남은 것이라고는 그저

슬피 우는 귀뚜라미요	蟋蟀悲鳴,
반쯤 꺼진 외로운 등불이요	孤燈半滅,
소슬하게 부는 처량한 바람이요	凄風蕭颯,
쨍그렁거리는 풍경이요	鐵馬玎璫.
동녘에 뜬 새벽별이요	曙星東升,
서쪽으로 공전하는 은하수러니	銀河西轉.
그 짧은 순간에	頃刻之間,
어느새 유명을 달리 하는구나!	已如隔世.

애통함을 이기지 못한 정재는 허공을 바라보며 참지 못하고 통곡을 하기 시작했습니다. 그 소리가 나기가 무섭게 형인 정채가 옆 방에서 어느새 그것을 들었겠다? 여러분[90]이 아무리 벽을 사이에 두고 울고 불고 난리를 친다고 해도 눈치채지 못했을 지난번과는 딴 판이었지 뭡니까.

형은 아우가 우는 소리를 듣고 허둥지둥 일어나 그 까닭을 물었습니다. 그래서 정재가 둘러대었지요.

"고향 생각을 한 것뿐입니다."

그러나 입으로야 억지로 이렇게 말했지만 목소리는 여전히 슬프게 흐느끼고 있었지요. 그래서 정채가 말했습니다.

"그동안 객지를 전전하느라 돌아가지 못했었지! (…) 요 몇 해 동안은 장사를 할 만했고 … 주머니 사정도 여유로우니 돌아가는 것도 어렵지는 않다. 그런데 어째서 이토록 서럽게 우는 게냐? 여지껏 이런 모습은 본 적이 없었다. (…) 분명히 무슨 슬픈 일이 생긴 게지. 날 속일 생각일랑 하지 말거라!"

정재는 형에게 속내를 들키자 더 이상 속일 수 없다는 것을 눈치챘지

---

90   여러분[你] : 이야기꾼이 이야기를 들려주는 도중에 자신의 이야기에 집중하고 있는 청
중들에게 불쑥 말을 걸어 그 주의를 환기시킬 목적으로 한 말이다.

요. 그래서 과거에 미인을 만나 밤마다 즐거움을 누리고, 나아가 장사에 성공해서 형편이 풍족하게 된 것도 모두 미인의 도움 때문이었음을 처음부터 끝까지 자세하게 들려주었답니다. 그러자 정채는 거듭 놀라고 신기해 하면서 허공을 바라보고 예의를 갖추어 절을 했습니다.[91] 그리고 이튿날 그가 동료 객상客商에게도 이 이야기를 해 주었지요. 그 바람에 요양성 안팎에서 정사현이 바다신을 만난 기이한 이야기는 소문을 내지 않는 이가 없을 지경이었지 뭡니까! 정재는 이때부터 하루 종일 마음이 답답하고 우울했습니다. 마치 짝을 잃기라도 한 것처럼 말이지요.[92] 결국 형과 상의한 끝에 짐을 챙겨 남쪽 고향으로 돌아가기로 결정했답니다.[93]

그때 그에게는 대동[94]에서 위衛의 경력[95]으로 있는 숙부가 한 사람 있었습니다. 정재는 오랫동안 그를 만나지 못한지라 이렇게 생각했지요.

'이번에 집에 돌아가면 언제 또 북쪽에 올 수 있을지 모르겠군. 이번

---

91 【즉공관 미비】 兄之拜, 拜其相助豐富耳. 형이 한 절은 그 미인이 도움을 주어서 풍요와 부를 안겨 준 데 대한 답례인 게지.
92 【즉공관 방비】 原無兩樣. 애초부터 서로가 다른 모습이 아니었지.
93 【즉공관 방비】 且尋舊妻. 일단 예전의 아내부터 찾아 가야지.
94 대동(大同) : 명대의 지명. 지금의 산서성(山西省) 대동시(大同市)에 해당한다. 역사적으로 운중(雲中) · 대군(代郡) · 평성(平城) · 항주(恒州) · 운주(雲州) 등으로 불려졌다. '대동'이라는 이름은 당나라 후기인 회창(會昌) 3년 (843)에 운주와 울주(蔚州)를 통합하여 대동도(大同道)를 설치하면서 비롯되었다.
95 경력(經歷) : 중국 근세의 관직명. 금대(金代)에 도원수부(都元帥府)와 추밀원(樞密院)에 처음으로 설치되었고, 원대에는 추밀원(樞密院) · 대도독부(大都督府) · 어사대(御史臺) 등의 관청에 설치하였다. 그 후인 명 · 청대에도 도찰원(都察院) · 통정사사(通政使司) · 포정사사(布政使司) · 안찰사사(按察使司) 등에 설치하고 문서의 출납을 담당하게 했다고 한다.

『구변총도』에 그려진 북경〔京師〕 일대.
서북쪽에 대동과 거용관이 보인다

기회에 그 쪽에 가서 숙부님이나 좀 뵈어야겠다!'

　그는 우선 짐과 전대를 부려 형 정채에게 운반해 오도록 맡겼습니다. 그리고 노하[96]에서 배를 타고 가는 길에 자신을 기다리게 했지요. 자신은 자신대로 나귀를 한 마리 빌려서 도성에서 거용관[97]을 나가 대동 땅으로

---

96 노하(潞河) : 중국 고대의 하천 이름. 지금의 하북성 통주구(通州區) 일대를 흐르며, 고대에는 '백하(白河)'로 불리기도 하였다.

97 거용관(居庸關) : 명대에 수축한 만리장성의 한 구간. 서쪽의 가욕관(嘉峪關)과 함께 '천하 제1 웅관(天下第一雄關)'으로 일컬어지는데, 가욕관과 함께 1372년에 수축되었고 9년 뒤인 1381년에 산해관(山海關)이 수축되었다. 태행산(太行山)의 여맥으로 지형이 험하고 가파른 절벽과 동굴이 많은 군도산지(軍都山地)에 자리잡고 있어서 군사적 요충지

가서 숙부를 만났답니다. 한 집안의 혈육이 오랫동안 헤어졌다가 다시 모이다 보니 며칠 동안 계속 머무느라 형이 있는 쪽으로 출발할 수가 없었습니다. 그런데 밤에 잠자리에 들었더니 꿈에 미인이 나타나 재촉하는 것이었지요.

"재앙이 닥쳤는데 서둘러 떠나지 않고 뭘 하세요!"

그제서야 미인이 작별할 때 한 말을 기억해낸 정재는 허둥지둥 숙부에게 작별인사를 했습니다. 그런데 숙부가 그를 붙잡아 놓고 송별연을 열어 주는 바람에 저녁나절이 되어서야 대동성을 나올 수가 있었지요.

때는 벌써 날이 컴컴해져 있었습니다. 그래서 정재가 생각했지요.

'아무래도 얼마 가지 못할 테니 차라리 성 밖에서 일단 하룻밤을 편히 묵고 내일 일찍 출발하도록 하자.'

그리고 삼경[98]까지 잠을 자고 났을 때였습니다. 이번에도 꿈 속에서 미인이 나타나 재촉하는 것이었지요.

로 중시되었다. 자형관(紫荊關)·도마관(倒馬關)·고관(固關)과 함께 명대의 '경서 4대 명관(京西四大名關)'으로 불리며, 그 중에서 고관을 제외한 세 관문은 다시 '내3관(內三關)'으로 각별히 중시되었다.
98 삼경[三鼓] : 밤 11시에서 새벽 1시까지에 해당한다.

"어서 가세요, 어서! 큰 곤란이 닥치면 조금만 늦어도 벗어날 수가 없습니다."

놀라서 바로 잠을 설친 정재는 날이야 이르든 늦든 간에 그 길로 나귀를 타고 서둘러 사오 리 길을 달렸지요. 그런데 가만 들어 보니 대포 소리가 연달아 들리는 것이 아닙니까. 고개를 돌려 그 성 밖을 보니 불빛이 온 하늘을 다 밝혀 붉은 해처럼 밝게 빛나고 있었지요. 알고 보니 대통에서 병란이 일어났다는 것이었습니다.

그러면 어째서 대동에서 병변이 일어났는지 들려 드리도록 하지요. 대동의 참장[99]이던 가감賈鑒은 군사들에게 행군 도중에 지급해야 할 군량을 지급하지 않았습니다. 그 바람에 군사들이 소란을 일으켜 가감을 죽이고 말았지요. 나중에 순무이자 도어사[100]인 장문금張文錦이 방榜을 붙이고 군사들을 회유한 덕분에 가까스로 병란이 가라앉았지요. 그런데 장문금이 우두머리 몇 명을 은밀히 찾아가 처벌할 생각으로 사람을 보내 성문을 나와서 그들을 사로잡게 했지 뭡니까. 그러자 다시 소란을 일으킨 군사들은 아예 장 순무까지 죽이고 대동을 점거한 뒤 조정에 반기를 들었지요. 그리고 성 안팎의 장정들을 찾아내서 함께 반란을 일으킬 작정이었

---

99 참장(參將) : 명대의 관직명. 정3품의 무관직으로, 그 지위는 총병(總兵) · 부총병(副總兵)보다 낮았다.

100 도어사(都御史) : 명대의 관직명. 감찰기관인 도찰원(都察院)의 수장으로, 좌도어사와 우도어사를 아울러 부르는 이름이다. 예하의 부도어사(副都御史) · 첨도어사(僉都御史)의 보좌를 받아 절강(浙江) 등 13개 지역에 분소를 두고 내 · 외직 관리들을 감찰하였다.

습니다. 그렇다 보니 횃불을 붙여 성을 나와서 객주에 묵는 상인이라는 상인들은 모조리 붙잡아 끌고 가서 그 무리에 끌어들이는 바람에 그 난리를 피한 사람이 하나도 없을 지경이었답니다. 그러니 정재가 조금만 늦었더라면 똑같이 붙잡혀 갔을 것이 분명하지요. 이것은 바다신이 그를 구해 준 첫 번째 큰 곤란이었습니다.

그렇게 탈출에 성공한 정재는 길을 재촉하여 가까스로 거용에 도착했습니다. 그리고 밤이 되자 거용관 밖에서 묵었지요. 그런데 이번에도 꿈속에 미인이 나타나더니 이렇게 재촉하는 것이었습니다.

"어서 거용관을 지나가세요. 한 걸음만 지체해도 감옥에 갇히는 불행을 당하게 됩니다!"

정재는 이번에도 놀라서 깼지만 객주에서 함께 묵던 이들은 모두가 길을 나서지 않았답니다. 그래서 홀몸으로 서둘러 거용관 앞까지 와서 관문마다 무사히 통과할 수가 있었지요.

그런데 몇 리 길을 갔을 때였습니다. 별안간 선부[101]의 군문[102]에서 공

---

101 선부(宣府) : 명대의 군사도시의 하나. 명대의 대표적인 변경 관문인 '9변(九邊)'의 하나로, 지금의 하북성 서북부 내·외장성 일대인 선화현(宣化縣)에 해당하며, 총병관이 이곳에 주둔하였다.
102 군문(軍門) : 원래는 군영 밖의 대문을 가리키는 말이지만 명대에는 주로 총독(總督)이나 순무(巡撫)를 높여 부르는 호칭으로 사용되기도 하였다.

문이 내려왔지 뭡니까. '대동에서 반란이 일어났는데 간첩이 도성으로 섞여 들어갈까 봐서 대동에서 거용관으로 들어가는 이들에 대해서는 관청에서 발행한 증명서를 지닌 사령이나 관리를 제외하고는 일률적으로 감옥에 송치하여 확실하게 심문을 하고 나서 석방 시키겠다'는 것이었지요. 이리하여 이날 밤 정재와 함께 묵던 사람들은 모두 억류되어 감옥에 갇히는 신세가 되고 말았습니다. 나중에는 반년이 지나서야 석방된 이도 있고 병이 들어 결국 감옥에서 죽은 이도 있었지요.

북경 교외에 자리잡고 있는 거용관 장성

정재가 만약 그 공문이 도착하기 전에 먼저 탈출하지 않았다고 칩시다. 그랬더라면 아무 탈 없이 무사하다고 하더라도 인내심을 가지고 대여섯 달 동안 감옥살이를 할 수밖에 없었을 것입니다. 이것은 바다의 신이 그를 구해 준 두 번째 큰 곤란이었지요.

노하의 배를 따라잡은 정재는 가까스로 형과 합류했습니다. 그리고 도중에 곤란을 만났으니 미인이 꿈에서 알려 준 덕분에 간신히 위기를 벗어난 일을 소상하게 들려주었습니다. 그렇게 해서 두 사람은 감격해 마지 않았답니다.

도중에는 따로 들려 드릴 이야기가 없군요.[103]

두 사람이 회안부[104]의 고우호[105]까지 왔을 때였습니다. 별안간

먹구름이 잔뜩 드리워지고	黑雲密布,
미친 바람이 성나서 울부짖으니	狂風怒號.
물 밑의 늙은 용이 놀라 깨고	水底老龍驚,
허공의 사나운 범이 포효하누나.	半空猛虎嘯.
이리 흔들 저리 출렁 하는 것이	左掀右蕩,
그야말로 키 속에 떨어진 듯	渾如落在簸箕中,
앞으로 쏠렸다 뒤로 넘어갔다 하는 것이	前蹻後攧,
그야말로 밥솥 속을 뒹구는 듯.	宛似滚起飯鍋內.
쌍 돛대 부러진 채로	雙桅折斷,
키 하나만 의지해 표류하니	一舵飄零.
난데 없이 염라대왕 만나고	等閒要見閻王,

103 도중에는 따로 들려 드릴 이야기가 없군요[一路無話] : 이야기꾼이 상투적으로 사용하는 표현.

104 회안부(淮安府) : 명대의 지명. 지금의 강소성 회안시(淮安市) 일대에 해당한다.

105 고우호(高郵湖) : 중국 강소성 북부의 고우시(高郵市)에 있는 호수.

당장에 용궁 구경하게 생겼구나!　　　　立地須游水府.

이렇게 절체절명의 위기에 처해 있을 때였습니다. 정재가 가만 보니 갑자기 기이한 향기가 온 배에 가득 차면서 바람이 갑자기 잦아드는 것이었습니다. 그리고 얼마 지나지 않아 검은 안개가 사방으로 걷히고 가운데에서 오색 구름[106]이 한 조각 나타나더니 배 위에 딱 걸리는 것이 아

구영의 『소주청명상하도』에 그려진 키를 잡은 뱃사람

닙니까. 그리고는 구름 속에서 미인의 모습이 드러나는데 윗몸은 털 한 오라기조차 또렷하지만 아랫몸은 노을빛에 덮여져 있어서[107] 자세하게

---

106 오색 구름[彩雲] : 특이한 자연현상의 하나. 흐리거나 비가 내릴 때에 하늘과 육지 사이에 낮게 드리워지는 무지개[彩虹]와는 달리 맑은 하늘에 중천에 뜨는 여러 가지 색깔을 띤 구름을 가리킨다. 전통적으로 상서로운 일이 생긴다는 상징성을 부여하여 때로는 서운(瑞雲)·경운(景雲)·자운(紫雲) 등으로 불리기도 한다. 참고로 2022년 5월 10일 대통령 취임일에 뜬 것 역시 오색 구름으로 볼 수 있다.
107 【즉공관 미비】下半身更要緊. 하반신은 더욱 더 중요하지!

살펴볼 수가 없었습니다. 정재는 바다의 신이 이번에도 자신을 구해 주러 왔다는 것을 잘 알고 있었습니다. 게다가 오랫동안 헤어져 지내면서 서로 만날 수 없었던지라 하도 슬퍼서 눈물에 콧물까지 철철 흘리는 것이었지요.

그는 구름 쪽을 향한 채로 무조건 머리를 조아리며 예의를 갖추어 절을 했습니다. 미인은 미인대로 구름 위에서 손을 들어 답례를 하는데 그 모습이 머물다가 한참이 지나서야 자취를 감추는 것이었지요. 그러나 정작 배 위의 사람들에게는 한결같이 아무 것도 보이지 않았습니다. 그저 정재가 허공을 바라보며 예의를 갖추는 광경만 눈에 들어올 뿐이었지요. 그래서 다들 놀라고 의아하게 여기면서 그 까닭을 물었답니다. 그래서 정재가 그 까닭을 여차저차 자세하게 이야기해 주니 다들 그를 우러러보는 것이었습니다. 이것은 바다의 신이 그를 구해 준 세 번째 큰 곤란이었답니다.[108]

그 뒤로 다시는 그녀의 모습을 볼 수 없게 되었지요. 나중에 정재는 나이가 예순이 지났을 때 남경에서 채림옥과 우연히 마주친 일이 있었습니다. 아 그런데 그의 얼굴은 마흔 살 정도밖에 되어 보이지 않지 뭡니까. 의심할 여지도 없이 그 미인과 상봉한 것이 분명했지요. 만약 봉래의 세 섬에서 만나기로 한 미인의 약속을 따랐다면 훗날 분명히 신선이 되어

---

108 【즉공관 미비】如此多情之神, 何緣得一遇乎. 이처럼 정이 많은 신을 어째서 한번 밖에 마주치지 못했을꼬?

三救厄海神
顯靈

세 번이나 재앙서 구해 준 바다신이 모습을 드러내다

승천했을 것입니다.

정재는 그저 장사를 하는 세속적인 사람에 지나지 않는데 어떤 인연으로 그런 기이한 만남을 가지게 되었는지는 알 도리가 없습니다. 이야기를 해도 믿어지지 않지만 이 일은 실제로 있었던 일이랍니다. 그러니 신령·신선·귀신·요괴들에 관한 일들이 전부 존재하지 않는다고 단정할 수는 없음을 알 수 있는 셈이지요. 이 이야기를 증명하는 시가 있습니다.

변방에 떠돌던 어떤 인간세상의 상인이　　流落邊關一俗商,
뜻밖에 예사롭지 않은 신선을 만났구나.　　却逢神眷不尋常.
그 사랑이 어떻게 맺어졌는지 누가 알겠나마는　寧知鍾愛緣何許,
이야기 끝나매 사람들 애가 다 끊어지누나!　談罷令人欲斷腸.

제38권

두 번 잘못 본 막대저가 야반도주하고 거듭 송사 제기한 양이랑이 보상을 받다

兩錯認莫大姐私奔 再成交楊二郎正本

해제

　명대에 북직예 장가만張家灣의 주민 서덕徐德의 아내 막대저莫大姐는 이웃집 양이랑楊二郎을 연모한다. 그 낌새를 눈치챈 서덕이 단단히 경계하자 두 사람은 야반도주할 계획을 세운다. 그러던 어느 날, 막대저는 묘당에서 공양을 올리고 돌아오다가 길에서 사촌인 욱성郁盛네 집 대문을 지난다. 막대저를 몰래 연모하던 욱성은 그녀를 초대해 잠시 쉬어가라고 한 뒤 술을 잔뜩 먹여 인사불성이 되자 겁탈한다. 비몽사몽의 막대저는 의식이 몽롱한 가운데 욱성을 양이랑으로 착각하고 야반도주할 날짜와 암호를 그에게 일러 준다. 욱성은 망나니여서 막대저를 납치해 다른 고을로 도망치기로 결심한다. 약속한 날이 되자 그는 내친 김에 양이랑으로 꾸며 막대저를 불러 내서 함께 도주한다. 날이 밝아 집에서 110리 밖의 노하潞河의 어느 배 위에서 욱성의 속임수에 속은 것을 깨달은 막대저는 하는 수 없이 잠시 욱성을 따라가 임청臨清 성내에서 동거한다. 그러나 막대저가 그래도 양이랑을 잊지 못하는 것을 본 욱성은 그녀를 기방에 팔아 버린다.

　한편, 집에 돌아온 서덕은 막대저가 보이지 않자 그녀가 양이랑에게 반해 있는 일을 떠올리고 양이랑에게 납치된 것으로 알고 즉시 관아에 고발한다. 양이랑은 막대저와 야반도주하기로 약속한 일은 인정하면서도 실행은 하지 못했다고 진술한다. 관아에서는 막대저를 찾아내지 못하여 이 사건을 종결시키지 못하고 양이랑은 억울하게 감옥에 갇힌 채 몇 년 동안 송사에 시달린다. 그러던 어느 날, 기방에서 손님을 받던 막대저

는 우연히 도향 사람인 신봉信逢을 마주치고 그를 통하여 양이랑이 감옥
세 갇혀 있다는 사실을 전해 듣는다. 그녀는 신봉에게 부탁해 대신 관아
로 가서 사건의 진상을 밝히게 한다. 그 사실을 안 병마사兵馬司에서는 그
사건의 용의자들을 전부 부 관아로 소환해 심문을 한다. 결국 욱성은 간
음과 납치를 저지른 죄로 처벌하고 양이랑은 석방된다. 서덕의 반대에도
불구하고 이웃사람들의 중매로 막대저와 양이랑은 마침내 부부가 된다.

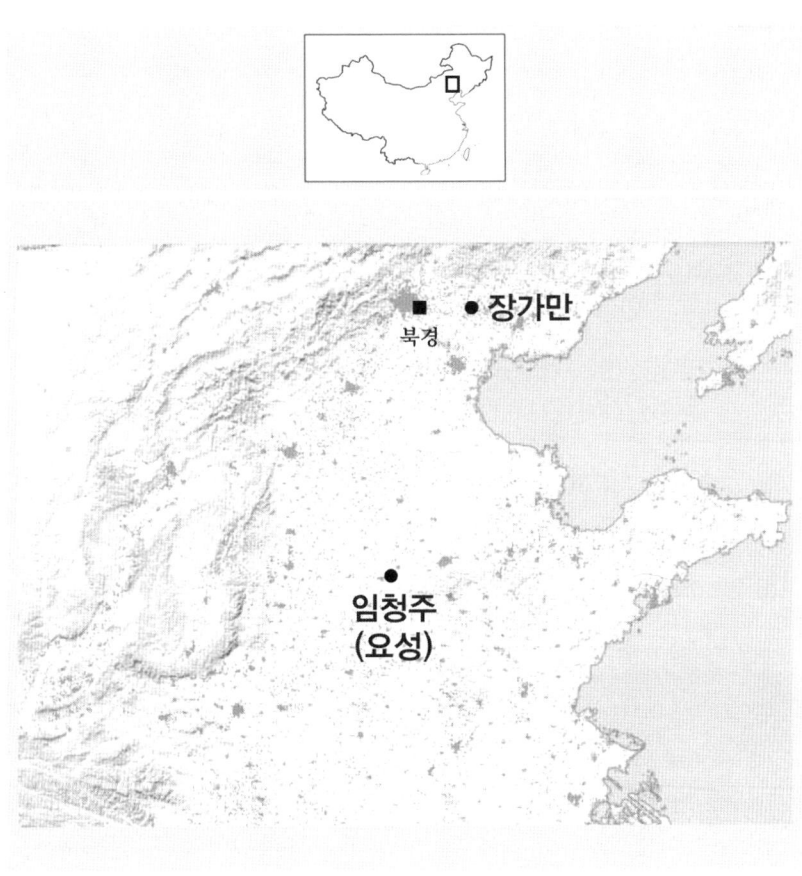

번역

이런 시가 있습니다.

오얏나무가 복숭아나무 대신 죽고	李代桃殭,
양이 소 대신 죽는다더니	羊易牛死.
세상에 억울한 사정은	世上冤情,
가려내기 너무도 어렵구나.	最不易理.

이야기를 들려 드리도록 하겠습니다. 송나라 때 남안부¹의 대유현²에 황절黃節이라는 이방이 살았습니다. 그는 이사낭李四娘을 아내로 맞아 들였지요. 사낭은 사람 됨됨이가 음탕하여 몇몇 방탕한 자제들과 사귀면서 은밀히 내왕하곤 했습니다. 그녀는 이전에 황절과의 사이에서 아들을 하나 낳았는데 벌써 세 살이었습니다. 그런데도 마음을 고쳐 먹을 생각은 하지 않고 끝까지 음탕한 짓에 욕심을 내곤 했지 뭡니까.

그러던 어느 날이었습니다. 황절은 공무를 처리하기 위해서 관아에 머무는 중이었지요. 그렇게 열흘 가까이 되었을 때였습니다. 사낭이 이름도 모르는 웬 간통 상대와 공모하여 그 세 살박이 아들을 데리고 함께 도망쳤지 뭡니까. 그렇게 성문을 나가서 얼마 가지 않았는데 그 아들이 눈

---

1   남안부(南安府) : 송·원대의 지명. 원나라 순제(順帝) 지정(至正) 25년(1365)에 남안로(南安路)를 남안부로 개칭하고, 대유(大庾)·남강(南康)·상유(上猶)의 3개 현을 관할하게 하였다.
2   대유현(大庾縣) : 송대의 지명. 지금의 강서성 공주시(贛州市)에 속한 대여현(大余縣)을 말한다. 강서·광동·호남의 세 성(省)의 경계지역에 자리잡고 있어서 강서지방의 '남대문'으로 일컬어졌다.

앞에 펼쳐진 광경이 낯선 것을 보더니 계속 울고 부는 것이었습니다. 몹시 성가시게 여긴 사낭은 아들을 풀 속에 내팽개치고 자기만 간통 상대와 함께 그 자리를 떠나 버렸답니다.[3]

대유현에는 집달리[4] 들 중에 이삼三이라는 자가 있었습니다. 한번은 그가 공무를 수행하기 위하여 시골에 갈 일이 생겼지요. 그런데 성문을 나오기가 무섭게 가만 들어 보니 풀밭에서 웬 아이 우는 소리가 들리지 뭡니까. 허둥지둥 다가가서 보니 웬 어린 아이가 풀 속에 누운 채로 태산이 다 떠나갈 듯이 울고 있는 것이 아닙니까 글쎄.[5]

강보에 싸여 우는 아기

이삼은 그 광경을 본 이상 차마 외면할 수가 없었습니다. 더우기 그 아

---

3 【즉공관 방비】最毒婦人心. 아주 모진 것이 여자의 마음이러니!
4 집달리[手力] : ‘수력(手力)’은 송대에 현 관아에서 부리던 아전의 하나로, 조세 독촉 등의 업무를 담당하였다. 주호(主戶) 2등·3등의 세대에서 충당되었다고 한다. 편의상 여기서는 ‘집달리(執達吏)’로 번역하였다.
5 【즉공관 방비】可憐. 딱하기도 하지.

이는 돌보는 이가 하나도 없고 부모는 어디에 갔는지도 모르는 상황이었지요. 이삼은 다가가서 아이를 안아 일으켰습니다. 그 어린 아이는 반나절 동안 사람 그림자 하나 보이지 않자 속으로 겁이 났던지 견딜 수 없을 정도로 울고 있었습니다. 그러다가 지금 누가 곁에 오니 낯이 좀 설기는 해도 울음을 참고 그에게 안기는 것이었지요.

알고 보니 이삼에게는 자식이 없었습니다. 아이를 발견하고 반가워한 것도 그럴 만한 이유가 있었던 거지요. 그는 하늘께서 자기한테 이 어린 아이를 내려 주셨다고 여기고 그 길로 아이를 안고 집으로 돌아갔지요. 집안사람들은 아이가 해맑게 생긴 것을 보고 다들 좋아했습니다. 그래서 집에서 키우면서 친아들처럼 대해 주었답니다.

이쪽의 이야기를 해 볼까요? 황절은 관아에서 나와 집으로 돌아왔습니다. 그런데 가만 보니 안방이 조용하고 아내조차 보이지 않는 것이 아닙니까. 놀란 나머지 이웃사람들에게 물어 보니 다들 이렇게 말하는 것이었습니다.

"압사[6]께서 나가신 지 며칠 되지도 않아서 아씨께서 아드님을 안고 어디론가 사라지셨어요. 문도 조용하게 다 닫아 걸고 말입니다. 우리야 무

---

6 압사(押司) : 송대 지방 관청에서 공문 작성 등의 업무를 담당하는 관리에 대한 호칭. 『송사(宋史)』「직관지(職官志)」에 따르면 각 목사(牧司) 및 임안부(臨安府)의 서리들은 모두 '압사관'이 배속되어 있었는데 명칭은 '관원'이지만 사실상 '하급 서리'에 해당되었다고 한다. 참고로 시내암『수호전』의 주인공인 송강(宋江) 역시 운성현(鄆城縣) 관아에서 공문 작성을 담당하는 서리여서 '송 압사(宋押司)'로 불려졌다.

슨 친척댁에라도 가신 줄 알았지요. 자세한 내막은 모릅니다요."

황절은 그제서야 아내 사냥에게 문제가 좀 있는 것을 눈치챘습니다. 당황한 나머지 이곳저곳 친척 집마다 찾아가 수소문해 보았지만 행방을 전혀 알 길이 없지 뭡니까. 황절은 하는 수 없이 벽보를 써 붙이고 여기 저기 찾아 다녔지요. 기꺼이 몇 꿰미나 되는 돈까지 제보 사례비로 내 걸고 말입니다.

그러던 어느 날이었습니다. 우연히 성문을 나가 몇 리 길을 가서 마침 이삼의 집 대문 앞을 지나고 있었지요. 그런데 이삼이 마침 주워 온 아들을 안고 거기서 놀고 있었습니다. 황절이 자세히 보았더니 바로 자기 친 아들이지 뭡니까. 그래서 이삼에게 호통을 치면서 캐물었지요.

"이 아이는 내 아들이다! 네놈이 어째서 여기서 안고 있는 게냐! (…) 우리 집 안 사람은 또 어디로 간 게야?"

그래서 이삼이 이야기 해 주었지요.

"이 아들은 제가 풀밭에서 주워 왔습니다. 아씨고 뭐고 어찌 알겠습니까?"

"내 아내를 잃어 버리고 온 동네에 벽보를 붙여 알렸는데 어느 누가 모른단 말인가? (…) 지금 아들이 네 집에 있는 것을 보니 네놈이 간통을 저지르고 내 안사람을 꼬드겨 감추어 놓은 것이 분명하다! 여기에 무슨 할 말이 있겠느냐?"

"주워 왔을 뿐입니다. 그런 내막을 어떻게 알겠습니까?"

황절이 이삼을 붙잡고 억울하다고 외치는 통에 그 구역 담당관과 이웃 사람들의 주목을 끌어 다들 몰려 들었습니다. 그래서 황절이 그 사정을 하소연하니 사람들이 말하는 것이었지요.

"이삼에게는 원래 아들이 없었지요. 안고 왔을 때에도 사실은 내력을 알 수가 없었는데 … 압사님 아드님인 줄은 몰랐습니다!"

"아들은 이놈 집에 있다 치고 … 내 안사람이 보이지 않는구나. 이놈이 같이 납치해 왔을 텐데?"

"그건 … 저희도 모르겠습니다!"

사람들이 이렇게 말하자 이삼은 초조해 하면서 말했습니다.

"제가 언제 무슨 아씨를 보았다고 그러십니까! 그날 풀밭에서 가만 보니 이 아이가 울고 있었습니다. 해서 제가 안고 집으로 돌아온 걸요. (…) 지금 압사님 아드님이라시니 제가 운이 나빴다고 여기고 돌려드리면 그만입니다. 그런 것을 어째서 무슨 아씨를 내놓으라고 억지를 부리십니까?"

"개소리 마라! 내가 억지를 부려? 지금 바깥에 붙여 놓은 벽보가 있느니라! 네 이 간교한 놈, 당장 관아로 가서 이야기 하자!"

이렇게 말한 황절은 사람들을 보고 말했습니다.

"여러분께 죄송하지만 저와 같이 이 자를 현까지 끌고 가십시다! 양갓집 자식을 유괴해 간 사안이어서 이곳 담당관이나 이웃 분들도 관계가 있으니 놈을 놓치면 안될 것입니다!"

그래서 이삼이 말했지요.

"나는 양심을 속인 일이 없습니다. 원님을 보러 가든 말든 나도 할 말이 있으니 절대로 달아나지 않겠소!"

황절은 사람들과 함께 이삼을 끌고 아들을 안은 채로 그 길로 현으로 왔습니다.
황절은 고소장을 써서 앞서의 일들을 일일이 현령에게 고했습니다. 그래서 현령이 이삼을 심문하니 이삼은 그저 '길가에서 아이를 마주쳐서 안고 집으로 돌아온 것은 사실이오나 다른 사정은 전혀 모릅니다'라는 말만 할 뿐이었지요. 그러자 현령이 말했습니다.

"허튼 소리! 그의 집에서 두 사람이 사라졌다. 하나는 너희 집에 있다고 치고 나머지 하나는 또 어디에 있는 게냐? 이렇게 간사하게 굴다니 매질을 하지 않으면 불지 않겠구나!"

그러더니 이삼을 불러 올려 형벌을 가하는 것이었습니다. 이삼은 매를 맞아 몇 번이나 까무라쳤다 되살아났다 하면서도[7] 끝까지 자백을 하지 않았습니다.

그 현에는 황절과 같은 관리가 스무 명 넘게 있었습니다. 그렇다 보니 다들 같은 처지의 이방 편 체면만 세워 주면서 다함께 무릎을 꿇고 현령에게 고하고 이삼을 엄하게 추궁할 것을 요구하는 것이었습니다. 그러자 현령은 이삼에게 모질게 매질 했지요.[8] 결국 이삼은 더 이상 견디지 못하고 거짓 자백을 하는 수밖에 없었습니다.

"집안에 자식이 없었는데 황절의 처가 그 집에서 아들을 안고 있는 것을 보고 잡아 죽이고 그 아들을 훔쳐 돌아왔습니다. 이제 붙잡혔으니 기

---

7 몇 번이나 까무라쳤다 되살아났다 하면서도[一佛出世, 二佛生天] : 명대의 유행어. 글자 그대로 직역하면 '첫 번째 부처가 인간 세상에 태어나고 두 번째 부처가 천당에 태어나다' 정도로 번역할 수 있다. 형벌이 하도 가혹하여 의식을 잃었다 돌아왔다를 몇 번이나 거듭하는 상황을 가리킨다. 『이각 박안경기』의 경우 제5권 · 제18권 · 제23권에도 같은 표현이 사용되었으며, 제36권에서는 "첫 번째 부처가 인간 세상에 태어나고 두 번째 부처가 열반하다(一佛出世, 二佛涅槃)"식으로 변형되어 사용되었다. 이 밖에도 시내암의 『수호전』, 양신(楊愼)의 『입일사 탄사(卄一史彈詞)』, 풍몽룡의 『성세항언』 등 명 · 청대 소설들에도 비슷한 표현이 많이 확인된다.
8 【즉공관 미비】 箠楚之下, 何求不得. 매질을 하면 얻어내지 못할 것이 뭐가 있겠는가?

꺼이 극형을 받겠습니다."

그래서 현령이 다시 물었지요.

"시신은 지금 어디에 있느냐?"

"남들이 볼까 두려워서 강에 던져 버렸습니다."

현령은 그 자백을 기록하고 진술서를 가져다 죄명을 정한 다음 사형수 감옥에 가두었습니다. 그리고는 당안 공목[9]에게 분부하여 자백서를 작성하게 하더니 공문이 완성되자마자 부府 관아로 압송해 판결을 기다리게 했지요. 공목은 공목대로 이번에는 황절을 위하여 이삼의 감옥에서의 동태를 물 샐 틈 없이 감시했답니다.

이때가 바로 소흥[10] 십구 년의 팔월 스무아흐레였습니다. 공문을 작성한 현령은 감옥에서 이삼을 끌어내어 부 관아로 압송했습니다. 이삼은 살인을 저지른 중죄인인지라 족쇄를 차고 칼을 쓴 채로 재판정 아래에 무릎을 꿇고 있다가 이름이 불리면 바로 출발하기만을 기다리고 있었지

---

9 당안공목(當案孔目) : 송대의 관직명. 공목(孔目)은 각급 관청에서 문서 업무를 관장한 관리를 말하며, '당안공목'은 글자 그대로 직역하면 '공문 목록을 관장하는 관리'라는 뜻으로 해석된다.

10 소흥(紹興) : 남송 황제인 고종(高宗) 조구(趙構, 1107~1187)가 1131~1162년까지 32년 동안 사용한 연호. "소흥 19년"은 서기 1149년에 해당한다.

요. 그런데 별안간 먹구름이 사방에서 몰려들고 허공에서 우레와 번개가 번갈아 치더니 이삼이 쓰고 있던 칼과 수갑이 모두 벗겨져 버리는 것이 아닙니까. 그리고는 벼락이 치는 소리가 들리더니 당안공목이 재판정에서 즉사해 버렸습니다. 앞서의 스무 명 넘는 관리들도 머리에 쓴 두건이 모조리 우레와 바람에 날아가 버렸지요.

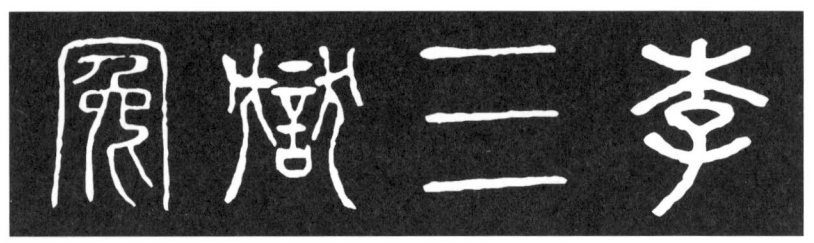

전서체로 쓴 '이삼옥원(李三獄冤)'. 오른쪽에서 왼쪽으로 읽는다

　　그러자 현령은 놀란 나머지 온몸을 부들부들 떠는 것이었습니다. 얼마 뒤에 마음을 추스른 현령은 아전에게 공목의 시신을 검사하게 했습니다. 그랬더니 시신의 등에 주홍색의 전서체 글자로

　"이삼의 사건은 억울하다"　　　　　　　李三獄冤

　　라고 적혀 있는 것이 아닙니까. 그래서 현령이 즉시 이삼을 불러 물었지만 이삼은 그대로 멍하니 서 있을 뿐이었습니다. 마치 넋이라도 나간 것처럼 말입니다. 그러다가 자기 이름을 부르는 소리를 듣고 나서야 대답을 하는 것이었지요.

"네가 차고 있던 칼과 수갑 … 방금 어떻게 푼 게냐?"

현령이 이렇게 묻자 이삼이 대답했습니다.

"소인이야 눈 앞이 캄캄한 것이 마치 꿈 속과도 같았습니다. 그러니 무슨 영문인지 어떻게 알겠습니까. 차고 있던 칼과 수갑이 어떻게 해서 풀렸는지도 모르겠습니다요!"

이로써 현령은 그 사건에 억울한 사정이 있다는 것을 분명히 알게 되었지요. 그래서 이삼에게 물었습니다.

"지난번 네가 데리고 있던 그 아이는 … 정말 어떻게 된 게냐?"

"누가 버렸는지는 정말이지 모릅니다! 풀밭에서 울고 있는데 차마 지켜볼 수가 없길래 안고 돌아온 것뿐입니다요. (…) 황절 부부의 경우는 … 소인도 전혀 모르는 일입니다. 형벌을 견디다 못해 거짓으로 진술한 것입니다요!"

현령은 이쯤 되자 놀랍기도 하고 후회스럽기도 한지

"오늘 보니 정말 너와는 상관이 없겠구나!"

하더니 그 자리에서 바로 이삼을 풀어 주었습니다. 그리고는 황절을 불러 사령과 함께 따로 이사낭의 행방을 수소문하게 했지요. 나중에 결국 다른 곳에서 그녀를 찾아내 신병을 확보하는 데에 성공했답니다. 그제서야 세상 일이란 알쏭달쏭 판단이 서지 않는 상황에서는 억울한 죄인을 만들어 낼 수도 있음을 깨달았지요. 이 이삼의 경우도 만약 우레의 신이 신통력을 발휘하지 않았더라면 하마터면 하소연할 데조차 없을 뻔 했지 뭡니까!

이제부터는 우리 왕조의 어떤 사람이 앞의 경우와 마찬가지로 아내가 남을 따라 도망치는 바람에 평소 내왕하던 이웃에게 누명을 씌워 거의 지쳐 죽게 만들었다가 나중에서야 진상이 밝혀진 이야기를 들려 드리겠습니다. 대유현의 이야기는 이 사건과도 비슷한 데가 좀 있으니 소생이 천천히 들려 드리면 그 내막을 알게 되실 것입니다.

아름다운 밀회에 뽕밭의 약속 누설하고	佳期誤洩桑中約,
좋은 일에 인연이 잘못 연결되었네.	好事訛牽月下繩.
평소 상황만 잘 유추하면 되건마는	只解推原平日狀,
엉뚱한 데서 뒤집힐 지 누가 알았으랴?	豈知局外有翻更.

이야기를 들려 드리도록 하겠습니다. 북직예[11] 장가만[12]에 어떤 주민

---

11 북직예[北直] : 명대의 행정구획. 명대에는 성조(成祖) 주체(朱棣) 때부터 '양경제도(兩京制度)'를 시행하여 황제의 직할지인 직예가 북경을 행정 중심지로 한 '북직예'와 남경을

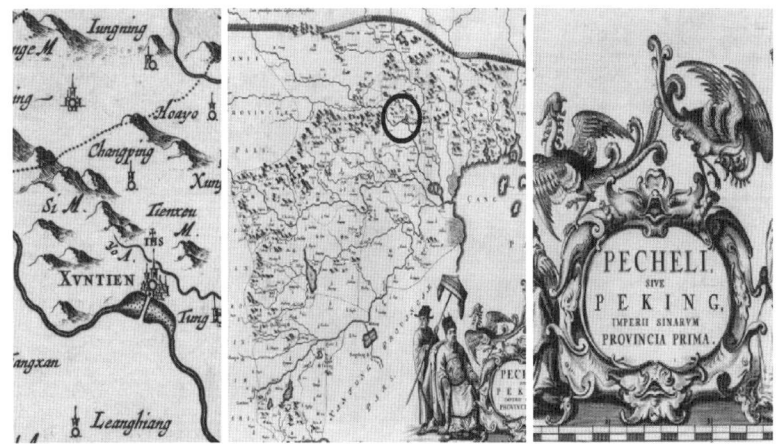

명나라에 파견된 제수이트 선교사 마르티니(Martini)가 1655년에 제작한 『중국
경사북직예도(Pecheli, sive Peking)』에 표시된 순천부(Xvntien, 동그라미).
북직예의 발음이 '뻐저리(Pecheli)'로 표시되어 있다

이 살았습니다. 그는 성이 서徐, 이름이 덕德으로, 자신은 성내에서 장반[13]
일을 하고 있었지요. 그에게는 막대저莫大姐라는 아내가 있었는데, 아주
참한 외모를 가지고 있었지요. 게다가 흥이 많고 술을 즐기는데 취하기
만 하면 술김에 남자를 집적거리고 이야기를 나누면서 수작을 걸곤 했답
니다. 그의 이웃에는 양이랑楊二郎이라는 사람이 살았는데, 역시 대단한
바람둥이였지요. 그는 나이가 젊고 방탕했는데, 빈둥거리고 놀면서 세월

행정 중심지로 한 '남직예'로 구분 운영되었다. 여기서 '북직(北直)'은 북직예를 말한다.
12 장가만(張家灣) : 명대의 지명. 중국 하북성 북경시의 동쪽인 통주구(通州區) 동남쪽에
    위치한 곳으로, 화북(華北)·동북(東北)·천진(天津) 등의 방면으로 갈 경우 반드시 거쳐
    가야 하는 교통의 요지였다.
13 장반(長班) : 명대에 경직(京職) 관리의 시중을 들던 수행 종복을 가리킨다. 명대의 심덕
    부(沈德符, 1328~1401)가 지은 『만력야획편(萬曆野獲編)』에 따르면, "【경직 관리】손님
    을 접대하는 일은 모두 장반의 조언을 통해 이루어진다. 조정에 나가 중요 인사들을 뵈는
    일 이외에도 이러저러한 일들 및 뵙기를 청하고 집안으로 들어가고 문밖으로 나갈 때
    안내하고 지휘하는 일은 그들이 도맡아 하였다[【京官】拜客則皆出長班授意, 除赴朝會謁貴
    要之外, 遠近遲速以及當求面, 當到廳, 當到門, 導引指揮, 惟其所適]"고 한다.

을 보내는 등 행실이 그다지 좋지 못했습니다.

그는 막대저와 하루 종일 희롱하면서 서로를 탐낸 끝에 작업에 성공했습니다. 오죽하면 그 일을 외간사람들 치고 모르는 사람이 없을 지경이었지요. 막대저에게 아무리 평소에도 내왕하는 짝지[14]가 한둘 있다고는 해도 양이랑만큼 사랑이 깊지는 못했습니다. 게다가 서덕은 관아에서 뛰어다니다 보니 늘 한 달이 넘도록 집에 들어가지 못하기 일쑤였지요. 그렇다 보니 양이랑은 갈수록 제멋대로가 되어 버렸습니다. 급기야 아예 부부라도 되는 것처럼 지내곤 했지요. 나중에 서덕은 돈을 벌어 집안일이 안정되었습니다. 그렇다 보니 관아에서 자기 일을 대신 해 줄 사람을 구한 덕에 날마다 나갈 필요가 없게 되었지요. 그렇다 보니 집에서 쉴 때가 되면 양이랑과 막대저의 그렇고 그런 사정을 차츰 눈치채기에 이르렀지요. 그러나 이웃사람들을 방문하기라도 하면 어김없이 사람들이 삼삼오오 무리를 지어서 쑤군거리기 일쑤였지 뭡니까. 서덕이 하루는 막대저를 보고 말했지요.

"반 평생을 고생한 덕에 밥은 먹고 살 수 있게 됐소. 그래도 체면은 좀 차려야 되니까 … 외간사람들한테 웃음거리는 되지 말았으면 좋겠소!"

"웃음거리라니요?"

---

14 짝지[梯己人]: '제기(梯己)'는 체기(體己)로도 쓰는데, 명·청대 구어체 중국어에서는 서로 마음이 잘 맞는 것을 가리킨다. 따라서 '제기인(梯己人)'은 서로 죽이 잘 맞는 친구 사이를 가리키는 셈이다. 여기서는 편의상 '짝지'로 번역하였다. '제기'는 때로는 은밀히 모은 재물이나 소중하게 소장하는 물건을 가리키는 말로 사용되기도 하였다.

"'종은 두드리지 않으면 울리지 않고 북은 치지 않으면 울리지 않는 법'[15]이요. '남들 모르게 하려면 아예 일을 벌이지 않는 편이 낫다'[16]는 말도 있지. (…) 임자가 벌인 짓 … 바깥에서 쑤군거리지 않는 사람이 있는지 아시오? 어째서 나를 속이는 게요! 앞으로 처신을 좀 똑바로 하란 말이오!"

막대저는 남편에게 꼬리가 밟히자 애교를 부립네 시치미를 뗍네 하면서 그럴듯한 인사치레 말 몇 마디로 얼버무렸습니다. 스스로 생각해 보아도 그동안 유난히 고약하게 처신했지 뭡니까. 그러나 남편을 속일 수 없으니 마냥 강변을 늘어놓을 수는 없다는 것을 깨달았지요. 그래서 속으로 생각했습니다.

'나와 양이랑은 사이가 좋아서 그 정분이 부부와도 같다. 잠시라도 떨어질 수 없는 사이야. 그런데 지금 남편이 알아챘으니 단단히 대비할 게 분명한데 어쩌면 좋담? (…) 차라리 은밀히 그 이 하고 의논해서 재산을 좀 챙겨설랑 같이 도망치는 편이 낫겠다. (…) 다른 고을이라면 하고 싶은 것도 하고 가고 싶은 데도 가면서 즐겁게 지낼 수가 있을 테니 얼마나

---

15 종은 두드리지 않으면 울리지 않고~[鐘不扣不鳴, 鼓不打不響] : 명대의 속담. 말을 하거나 행동을 보여 주지 않으면 남들은 당사자의 속내를 알 수가 없다는 뜻이다.
16 남들 모르게 하려면 아예 일을 벌이지 않는 편이 낫다[欲人不知, 莫若不爲] : 당대에 오긍(吳兢, 670~749)이 지은 『정관정요(貞觀政要)』「공평(公平)」에 나오는 말. 전문은 "남들 모르게 하려면 아예 일을 벌이지 않는 편이 낫고, 남들이 듣지 못하게 하려면 아예 말을 하지 않는 편이 낫다[欲人不知, 莫若不爲, 欲人不聞, 莫若勿言]"이다. 남들이 모르게 하려면 처음부터 일을 벌이지 않아야 하며 남들이 듣지 않게 하려면 처음부터 말을 하지 말아야 한다는 뜻이다.

좋은 일이야!'

그러면서도 이런 생각을 마음속에만 꼭꼭 감추고 있었답니다.

그러던 어느 날이었습니다. 서덕이 나가는 것을 본 그녀는 양이랑과 약속을 해서 이 일을 상의했지요.

"나는 여기에 딱히 무슨 연고가 있는 게 아니니 누님이 같이 가시겠다면 그렇게 합시다! 다만, … 외지로 나가려면 밑천이 좀 있어야 식구를 먹여 살려도 살리지요."

양이랑이 이렇게 말하자 막대저가 말했습니다.

"내가 집안의 귀중품[17]을 몽땅 챙겨 가면 그럭저럭 동안 지낼 수 있지 않겠어? (…) 자리가 잡히고 나면 천천히 집안을 일구고 일을 하면 되지!"

"그러면 되겠군요! 되는 대로 챙기고 또 앞으로의 계획을 상의하면 되겠네요!"

"그럼 이야기 끝난 거야? 내가 기회를 봐서 날을 잡을 테니 몰래 당신하고 약속해서 떠나자구! (…) 이 일은 누설하지 말고!"

---

17 귀중품[細軟] : '세연(細軟)'은 명대에 유행한 소주 방언으로, '귀중품'을 뜻한다.

"알고 있습니다!"

두 사람은 그 틈을 타서 그렇고 그런 일을 좀 하고 나서 몇 번이나 다짐을 하면서 그 자리를 떠났답니다.

한편 서덕이 집에 돌아오고 며칠이 지났을 때였습니다. 막대저를 보니 정신이 산만하고 자신에게도 심드렁하지 뭡니까. 거기다가 이웃들을 찾아가서 물어 본 결과 양이랑이 여전히 들락거린다는 사실을 알게 되었습니다. 그는 이랑을 괘씸하게 여기면서 말했지요.

"마주치기라도 하면 놈을 두 토막 내 버리고 말겠다!"

그 소리를 들은 막대저는 몰래 인편에 이런 내용의 서신을 양이랑에게 부쳤습니다.

"지금은 절대로 우리 집 앞에 얼씬거리면 안돼요!"

그때부터 양이랑은 서 씨네 집 근처를 기웃거릴 엄두를 내지 못하는 것이었지요.

막대저는 그 일을 각별히 마음에 새기면서도 오로지 '그와 어디로든 떠났으면 좋겠다'는 생각뿐이었습니다. 서 씨네로부터 이미 마음이 떠난 상태였던 거지요. 그렇다 보니 남편 하나만 눈엣가시처럼 걸리적거릴 뿐이었지요. 보통은 여자 마음이 한번 싱숭생숭해졌다 하면 자연히 매사가 엉망진창이 돼 버리고 맙니다. 그래서 미친 것 같기도 하고 얼이 나간 것 같기도 하며 정신은 멀쩡한데 마음이 없다 보니, 동쪽이라고 하는데도 서쪽으로 알아듣는 식으로 아무 생각이 없기가 일쑤였지요. 게다가 양이랑은 양이랑대로 그녀에게 접근할 수가 없다 보니 차를 마실 때도 밥을 먹을 때도 오로지 그녀 생각뿐이었습니다. 완전히 그녀에게 빠져 있었던 거지요. 그러나 답답해서 도저히 참을 수가 없게 되자 그 남편에게 부탁한 끝에 이웃 여인 두세 사람과 약속을 해서 악묘[18]로 가서 불공을 들이기로 했답니다. 이쯤 되었으면 서덕도 자기 여편네가 철딱서니가 없는 것을 눈치채고 그녀를 외출시키지 말았어야 옳았습니다. 그러나 북방 사람들은 솔직하다 보니 속으로 이렇게 생각했지요.

'요 며칠 동안 단단히 단속했더니 아내가 정신이 흐리멍텅해진 것 같군. (…) 무슨 병이라도 생긴 걸까? (…) 외지에 마실이라도 좀 다녀오게 해 주어야겠어!'[19]

북방의 풍속에서는 여자가 외출할 때에는 언제나 혼자 다니곤 했습니

---

18 악묘(嶽廟) : 동악묘를 가리키는 것으로 보인다. '동악(東嶽)'은 지금의 산동성 태안시(泰安市)에 자리잡고 있는 태산(泰山)을 말하며, 동악묘는 중국 전설에서 사람의 생사를 관장하는 도교의 신으로 신봉되어 온 동악대제(東嶽大帝)를 모시는 사당이다. 중국의 민간 전설에서는 동악대제가 죽은 사람의 죗값의 경중을 결정한 장소인 혁혼대(嚇魂臺)가 이곳에 있었다고 한다.
19 【즉공관 미비】丈夫原幫襯. 남편도 알고 보니 들러리였군?

다. 남자는 자기 일이 있다 보니 여간해서는 따라가려 하지 않지요. 이번에도 막대저는 혼자서 다른 동무들과 함께 지마[20]와 술통을 가지고 가마를 타고 거리낌 없이 문을 나서는 것이었지요. 그러나 바로 이 걸음 때문에 다음과 같은 일이 벌어지게 됩니다.[21]

규방의 방탕한 여인이	閨中佚女,
뜻밖에 풍류의 마당에 남고	竟留煙月之場,
베개 맡 애인이	枕上情人,
자칫 감옥 속 귀신이 되니	險作囹圄之鬼.
바다가 맑아져 그 바닥이 보여야만	直待海淸終見底,
대야 엎고 햇빛 볼 수 있겠구나.	方令盆覆得還光.

---

20 지마(紙馬) : 명대에 민간에서 제사를 지낼 때에 사용하던 신상(神像)이 그려진 종이. 고대에는 제사를 지낼 때 희생과 폐백을 제물로 올렸으나 진(秦)나라에서는 말을 제물로 바쳤다 하여 나중에는 나무로 만든 목마를 대신 바치기 시작하였다. 그런데 당대에 이르러 왕여(王璵, ?—768)라는 관리가 종이를 폐백으로 삼고 종이말[紙馬]로 귀신에게 제사를 지내면서 그것이 관례로 굳어졌다. 나중에는 목판으로 찍어낸 채색된 신불(神佛)이 그려진 종이를 '지마'라는 이름으로 팔기 시작하였다. 일설에는 그렇게 신상이 그려진 종이에는 어김없이 그 신불이 타는 말이 나란히 그려지곤 하기 때문에 '지마'로 부르게 되었다고 한다.

21 다음과 같은 일이 벌어지게 됩니다[有分交] : 명대 (의)화본 및 장회소설에서 장면이 끝나거나 바뀔 때마다 사용하는 상투어. 보통 이 앞에는 "바로 이 걸음 덕분에(只因此一去)"라는 말이 관용적으로 사용되며, 이 뒤에는 다음 장면에서 벌어지게 될 사건이나 상황들을 사전에 미리 암시하는 두 구절의 시를 사용함으로써 청중들이 이야기에 몰입하도록 이끄는 역할을 하는데, 엄밀한 의미에서는 독서를 목적으로 한 일반 소설의 관용적인 표현이라기보다는 극장에서의 공연을 목적으로 한 공연물에서 주로 사용하는 연극적 장치의 일종으로 이해하는 것이 더 좋을 듯하다. "분교(分交)"는 '분교(分敎)'로 표기하기도 한다.

토지신이 그려진 청대 북경의 지마

계속 이야기를 들려 드리도록 하겠습니다. 제화문[22] 밖에는 바람둥이 도령이 한 사람 살았는데, 성이 욱郁, 이름이 성盛이었지요. 그는 천성적으로 음탕해서 작정하고 간사한 짓을 벌이곤 했습니다. 그래서 본분을 지키지 않고 양갓집 부녀자들을 유혹하기 일쑤였습니다. 거기다가 남의 잇속을 챙기기 좋아해서 번번이 양심을 저버리고 야비한 짓을 벌이곤 했지요.

그는 막대저와는 고종 사촌 사이였습니다. 줄곧 그 집을 드나들다 보니 양쪽 모두 서로에게 호감을 좀 품고 있었지요. 다만 상황이 여의치 못하다 보니 미처 일을 벌이지 못하고 있을 뿐이었습니다.

욱성은 그것을 속으로 유감으로 여기고 늘 마음에 두고 있었습니다.

---

22 제화문(齊化門) : 원대 대도(大都, 지금의 북경 일대)의 11개의 성문들 중 하나. 명나라 영종(英宗)의 정통(正統) 4년(1439)에 '조양문(朝陽門)'으로 개칭하였다. 지금의 북경시 동성구(東城區) 조양문교(朝陽門橋) 근처에 해당한다.

그러던 어느 날이었지요. 자기 집 대문 앞에 한가하게 서 있는데 가만 보니 여자가 타는 가마 몇 대가 다가오는 것이 아닙니까. 그는 꼭꼭 숨어서 그 가마 안에 탄 여자를 훔쳐 보았습니다. 그런데 마침 가마에 드리워진 발 틈새로 보니 서 씨네 막대저의 모습이 보이지 뭡니까. 가마에 지전紙錢이 걸려 있는 것을

20세기 초의 북경성 조양문(朝陽門). 원명대에는 '제화문'으로 불렸다

보면 동악묘에 참배하러 가는 길임이 분명했습니다. 거기다가 빈 손인 사람들은 곽짐을 지고 있었지요. 바로 여자들이 놀면서 먹을 술이지 뭐겠습니까.

'내가 저들을 따라가서 논다고 치자. 기껏해야 놀이에나 좀 끼고 눈요기나 좀 할 뿐 실속이 없겠어. (…) 더욱이 남의 집 여자들도 저기에 끼어 있으니 장난치고 놀기에도 여간 불편한 게 아니지. 차라리 술과 음식을 잘 마련해 놓고 막대저가 되돌아올 때까지 기다리자! 나는 친척이니까 초대해서 같이 점심을 먹더라도 쑥덕거릴 자가 없을 거야. 게다가 … 막대저는 술을 즐기고 흥이 많은 데다가 … 내게도 무척 호감을 가지고 있으니 거절하지 않을 것이 분명해. 바로 그때 … 술기운을 빌어 유혹한다면 성사되지 않을 턱이 없지! 기막힌 꾀다, 기막혀!'

그는 그 길로 사람들로 북적거리는 골목으로 달려가서 맛있는 생선이며 고기 안주에, 개암이며 잣 같은 열매들을 좀 골라 잔뜩 사서 빠짐없이 잘 준비했습니다. 그야말로

맛난 냄새 코 자극하는 먹이 준비하고　　安排撲鼻芳香餌,
고래 와서 낚시바늘 물기만을 기다리네.　　專等鯨鯢來上鉤.

다시 이야기를 들려 드리도록 하지요. 막대저는 여인들과 악묘에 가서 불공을 드리고 나서 여기저기를 다니면서 놀았습니다. 그리고는 술통을 지고 들판에서 좋은 자리를 골라

『소주청명상하도』 속의 가마와 가마꾼

앉더니 바로 음식들을 늘어놓고 술을 먹기 시작했지요.[23] 다른 여인네들은 주량이 그다지 많지 않아서 서너 잔만 마실 뿐이었습니다. 그러나 막대저가 주량이 많다는 것을 아는지라 다들 그녀에게 술을 권했지요. 막대저는 전혀 거절하는 법이 없이 잔을 들자마자 다 먹어 치웠습니다. 급기야 가지고 온 술을 동이 날 때

---

23 【즉공관 미비】此興亦佳. 이 재미도 쏠쏠 하지.

까지 먹어 치우고 나니 거나하게 술기운이 오르는 것이었지요. 그리고 날이 어두워지려 하자 그제서야 물건들을 챙겨서 가마를 타고 귀가 길에 올랐답니다.

그렇게 욱 씨네 집 대문 앞까지 왔을 때였습니다. 지켜보고 있던 욱성이 서둘러 막대저의 가마 앞으로 오더니 인사를 하고 나서 말하는 것이었지요.

"여기는 소인 집 앞이올시다. 누님, 가시는 길에 목이 마르실 텐데 안에 들어가서 차라도 한 잔 드릴까요?"

막대저가 몽롱하게 취한 눈으로 보니 사촌인 욱성이지 뭡니까. 게다가 평소에도 수작을 주고 받곤 하던 사이였지요. 그녀는 서둘러 가마를 세우게 해서 가마에서 나오더니 욱성에게 '복 많이 받아요' 하고 인사를 하고 나서 말했습니다.

"이제 보니 오라버니가 여기에 살고 계셨구려?"

그러자 욱성은 함박웃음을 머금은 표정으로 말했지요.

"누님, 안에 가서 좀 앉으실까요?"

술기운이 오른 막대저는 비틀비틀 그를 따라서 대문 안으로 들어갔습니다. 다른 집 가마들은 서 씨네 가마를 친척이 멈추어 세운 것을 눈치챘습니다. 그래서 각자 먼저 그 자리를 떠나고 서 씨네 가마꾼만 대문 앞에 가마를 멈춘 채 그녀를 기다렸지요.

막대저가 대문을 들어오자 욱성은 그녀를 웬 방으로 안내했습니다. 그런데 가만 보니 술과 과일에 안주며 음식들이 한 상에 가득 차려져 있는 것이 아닙니까.

"웬일로 오라버니가 이런 정성을 다 들이셨을까?"

"누님이 이곳을 지나는 드문 기회가 생겼으니 … 맛없는 술 한 잔으로라도 성의를 보이려 한 것뿐입니다!"

욱성은 애초부터 목적이 있었습니다. 그래서 일부러 시중 들 사람도 부르지 않고 내내 혼자서 자리를 지키고 앉아 직접 술을 따르면서 극진한 정성으로 술을 권하는 것이었지요. 그야말로

| 차는 꽃의 주선자요 | 茶爲花博士, |
| 술은 여색의 중매인이라.[24] | 酒是色媒人. |

---

[24] 차는 꽃의 주선자요~[茶爲花博士, 酒是色媒人] : 명대의 속담. 글자 그대로 직역하면 '차는 꽃의 주선자요 술은 호색한들의 매개체' 정도로 번역할 수 있다. 송대 화본소설집인

막대저는 처음부터 벌써 술에 취한 상태였습니다. 그런데 거기에 욱성까지 '느릿느릿 노를 저어 배를 움직여서 취한 물고기를 잡는다[25]'는 격으로 얼굴까지 붉혀 가면서 통사정을 하는지라 또다시 많은 술을 먹었지요. 결국 술기운이 돌면서 두 눈이 게슴츠레 해지고 음욕이 불끈거리는가 싶더니 되려 자신이 추파를 던지고 도발적인 말들을 던지는 것이 아닙니까.[26]

욱성은 그 곁으로 자리를 옮겨 나란히 앉더니 술 한 잔을 너 반 입 나반 입 하면서 나누어 마셨습니다.[27] 그런 다음에는 술을 한 모금 머금더니 그녀의 목을 꺾고 흘려보내는 것이었지요. 막대저는 그 술을 받아 삼키는가 싶더니 어느새 그 혀를 욱성의 입 쪽으로 뻗는 것이 아닙니까. 욱성은 욱성대로 그 혀를 한 동안 물고 놓아 주지 않는 것이었습니다.

두 사람은 욕정이 요동치자 서로 끌어안고 침상 안으로 들어갔습니다. 그리고는 속곳까지 벗어 던지고 어울리기 시작했지요.

『경본통속소설(京本通俗小説)』「연옥관음(碾玉觀音)」에도 "자는 꽃의 날인이요 술은 여색의 중매인이라고 했던가요?[道不得 '個茶爲花博士, 酒是色媒人']"식으로 같은 표현이 보인다. 때로는 『성세항언(醒世恒言)』 제13권의 "봄은 차의 주선자요 술은 호색한들의 중매인[春爲茶博士, 酒是色媒人]"처럼, 앞 구절이 다르게 사용되기도 하였다.

25 느릿느릿 노를 저어 배를 움직여서 취한 물고기를 잡는다[慢櫓搖船捉醉魚] : 명대의 유행어. 상대방이 눈치 채지 않도록 느긋하게 행동하다가 기회를 봐서 단숨에 행동을 취하는 경우를 두고 말하는데 주로 부정적인 상황에서 사용된다.

26 【즉공관 미비】此時景味, 不得不爾. 이때의 상황의 묘미는 어쩔 수가 없지.

27 【즉공관 방비】樂哉. 신이 났구만.

한쪽은 취해서 몸을 비틀고   一个醉後掀騰,

한쪽은 술 깨더니 몸을 어루만지네.   一个醒中摩弄.

취한 쪽은 꽃에 홀린 꿈꾸는 나비 같고   醉的如迷花之夢蝶,

깬 쪽은 꽃술 따느라 분주한 벌 같구나.   醒的似採蕊之狂蜂.

취한 쪽은 내내 잔뜩 흥분하여   醉的一味興濃,

반응이 갈수록 대담해지고   擔承愈勇,

깬 쪽은 반쯤은 재미 때문인지   醒的半兼趣勝,

상대 다루고 보는 모습 유난히 진지하구나.   玩視偏眞.

탐닉하는 쪽 애착하는 쪽 감정은 다를지라도   此貪彼愛不同情,

취한 그대와 깬 나 모두 기막힌 경지로 접어드네. 你醉我醒皆妙境.

두 사람이 절정에 이른 순간 막대저가 황홀감을 억누르지 못하고 입에서 신음을 흘리면서 말하는 것이었습니다.

"둘째 오라비…! 내 사랑! 내가 한결같은 마음으로 대해 줄 테니 같이 … 어디든 도망가서 즐거움을 만끽해요! 우리 집 그 망할 놈은 풍류도 모르고 간섭이나 해댄다니까! 이렇게 화끈하고 풍류 넘치는 오라비를 어디 따라올 수나 있겠어요?"

말을 마친 그녀는 하반신을 마구 들썩거리며 욱성을 단단히 끌어안고 놓아 주려 들지 않았습니다. 그러면서도 입으로는 내내 이렇게 외쳐 대었지요.

"둘째 오라비 …! 사랑해요!"

　알고 보니 막대저는 잔뜩 취한 상태에서 평소와는 달리 각별히 황홀한 것만 느낄 뿐 의식이 가물가물 해지면서 제 정신을 놓은 상태였습니다. 그야말로 '취한 사이에 본심을 드러낸 셈'[28]이었지요.

　이를테면 '술김에 진심을 드러낸 셈'이랄까요? 평소에 마음속으로 연모하던 이는 양이랑이었건만 비몽사몽인 상태에서 뜻밖에도 욱성과 혼동한 것입니다. 그래서 그 일을 벌이는 쪽이 욱성임에도 불구하고 그녀가 하는 말은 모두가 양이랑을 상대로 한 것이었지요.[29][30]

　욱성은 욱성대로 처음부터 양이랑이 그녀와 각별한 사이로, 술에 취한 탓에 사람을 잘못 알아 본 것이 분명하다는 것을 눈치챘습니다.

　'이 음탕한 여자 같으니! 그저 마음속은 그 이 생각뿐이로군? (…) 그럼 나도 일단 이판사판으로 계속 말을 시키면서 무슨 소리를 하는지 두고 보자!'[31]

　이렇게 생각한 욱성은 이어서 말했습니다.

28　취한 사이에 본심을 드러낸 셈[醉裏醒時言] : 명대의 유행어. 글자 그대로 직역하면 '취해 있는 사이에 제 정신일 때 하고 싶던 말을 내뱉다' 정도로 번역할 수 있다. 술에 취해서 하는 말이 참말이라는 뜻이다.

29　【즉공관 미비】 妙境. 기막힌 경지로군.

30　【즉공관 방비】 此是妙境, 亦是化境. 이거야말로 기막힌 경지이자 물아일체의 경지로군!

31　【즉공관 미비】 醒眼看醉人已妙, 何況男女私情. 술 깬 눈으로 술 취한 여자를 바라본다는 설정 자체가 기막히군. 하물며 남녀의 사사로운 감정이야 더 이상 무슨 말이 필요할까.

"내가 어떻게 하면 당신 하고 어디든 가서 즐거움을 만끽할 수가 있겠소?"

그랬더니 막대저가 말하는 것이었지요.

"지난번에 말했잖아요. (…) 재물을 좀 챙겨서 … 당신이랑 다른 곳으로 즐거움을 누리러 가자니까? (…) 그동안은 틈이 없었지만 이번 추분秋分 날에는 … 그 망할 놈이 성내로 들어가서 관아 일을 보기로 되어 있어요. 그러니 … 나랑 당신 … 그날 밤 틈을 타서 달아나자구요!"

"도망 … 못 가면 어쩌게?"

"당신은 곱게 배에 타고 있으면 돼요. (…) 짐을 다 부리고 나서 … 밤중에 배를 저어가면 되지? (…) 그 망할 인간이 성에서 나왔을 무렵이면 그 사실을 깨달았다고 해도 … 쫓아 올려야 쫓아 올 수가 없을 걸요?"

"밤에 암호는 … 뭘로 정하지?"

"당신은 그냥 문 밖에서 손뼉을 치기만 해요. (…) 내가 안에서 알아서 불러 들일 게요. (…) 난 오래 전에 잘 준비해 놓았으니까 … 이 기회를 놓치면 안 돼요!"

그러더니 입으로는 알듯 모를듯 한 말로 또 한참 이야기를 늘어놓는 것이었습니다. 그러나 기껏해야 닭살 돋는 사랑의 속삭임들뿐이었지요. 욱성은 그 중에서 중요한 말 몇 마디만 골라서 똑똑히 마음속에 새겨 두 었습니다.

그렇게 운우의 정을 나눈 뒤였습니다. 막대저는 틀어 올린 머리를 매 만지더니 어질어질한 정신으로 침상에서 내려 왔지요. 욱성은 이에 앞서 진작에 술과 밥을 가마꾼에게 먹였습니다. 그리고는 그들에게 가마를 메 게 한 다음에 막대저를 부축해 가면서 가마에 태워 보냈답니다.

집으로 돌아온 욱성은 '땡 잡았다'[32]고 여기고 속으로 기뻐했습니다. 거기다가 그녀의 속내 말까지 들은지라 웃으면서 말했지요.

"이상하군, 이상해! (…) 누님이 양이랑 하고 도망칠 작정으로 … 둘이 약속한 것을 죄다 털어 놓을 줄 누가 알았겠어? 거기다가 나를 양이랑인 줄 알았으니 얼마나 우스우냔 말이야! (…) 이렇게 된 이상 이판사판으 로 배를 빌려 놓았다가 그날 밤에 그녀를 빼돌려 다른 곳으로 실어 가서 한 동안 호강이나 해야겠어! 안될 것 뭐가 있나?"[33]

욱성은 못된 쪽으로만 머리가 돌아가는 자였습니다. 그래서 자신의 가

---

32 땡 잡았다[占了采頭] : 명대의 유행어. 명대의 구어체 중국어에서 '채두(采頭)'는 돈이나 노름판에 거는 판돈을 말한다. 여기서는 편의상 '점료채두(占了采頭)'를 '행운을 만나다' 라는 의미로 해석하여 "땡 잡았다" 식으로 번역하였다.

33 【즉공관 미비】 昏者太昏, 狠者太狠. 어리석다 하자니 너무도 어리석고 모질다 하자니 너무 도 모질구나!

려운 데만 긁으면서 '성공했다'고 여기고 있었지요. 그가 되는 대로 배를 수배해 놓고 때가 되면 바로 실행하기만 기다린 것은 말 할 필요도 없었지요.

계속 이야기를 들려 드리도록 하겠습니다. 집으로 돌아간 막대저는 이튿날 하루 종일 숙취로 고생을 했습니다. 그러다 보니 어제 욱 씨네에 간 일은 마치 꿈 속 일이기라도 한 것처럼 거의 기억이 나지 않았지요. 그저 어렴풋한 기억에 양이랑과 날짜를 잡은 것으로만 여기고 짐을 잘 챙긴 다음 길을 나서기만 기다릴 뿐이었습니다. 그러나 양이랑 쪽이야 두 번이나 말을 해서 그런 의중을 알고는 있었지만 구체적으로 결정한 일은 없다 보니 제대로 준비조차 하지 않고 있을 줄이야 누가 알았겠습니까 글쎄!

그렇게 추분의 그 날 밤이 되었을 때였습니다. 이경[34]이 되자 막대저는 집에서 양이랑의 기별이 오기만을 기다리고 있었지요. 그런데 가만히 들어 보니 바깥에서 손뼉 치는 소리가 들리지 뭡니까. 눈치를 챈 막대저는 막대저대로 손뼉을 쳤습니다. 그리고는 문을 열고 나갔더니 컴컴한 그림자 속으로 웬 사람이 저쪽에서 손뼉을 치는 모습이 보이는 것이 아닙니

---

34 이경(二更) : 중국 고대에는 밤시간을 다섯 단계로 구분하고 저녁 7시부터 밤 9시까지를 '초경(初更)' 또는 '일경(一更)', 밤 9시부터 밤 11시까지를 '이경(二更)', 밤 11시부터 새벽 1시까지를 '삼경(三更)', 새벽 1시부터 새벽 3시까지를 '사경(四更)', 새벽 3시부터 새벽 5시까지를 '오경(五更)'이라고 불렀다. 여기서는 "이경"이므로 밤 9시부터 밤 11시 사이에 해당한다.

까. 그래서 속으로 '양이랑이겠거니' 싶어서 허둥지둥 몸을 돌려 집으로 들어가서 옷을 담는 포대며 함짝들을 하나씩 부려 놓았지요. 그러자 그 사람은 그것들을 하나씩 받아서 배 안에 잘 부려 놓는 것이었습니다.

막대저는 누가 보기라도 할까 봐서 함부로 불도 밝히지 못한 채 방 안의 등불을 끄고 방문에 자물통만 대충 채워 놓은 채로 어두운 바깥으로 나왔습니다. 그러자 그 사람은 그녀를 부축해 배에 태우더니 날으듯이 배를 저어 가는 것이었지요.

배 안에서 두 사람은 한결같이 낮은 목소리로 대화를 나누었습니다. 게다가 하도 서두르느라 막대저는 상대가 양이랑인 줄로만 알고 미처 신분을 확인하지 못했지 뭡니까. 막대저는 당황하고 허둥대느라 하루 종일 부산을 떨다가 배를 타고 나서야 마음을 놓았답니다. 그녀는 피곤해져서 다른 일은 할 생각도 하지 못 했지요. 기껏 한두 마디 말을 하기는 했지만 상대는 상대대로 거의 대답을 하지 않았습니다. 그래서 막대저는 아무렇게나 눕더니 옷을 입은 채로 잠에 곯아 떨어지고 마는 것이었지요.

다음날 날이 밝았을 때 배는 벌써 노하[35]까지 와 있었습니다. 집에서 백 리 정도 떨어진 곳이었지요. 아 그런데 눈을 부릅 뜨고 선창 안에 같이 앉아 있는 사람을 보니 양이랑이 아니라 바로 제화문 밖에 사는 욱성이지 뭡니까 글쎄! 막대저는 깜짝 놀라고 말았습니다.

---

35 노하(潞河) : 중국 고대의 하천 이름. 지금의 하북성 통주구(通州區) 일대를 흐르며, 고대에는 '백하(白河)'로 불리기도 하였다.

両錯認真大
姐私奔

두 번 잘못 본 막대저가 야반도주하다

청대 중기의 『노하독운도(潞河督運圖)』에 그려진 노하 유역(중국국가박물관 소장)

"어째서 당신이…"

그러자 욱성이 웃으면서 말하는 것이었지요.

"그날 누님이 악묘에서 돌아오는 길에 우리 집에 와서 술을 마셨잖습니까. 그때 누님이 저를 뿌리치지 않으시고 즐거운 시간을 가지게 해 주셨지요. (…) 누님이 직접 약속해 놓고 어째서 놀라신데요?"

막대저는 그 자리에서 얼어붙고 말았습니다. 그녀는 곰곰이 생각을 좀 해 보고 나서야 지난번에 그의 집에서 술을 먹고 술김에 음탕한 짓을 벌인 일이며, 나중에는 급기야 양이랑으로? 잘못 본 나머지 속내에 담아 두었던 진심을 털어 놓은 일이 떠오르는 것이었습니다. 술에서 금방 깼을 때는 기억이 잘 나지 않아 양이랑과 약속을 한 줄 안 거지요. 그런데 엉뚱하게도 욱성과 약속을 한 줄이야 어떻게 알았겠습니까?[36] 그러나 지금 일이 이렇게 된 이상 변명도 할 수 없었습니다. 꼼짝 없이 그를 따라가는 수밖에요. 아무리 그렇다고는 하지만 어떻게 양이랑을 돌려보낸단 말입니까?

"이제 … 오라비를 따라서 어디로 가야 돼요?"

그러자 욱성이 말했습니다.

"임청[37]은 큰 부두가 있는 곳이지요. 아는 물주가 거기에 있습니다. (…) 누님하고 거기로 가서 살면서 생계거리를 찾아보도록 하지요. (…) 우리 둘이 함께 길동무가 되었으니 얼마나 신납니까?"

"내 옷 포대에 밑천이 좀 있으니 … 오라버니가 사업을 하겠다면 충분히 살림을 일구면서 지낼 수 있을 거에요."

"그거 아주 잘 됐군요!"

---

36 【즉공관 미비】大昏大昏, 所以愈甚. 너무도 어리석다, 너무도! 그래서 더 심하다고 하는 것이다.

37 임청(臨淸) : 명대의 지명. 지금의 산동성 제남(濟南) 서쪽의 요성(聊城) 일대에 해당한다. 명대에는 북경에서 항주까지 이어지는 경-항 대운하(京杭大運河)의 길목에 자리잡고 있어서 상업도시로 번영했다고 한다.

이렇게 해서 막대저는 결국 욱성과 함께 임청으로 향했답니다.

이야기를 다른 쪽으로 돌려 보도록 하겠습니다.[38]

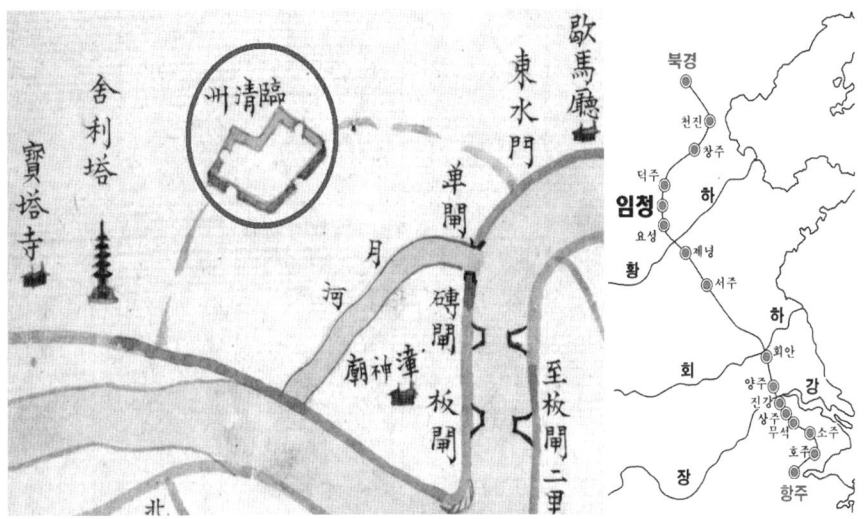

『산동통성운하정형전도(山東通省運河情形全圖)』(1855)에 표시된 임청주(동그라미) 구간

계속 이야기를 들려 드리지요. 서덕은 관아에서 공무를 마치고 집으로
돌아왔습니다. 그런데 집안이 조용한 것이 사람 그림자 하나 보이지 않
지 뭡니까. 함짝이며 집기들도 죄다 치워서 텅텅 비어 있는 것이었지요.

---

38 이야기를 다른 쪽으로 돌려 보겠습니다[話分兩頭] : 설화 이야기꾼의 상투적인 표현. 이
    야기에서 두 사람 또는 두 가지 사건이 동시에 발생할 때 그 둘을 동시에 기술할 수는
    없으므로 이야기꾼은 그 중 하나를 먼저 기술하고 그 다음에 나머지 하나를 기술하는
    수밖에 없다. 이런 경우 이야기꾼은 하던 이야기를 잠시 멈추고 다른 이야기를 꺼낼 때
    '이야기를 둘로 나누고, 제가 다른 하나는 다시 들려 드리지요(話分兩頭)'라거나 '꽃이
    두 송이 피었으니 한 가지씩 각자 들려 드리지요[花開兩朶, 各表一枝]'하는 식으로 청중
    들의 주의를 환기시키곤 한다. 여기서는 편의상 "이야기를 다른 쪽으로 돌리겠습니다"로
    번역하였다.

서덕은 욕을 하면서 말했습니다.

"이 망할 여편네가 간통한 놈을 따라 달아난 게 분명하다!"

그리고는 이웃사람들에게 물어 보았더니 이웃사람들이 말하는 것이었지요.

"아씨는 어느 날 밤 행방을 알 수 없게 되어 버렸습니다. 이튿날 우리가 보니 대문이 잠겨 있더군요. 그래서 집안이 어떻게 되어 있는지 몰랐답니다. (…) 나리께서 한번 생각해 보십시오. 그래 봤자 평소에 드나들던 자 하고 약속을 해서 사라졌을 테니까요!"

"어려울 거 없지. 보나마나 양이랑 놈 집에 가 있겠지!"[39]

"그렇지요? 우리도 그렇게 이야기하던 참입니다요!"

그러자 서덕이 말했습니다.

"소생 평소 집안의 불미스러운 일을 여러분께 속일 수는 없겠지요. (…) 이제 사달이 나고 보니 이게 모두 양이랑 때문이었습니다! 이 일은

---

39 【즉공관 미비】俗語云, 嫌人不着, 被人笑殺. 속담에 '남을 미워하면 안된다'더니 남들한테 웃음거리가 되어 버렸군 그래.

관아를 통해서 처리할 수밖에요. 죄송하지만 두 분이 증인을 좀 서 주시지요. (…) 지금 소생이 일단 양가네 집에 가서 행방을 캐묻고 놈 하고 한바탕 푸닥거리를 해야겠습니다!"

"그 일을 어느 누가 모르겠습니까요? (…) 관아에 가기만 하면 우리도 당연히 바르게 고하겠습니다."

"부탁 드리겠습니다!"

그리고는 분한 나머지 양이랑의 집으로 달려갔습니다. 그런데 마침 양이랑이 나오는 것이 아닙니까. 그래서 냅다 멱살을 잡고 말했지요.

"네놈이 내 마누라를 납치해서 어디다 숨겨 놓은 게냐?"

물론, 양이랑이야 그 일을 벌인 적이 없었습니다. 그러나 과거에 그런 마음을 품은 것은 사실이었지요.[40] 그래서 뜻밖에 그 소리를 듣자 단단히 놀란 나머지 고함을 질러 대는 것이었습니다.

"내가 그런 일을 어떻게 안다고 날 등치려고 드슈?"

---

40 【즉공관 미비】是非只爲多開口. 시비는 오로지 말이 많다 보니 생기는 법이지.

"네놈이 내 마누라를 꼬드긴 일을 이 동네에서 어느 누가 모를까? 그래도 발뺌을 하려 드는 게냐? 나 하고 같이 관아로 가자! 내 마누라를 돌려 다오!"

"그 댁 형수가 언제 사라졌는지는 모르겠지만 난 집에 꼼짝도 하지 않고 있었다구요! 헌데 나한테 와서 사람을 내놓으라니? 관아에 가든 말든 나 하고는 상관이 없다니까요!"

그러나 서덕이 어디 그 변명을 곧이들을 리가 있겠습니까? 무작정 그를 끌고 현지의 구역 담당관에게 인계해서 함께 성내의 병마사[41]까지 왔지요.

서덕은 관아 사람들과는 잘 아는 입장이었습니다. 그래서 그를 두둔하는 사람이 많았지요. 병마사에서는 일단 양이랑을 역참에 가두었습니다. 이튿날, 서덕이 '양이랑이 간통을 저지르고 납치까지 했다'며 순성 찰원[42] 관아에 고하니 '병마사에서 엄격하게 추궁하라'는 지시를 내리는 것이었습니다.

---

41 병마사(兵馬司) : 중국 근세의 행정 관직명. 원대에 설치되었으며, 도성에서의 도적이나 개인간의 싸움 등을 단속하는 업무를 담당하였다.
42 순성찰원(巡城察院) : 명대의 관청 이름. 도성 안팎의 동·서·남·북·중의 다섯 방면의 성에 설치하고 해당 구역에서 발생하는 민사를 처리하거나 물품을 조달하는 등의 업무를 담당하였다.

병마가 양이랑을 심문하자 양이랑은 처음에는 '그런 짓을 한 적이 없다'고 무조건 잡아뗐습니다. 그래서 서덕이 현지의 구역 담당관까지 불렀는데 이구동성으로 '양이랑이 간통을 저질렀다'고 증언하지 뭡니까. 병마는 형리에게 호령하여 형벌을 가하게 했지요. 양이랑은 형벌을 견디지 못하고 하는 수 없이 '평소에 간통을 저지르며 그 집을 드나든 것이 사실'이라고 실토하고 말았습니다.

"간통을 저지른 정황이 사실로 밝혀졌으니 납치해 숨긴 것도 네놈이렸다?"

병마가 이렇게 말하자 양이랑이 말했지요.

"과거에 간통을 저지르긴 했지만 … 도망친 일은 정말로 소인 하고는 상관이 없습니다요!"

『수주청명상하도』 속의 소주부성 관아

병마는 이어서 구역 담당관과 서덕을 부르더니 물었습니다.

"저 자의 처 막씨에게 또다른 간통 상대가 있느냐?"

"다른 자는 없습니다. 양이랑 하고 간통을 저지른 것만은 사실입니다!"

서덕이 이렇게 말하자 구역 담당관도 덩달아 말했지요.

"이웃들도 양이랑이 간통 상대인 사실만 알 뿐 다른 자는 언급한 적이 없습니다!"

그러자 병마는 양이랑에게 호통을 쳤습니다.

"실상이 이런데도 강변을 하려고 들어? 납치해서 어디에 숨겼는지 사실대로 실토하렸다!"

"정말로 소인 집에는 없다니까요! 그 여자가 어디에 있는지 소인이 어떻게 알겠습니까요?"

그러자 병마는 벌컥 성을 내더니 형리들에게 호령하여 주리를 틀게 했습니다. 기어코 자백하게 만들고 말겠다는 듯이 말이지요. 결국 양이랑은 이렇게 자백하는 수밖에 없었습니다.

"예전에 소인이 같이 도망치자고 한 일 … 그런 말은 한 적이 있습니다. 하지만 소인이 동의한 적은 없습니다요! 그래서 약속을 정하지 못했는데 ⋯ 지금은 당최 어째서 사라졌는지 알 수가 없습니다요!"

"과거에 함께 도망치기로 했었다면 이번에 달아난 내막도 당연히 알
테지. (⋯) 놈은 그녀를 몰래 숨겨 놓고 한 동안 남들 눈을 속이면서 뒤로
는 계속 간통을 저지르려는 속셈임이 틀림이 없다! 지금 감옥에 가두고
사나흘에 한번씩 문초할 것이다. 네놈이 끝까지 숨겨 둘 수 있을지 어디
두고 보자!"

병마는 이렇게 말하더니 양이랑을 감옥에 가두었습니다. 그리고 며칠
마다 끌어내서 한번씩 심문했지요. 그런데 양이랑은 끝까지 똑같은 이야
기만 되풀이 하면서 그 행방을 자백하지 못하는 것이었습니다. 서덕은
서덕대로 틈틈이 와서 진상을 고하라고 닦달해 대었습니다. 그때마다 양
이랑의 엉덩이만 곤혹을 치를 뿐이었지요. 그러나 억울한 매질을 해 대
어도 전혀 이렇다 할 단서가 없지 뭡니까. 양이랑의 신세는 그야말로 이
속담과 같았지요.

왕년에 한 짓들 늘어 놓으니	從前作事,
죄다 낭패 볼 일들 뿐이로구나.	沒興齊來.
먹기는 검둥개가 먹었건만	烏狗喫食,
흰둥이만 봉변을 당할 줄이야!	白狗當災.

양이랑은 모진 매를 견딜 수가 없었습니다. 그러면서도 난데없는 무고

를 당해 억울하게 감옥에 갇힌 사정을 상급 관청에 하소연했지요. 그 바람에 다른 관아까지 끌려가서 문초를 받아야 했습니다. 그런데 서덕의 집에 정말로 막대저가 없고 간통을 저지른 정황 역시 사실로 드러났으니[43] 그를 구제할 길이 없었지요. 그의 처지를 딱하게 여긴 어떤 사람은 전단을 돌리고 상금을 걸어 사람을 모아 수소문해 보도록 그에게 일러 주기도 했습니다. 그러나 열 사람 중에 아홉은 양이랑이 숨긴 것이 사실이라고 주장하는 판국이었습니다. 그러니 어느 누가 '그에게 억울한 사정이 있다'고 두둔해 줄 리가 있겠습니까? 이 역시 양이랑이 남의 아내와 간통을 저지른 탓에 받아야 할 응보였던 셈이지요.[44]

여색은 예로부터 불행의 씨앗이러니	女色從來是禍胎,
간음에 누가 시비에 휘말리지 않겠나?	姦淫誰不惹非災.
아무리 도망쳐 아무 상관없다지만	雖然逃去渾無涉,
어찌 괜히 억울한 일 당하겠는가?[45]	亦豈無端受枉來.

이쪽의 양이랑이 누명을 쓰고 몇 해째 판결이 나지 않은 이야기는 일단 접어 두기로 하지요.

이제 욱성이 그날 막대저를 태우고 임청 땅으로 간 이야기를 다시 들

---

43 【즉공관 미비】衆口鑠金, 三言投杼. 사람들 말이란 것은 쇠조차 녹이는 법이요, 단 세 마디로도 사람 마음 흔들어 놓는 법이지.
44 【즉공관 방비】也盡有不報的. 천벌을 받지 않는 이들이 널린 것을!
45 【즉공관 미비】格言. 격언이다.

려 드리도록 하겠습니다. 그는 남는 방을 한 칸 세 들어 둘이서 환락을 즐기면서[46] 한 동안 지냈습니다. 그러나 막대저는 누가 뭐라고 해도 그 마음속에 양이랑을 품고 있었지요.[47] 몸이야 지금 욱성을 따르고 있지만 그것도 따지고 보면 내키지 않는 결정이었습니다. 그래서 하루 종일 의욕 없이 죽는 소리를 하면서 한숨을 내쉬기 일쑤였지요.

욱성은 처음에는 한 순간도 떨어지지 않고 두 달 동안 함께 지냈습니다. 그러나 차츰 양쪽 다 싫증이 좀 났던지 서로가 불편해지기 시작했지요.[48] 욱성은 이렇게 생각했습니다.

'지금 그녀의 물건들을 쓰고 있지만 가져 온 물건들도 바닥 날 때가 오기 마련이다. 나는 장사도 할 줄 모르는데 나중에 어떻게 될지 … 더욱이 남의 아내여서 곁에 붙잡아 놓고 있다가는 언젠가는 발각되고 말 테지. 그러니 장기적으로는 현명한 선택이 아니다. (…) 나로서도 내 집에 돌아가야지 언제까지 여기에만 눌러 앉아 있을 텐가? 차라리 임자를 하나 구해서 그녀를 팔아치우는 편이 낫겠어![49] 그녀는 외모야 썩 반반하니 그래도 은자 백 냥 값은 나가겠지! 그녀의 몸값과 그녀가 지니고 온 그 많은 물건들만 챙기면 잘 먹고 잘 살 수 있을 게다!'

---

46 【즉공관 방비】豈知那裏受苦. 저쪽에서 고생하는 사람 심정을 어찌 알겠는가?
47 【즉공관 방비】好人. 좋은 사람이로고.
48 【즉공관 미비】自然之事. 당연한 일이지.
49 【즉공관 미비】太狠. 참으로 고약하구나!

그는 '임청 나루 어귀 역참 앞에 사는 악호[50] 위마마魏媽媽의 집에서 기생들을 많이 거느리고 잘 나가는 기생어멈 노릇을 하고 있는데 여자를 구한다'는 소리를 들었습니다. 그래서 사람을 구해 그녀에게 가서 사정을 이야기하게 했지요. 그러자 위마마는 친척에게 인사를 하러 온 척하고 찾아 와서 그녀의 외모를 살피더니 선뜻 팔십 냥의 돈을 내놓는 것이었습니다. 그리고는 계산을 확실히 끝내자마자 막대저를 가마에 태워 가려고 했지요. 그러자 욱성은 막대저를 이렇게 속였습니다.

"위마마는 우리집 외가쪽 친척이신데 아주 정이 많으시다오. 당신과 나는 이 객지에서 지내고 있으니 이 분 하고 알고 지내면 쓸쓸하지는 않겠지. (…) 위마마가 지난번에 우리를 보러 오셨으니 당신도 오늘 이 분한테 보답하는 것이 도리요!"

막대저는 어쩔 수 없는 여자였지요. 그렇다 보니 무슨 핑계거리라도 찾아서 바깥 마실을 좀 하고 싶은 마음이 굴뚝 같았습니다. 그래서 그 말을 듣자마자 몸단장을 하기 시작하는 것이었습니다.

욱성은 당장 가마 한 대를 빌리더니 막대저를 곧바로 위마마의 집까지 태워 보냈습니다. 그런데 막대저가 보니 위마마가 해죽거리면서 얼굴을

---

50 악호(樂戶) : 중국에서 수·당대 이래로 가무·연희 및 여기에 종사하는 예인. 역대 왕조에서는 교방(教坊)을 설치하고 악호 및 관기(官妓)들을 관리했으며 이들은 수청이나 노역에 출석할 의무를 지고 있었다. 따라서 관청에서 연회를 거행한다든지 관청의 수장에게 개인적인 길흉사가 있으면 수청을 들어 가무를 하거나 술 시중을 들어야 했다. 이 악호 및 관기들의 체계적인 관리를 위하여 인적 사항들을 기재한 장부를 '악적(樂籍)'이라고 불렀다.

『소주청명상하도』 속의 청루(기방)의 모습. 기생들이 음악을 연주하고 있다

보았다가 발을 보았다가 하면서 내내 위아래를 살피기만 하고[51] 건성으로 대충 대하는 것이 아닙니까. 거기다가 눈 앞에 기생들이 잔뜩 모여 있는 광경을 보더니 속으로 생각했지요.

'외가쪽 친척은 무슨 친척이야? 딱 보니 기생 집인 걸!"

막대저는 차를 한 잔 먹고 나서 작별인사를 하려고 자리에서 일어났지요. 그러자 위마마가 웃으면서 말하는 것이었습니다.

---

51 【즉공관 미비】 鴇兒班. 기생어미 아니랄까 봐서.

"어디를 가려고?"

"집에 가려고요."

"또 무슨 집이 있나? 자네는 이제 이 집 사람이 된 걸."

막대저는 깜짝 놀라면서 말했습니다.

"그게 무슨 말씀이세요?"

"자네 집 욱나리가 내 돈 팔십 냥을 받고 자네를 우리집에 팔았거든."

"그런 말씀이 어디 있어요? 내 몸은 내 것인데 누가 나를 판단 말이에요!"

"내 것 네 것이 어디 있어? 은자는 벌써 챙겨 가 버렸는데 자네 말을 왜 들어 줘야 하누?"

"가서 그 망할 놈한테 분명히 따져야겠어요!"

"지금쯤이면 그 양반은 자기 집으로 가는 길일 거여. 모르긴 몰라도 칠 팔 리 길은 갔을 거구먼? 헌데 어떻게 그 양반을 찾아간다는 거여? (…) 우리 집은 벌이가 아주 좋으니께 자네도 마음 놓고 살도록 해. 몰매[52]나

얻어 맞지 말고!"

　욱정에게 속은 것을 눈치챈 막대저는 하도 어처구니가 없어서 한 바탕 대성통곡을 했습니다. 그러자 위마마는 호통을 치면서 막더니 매질을 하겠다는 말만 하지 뭡니까. 기생들은 기생들대로 이러니 저러니 하면서 울지 말라고 말리는 것이었습니다.

　막대저는 사실 절개를 칭송하는 패방을 바랄 정도의 열녀는 아니었습니다. 그러나 이 지경에 이르러 욱성의 속임수에 걸리고 나니 어떻게 해볼 도리가 없지 뭡니까요. '빛을 부드럽게 하면서 먼지들과 부대낀다[53]'는 말처럼 꼼짝 없이 그들을 따라 창기 신세가 되는 수밖에 없었답니다. 이 역시 막대저가 여자의 몸으로 못된 일에만 몰두하는 바람에 받아야 하는 천벌이었던 셈이지요.[54]

52　몰매[殺威棒兒] : 송·명·대에 공공연히 가해지던 사형(私刑). 죄수가 감옥에 수감될 때에 기를 죽이고 말을 잘 듣게 하기 위하여 관례적으로 곤장을 치는 등의 형벌을 가하였다. '살위봉(殺威棒)'은 '죄인의 기를 죽이는 몽둥이'라는 뜻이다. 원대의 극작가 이치원(李致遠)의 잡극 희곡 『환뢰말(還牢末)』 제2절에서 "관례에 따르면 죄인은 감옥에 들어갈 때 우선 서른 대의 살위봉을 맞게 되어 있어[舊規, 犯人入牢, 先吃二十殺威棒]"라고 한 점이나 명대의 풍몽룡 『성세항언(醒世恒言)』 「두자춘삼입장안[杜子春三入長安]」에서 "이곳의 법도에 따르면 우선 300대의 살위봉을 때려야 한다[按在地上, 先打三百殺威棒]"라고 한 점들을 보면 형벌의 방식이나 대수는 정해져 있지 않았던 것으로 보인다.

53　빛을 부드럽게 하면서 먼지들과 부대낀다[和光同塵] : 중국 춘추전국시대의 사상가인 노자(老子)가 지은 『도덕경(道德經)』 제4장에서 유래한 말. 원문은 "그 빛을 부드럽게 하고 그 먼지들과 함께 부대낀다(和其光, 同其塵)"이다. 자신의 뜻을 굽히고 남들이 정한 법도나 관례에 복종하는 것을 가리킨다.

54　【즉공관 방비】 此□報得忒好了. 이 □는 아주 제대로 천벌을 받았군 그래.

여자에게 어찌 다른 바램 있을 수 있겠나?　　　　婦女何當有異圖,
음탕하여 그저 친서방 저버릴 생각만 하더니　　　貪淫只欲閃親夫.
지금은 되려 남에게 버림을 받았으니　　　　　　今朝更被他人閃,
밝고 밝은 하늘이 내리는 천벌엔 억울함이 없단다.　天報昭昭不可誣.

막대저는 창기로 전락한 뒤에 속으로 늘 이렇게 생각했답니다.

흡현 패방. 명대 후기의 대신 허국(許國)이 은퇴하자 지역 유지들이 세운 것이다

'난 그저 양이랑 하고 도망쳐 즐겁게 지내려고 했던 것뿐이다. 그런데
뜻밖에도 취해서 착각하는 바람에 난데없이 욱성이 그 망할 놈한테 속아
여기까지 팔려 올 줄이야! (…) 지금쯤 양이랑은 그곳에서 어떻게 되었
을까? (…) 우리 집도 내가 사라지고 나서 어떻게 되었는지 모르겠구나!'

그녀는 늘 이런 생각을 마음속에서 떨쳐 버리지 못했답니다. 그러다가 간혹 말이 잘 통하는 홀아비를 손님으로 받으면 이런 사연을 대충이나마 털어 놓고 속상해 하면서 눈물을 흘릴 뿐이었지요. 그러나 어느 누가 그런 하소연에 관심인들 가지겠습니까?

세월은 쏜 살과도 같아서 어느 사이에 벌써 너댓 해가 지났습니다. 그러던 어느 날이었지요. 웬 손님이 동침을 하러 와서 술을 마시게 되었습니다. 그런데 그 손님은 막대저를 보더니 눈을 잠시도 쉬지 않고 위아래를 훑는 것이 아닙니까. 막대저는 막대저대로 안면이 좀 있다는 느낌이 들었지요. 그렇게 양쪽 다 긴가민가 하고 있다가 막대저가 먼저 입을 열고 물었습니다.

"손님은 댁이…"

그러자 그 손님이 말하는 것이었지요.

"소생은 성이 행幸, 이름이 봉逢으로, 장가만에 살고 있소이다."

막대저는 '장가만'이라는 소리를 듣자마자 자기도 모르게 눈물을 뚝뚝 흘렸습니다.

"장가만에 사신다니 혹시 … 장반長班으로 있는 서덕의 집안을 아십니까?"

그러자 행봉은 놀라면서 말했습니다.

"서덕은 제 이웃이올시다! 그 댁에서 형수님을 잃어버린 지가 몇 해나 되었지요. (…) 방금 전에 아가씨 얼굴을 보니 … 좀 닮은 것 같기는 한데 혹시 … 형수님 아니십니까?"

그래서 막대저가 말했지요.

"쇤네가 바로 서 씨네 아내입니다! 남에게 납치당해 와서 여기에 잡혀 있답니다! (…) 방금 전에 손님 얼굴을 뵙고 쇤네도 '안면이 좀 있다' 싶기는 했는데 이제 보니 예전에 이웃에 살던 행 나리이실 줄이야!"

알고 보면 행봉 역시 어지간히 풍류를 즐기는 사람이었습니다. 그는 과거에 막대저가 남들 입방아에 오르내리는 것을 보고 그녀에게 욕심을 낸 적도 있었지요. 그래서 보자마자 알아본 것입니다.

"형수님이야 여기에 있으니 다행입니다마는 한 사람은 누명을 쓰는 바람에 고생이 참 많답니다!"

"누가요?"

"그 댁에서 양이랑을 고발해서 몇 해씩이나 송사에 시달리고 있지요.

매질도 얼마나 많이 당했는지 모를 지경이랍니다! 지금은 그대로 감옥에 갇혀 있는데 여태 사건이 해결되지 않은 상태이지요."

그 말을 들은 막대저는 몹시 착잡해 했습니다. 그러더니 행봉을 보고 넌지시 말했지요.

"낮에는 다 말씀드리기 어려우니 밤에 이 방에 묵으시지요. 드릴 말씀이 있습니다!"

그래서 행봉은 그 날 밤에 막대저와 잠자리를 함께 했답니다. 이때 막대저는 그에게 조용히 '자신은 정말로 양이랑과 내왕했는데 욱성이 양이랑인 척 속이고 자신을 납치해 여기에 팔았다'면서 자초지종 낱낱이 털어 놓았지요. 그런 다음 다시 말했습니다.

"손님! 과거에 이웃이었던 인연을 생각하셔서라도 집에 가시면 이 일을 알려 주세요. 그렇게만 해 주신다면 쇤네를 구해 낼 수 있을 뿐 아니라, 양이랑의 결백도 증명되니 음덕[55]을 쌓으시는 셈이고, 욱성 그 놈도 큰 낭패를 보게 되겠지요! 그 날이 오기만 하면 놈을 물어 뜯어 버리고 말 겁니다!"

---

55 【즉공관 미비】此更要緊. 이건 더욱 더 중요하지!

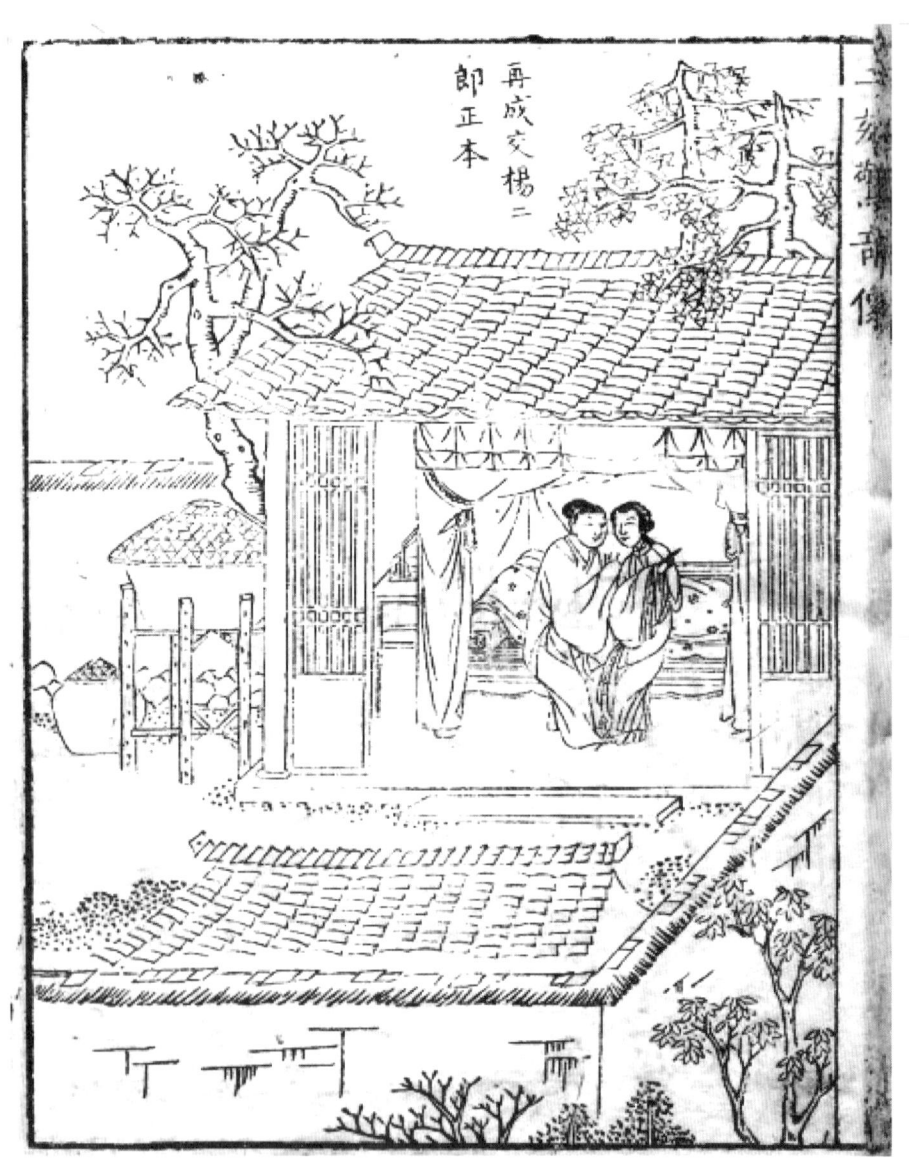

再成交椅の二
郎正本

거듭 송사 제기한 양이랑이 보상을 받다

"말씀해 드리지요! 양이랑과 서 장반은 두 사람 다 저와는 한 동네에 사는 분들입니다. 거기다가 상금을 건 벽보까지 붙었으니까요. 제가 얻는 것이 있는데 왜 알려 드리지 않을 리가 있겠습니까? 욱성이 그 놈 … 교활하기로 유명했으니 하늘께서도 용납하지 않으실 겝니다! 패가망신해야 옳지요!"

"은밀하게 진행하셔야 되겠습니다! 소문이라도 나면 그 놈이 또 저를 숨기려 들까 두렵습니다!"

"형수님과 저만 알면 되지요. 이제부터는 만나는 사람들한테 이 이야기는 해서는 안됩니다! 저는 저쪽에 도착하자마자 관아에 출두할 작정입니다."

두 사람은 그렇게 하기로 약속을 정했습니다. 행봉은 그 길로 바로 장가만으로 돌아가 서덕을 만나서 말했지요.

"형수님을 찾았습니다! 제가 직접 뵈었어요."[56]

"어디서 봤습니까?"

---

56 【즉공관 방비】不止眼見. 어디 눈으로만 보았나.

"함께 관아 앞까지 가서 분명하게 대답해 드리지요."

서덕은 그렇게 해서 행봉과 함께 병마사로 왔습니다. 행봉은 현령에게 고발장을 제출했지요. 거기에는 이렇게 씌어져 있었습니다.

"고발인 행봉은 장가만의 백성으로, 납치 및 인신매매 사건을 제보하고자 합니다. 이곳의 서덕은 처 막씨를 잃어버리고 관아에 신고했으나 범인이 잡히지 않은 상태입니다. 이번에 소인이 그 여인을 목격한 바 그 신병이 임청의 악호인 위보의 집에 있으며 현재는 매춘에 종사하고 있었습니다. 그 여인은 '이곳의 건달 욱성이 납치해 그들에게 팔아 넘겼다'고 진술했습니다. 양민을 창기로 팔아넘긴 만행을 저질렀으니 관아에 제보함이 도리입니다. 이상 진술한 내용은 모두 사실입니다!"

首狀人幸逢, 係張家灣民, 爲擧首略賣事. 本灣徐德, 失妻莫氏, 告官未獲. 今逢目見本婦, 身在臨淸樂戶魏鴇家, 倚門賣姦. 本婦稱係市棍郁盛略賣在彼是的, 販良爲娼, 理合擧首. 所首是實.

병마는 즉시 그 고발장을 비준해 접수하고 그 사실을 찰원에 보고했지요. 그리고 번을 서고 있던 병력을 은밀히 파견해 욱성을 체포한 뒤 관아로 끌고 와서 문초를 가했습니다. 욱성은 더 이상 발뺌할 수가 없자 그동안 있었던 일들을 사실대로 자백했습니다. 관아에서는 그를 당장 감옥에 가두고 막씨가 도착하는 대로 대질시킨 다음 판결을 내리기로 했지요. 그리고 즉시 찰원이 비준한 공문을 지니고 제보를 한 행봉과 그 남편 서덕을 데리고 임청주로 가서 함께 막씨를 확인하게 했답니다. 또 양민을 창기로 사들인 악호인 위보를 구속해 관아에서 심문을 진행하게 하는 한편 당초에 파견한 관리의 요청으로 임청주에서 서둘러 아전들을 추가로 파견하여 함께 관련자를 구속하게 했지요.

그렇게 해서 그 일행이 위마마의 집으로 가니 그야말로

독 안의 자라를 잡는 것 같이	甕中捉鱉,
손을 들이대자마자 잡히는구나![57]	手到拿來.

임청주에서는 당사자들을 모두 확인하고 나서 회신을 작성해 관련자들을 병마사로 보내 왔습니다. 그때까지도 감옥에 갇혀 있던 양이랑은 양이랑대로 그 사실을 전해듣고 서둘러 "이번 일은 자신과는 상관이 없으며, 이제서야 다행스럽게도 억울함을 풀게 되었다"는 사정을 밝힌 진정서를 작성하여 병마사로 보냈지요. 이리하여 병마사에서 그 진정서를 비준해 주니 양이랑은 함께 처분을 내리기만 기다렸답니다.

그때 관련 죄인들이 모두 도착해 심문을 기다리는데 병마가 막대저를 부르더니 먼저 경위를 묻는 것이었습니다. 막대저는 욱성이 어떻게 자신

---

57 독 안의 자라를 잡는 것 같이, 손을 들이대자마자 잡히는구나[甕中捉鱉, 手到拿來] : 명대의 속담. 붙잡을 대상이 도망칠 길이 없어서 손만 뻗으면 바로 잡을 수 있는 상황을 두고 한 말로, 우리 속담 중 "독 안에 든 쥐"와 같은 경우에 사용된다. 다만 "독 안에 든 쥐" 같은 경우는 현재의 상황을 비유한 한 구절로 사용되지만, 이 유행어의 경우는 그 뒤에 앞 구절의 상황에 대한 '결과'를 예시하는 "손을 대는 족족 다 잡아들였다" 같은 또다른 구절이 짝을 이루는 것이 보통으로, 이런 유행어를 '헐후어(歇後語)'라고 한다.

을 속여 임청까지 데리고 갔는지, 어떻게 자신을 속여 기방에 팔아 넘겼는지를 일일이 소상하게 진술했지요. 그러자 이번에는 위보를 불러 물었습니다.

"너는 어째서 양갓집 부녀자를 사들였더냐?"

"쇤네는 악호로, 창기를 조달하는 일을 생업으로 삼고 있습니다요. 그런데 욱성이 '자기 아내를 팔고 싶다'고 하더군요. 쇤네가 보니 여자의 지아비가 내린 결정이길래 그에게서 넘겨 받은 것 뿐입니다요! 아 그런데 저 여인을 납치해 왔을 줄이야 어떻게 알았겠습니까요?"

그러자 서덕이 재판정으로 올라오더니 말했습니다.

"당시 처를 잃어버렸을 때 집안의 함짝이며 재물들까지 가지고 갔더군요. 이제 당사자가 체포되었으니 장물을 추궁해 소인에게 돌려주시기를 바랍니다!"

이번에는 막대저가 말했습니다.

"욱성이 저를 속여 '위가네로 가라'고 하길래 홑몸으로 갔다가 그곳에 붙잡혀 버리고 말았습니다. 가지고 있던 재물들은 죄다 욱성이 차지했고 위가네와는 상관이 없습니다!"

『소주청명상하도』에 그려진 금은 장신구 가게의 모습

그러자 병마가 탁자를 두드리더니 말했습니다.

"이 욱성이라는 놈이 참으로 괘씸하구나! 사람을 납치해 가서 강간한 것으로도 모자라 그 몸을 팔고 거기다 그 재물까지 가로챘더란 말이냐? 이렇게 나쁜 놈이 다 있다니!"

그리고는 형리들에게 호령하여 호되게 매질을 하게 일렀지요. 그러자 욱성이 변명하는 것이었지요.

"그녀를 기방에 팔아넘긴 것은 소인 잘못이나[58] 그 죗값을 기꺼이 받겠습니다. 허나 … 그녀는 자진해서 소인을 따라 도망친 것이지 소인이

---

58 【즉공관 미비】只到不差. 틀린 말은 아니지.

납치한 것은 아닙니다요!"

그래서 병마가 막대저에게 물었습니다.

"너는 당시에 어째서 이 자를 따라 나섰더냐? 사실대로 말하지 않으면 손가락을 조이는 형벌을 내릴 것이야!"

막대저는 하는 수 없이 양이랑과 간통을 한 일과 욱성을 양이랑으로 착각한 일을 낱낱이 자백했습니다. 그러자 병마는 웃으면서 말했습니다.

"어째서 네 남편 서덕이 양이랑을 고발한다 했나 싶었느니라. 양이랑이 몇 해 동안 억울하게 감옥살이를 하기는 했지만 서덕이 모함을 한 것만은 아니었구나! 막씨는 사람을 잘못 본 것이 사실이기는 하다마는 욱성이 그 틈을 노려 재물을 훔치고 납치까지 했으니 어떻게 구실을 댈 수 있겠느냐?"

병마는 형리들에게 호령하여 욱성에게 마흔 대의 곤장을 치게 했습니다. 그리고 나서 양갓집 여인을 납치해 팔아 넘긴 죄를 물어 변방의 군졸로 충원하게 하는 한편 가로챈 장물들은 압수해 서덕에게 돌려주게 했지요. 이어서 막씨의 몸값 팔십 냥도 몰수해 공금으로 충당하게 했습니다. 위마마가 양갓집 여인을 사 들인 일에 대해서는 진상을 모르고 한 일이므로 '해서는 안될 죄'를 범한 책임을 물었습니다. 다만, 몸값을 치렀으므로 몇 해 동안 매춘으로 얻은 이득은 상환할 필요가 없다는 판결을 내렸습니다. 양이랑은 처음에 간통을 저질렀으나 나중의 일들과는 상관이 없으므로 곤장으로 죄값을 갚게 한 뒤에 석방하고 집에서 근신하게 했습니다. 행봉은 제보를 해서 보상을 받아야 하므로 세운 공로에 맞추어 상금을 내리게 했지요. 병마는 이렇게 분명하게 판결을 내린 다음 막대저를 원래의 남편인 서덕에게 인계했습니다.

"처는 소인을 배신하고 도망쳐 몇 해 동안 나가 있었고, 거기다가 창기로 전락하고 말았습니다! 소인이 이런 음탕한 계집을 데려간들 무엇을 하겠습니까? 이 자리에서 이혼을 하고 남의 집에 개가시키기를 바랄 따름입니다!"

서덕이 이렇게 말하자 병마가 말했습니다.

"그건 네 뜻대로 하거라. 일단 데리고 나가서 사람을 구해 출가시키도록 하라. 그러면 그때 가서 사건을 종결시켜 주도록 하겠다."

그렇게 해서 관련자들은 각자 집으로 돌아갔습니다. 양이랑은 가만히 생각해 보았지요.

'납치해 간 건 딴놈인데 내가 몇 해 동안이나 억울하게 감옥살이를 했다. 내가 호락호락 물러설까 보냐?'

그는 이웃사람들에게 사정을 이야기 하고 서덕과 한 바탕 실랑이를 벌이려 들었습니다. 그러자 서덕으로서는 겁이 좀 나기도 하고 미안한 생각도 들지 뭡니까. 그래서 거꾸로 이웃사람들에게 중재를 부탁했지요. 이웃사람들은 중재하는 일을 상의한 끝에 이렇게 결정을 내렸습니다.

　　"어쨌든 서덕은 막대저 하고는 같이 못 살겠다고 하니 지금 새로 개가시킬 사람을 찾아야 합니다. 차라리 양이랑이 아내로 삼도록 양보해서 양가의 원한을 풀게 해 주시지요."[59]

　　그래서 서덕에게 그 이야기를 전해 주었지요. 그러자 서덕은 서덕대로 '그에게까지 누를 끼쳤다'고 여겼던지 그 결정에 따르겠다는 것이었습니다. 양이랑이 그 소식을 듣고 보니 자신이 바라던 바대로 되었지 뭡니까. 그래서 웃으면서 말했지요.

　　"그렇게만 해 주겠다면야 감옥살이를 좀 더 시켜도 앞으로는 입도 벙긋 하지 않으리다!"[60]

　　이웃사람들은 그 뜻을 서로 확인하고 나서 관가에 분명하게 고했습니다. 병마는 양이랑이 억울한 죄를 뒤집어쓰고 감옥살이를 해서 억울해 하는 마음이 있을 거라는 점을 잘 알고 있었지요. 그래서 구역 담당관의 처

---

59 【즉공관 미비】只調停甚爲肯切. 중재를 아주 기막히게 했군 그래!
60 【즉공관 방비】正所謂苦盡甘來. 그야말로 '고진감래'인 셈이지.

분에 따라 서덕이 혼약서를 작성해 양이랑에게 아내를 양보하는 것을 허락해 주었답니다. 막대저는 막대저대로 바라던 대로 왕년에 사랑하던 사람에게 출가할 수 있게 되었지 뭡니까. 그녀는 그동안 고생한지라 자진해서 마음을 고쳐먹고 좋은 것만 배우기로 했습니다.[61] 그리고 이전처럼 아무나 유혹해서 불행을 자초하지 않고 끝까지 양이랑과 해로하기로 다짐했지요.[62] 물론 그녀야말로 양이랑의 전생의 인연이 아니겠습니까? 그러나 그녀 때문에 적잖은 고생을 했으니 아름다운 이야기만은 아닌 셈입니다. 그러니 후세 사람들은 이 이야기를 본보기로 삼아야 옳겠습니다!

억울하게 감옥살이 한지가 몇해더냐?	枉坐牢圄已數年,
이제야 비로소 달 같은 여인 얻었구나.	而今方得保嬋娟.
집 지키며 집밥만 먹는들 어떠하리오?	何如自守家常飯,
관아에서 돈 손해 볼 걱정일랑 없으니!	不害官司不損錢.

---

61 【즉공관 방비】 要緊. 대단히 중요하지.
62 【즉공관 미비】 若不收心, 楊一郎又一徐德也. 마음을 고쳐 먹지 않는다면 양일랑 또한 또다른 서덕일 뿐이다.

1. 이각 박안경기의 창작과정

'이박'을 지은 능몽초凌濛初, 1580~1644는 명대 말기의 소설가·극작가이 자 출판가이다. 명대 절강浙江의 오정烏程 사람으로, 자가 현방玄房이며, 호 로는 초성初成과 즉공관주인卽空觀主人을 사용하였다. 그는 생전에 문학·예 술·경학·역사 등 다양한 분야에서 저술을 남겼지만[2] 그 중에서도 가장 두각을 나타낸 것은 소설·희곡·가요 등의 통속문학 분야였다. 그가 지 은 희곡을 당시의 유명한 극작가이던 탕현조湯顯祖, 1550~1616에게 보내고 조언을 부탁한 일이나, 당시 강남에서 연극 담론을 주도하던 또 다른 극 작가 심경沈璟, 1553~1610의 무대 연출 스타일을 비판한 일, 또 자신이 운영 하는 서방書坊을 통하여 『서상기西廂記』·『남음삼뢰南音三籟』 등, 당시 독서시 장에서 인기를 끌던 희곡·가요집들을 펴낸 일 등은 능몽초가 통속문학 의 소개와 창작에 얼마나 지대한 관심을 가지고 있었는지 잘 보여 준다.

동시대의 정치가이자 학자이던 사조제謝肇淛, 1567~1624는 능몽초의 출판 관과 관련하여 이런 평가를 내렸다.

오흥의 능씨가 간행한 책들은 책을 만들어 이익을 노리는 데에 급급한 데다

1 　이 부분은 2023년에 선보인 학고방판 『박안경기』(전 6권)의 것을 주로 활용하였다.
2 　능몽초의 각종 저술 일람표는 2023년에 학고방 출판사에서 펴낸 『박안경기』 제6권의 425~426쪽의 것을 참조하기 바란다.

가, 사람을 부리는 데에도 인색하여, 그 사이에서 엮고 다듬느라 오자가 빈번하게 나오니 이 얼마나 해괴한 일인지 모른다. 그러면서도『수호전』·『서상기』·『비파기』니『묵보』·『묵원』이니 하는 책들은 거꾸로 온 정신을 집중하여 정성과 심혈을 기울임으로써 천의무봉의 태세로, 쓸데없이 희곡을 눈과 귀의 놀잇감으로 꾸미는 데에만 몰두하니, 이 또한 안타까울 따름이다.[3]

『오잡조五雜組』는 만력萬曆 병진년1616에 완성되었으니 여기에 언급된 것은 능몽초가 한창 출판활동에 전념하던 30대 시절의 상황인 셈이다. 정통문학을 중시하던 사제조로서는 능몽초가 소설·희곡·서화첩 같은 통속서들에만 지나친 정성과 투자를 집중하는 행태가 상당히 불만스러웠던 것으로 보인다. 그러나 우리는 사제조의 이 볼멘소리를 통하여 당시 독서시장의 동향에 촉각을 곤두세우고 있던 능몽초가 '경·사·자·집經史子集'의 정통문학보다는 소설·희곡 등 통속문학에 훨씬 더 깊은 애정을 가지고 있었음을 확인할 수 있는 셈이다.[4]

수향거사는『이각 박안경기』의 서문에서 능몽초의 통속문학 창작과 관련하여 이렇게 소개하였다.

3　『오잡조』권13「사부1(事部一)」: "吳興淩氏諸刻, 急於成書射利, 又慳於倩人編摩其間, 亥豕相望, 何怪其然. 至於水滸西廂琵琶及墨譜墨苑等書, 反覆精聚神, 窮極要眇, 以天巧人工, 徒爲傳奇, 耳目之玩, 亦可惜也."
4　문성재,「명말 희곡의 출판과 유통 - 강남지역의 독서시장을 중심으로」,『중국문학』제41집, 2004.5, 제156쪽. 물론, 능몽초가 이처럼 통속문학의 창작과 출판에 몰두한 것은 해당 분야에 대한 개인적인 관심이 결정적인 요인으로 작용했다고 본다. 그러나 여기에는 당시 독자들의 성격이나 독서시장의 추세에 민감한 출판가로서의 그의 판단력도 한몫했을 것이다.

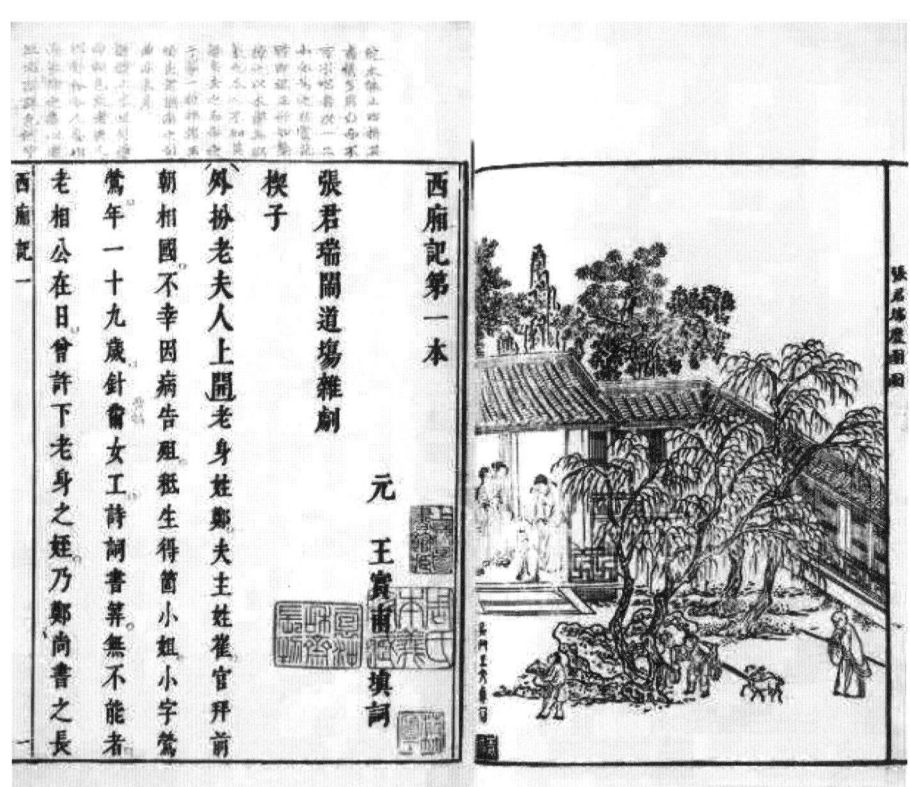

출판업을 가업으로 계승한 능몽초가 여러 색으로 인쇄해 펴낸 당시의 인기 희곡 『서상기(西廂記)』

즉공관주인이라는 분은 그 사람 자체도 기이하거니와 그 글도 기이하며 그 역정 또한 기이하다. 뜻을 제대로 펼치지는 못 했으나 원대한 그 재능을 발휘하는 기회를 만나매 남는 재능을 내어 전기를 짓고 거기서 몸을 더 낮추어 연의를 지으니, 이 박안경기를 두 번에 걸쳐 간행하게 된 까닭이다.[5]

---

5 수향거사, 「이각 박안경기 서」.

수향거사의 증언은 ① 능몽초가 통속문학 저술과 출판에 종사하기 시작한 시점과, ② 능몽초가 희곡과 소설을 창작한 순서에 관하여 우리에게 두 가지 사실을 시사해 준다. 수향거사의 증언에 따르면, 능몽초가 통속문학에 관심을 가지고 창작에 착수한 시점은 "과거에서 뜻을 제대로 펼치지 못한" 때부터이다. 능몽초가 과거시험에서 "뜻을 이루지 못한" "정묘년의 가을"은 그가 48세 되던 천계天啓 7년1627이었다. 이 해 가을에 응천부應天府, 지금의 남경에서 거행된 향시鄕試에 지원했다가 낙방했기 때문이다. 그러자 그는 통속문학의 창작에 본격적으로 뛰어들게 된다. "전기를 짓고 거기서 몸을 더 낮추어 연의를 지으니"라는 수향거사의 증언을 통하여 초기에는 희곡 창작에 종사하던 능몽초가 거기서 한 걸음 더 나가 창작 범위를 소설로까지 확장시켰음을 알 수 있다. 이때 몸을 낮추어 지은 소설이 바로 숭정崇禎 원년1628 10월에 소주蘇州의 상우당을 통하여 선보인 『박안경기』초각이다. 그렇게 우연히 선보인 『박안경기』의 대성공은 능몽초가 그 후속작을 준비하는 데에 결정적인 계기를 제공하였다.

> 억지로 지어낸 말과 투박한 이야기들이어서 장독을 덮기에도 부족한 내용임에도 불구하고 날개를 달고 날고 다리를 달고 달리는 것처럼 빠르게 유행하였다. 서상은 우연히 한번 시도해 본 것이 성공을 거두자 '또 내겠다'고 하는 것이었다. 그래서 내가 웃으면서 '한번으로도 충분하지 않소!' 하고 말은 하면서도 도중에 멈출 수는 없다고 여겨 일단 이번에도 마흔 편을 엮기로 한 것이다.[6]

---

6 즉공관주인(능몽초), 「이각 박안경기 소인」.

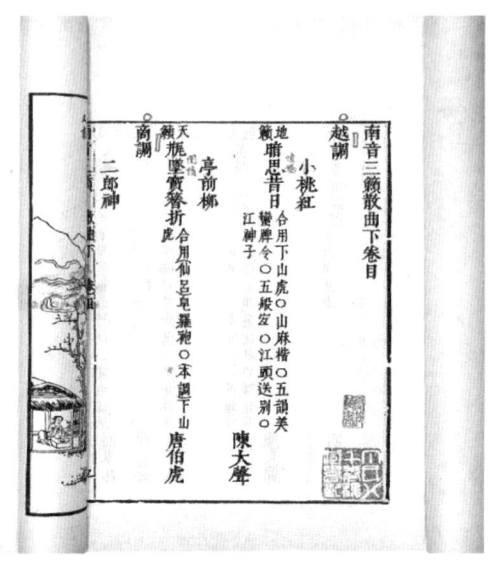

능몽초가 엮은 가곡집 『남음삼뢰(南音三籟)』의 본문과 삽화. 조판과 삽화에 상당한 공을 들인 것을 알 수 있다

능몽초가 「이각 박안경기 소인」에서 밝힌 『이각 박안경기』 출판 경위에 따르면, 직접적인 계기는 전작 『박안경기』의 성공에 고무된 상우당 운영자 안소운女少雲의 간곡한 요청이었다. 그러나 본인 역시 "도중에 멈출 수는 없다"며 한번으로는 부족하다고 여겨 후속작을 내는 데에 동의했다는 것이다.

그렇다면 『이각 박안경기』는 언제 정식으로 출판되었을까? 그 출판을 앞두고 수향거사와 능몽초가 각각 작성한 「이각 박안경기 서」와 『이각 박안경기 소인』을 보면 그 작성 시점이 "숭정 임신 겨울[崇禎壬申冬]"로 되어 있다. 능몽초가 살아 있을 때의 '임신년'은 명나라의 마지막 황제 주유검朱由檢, 1611~1644이 즉위한 뒤로 다섯 번째 해로, 서기 1632년에 해당

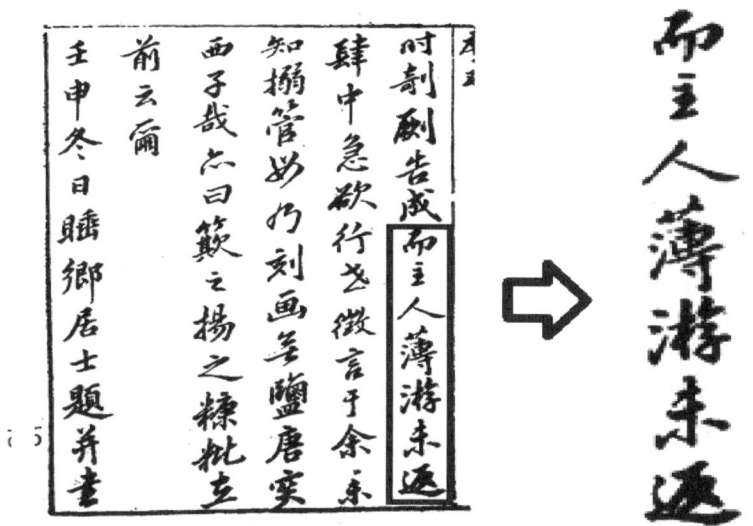

수향거사가 쓴 서문의 '박유미반' 대목. 이를 통하여 서문이 작성되던 시점에도 능몽초가 외지에 머물고 있었음을 알 수 있다

한다. 그 해의 "겨울"을 음력 11월부터 1월까지라고 본다면 양력으로는 1632년 연말보다는 그 이듬해인 1633년 연초일 가능성도 배제할 수 없다. 『이각 박안경기 소인』에는 능몽초가 그 글을 완성한 시점을 "임신년 겨울날[壬申冬日]"이라고 밝혔으나 수향거사의 서문과 날짜를 맞춘 것일 뿐 실제로는 해를 넘겼다고 보는 편이 합리적인 것이다.

『이각 박안경기』의 정식 출판이 해를 넘긴 숭정 6년1633에 이루어졌다는 사실은 수향거사의 증언을 통해서도 뒷받침 된다.

이제 책은 마침내 완성되었지만 (즉공관)주인이 벼슬을 지내느라 아직 돌아오지 않았다. 그러나 서사에서는 서둘러 책을 펴 내고자 하여 내게 서문을 청

탁하였다.[7]

수향거사의 증언을 정리하면, 『이각 박안경기』를 인쇄할 목판은 모두 준비되었으나 그 직전에 작자인 능몽초가 공교롭게도 작은 벼슬을 지내느라 객지에 머물고 있었고 '신상품' 출시 일정을 앞당기려는 안소운의 재촉으로 자신이 서문을 대신 작성했다는 것이다. 원문에는 능몽초의 벼슬살이를 '박유薄游'로 표현했는데, 중국의 대표적인 검색 사이트 바이두百度의 온라인사전에 따르면, 그 의미는 "하찮은 녹봉을 위하여 객지에서 벼슬살이를 하는 것爲薄祿而宦游於外"이다. 실제로 능몽초 연보를 확인해 보면 능몽초는 숭정 6년 봄에 "강서포정사 반증굉의 남창 관아에 머물렀다"고 소개되어 있다. 그렇다면 원문의 '박유'는 능몽초가 포정사 관청이 있던 남창에서 반증굉의 고문으로 잠시 재직한 일을 가리키는 셈이다. 그리고 그의 귀환을 학수고대하고 있던 상우당 안소운의 독촉으로 허겁지겁 작성한 것이 우리가 이 책 서두에서 읽은 그 짧은 「이각 박안경기 소인」이다. 『이각 박안경기』가 정식으로 출판된 것은 숭정 6년이었다고 보는 편이 합리적이라고 보는 이유이다.

2. 이각 박안경기의 체제

현존하는 『이각 박안경기』 판본들 중에서 가장 일찍 간행된 것은 숭

---

7   수향거사, 「이각 박안경기 서」.

정 5년1632에 소주의 상우당에서 간행한 판본이하 '상우당본'이다. 이 판본의 경우, 중국에는 현재 국가도서관國家圖書館에 소장된 것이 유일하다. 그러나 전체 내용에서 제13권~제30권까지의 분량이 사라진 채 절반 정도만 남아 있을 뿐이다. 그 뒤로 1941년에 일본의 닛코日光를 방문한 중국의 서지학자 왕고로王古魯, 1901~1958가 도쿄[東京]의 내각문고內閣文庫에서 또 다른 판본이하 '내각문고본'을 새로 발견하였다.

이 판본의 경우, 맨 앞에 수향거사의 「이각 박안경기 서」와 능몽초 본인의 「이각 박안경기 소인」이 차례로 배치되어 있다. 이어서 목차와 삽화가 배치되고 그 뒤에는 40편의 작품 본문이 온전하게 엮여져 있다.

1) 목차

전작『박안경기』와 마찬가지로, 수록된 작품 총 40편의 작품의 제목이 순서대로 소개되어 있다. 각 권의 제목은 장르가 다른 제40권을 제외한 나머지 39편이 모두 전형적인 명대 장회소설章回小說의 양식에 따라 앞뒤 두 구절의 대구對句로 구성되어 있다. 또, 각 구절의 글자 수는 7자구를 쓴 것이 총 18건, 8자구를 쓴 것이 총 18건으로 가장 많다. 반면에 6자구를 쓴 것은 제4권·제6권·제33권·제40권의 4건이 불과하며 그 중에서도 제40권은 제목이 대구가 아닌 단일한 구절로 붙여져 있어서 이채異彩를 띤다.

2) 삽화

명대에 간행된 소설이나 희곡은 일반적으로 앞머리에 1~2장의 삽화를 배치하는 것이 관례였다. 『이각 박안경기』에도 제1권부터 제39권까지 총 78장의 삽화가 한꺼번에 배치되어 있다. 다만, 장르가 다른 잡극 희곡인 제40권『송공명이 원소절에 소란을 일으키다[宋公明鬧元宵雜劇]』의 경우에는 삽화가 누락되어 있다. 능몽초 당시에는 희곡이나 소설에 일반적으로 삽화를 넣는 것이 관례였다는 점을 감안할 때, 제40권에 삽화가 누락되어 있다는 것은 이 부분이 나중에 뒤늦게 추가되었을 가능성을 시사해 준다. 만약 이 부분이 능몽초가 『이각 박안경기』를 선보이던 숭정 6년 당시의 원본이 맞다면 상식적으로 제40권에도 똑같이 삽화가 들어가 있어야 정상이기 때문이다.

3) 본문

제40권을 제외하면, 제1권부터 제39권까지는 권마다 우선 맨 오른쪽에 세로로 제목이 두 줄로 배열되고, 거기서 몇 칸을 띄운 다음부터 본문이 오른쪽에서 왼쪽으로 배열되어 있다. 본문은 쪽마다 10행씩, 행마다 대체로 200자씩 들어가 있다.

목판의 중심 하단에는 '상우당[尙友堂]' 세 글자가 표시되어 있으며, 일부 작품에는 해당 작품의 목판을 제작한 판각공[版刻工]의 이름이 표기되어 있다. 내각문고본의 경우, 제1권 상단에 '유음이 그리다[劉爰摹]'라는 문구가 들어가 있는데, 그 의미를 따져 볼 때 삽화를 그린 화공[畵工]의 이름으로

『이각 박안경기』 삽화에 표시된 판각공의 서명들.
왼쪽부터 '유음 모(劉金摹)', '유군유 각(劉君裕刻)', '군유 각(君裕刻)' 등의 글자들이 보인다.

추정된다. 이 밖에도 제6권 상단에 '유군유가 새기다[劉君裕刻]', 제18권 하
단에 '군유가 새기다[君裕刻]'라는 문구가 표시되어 있는 것이 확인된다.
문구의 의미를 따져 볼 때, '유군유劉君裕'는 해당 작품의 목판을 제작한
판각공의 이름인 것으로 보인다. 화공 유음과 한 집안 사람으로 추정되
는 그의 이름은 다른 도서에서도 확인할 수 있다. 역시 내각문고에 소장
된 명대의 『이탁오선생비평 서유기李卓吾先生批評西遊記』 제100회의 삽화 오
행산하정심원일정도五行山下定心猿一精圖에 그려진 바위 옆에 표시된 '군유
유씨가 새기다[君裕劉刻]'라는 문구가 그 예이다. 이를 통하여 유군유라는
인물이 명대 말기에 다양한 책의 삽화를 판각하면서 맹활약한 유명한 판
각공이었으며, 당시에 출판용 목판의 판각 및 삽화 제작이 일종의 가업
으로 전승되면서 직업화·전문화되었음을 짐작할 수 있다.

3. 평점 작자의 독특한 서사장치

각 권의 본문에는 중요한 대목마다 군데군데 작자의 입장을 피력하는 평점評點이 안배되어 있다. 일반적으로 '평評'이란 작품의 특정한 대목에 다는 작자의 소감이나 논평을 가리키는데, 그 위치에 따라 각 쪽의 꼭지에 다는 미비眉批, 본문 행간에 다는 방비旁批, 또는 본문 옆에 단다고 해서 '측비(側批)' 등이 있었다. 또, '권점圈點'은 마침표처럼 구문이 끝나는 곳을 표시하거나, 독자들에게 환기시키고자 하는 대목이나 구절을 부각시키는 역할을 하는 것으로, '。、●' 등으로 표시되었다. 이 독특한 서사장치는 원래 '설화' 시대에는 공연장에서 이야기를 들려주는 이야기꾼이 일종의 내포작가로 작품 속에 개입하면서 독자적인 목소리를 내는 데에 주로 사용되었다. 그것이 『이각 박안경기』에서는 작자인 능몽초가 그 이야기꾼의 역할을 대신하면서 독자들에게 자신이 강조하는 주제나 메시지를 전달하는 소통의 장치로 활용되었다.

명대 독서시장에서 평점은 희곡이나 소설의 주요 대목에서 이따금 요식적으로 간단하게 사용하는 것이 보통이었다. 그러던 것을 능몽초는 『이각 박안경기』에서 무려 979개의 각종 평점을 사용하였다. 그에게 있어 평점은 작품마다 자신이 강조하고자 하는 내용이나 전달하려 하는 메시지를 독자들이 쉽게 파악할 수 있도록 유도하는 장치였다. 이야기꾼이 공연장의 관중들을 염두에 둔 서사장치라면, 평점은 서재에서 책으로 이야기를 읽는 독자들을 배려한 소통장치였던 셈이다. 대단히 상세하면서도 때로는 치밀하게 안배된 이 평점들은 일종의 내포작가로 작품 속에

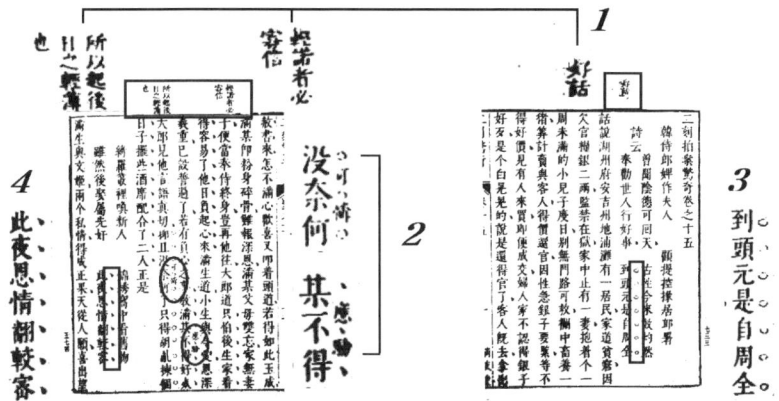

『이각 경기』의 평점 예시. 능몽초가 사용한 미비(1)와 방비(2), 권(3)과 점(4) 등 다양한 방식으로 자신의 의견을 개진하면서 독자와 소통하려 한 것을 볼 수 있다

직접 개입하면서 메시지를 전달하고 나아가 최종적인 목적'교화'을 달성하고자 하는 작자능몽초의 의지를 느낄 수 있게 한다. 그래서 일본 학자 카사미笠見는 평점이 고도로 활성화되어 작품 전체가 하나의 장편 논설과도 같은 성격을 보여 주는 것이 『박안경기』 서사의 가장 큰 특징"이라고 평가하기도 하였다.[8]

4. 내각문고본의 의문점

지금까지 살펴보았듯이, 현재 존재하는 『이각 박안경기』의 판본들 중

8　카사미 야요이(笠見弥生), 「『초·이각 박안경기』의 언어에 관하여 (『初·二刻拍案驚奇』の語りについて)」, 『동경대학 중국어중국문학연구실기요(東京大學中國語中國文學研究室紀要)』, 제18호, 28쪽, 2015.

에 가장 온전하게 전해지는 것이 일본의 내각문고본임은 분명하다. 다만, 이 판본이 능몽초가 숭정 6년에 당시 독자들에게 선보인 바로 그 최초의 판본인지에 관해서는 몇 가지 의문이 제기되고 있다.

1) 상이한 표지

내각문고본이 숭정 6년의 원본이 아닐 가능성은 인쇄에 사용된 목판을 통해서도 제기된다. 대표적인 사례가 제5권 「양민공이 원소절에 아들을 잃고, 열셋째가 다섯 살에 황제를 알현하다」와 제9권 「경박한 신랑이 갑자기 신부와 이별하고, 고용된 시녀가 옥 두꺼비를 알아 보다」이다. 이 두 작품의 경우, 목판 가운데에 한결같이 "이속 경기二續驚奇"라는 문구가 표시되어 있다. 문제는 이 두 이야기를 제외한 나머지 36편의 작품에는 해당 위치에 모두 "이각 경기二刻驚奇"라는 문구가 표시되어 있다는 데에 있다. "2각 경기"를 '박안경기의 속편'이라는 뜻에서 "속 경기續驚奇"라고 이해할 경우, "이속 경기"는 '속 경기의 속편'이라는 뜻으로 이해해야하는 셈이다. '이각 경기'와 '이속 경기'가 서로 다른 판본일 가능성을 배제할 수 없다는 뜻이다.

2) 중복된 작품

능몽초는 「이각 박안경기 소인」에서 "일단 이번에도 마흔 편을 엮기로 한 것이다聊復綴爲四十則"이라고 밝힌 바 있다. 상식적으로 해석한다면 이 "마흔 편"은 모두 전작 『박안경기』를 엮고 남은 "백량대를 짓고 남은 목

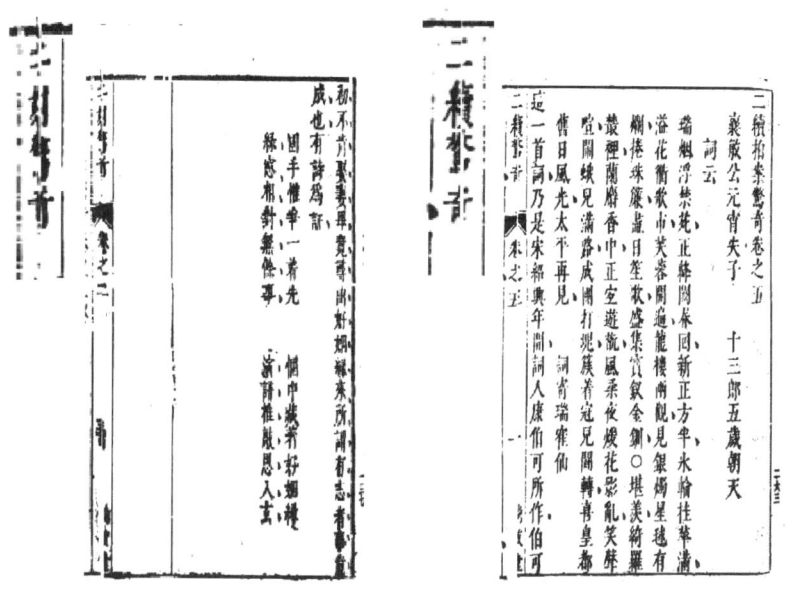

'이각 경기(二刻驚奇)'와 '이속 경기(二續驚奇)' 표시 사진. 동일한 판본에서 제목이 서로 다르게 표시되어 있는 것을 확인할 수 있다

재와 무창의 남은 대나무"를 새로 엮은 것이다. 전작에 수록된 작품들과는 '구분되는 별도의' 의화본 소설들이라는 뜻이다. 내각문고본은 문구에서 부분적으로 편차를 보이기는 하지만, 23번째 이야기인 제23권「언니가 넋이 떠돌다 오랜 소원을 이루고 처제가 병상서 일어나 전날의 인연을 잇나」가, 그보다 4년 전에 간행된 『박안경기』초각의 제23권과 동일한 작품이다. 상식적으로 엄정한 창작관을 고수한 능몽초가 전작에서 이미 소개한 작품을 5년 뒤에 다시 끼워 넣었을 리는 없는 것이다.

3) 장르가 다른 작품

마지막 이야기인 제40권 「송공명이 원소절에 소란을 일으키다」가 장르의 성격상 소설novel이 아닌 희곡drama인 점도 납득하기 어렵다. 수향거사의 서문에서 보듯이, 희곡과 소설은 능몽초 당시에 각각 '연의演義'와 '전기傳奇'로 그 명칭이 분명히 구분되어 있었다. 그런데 장르가 다른 '전기'를 '연기'로 둔갑시켜 『이각 박안경기』에 '신작'으로 수록한다는 것은 논리적이지 않다는 뜻이다. 또, 『이각 박안경기』 목차 맨 뒤의 제40권 부분을 살펴보면 제목인 "송공명요원소 잡극宋公明鬧元宵襍劇" 바로 아래에 작은 글씨로 '부附'자가 들어가 있는 것을 확인할 수 있다. 여기서의 '부'는 정식 수록되는 본문과는 별도로 추가한 부록附錄임을 뜻한다. 이 글자의 존재만으로도 이 희곡이 능몽초가 『이각 박안경기』를 출판할 때 처음부터 "40편[四十則]"의 하나로 기획되고 수록된 작품이 아니라 제40권 자리에 나중에 누군가에 의하여 부록으로 끼워 넣어진 것임을 알 수 있는 것이다.

당시 복단대覆旦大 교수였던 중국문학 사학자 장배항章培恒은 이같은 의문점들에 문제를 제기하면서 다음과 같은 결론을 내렸다.

내각문고에 소장된 『이각 박안경기』가 세상에서 유일한 판본이기는 하지만 상우당에서 처음 발간한 판본은 아니다. 원래 수록되었던 제23권과 제40권은 이미 망실되었고, 그래서 『박안경기』의 제23권과 「송공명이 원소절에

소란을 일으키다」 잡극 희곡을 각각 끼워 넣음으로써 40권을 채운 것이기 때문이다.[9]

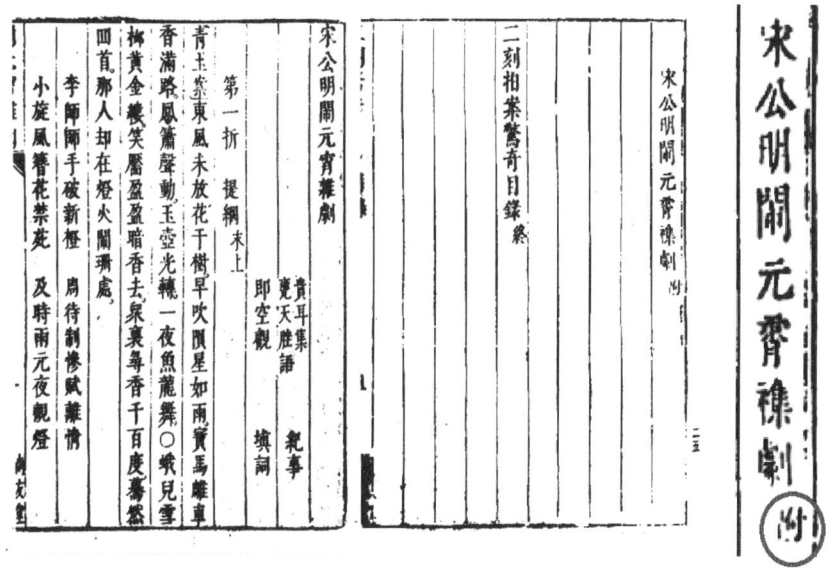

장르가 다른 제40권 희곡의 첫머리(좌)와 목차(우)의 '부(附. 동그라미 표시)'

5. 이각 박안경기의 소재들

중국 학계에서는 『이각 박안경기』를 "중국소설사에서 작자가 독자적으로 창작한 최초의 화본소설집"이라고 높이 평가하고 있다.[10] 그러나

9   장배항(章培恒), 「영인본 『이각 박안경기』 서」, 『이각 박안경기』, 제3쪽, 상해고적, 1985.
    "內閣文庫所藏 『二刻拍案驚奇』 雖爲天下孤本, 而非尙友堂原刊足本: 原刊的第二十三卷
    與四十卷業已亡佚, 故將 『拍案驚奇』的第二十三卷與 『宋公明鬧元宵雜劇』分別補入, 以湊
    足四十卷之數."
10 석창유, 「『박안경기』전언」, 『박안경기』(초각), 강소고적, 제1쪽, 1990.

능몽초가 이 소설집의 줄거리와 인물들을 모두 혼자서 창조해낸 것은 아니다. 엄밀하게 말하면 『이각 박안경기』는 『이견지^{夷堅志}』·『전등신화^{剪燈新話}』·『제동야어^{齊東埜語}』·『정사^{情史}』·『지낭^{智囊}』 등, 송대와 명대에 서면체 중국어'문언'로 지어진 단편 소설이나 희곡에서 발굴한 소재를 재구성하고 당시의 독자들이 이해할 수 있도록 구어체 중국어'백화'로 쉽게 부연하고 자신의 주장을 삽입하는 방식으로 재창작한 결과물이기 때문이다. 실제로 『이각 박안경기』에 수록된 작품들의 출처를 살펴보면, 홍매^{洪邁}의 『이견지』에서 소재를 취한 것이 제2권·제7권·제8권·제11권 등 총 12 편으로 가장 많다. 그 다음이 제6권·제24권 등, 구우^{瞿佑}의 『전등신화』에서 소재를 취한 것이다. 이와 함께 제10권 등과 같이 『제동야어』에서 소재를 취한 것도 보인다. 그 중에는 제28권·제37권 등과 같이 풍몽룡의 『지낭보^{智囊補}』나 채우^{蔡羽}의 『요양해신전^{遼陽海神傳}』 등, 능몽초와 비슷한 시기인 명대에 지어진 소설에서 소재를 취한 것들도 포함되어 있다. 이 밖에도 제3권·제9권 등처럼, 능몽초 당시에 민간에서 유행하던 연극 희곡을 소설로 각색하고 재창작한 사례도 더러 보인다.

능몽초가 『이각 박안경기』에 수록한 작품들의 출처를 소개하면 다음 표와 같다.

이각 박안경기				이야기 소재 출처		
순서	제목	시대	작자	제목	편명	영창
1	進香客莽看金剛經 出獄僧巧完法會分	명		古今圖書集成·神異典一	金剛持念	
2	小道人一著饒天下 女棋童兩局注終身	송	洪邁	夷堅志補 권19	蔡州小道人	
3	權學士權認遠鄉姑 白孺人白嫁親生女	명	葉憲祖	丹桂鈿盒雜劇		撮盒緣傳奇鈿盒奇緣(傅靑眉)

순서	이각 박안경기 제목	시대	작자	이야기 소재 출처 제목	편명	영향
4	青樓市探人蹤 紅花場假鬼鬧	명				紫金魚傳奇 今古奇觀(제36회), 十三郎五歲朝天
5	襄敏公元宵失子 十三郎五歲朝天	송	岳珂	桯史	眞珠族姬	
			洪邁	夷堅志補8		
6	李將軍錯認舅 劉氏女詭從夫	원	瞿佑	剪燈新話		領頭書
			葉憲祖	金翠寒衣記	翠翠傳	
			馮夢龍	情史	劉翠翠	
7	呂使者情媾宦家妻 吳太守義配儒門女	송	洪邁	夷堅志支戊 권9	董寒州孫女	買笑局金(傅靑眉)
8	沈將仕三千買笑錢 王朝議一夜迷魂陣	송	洪邁	夷堅志補8	王朝議	
9	莽兒郎驚散新鴛燕 偒梅香認合玉蟾蜍	명	葉憲祖	素梅香玉蟾雜劇		蟾蜍佳偶(傅靑眉)
10	趙五虎合計挑家釁 莫大郎立地散神奸	송	周密	齊東埜語 권20	莫氏別室子	
11	滿少卿饑附飽颺 焦文姬生讎死報	송	洪邁	夷堅志補 권11	滿少卿	死生怨報(傅靑眉)
			馮夢龍	情史	滿少卿	
12	硬勘案大儒爭閒氣 甘受刑俠女著芳名	송	洪邁	夷堅志支庚 권10	吳淑姬嚴蕊	
			周密	齊東埜語	嚴蕊	
			馮夢龍	情史	嚴蕊	
13	鹿胎庵客人作寺主 剡溪里舊鬼借新屍	송	洪邁	夷堅志補16	嵊縣山庵	
14	趙縣君喬送黃柑 吳宣教乾償白鏹	송	洪邁	夷堅志補8	李將仕	賣情扎囤(傅靑眉)
					吳約知縣	今古奇觀 권38
			馮夢龍	情史	李將仕	彤縣君喬送黃柑子
15	韓侍郎婢作夫人 顧提控掾居郞署	명		不可錄		
			沈齡	三元記傳奇		
16	遲取券毛烈賴原錢 失還魂牙僧索剩命	송				
17	同窗友認假作眞 女秀才移花接木	명	洪邁	夷堅志堅甲 권19	毛烈陰獄	
18	甄監生浪呑秘藥 春花婢誤洩風情	명				
19	田舍翁時時經理 牧童兒夜夜尊榮	춘추				
20	賈廉訪贗行府牒 商功父陰攝江巡	송	洪邁	夷堅志補 권24	賈廉訪	
21	許蔡院感夢擒僧 王氏子因風獲盜	명				
22	癡公子狠使噪脾錢 賢丈人巧賺回頭婿	명	邵景詹	覓燈因話	姚公子	人鬼夫妻(傅靑眉)

이각 박안경기				이야기 소재 출처		
순서	제목	시대	작자	제목	편명	영향
23	大姊魂遊完宿願 小姨病起續前緣	원	瞿佑	剪燈新話	金鳳釵記	원잡극 碧桃花와 유사
			沈璟	一種情傳奇		
			馮夢龍	情史	吳興娘	
24	庵內看惡鬼善神 井中譚前因後果	원	瞿佑	剪燈新話	三山福地志	
25	徐茶酒乘鬧劫新人 鄭蕊珠鳴冤完舊案	명	何喬遠	九朝野記		
26	僧敎官爱女不受報 窮庠生助師得令終	명				
27	偽漢裔奪妾山中 假將軍還姝江上	명	王同軌	耳譚		撮盒緣傳奇
						智賺還珠(傅靑眉)
28	程朝奉單遇無頭婦 王通判雙雪不明冤	명	馮夢龍	智囊補		沒頭寃定案(傅靑眉)
29	贈芝麻識破假形 擷草藥巧諧眞偶	명		靈狐三束草	大別狐	
			馮夢龍	情史		
30	瘝遺骸王玉英配夫 僧聘金韓秀才贖子	명		鴛鴦被雜劇	王玉英	
			王同軌	耳譚		
			馮夢龍	情史		
31	行孝子到底不簡屍 殉節婦留待雙出柩	명	李詡	戒菴漫筆		
			王同軌	耳譚		
			馮夢龍	情史		
32	張福娘一心貞守 朱天錫萬里符名	송	洪邁	夷堅志補 권10	朱天錫	義妾存孤(傅靑眉)
33	楊抽馬甘請杖 富家郎浪受驚	송	洪邁	夷堅志丙 권5	楊抽馬	
34	任君用恣樂深閨 楊太尉戲宮館客	송	洪邁	夷堅志支乙 권5	楊戲館客	
35	錯調情賈母罵女 誤告狀孫郎得妻	?	馮夢龍	情史	吳松孫生	錯調合璧(傅靑眉)
36	王漁翁捨鏡崇三寶 白水僧盜物喪雙生	?	洪邁	夷堅志支戊 권9	嘉州江中鏡	
37	疊居奇程客得助 三救厄海神顯靈	명	蔡羽	遼陽海神傳	遼陽海神	
			馮夢龍	情史		
38	兩錯認莫大姐私奔 再成交楊二郎正本	명				
39	神偸寄興一枝梅 俠盜慣行三昧戲	명				失印救火
						盜銀壺
40	宋公明鬧元宵	송	施耐庵	水滸傳 제72회		
			張端義	貴耳集		
			童甕天	甕天脞語		

6. 능몽초의 소설 창작 원칙 사실주의 고수

능몽초는 '이박'을 창작하는 과정에서 일관되게 고수한 원칙이 있었다. 그것은 바로 "교화에 죄인이 되지 않는다[不爲敎化罪人]"와 "뜻을 설득하고 경계하는 데에 둔다[意存勸戒]"는 것이다. 물론, 서둘러 작성된 『이각 박안경기 소인』에는 그것이 어떤 의미인지 구체적으로 언급되어 있지 않다. 그러나 그 전작 『박안경기』의 서문에는 그가 고수한 창작 원칙의 내용과 이유가 비교적 자세하게 언급되어 있다.

> 근래에는 태평성대가 오래 이어지다 보니, 백성들이 방탕해지고 그 뜻 또한 방종으로 치닫는 경향이 있습니다. 그래서 경박한 망나니들은 붓을 좀 놀릴 줄 알게 되기만 하면 지레 세상을 오도하고 잘못된 것들을 두루 가져다 쓰면서 황당무계한 것이 아니면 믿으려 들지 않는 바람에 그 내용이 하도 외설적이고 더러워서 차마 듣기조차 민망스럽기 일쑤이지요. 유가의 가르침에 죄를 짓고, 다음 생에 업보를 쌓기로는 이보다 더한 경우가 없을 것입니다. 더욱이 종이도 그런 책들 때문에 값이 올랐건만 그런 이야기들이 날개 없이도 퍼져나가고 다리 없이도 돌아다니곤 합니다[11]

서문에서 볼 수 있듯이, 능몽초는 유가에서 금기시하는 '괴·력·난·신怪力亂神'의 귀신 이야기와 지나친 음담패설을 다룬 책들이 당시의 독서

---

11 능몽초, 「박안경기 서」, 『박안경기』 제1권, 학고방 출판사, 2023. 아래의 인용문들 역시 『박안경기』 서문의 내용이다.

시장에 범람하면서 사람들의 도덕과 풍속을 부정적인 영향을 끼치는 데에 상당한 불만을 토로하고 있다. 유가적 교화를 무척 소중하게 여기는 정통 지식인인 그의 입장에서는 이 같은 사회병리 현상들을 일소하는 일이 정통 지식인에게 대단히 중요한 책무라고 여긴 듯하다. 그런 그에게 있어 교화의 죄인이 되지 않는 길은 소설을 통하여 어리석은 사람들을 계도하는 방법뿐이었다. 「박안경기 서」에서 밝힌 바에 따르면, 사실 능몽초가 『박안경기』를 짓게 된 가장 큰 이유도 당시 사람들의 땅에 떨어진 도덕관에 경종을 울리고, 나아가 잘못된 가치관을 바로잡자는 데에 있었다.

능몽초가 '이박'을 선보이면서 사실주의를 창작의 대전제로 표방한 것도 바로 이 때문이었다. 그는 "황당무계해서 믿을 수 없고[荒誕不足信]", "외설스러워 차마 들어 줄 수 없는[褻穢不忍聞]" 귀신 이야기나 음담패설이 횡행하는 현상을 비판하면서 "보고 듣는 범위 이내 및 일상에서 생활하는 영역[耳目之內, 日用起居]"에서 생생하고 익숙한 소재들을 토대로 소설을 창작할 것을 역설하였다. 그는 그 대안으로 기존의 퇴폐적인 창작 풍토와는 상반되는 접근방법, 즉 "보고 듣는 범위 이내 및 일상에서 생활하는 영역", 즉 일상생활을 토대로 한 소설 창작을 제안하였다. 이같은 사실주의적 접근방법은 「이각 박안경기 서」에서 수향거사가 당시의 소설가들에게 눈 앞에 펼쳐지는 '만물의 상태와 인간의 감정[物態人情]'에 주목하면서 사실주의[眞]의 예술적 경지를 지향할 것을 역설한 것과도 궤를 같이한다. 『박안경기』의 서문·범례와 상우당의 패기[牌記] 등에 "교화의 죄인이 되지 않겠다"는 몇 번이나 다짐이 등장하는 것은 소설의 사회적 교화

에 대한 그의 각성과 의지가 얼마나 확고했는지 잘 보여 준다. 능몽초의
이 같은 창작 원칙은 실제로『박안경기』에 이어『이각 박안경기』에서도
일관되게 고수되었다.

　　그가 수집한 것들은 대부분 매우 사실적이고 근거가 있는 것들이다. 비록 더
러 신이나 귀신의 이야기를 언급하기도 하지만 그래서 역사가인 사마천이 역
사를 기술할 때와 마찬가지로 묘사가 사실적이다. … 이국적인 볼거리를 곁들
이므로써 세속의 유생들이 가진 편견을 깨는 것도 나쁠 것은 없을 것이며, 요
염한 미인이나 풍류 넘치는 밀회 따위를 다룬 이야기들의 경우도 소설집에 수
록해야 할 것들이다. 다만, 세상의 풍속을 더럽히는 이야기들의 경우만큼은
모조리 배제시키려 노력하였다. 즉공관주인의 말을 빌리자면 참으로 '세상에
서 내 이야기를 구할 수 있는 이들이 충신이나 효자가 되는 데에 어려움이 없
게 해 줄 것이고 그렇게 되지 못하는 자들이라도 음행을 일삼지는 않게 될 것'
이라는 격이다.[12]

　능몽초가 '이박'에서 평범한 일상의 사회와 인물에서 소설적 재미를
찾으려고 노력한 것은 바로 '평범함도 기이함으로 승화될 수 있다[平淡爲
奇]'거나 '기이함이 없는 것을 기이함으로 여긴다[無奇之所以爲奇]'라는 확고
한 신념이 있었기 때문이었다.
　그렇다고 해서 능몽초가 소설의 허구적인 요소들을 완전히 부정한 것

12　수향거사,「이각 박안경기 서」.

은 아니다. 능몽초는 자신의 사실주의 창작 원칙을 관철하기 위하여 "사건의 진실과 허구, 이름의 사실과 거짓이 각각 반씩 섞이게 할 것[其事之眞與飾, 名之實與贋, 各參半]"을 제안하였다. 이는 사실주의에 입각하여 소설을 창작하되 필요에 따라서는 소설의 교화효과를 배가시키기 위하여 허구적인 요소를 양념처럼 적절하게 활용하는 융통성을 허용한 셈이다. 간혹 "작품들 속에서 귀신을 언급하고 꿈을 거론한 것들도 있지만 … 그 취지 역시 독자들을 설득하고 경계로 삼게 하는" 장치로서 운용한 것이라는 수향거사의 증언은 바로 이같은 배경 속에서 나온 것일 것이다. 실제로 그는 『이각 박안경기』에서 대부분 실제로 발생한 사건과 인물을 다룬 이야기들을 소개하면서 중간중간에 이국적인 볼거리나 풍류가 넘치는 남녀간의 사랑 이야기나 귀신 이야기들을 적절하게 활용하는 것을 주저하지 않았다. 그가 『이각 박안경기』에서 당시 사람들이 일상에서 볼 수 있는 각계각층의 다양한 인물들을 주인공으로 내세워 역시 일상에서 접할 수 있는 사건들을 위주로 스토리텔링을 이끌어간 것은 아무래도 "다룬 일들은 사람들의 정서나 일상과 가까운 것들이 많은 반면, 귀신·괴물 같은 허황된 것들은 그다지 다루지 않은 것이다[事類多近人情日用, 不其及鬼怪虛誕]" 라는 『박안경기』 시절부터의 초심을 고수한 결과로 해석된다.

7. 『이각 박안경기』의 해적판들

능몽초의 『이각 박안경기』는 숭정 6년에 출판된 이래로 독서시장에서 상당한 인기를 얻었던 것으로 보인다. 『이각 박안경기』가 출판되고 나서

'즉공관주인' 또는 '박안경기'라는 이름을 차용한 해적판이 잇따라 등장했기 때문이다. 대표적인 해적판이 바로 『별본 이각 박안경기別本二刻拍案驚奇』이다.

'또 다른 판본의 『이각 박안경기』'라는 뜻으로 해석되는 "별본 이각 박안경기"는 정식 제목이 『박안경기 2집拍案驚奇二集』이다. 현재 프랑스 파리 국가도서관에만 소장되어 있는 세계 유일본으로, 표지의 오른쪽 위에는 능몽초가 직접 엮었다는 뜻의 "즉공관주인 편차即空館主人編次"가, 왼쪽 아래에는 상우당의 목판을 사용했다는 뜻의 "본아 장판本衙藏板"이라는 문구가 들어가 있으며, 서두에는 『이각 박안경기』의 것과 똑같이 숭정 6년에 작성된 「이각 박안경기 소인」이 배치되어 있다. 중국의 서지학자 유수업劉修業, 1910~1993의 분석에 따르면, 이 판본의 목판은 제1권~제10권까지는 한 쪽의 절반[半葉]이 10행, 각 행이 20자씩으로, 내각문고본 『이각 박안경기』와 같은 것이지만 제11권 뒤로는 한 쪽의 절반이 9행에, 각 행이 21자씩으로 구성되어 있다. 지금까지 서지학자들이 연구한 바에 따르면, 이 판본은 『이각 박안경기』에 다른 소설집에 사용된 목판을 끼워 넣은 것이라는 것이다. 실제로 그 다른 목판들의 체제는 북경대학교에 소장된 제3의 의화본 소설집인 『환영幻影』의 체재와 정확히 일치한다. 말하자면 "별본 이각 박안경기"는 능몽초가 직접 집필한 세 번째 소설집이 아니라 서상안소운?이 기존에 출판되어 인기를 끌고 있던 『이각 박안경기』에 『환영』에 수록되었던 작품들을 섞어 인쇄한 뒤에 능몽초가 새로 엮은 소설집인 것처럼 둔갑시킨 해적판이라는 뜻이다. 제목은 다른데 책

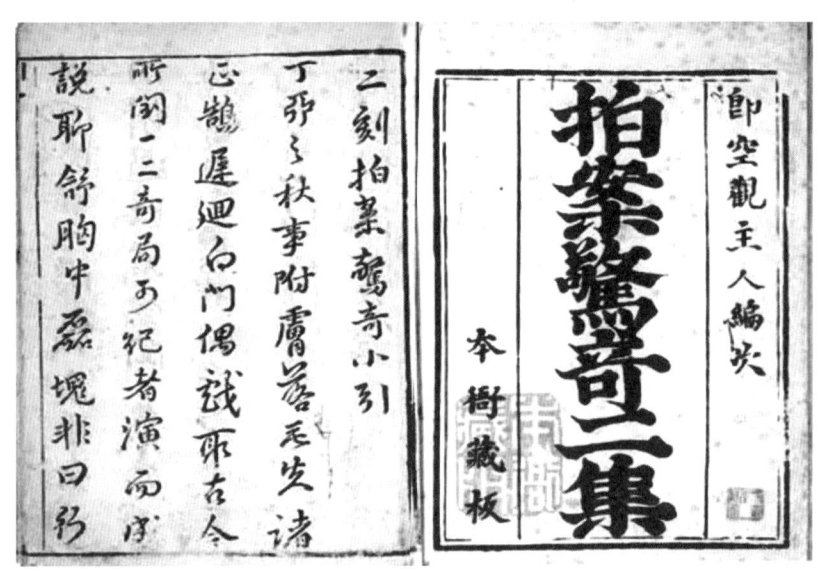

프랑스 파리 국가도서관에 소장된 『박안경기 2집』의 표지(우)와 「이각 박안경기 소인」(좌). 책 제목이 다른데 소개 글 내용은 그대로이다. 능몽초가 아닌 제3자가 만든 해적판이라는 뜻이다

을 소개하는 글의 제목은 그대로 「이각 박안경기 소인」인 것이 그 증거 이다. 그 뒤에 지어진 『환영』 작품들을 끼워 넣어 34권 총 34편으로 엮 어져 있다. 게다가 「이각 박안경기 소인」의 "마침내 그 이야기들을 베끼 고 모아 책으로 엮은 것이 마흔 편이나 되었다遂鳴鈔撮成篇, 得四十種" 대목의 '40四十' 부분은 교묘하게 깎아내고 '34卅四'로 바꾸어 놓았다. 제목 역시 부분적으로 편차를 보인다. 제1권~제10권까지는 『이각 박안경기』와 동 일하나 『이각 박안경기』 제15권의 「한시랑비작부인, 고제공연거낭서(韓 侍郎婢作夫人, 顧提控掾 居郎署)」가 여기서는 「강애낭신호주부인, 고제공 연거낭서(江愛娘神護做夫人, 顧提控掾 居郎署)」제2권로 앞부분이 바뀌어져 있는 것이 그 예이다.

『환영』은 명나라 숭정 16년1643에 처음으로 간행되었다. 따라서 이 둘이 합쳐진 "별본 이각 박안경기"의 존재는 그 출판 시점이 그보다 나중, 즉 서기 1643년 이후임을 시사해 준다. 중국 근현대의 서지학자인 정진탁鄭振鐸, 1898~1958·유수업의 연구에 따르면, 그 수록 작품들을 『이각 박안경기』·『환영』과 비교하면 다음 표와 같다.

권수	환영 제목	출처	제목 비고
권01	滿少卿饑附飽颺 焦文姬生讎死報	이각 권11	
권02	江愛娘神護做夫人 顧提轄聖恩超主政	이각 권15	韓侍郎婢作夫人 顧提控掾居郎署
권03	美男人拾箭得婚 女秀才移花接木	이각 권17	同窗友認假作眞 女秀才移花接木
권04	甄監生浪遇秘藥 春花婢誤洩風情	이각 권18	
권05	遲取券毛烈賴原錢 失還魂牙僧索剩命	이각 권16	
권06	李將軍錯認舅 劉氏女詭從夫	이각 권6	
권07	呂使者情媾宦家妻 吳太守義配儒門女	이각 권7	
권08	沈將仕三千買笑錢 王朝議一夜迷魂陣	이각 권8	
권09	莽兒郎驚散新鴛燕 偁梅香認合玉蟾蜍	이각 권9	
권10	趙五虎合計挑家釁 莫大郎立地散神奸	이각 권10	
권11	不苟存心終不苟 淫奔受辱悔淫奔	환영 제3회	情詞無可逗 羞殺抱琵琶
권12	李侍講無心還寶物 王指揮有意救恩人	출처 불명	
권13	恤孤仗義反遭殃 好色行凶終有實	환영 제1회	看得倫理眞 寫出奸徒幻
권14	延名師誤子喪妻 設奸謀敗名殞命	환영 제27회	爲傳花月道 貫講差使書
권15	昵淫朋癡兒蕩産 仗義僕敗子回頭	환영 제8회	義僕還自守 浪子寧不回
권16	耽風情店婦宣淫 全孝義孤兒完節	환영 제6회	衆心還獨抱 惡計枉教施
권17	貪淫婦圖歡受死 烈俠士就戮反超生	환영 제9회	淫婦情可誅 俠士心當宥
권18	老衲識書生于未遇 忠臣保危主而令終	출처 불명	
권19	富差貧夫婦拆散 尋親行孝父子團圓	출처 불명	
권20	死殉夫一時義重 生盡節千古名香	환영 제7회	生報華募恩 死謝徐海義
권21	奸淫漢殺李移桃 神明官追尸斷鬼	환영 제13회? (본문 없음)	匿計佁紅顔 發棺蘇呆婿
권22	任金剛假官劫庫銀 張銅采僞鏹誅大盜	환영 제15회?	動庫餓雖巧 擒兇智倍神
권23	認惡友謀財害命 舍正身斷獄懲凶	환영 제16회	見白鏹失義 因雀引明冤
권24	無福官叛而尋死 有才將巧以成功	출처 불명	
권25	狼毒郎圖財失妻 老實頭憨天得婦	환영 제25회	緣投波浪裏 恩向小窗親

권수	환영 제목	출처	제목 비고
권26	忠臣死義鐵錚錚 貞女全名香撲撲	환영 제5회	烈士殉君難 書生得女貞
권27	報父仇六載伸寃 全父尸九泉含笑	환영제 2회	千金苦不易 一死樂伸寃
		이각 권31회?	行孝子到底不簡屍 殉節婦留待雙出柩
권28	痴人望貴空遭騙 賊禿貪財却受誅	환영 제28회	修齊邀紫綬 說法騙紅裙
권29	財色兼貪何分僧俗 寃仇互報那怕官人	환영 제29회	淫貪皆有報 僧俗總難逃
권30	飲盡毒禍起蕭牆 刺哲謀珠還合浦	출처 불명	
권31	積陰功徒遭極品 棄糟糠暴死窮途	출처 불명	
권32	騙來物牽連成禍種 遇故主始終是功臣	출처 불명	
권33	運奸計以婦賣姑 盡孝道將妻換母	환영 제4회	設計去姑易 賣舟送婦難
권34	孝女割肝救祖母 眞尼避地絶塵緣	출처 불명	

『이각 박안경기』의 명성을 차용한 또다른 해적판으로는『삼각 박안경기三刻拍案驚奇』가 있다. 이 판본은 두 가지 판본이 있다. 먼저, ① 현재 북경도서관에 소장된 판본은 속지에 또다른 의화본소설집으로 포옹노인抱甕老人이 엮은『금고기관今古奇觀』의 제목에서 착안한 것으로 보이는 "형세기관形世奇觀"이라는 문구가 가로로 붙어 있으며, 제1회부터 제7회까지만 남아 있다. 또, ② 북경대학교 도서관에 소장된 판본은 총 30회가 전해지는데 명대 말기 판본과 역시 같은 시기의 것으로 추정되는 필사본이 남아 있다. 현존하는『이각 박안경기』의 판본들을 표로 소개하면 대체로 다음과 같다.

이 판본은 원래 제목이『환영』이며, 저자는 "몽각도인·서호낭자 합집夢覺道人西湖浪子 合輯"으로 기재되어 있는 것을 보면 원래는 몽각도인과 서호낭자가 함께 엮은 소설집『환영』에 '표지 갈이'를 하여 마치 그것이 즉공관주인의 세 번째 소설집인 것처럼 둔갑시킨 것으로 보인다.『환영』에『형

소장자	제목	분량
마렴(馬廉)	삼각 박안경기	20여 회
북경도서관(정진탁 소장본)	형세기관	환영의 제1~7회
북경시 문물 부서	형세기관?	환영 총 21회
프랑스 파리 국가도서관	별본 이각 박안경기	제11~34회 총 24권이 이각과 다름 총 15회가 환영과 동일하나 나머지 9회는 환영과 다름
일본 좌백(佐伯)문고		

세기관』, 나아가 『삼각 박안경기』라고 제목을 붙였다는 것은 누가 보더라도 능몽초가 지은 『박안경기』와 『이각 박안경기』의 명성과 인기를 빌려 독자들을 끌어들이려고 한 것임을 짐작할 수가 있다. 『형세기관』이라는 또다른 제목이 『금고기관』의 명성을 차용하려 한 것과 같은 맥락이다.

이처럼 해적판이 줄줄이 만들어질 정도로 인기를 끌던 능몽초의 『이각 박안경기』와 『박안경기』는 명나라가 망하고 청나라로 왕조가 교체되는 난세를 거치면서 그 인기가 급격히 사그라들더니 청나라에서는 아예 '금서'라는 낙인까지 찍히면서 독서시장에서 완전히 자취를 감추었던 것으로 보인다.

1세　만력 8년 5월 7일^{1580년 6월 18일}

절강^{浙江} 호주부^{湖州府} 오정현^{烏程縣} 동성사포^{東晟舍鋪1}에서 부친 능적지^{凌迪知}와 생모 장씨^{蔣氏} 사이에서 태어남.

조부 능약언^{凌約言}은 가정^{嘉靖} 경자년^{庚子年} 거인^{擧人} 출신으로 벼슬이 남경^{南京}의 형부^{刑部} 원외랑^{員外郞}에 이르렀고, 가정 병진년^{丙辰年} 진사^{進士} 출신인 부친은 당시 52세, 생모는 21세였다.

2세　만력 9년^{1581년}

아우 능준초^{凌濬初}가 태어남.

12세　만력 19년^{1591년}

관학^{官學}에 입학함.

18세　만력 25년^{1597년}

늠선생^{廩膳生}으로 편입됨.

21세　만력 28년 12월 5일^{1600년}

부친 능적지가 72세로 사망함. 그 고을의 진사 주국정^{朱國禎}이 조문을 옴.

1　동성사포(東晟舍浦) : 지금의 중국 절강성 호주시 직리진(織里鎭)에 해당한다.

23세 만력 30년^{1602년}

딸을 항주^{杭州}에 머물던 가흥^{嘉興} 출신 문인 풍몽정^{馮夢禎}의 손자 풍연생^{馮延生}에게 출가시킴.

11월 8일, 풍몽정이 혼인 예물을 지참하고 방문하자 외숙인 오몽양^{吳夢暘}과 함께 극단인 여삼반^{呂三班}을 불러 『향낭기^{香囊記}』를 무대에 올리고 한밤중까지 접대함.

24세 만력 31년¹⁶⁰³

정월 25일, 사돈 풍몽정이 덕청^{德淸}의 산소에서 차례를 지낸다는 소식을 듣고 호주에서 지인인 송종헌^{宋宗獻} · 장염군^{張黶君}과 함께 현지로 가서 술을 마시며 이경^{二更}까지 담소를 나눔. 26일, 일행은 호주의 청산^{靑山}으로 자리를 옮겨 나들이를 하고 수암상인^{守庵上人}을 만남.

2월, 풍몽정 · 복원상인^{復元上人} · 송종헌과 함께 소주^{蘇州} 나들이를 하면서 배에서 시를 짓고 글을 논함. 이 자리에서 풍몽정은 능몽초가 입수한 원대에 출판된 『경덕전등록^{景德傳燈錄}』의 발문^{跋文}을 쓰는 동시에 『동파선희집^{東坡禪喜集}』과 『산곡선희집^{山谷禪喜集}』에 평점^{評點}을 붙여 줌.

8월 5일, 항주의 풍몽정을 방문하러 갔다가 그 자리에 있던 복원상인과 상봉함.

이 해에 왕서등^{王犀登}이 호주에 나들이를 왔다가 능몽초와 그 형 함초^{涵初}, 아우 준초의 융숭한 대접을 받고 병중에도 그 길로 능 씨네 차적원^{且適園}을 방문함. 얼마 후, 형 함초가 45세의 나이로 사망함.

26세 만력 33년^{1605년}

6월, 아내 심씨^{沈氏}가 장자 침^琛을 낳음.

9월 6일, 생모 장씨가 남경에서 사망함.

10월, 생모의 관을 고향으로 운구하고 풍몽정이 부고를 듣고 와서 조문함.

27세 만력 34년^{1606년}

국자감^{國子監} 제주^{祭酒} 유왈영^{劉曰寧}에게 글을 올림. 유왈영이 그 글을 병부^{兵部} 우시랑^{右侍郎}이던 경정력^{耿定力}에게 보이자 자신의 형인 경정향^{耿定向}의 진사 동기인 능적지의 아들이며, 경정향이 평소 능몽초의 글재주를 칭찬했다고 밝힘.

이 해에 선친의 지인인 남경 국자감 사업^{司業} 주국정^{朱國禎}과 인연을 맺음. 외숙부인 오윤조^{吳允兆}가 남경 처소를 방문하자 정담을 나누고 도서들을 감상한 후 자신이 지은 희곡의 서문을 써 줄 것을 부탁함.

같은 해에, 첫 번째 학술저서인 『후한서찬^{後漢書纂}』을 남경에서 출판하는 한편 선친의 지인인 왕서등에게 서문을 써 줄 것을 부탁함. 이 해부터 남경에 장기 체류함.

29세 만력 36년^{1608년}

자신의 희곡 5편을 당시 극작가로 명성을 날리던 탕현조^{湯顯祖}에게 보냄. 탕현조는 답장에서 그의 희곡에 대해 극찬함.

30세   만력 37년^{1609년}

3월~7월, 내방한 원중도袁中道를 남경 진주교珍珠橋 처소에서 접대함.
(…)

가을~겨울에, 주무하朱無瑕·종성鍾惺·임고도林古度·한상계韓上桂·반지항
潘之恒 등과 진회하秦淮河에서 모임을 가지고 시를 지음.

37세   만력 44년^{1616년}

12월, 첩 탁씨卓氏가 차남 보葆를 낳음.

40세   만력 47년^{1619년}

탁씨가 삼남 초楚를 낳음.

42세   천계天啓 원년^{1621년}

다색인쇄기법[套版]으로 『동파 선희집東坡禪喜集』과 『산곡 선희집山谷禪喜
集』을 판각하는 한편 진계유陳繼儒에게 『동파선희집』의 서문을 써 줄 것을
요청함.

43세   천계 2년^{1622년}

가을, 학술저서인 『시역詩逆』을 간행하면서 「시경인물고詩經人物考」라는
글을 부록으로 삽입함. 이 저술의 교정은 능서삼凌瑞森 등이 맡고 자신이
직접 서문을 씀.

44세　천계 3년[1623년]

4월, 상경하여 알선謁選에 참여함. 이때 마침 예부 상서禮部尚書 겸 동각 대학사東閣大學士에 배수된 지인 주국정도 능몽초와 같은 배로 상경함.

6월, 주국정과 함께 북경에 도착함.

45세　천계 4년[1624년]

계속 북경에 체류함. 이 해 중양절에 모유茅維 · 담원춘譚元春 · 갈일룡葛一龍 · 왕가언王家彦 · 주영년周永年 · 정도수程道壽 · 장이보張爾葆 등과 함께 가희인 학월미郝月媚의 집에 모여 술을 마시고 시를 읊음.

47세　천계 6년[1626년]

『규염옹虯髯翁』 등 13편의 잡극雜劇 희곡, 『교합삼금기喬合衫襟記』 등 3편의 전기傳奇 희곡 및 남곡南曲 선집인 『남음삼뢰南音三籟』를 완성한 것으로 보임.

48세　천계 7년[1627년]

가을, 남경에서 응천부應天府 향시鄕試에 응시했으나 낙방한 후 『박안경기』 집필을 시작함.

49세　숭정崇禎 원년 1628년

10월, 소주蘇州의 상우당尚友堂에서 『박안경기』를 정식으로 출판함.

11월, 첩 탁씨가 사남인 고臯를 낳음.

50세   숭정 2년[1629년]

심태[沈泰]가 자신이 엮어 간행하는 『성명잡극 이집[盛明雜劇二集]』에 능몽초가 지은 잡극 『규염옹』을 수록함.

51세   숭정 3년[1630년]

자신의 학술저서인 『공문양제자언시익[孔門兩弟子言詩翼]』을 간행하면서 아우 능영초에게 교정을 맡기고 자신은 직접 서문을 씀.

52세   숭정 4년[1631년]

복건[福建]에서 벼슬을 사는 친척 반증굉[潘曾紘]의 도움으로 복건 제학사[提學副使] 하만화를 초청해 자신의 학술저서 『성문전시적총[聖門傳詩嫡冢]』 16권에 대한 서문을 부탁함. 같은 해에, 책이 간행되자 뒤에 「신공시설[申公詩說]」 1권을 부록으로 수록함.

53세   숭정 5년[1632년]

10월, 첩 탁씨가 오남 목[棨]을 낳음.
겨울, 『이각 박안경기』를 완성함.

54세   숭정 6년[1633년]

봄, 강서 포정사[江西布政使]로 있는 반증굉의 남창[南昌] 관아에 머묾.
5월, 반증굉과 작별하고 복건지역을 편력함. (…) 복건에서 조학전[曹學佺]·이서화[李瑞和] 등과 교류함. … 이서화의 글을 읽고 그의 급제를 예견함.

가을(?), 『이각 박안경기』를 정식으로 출판함.

55세　숭정 7년^{1634년}

강서^{江西} 남부를 순무^{巡撫}하던 반증굉에 의해 그 막부에 초빙됨.

57세　숭정 9년^{1636년}

반증굉이 군사를 거느리고 근왕^{勤王}에 나서자 (…) 다시 상경해 과거에
응시하지만 이번에도 낙방함.

　9월, 사촌형 반담^{潘湛}의 초청으로 호주^{湖州} 성 남쪽의 저산^{杼山}에 올랐다
가 「유저산부^{遊杼山賦}」를 지어 낙심한 자신의 소회를 토로함.

58세　숭정 10년^{1637년}

　장욱초^{張旭初}가 「오소합편^{吳騷合編}」을 엮으면서 능몽초의 산곡^{散曲} 「상서상
逝」·「석별^{惜別}」·「야창화구^{夜窓話舊}」 등 3편을 소개함.

60세　숭정 12년^{1639년}

　다시 향시에 응시했으나 이번에도 낙방함. 마지막으로 부공^{副貢}의 자
격으로 상해^{上海} 현승^{縣丞}으로 발탁된 것으로 보임^{시점에 논란}. (…) 그 사이에
8개월 간 현령의 업무를 대리함.

　왕년에 복건에서 알게 된 이서화가 송강부^{松江府}의 추관^{推官}이 되어 인사
를 옴.

　상해 현지 사대부들의 도움으로 조운^{漕運}의 임무를 맡아 조^[栗]를 북경

까지 원만히 수송하고 귀환한 후「북수 전부北輸前賦」와「북수 후부北輸後賦」
를 지음.

　해상방위 관련 업무를 담당함. 당시 적폐가 극심하던 염전에서 '정자
법井字法'을 추진하여 적폐를 해소하고 연해지역에서 그대로 적용하면서
여러 차례 상사의 칭찬을 받음.

63세　숭정 15년[1642년]

　서주徐州의 통판通判으로 승진함. 이임할 때 상해의 백성들이 통곡하고
눈물을 흘리며 전송해 줌. 서주에 도착해 황하黃河가 메말라 거마가 다닐
수 있을 정도인 광경을 보고 세상에 우환이 생길까 우려하며 한숨 지음.
부임과 동시에 방촌房村에 배치된 후 방하 주사防河主事 방윤립方允立과 황하
치수의 묘책을 궁리한 끝에 좋은 효과를 얻어 우첨 도어사右僉都御史로 총
독조운總督漕運·순무유양巡撫維揚을 겸한 노진비路振飛로부터 여러 차례 칭찬
을 받음.

64세　숭정 16년[1643년]

　병비유서兵備維徐의 임무를 맡은 하등교何騰蛟가 황제의 명령을 받들어
유적流賊 진소을陳小乙 토벌을 위해 여량홍呂梁洪의 한협제漢協帝·당악공唐鄂公
의 사당에서 출진을 선포함. 공교롭게도 큰 바람이 불어 모래가 날리면
서 관군에게 불리해져 하등교가 대책을 구하자 와불사臥佛寺에서 한밤중
에「초구 10책剿寇十策」을 작성해 바침. (…) 하등교가 그 건의를 받아들이
고 그를 '십구형十九兄'이라고 존대하자 감격해 성공을 위해 최선을 다할

것을 맹세함. (…) 하등교가 감기監紀의 소임을 맡기려 하자 사양한 후 혼자 말을 타고 적진으로 뛰어들어 조정에 귀순하도록 설득해 다음날 진소을 등이 무리를 이끌고 와서 투항함. (…) 하등교가 연자루燕子樓에서 고을의 문무 관리들을 위해 잔치를 베풀고 능몽초에게 술을 내리자 즉석에서「탕산 개가暘山凱歌」·「연자루 공연燕子樓公讌」을 지음.

얼마 후 호광순무湖廣巡撫로 승진한 하등교가 능몽초를 감군첨사監軍僉事로 천거하고 휘하에 두려 했으나 그대로 방촌에 남아 치수에 전념함.

65세 숭정 17년1644년

「별가 초성공 묘지명別駕初成公墓誌銘」에 따르면, 정월 7일 밤, 이자성의 유적이 서주 성을 공격하면서 일단의 군사를 나누어 방촌을 약탈하자 백성들을 지휘해 성을 굳게 지킴. (원래 현지 민병을 훈련시키고 유적이 공격해 오면 근방의 병력이 지원에 나서고 유적이 대거 공격해 오면 봉화를 올리고 모두가 지원에 나서기로 약속했으나 유적이 서주 성을 거세게 공격하자 각지의 민병들은 그 서슬에 두려움을 느끼고 아무도 지원에 나서지 않아 혼자 고군분투함)

9일 동이 틀 때까지 사수하던 중 적진에서 투항을 제안하자 성루에서 그들을 꾸짖고 조총으로 몇 명을 쏘아죽임. 격노한 유적들이 맹공을 퍼부어 함락을 눈앞에 두자 백성들의 목숨을 지키기 위해 자결하려 했으나 백성들도 통곡하며 사수를 맹세하자 그때부터 단식에 돌입함. (…) 종복이 벼슬이 낮은데 군이 죽을 필요가 있느냐고 반문하자 "나는 내 절개를 지키려 하는 것이다. 어찌 벼슬이 높고 낮음을 따졌겠느냐" 하고 말하고 몇 되나 되는 피를 토함. (…) 적진에 자신은 죽을 목숨이니 백성들은 다

치게 하지 말라고 부탁하고 12일 아침 "우리 백성들을 다치게 하지 말라"고 세 번 외친 후 세상을 떠나니 사람들이 모두 통곡하고 자결로 충성심을 보인 자가 열 명 넘게 있었음. 다음날, 성루로 진입한 적군은 죽은 능몽초의 안색이 살아 있는 것 같은 것을 보고 놀라면서 약속대로 한 사람의 목을 베고 세 사람을 창으로 꿴 후 나머지는 모두 살려 줌. 얼마 후 관군이 도착하자 유적은 도주하고 하등교는 그의 죽음을 전해 듣고 비통해 하며 관리를 보내 제사를 지낸 후 그의 시신을 담은 관을 호주로 옮겨 대산戴山 남쪽에 안장함.